MICHEL MOUTOT

L'AMERICA

roman

ÉDITIONS DU SEUIL
57, rue Gaston-Tessier, Paris XIXe

Pour la citation en exergue :
Grapes of Wrath, © John Steinbeck, 1939.
Copyright renewed John Steinbeck 1967.
Les raisins de la colère, traduction de Maurice-Edgar Coindreau
et Marcel Duhamel, © Gallimard, 1947, pour la traduction française.

ISBN 978-2-02-142018-0

www.seuil.com

À Sophie, qui sait tout ce que je lui dois.

*En mémoire de mon grand-père Francesco qui un jour,
sur le port de Gênes, embarqua pour le Nouveau Monde.*

« Devant nous il y a des milliers de vies qu'on pourrait vivre, mais quand le moment sera venu il n'y en aura plus qu'une. »

John Steinbeck, *Les Raisins de la colère.*

1

Trapani (Sicile)

Juillet 1902

La table est dressée au cœur du verger, à l'abri des regards sur les hauteurs de Trapani. Bergerie centenaire, murs de pierres sèches, toit de tuiles caché sous le feuillage, fenêtres étroites aux vitres brisées. Les branches ploient sous les citrons ; vert profond des feuilles, brise légère, ombre bienfaisante dans la chaleur de juillet. L'air embaume les agrumes, la terre chaude et le jasmin. Une source jaillit entre deux rochers. Ses eaux chantent entre les pierres, roulent sur des cailloux blancs jusqu'à un abreuvoir taillé dans un bloc de marbre veiné de gris. Assis dans un fauteuil d'osier, quand les autres se contentent de tabourets ou de caisses retournées, Salvatore Fontarossa plonge la main dans le ruisseau, en boit une gorgée puis la passe sur sa nuque de taureau. À cinquante ans, ses cheveux bouclés, plantés bas sur le front, et sa barbe se teintent de gris. Sa mâchoire carrée et ses yeux noirs au regard intense, toujours en mouvement, lui donnent un air de prédateur. Il porte, malgré la chaleur, un pantalon de velours à grosses côtes, une chemise blanche et un gilet brun orné d'une chaîne de montre et d'un étrange insigne rappelant une décoration maçonnique avec compas et couteau.

Un homme vêtu en paysan sicilien s'avance à petits pas, les yeux baissés, épaules voûtées, chapeau de paille tenu à deux mains devant lui.

– Pipo. C'est gentil de me rendre visite. Comment vont votre femme et vos charmantes filles ? Vous la connaissiez, la source ?

– Non, don Salva Je n'étais jamais...

– Eh bien, la voilà. Belle et si fraîche. Même en août, elle ne se tarit pas. Un trésor. Le seul trésor. Vous comprenez pourquoi nous autres, les *fontanieri*, on nous appelle les maîtres de l'eau ? Vous avez vu les canaux, les réservoirs, les clapets en montant ? Vous savez qui les contrôle ?

– C'est vous, don Salva.

– Oui, c'est moi. Et mes fils, que vous connaissez, je crois. Maintenant, parlons sérieusement. Vous vous souvenez de ce qui s'est passé l'an dernier ?

– Si je m'en souviens… Ma récolte de citronniers divisée par deux, faute d'arrosage. Les orangers, pire encore. Les canaux à sec. Les barriques à dos d'âne. Une catastrophe.

– Vous ne voudriez pas que ça recommence, n'est-ce pas ?

– Oh non, don Salva. Une autre saison comme ça et je suis ruiné. Mais j'ai un accord avec le duc da Capra a Carbonaro, le propriétaire. Un contrat. Je devais…

– Pipo, don Pipo… Vous n'avez toujours rien compris. Il vit où, le duc ?

– À Palerme… Ou à Naples.

– Ou plutôt à Rome. Dans l'un de ses palais. Quand l'avez-vous vu à Trapani pour la dernière fois ? Ou même en Sicile ? Maintenant, qui est ici, sur cette terre ? Chaque jour et chaque nuit ? Qui veille sur elle ? Qui a été chargé par le duc de gérer le domaine et son irrigation ? De répartir l'eau de cette source entre les voisins ?

– C'est vous, bien sûr, don Salva… *Fontaniero…*

– Voilà ! Moi, mes fils et mes amis.

Autour de la table, les hommes, casquettes ou chapeaux de paille, approuvent de la tête. Certains ont des pistolets à la ceinture. Ils ont posé près des fourchettes un San Fratello, un couteau à manche de corne ou d'olivier. Les pantalons sont en grosse toile ; bretelles, manches de chemises retroussées. Une femme en fichu noir apporte un plat de légumes grillés, une autre une casserole fumante. Une adolescente les suit, avec deux pichets de vin rouge et une miche de pain.

– Faites-nous l'honneur de déjeuner avec nous, Pipo. Nous allons parler. Je suis sûr que nous pouvons nous entendre. Aldo, approche une chaise pour notre ami, il ne va quand même pas s'asseoir sur une caisse.

Pietro « Pipo » Pistola prend place à la droite du chef de clan. Ses vergers d'agrumes, plus bas dans la vallée, font vivre sa famille depuis des générations. Aussi loin qu'il se souvienne, les Pistola ont expédié oranges et citrons à Rome, Paris, Londres et ailleurs. Son père a ouvert la ligne avec La Nouvelle-Orléans, quand Pipo était enfant. Mais l'exportation des agrumes ne date pas d'hier, elle a commencé il y a deux siècles, racontent les anciens, quand les navigateurs ont compris l'importance des vitamines contre le scorbut et que la Navy anglaise et la Royale française ont embarqué des caisses de citrons pour les longues traversées. Une manne. Nulle part ailleurs terre n'est aussi bénéfique pour les agrumes, le climat aussi parfait. Les bonnes années, les branches ploient à se rompre sous les fruits. Mais si cet été l'eau ne coule pas dans les rigoles, c'est fini. Il faudra vendre les terres. C'est peut-être ce qu'il cherche, ce voleur. *Fontaniero*, tu parles. *Mafioso*, oui. Et celui-là est le pire de tous. Il tient la source, les sentiers dans la montagne, les barrages, il nous tient tous.

– Excusez-moi, don Salva, mais je voudrais éclaircir quelque chose. Sans vous offenser, bien sûr. J'ai reçu le mois dernier une lettre du duc m'annonçant qu'il avait changé de *fontaniero*. Que désormais, pour l'eau je devais m'adresser à un certain Emilio Fontana. Mais…

– Mais quoi ?

– Il est mort.

– Oui, il est mort. Une décharge de chevrotine en pleine poitrine, à ce qu'on dit. Pas loin d'ici. Il n'a pas eu de chance, des voleurs sans doute. Ce n'est pas à vous que je vais apprendre que nos collines sont mal famées à la tombée du jour. À partir d'une certaine heure, je ne me déplace pas sans arme, ni sans un de mes fils. Oubliez ce Fontana. Je ne sais pas ce qui lui a pris, au duc, de vouloir me remplacer. Notre famille gère l'eau depuis toujours par ici. Même lui n'y peut rien. Il faudra qu'il s'y fasse. Alors, don

Pipo, voilà ce que je vous propose : la garantie de ne plus jamais être à sec, contre trente pour cent de la récolte.

— Trente pour cent ? Mais, c'est énorme ! Comment...

— Vous préférez en perdre la moitié, comme l'an dernier ? Ou davantage ? En plus, si je passe le mot que nous sommes en affaire, vous et moi, personne n'osera vous voler un citron, croyez-moi. Tout le monde y gagne. Vous, surtout.

Pietro Pistola coupe une tranche de courgette, refuse les pâtes, et pour se donner le temps de réfléchir, boit une gorgée de vin.

— Vingt-cinq pour cent ?

— Don Pipo, pensez-vous être en position de négocier ? Trente pour cent, c'est une bonne offre. J'ai du respect pour vous, nos familles se connaissent depuis longtemps. Je ne fais pas cette proposition à tout le monde. Il n'y aura pas d'eau pour tous cet été.

— C'est d'accord, don Salva. Trois caisses sur dix. Mais vous me garantissez...

— Vous aurez assez d'eau pour creuser un bassin et vous baigner dedans, si ça vous chante. Vous pouvez même prévoir d'agrandir les vergers, si vous avez encore des terres. Parole de *fontaniero*.

— Merci, merci beaucoup, don Salva. Je ne vais pas pouvoir rester, il faut que je redescende.

— Goûtez au moins ces *busiate alla trapanese*. Maria fait les meilleures de Sicile.

— Une autre fois, peut-être, don Salva. Je dois y aller, on m'attend ce soir à Palerme, et j'ai du chemin à faire.

— Je comprends. Aldo, accompagne notre associé jusqu'à la route. À bientôt, donc, cher ami.

Il montre un papier rempli de paille, d'où émergent des goulots de bouteilles.

— Acceptez ces quelques litres de marsala, en gage d'amitié. Et n'hésitez pas à venir me voir si vous avez des problèmes d'eau, ou de quoi que ce soit d'autre. Je suis votre serviteur.

— Merci, don Salvatore.

— Et si vous pouviez toucher un mot de notre accord à votre voisin, Pepponi, vous lui rendriez service. Il n'est pas raisonnable.

— Bien entendu.

Pietro Pistola se lève, salue la tablée d'un mouvement de tête, remet son chapeau, fait quelques pas à reculons puis se retourne pour suivre, sur le sentier, le fils aîné du chef qui marche en souriant, sa *lupara* – fusil à canon et crosse sciés – à l'épaule. Les femmes du clan Fontarossa apportent des lièvres rôtis sur le feu de bois d'oranger qui crépite derrière la cabane de pierres sèches où sont stockées, hors saison, les caisses de fruits. Puis des *cannoli*, en dessert, que les hommes terminent en se léchant les doigts. Antonino, le deuxième des trois fils de Salvatore Fontarossa, murmure quatre mots à l'oreille de son père.

– Je viens après le café. Ils sont prêts ?

– Oui, père. Tremblants comme des feuilles.

– Bien. Laisse-les mariner un peu.

Dix minutes plus tard, le chef du clan se lève, essuie sa bouche du dos de sa main. Les autres replient les couteaux, glissent les armes dans les ceintures. Ils partent à travers le verger, cheminent en file indienne jusqu'au pied d'une colline plantée d'oliviers. Entre deux rochers plats en forme de triangle s'ouvre l'entrée d'une grotte, gardée par deux hommes près d'un feu de bois. L'un est gros, hirsute, barbe blanche, vêtu pour la chasse au sanglier. Il tient, cassé dans le creux de son bras, un tromblon du siècle dernier. L'autre, plus jeune, svelte, regard fiévreux et geste rapide, taille une branche avec un coutelas, s'interrompt à la vue de la colonne.

– Merci, Santo. Tu peux venir avec nous. Toi, petit, file. Tu n'es pas prêt.

Une dizaine de torches, têtes de poix sur de longs manches, attendent dans une caisse près de l'entrée. Salvatore Fontarossa en attrape une, la plonge dans le feu, la relève et pénètre dans la grotte. Le boyau est étroit, surmonté d'un crâne de chèvre sur deux branches croisées, puis s'élargit et s'ouvre sur une caverne. Des blocs de rochers taillés sur un sol de terre battue, une table grossière en rondins. Dans une cavité, une statue de madone en plâtre peint, voile bleu et yeux rouges, éclairée de bougies. Les lueurs de torches fixées à des crochets de fer scellés dans les parois projettent des ombres dansantes. Au centre, deux silhouettes frêles, serrées l'une contre l'autre. De jeunes hommes d'une vingtaine d'années, pantalons noirs et chemises blanches, pieds nus, tremblants, les yeux bandés par des morceaux de tissu, les mains liées dans le dos. Le chef du clan approche sa flamme de leurs visages, presque à les brûler. Ils reculent en gémissant. Salvatore Fontarossa s'éloigne et s'assied sur un bloc de pierre taillé en forme de siège. Les hommes prennent place autour de lui, debout en demi-cercle.

– Libérez-les.

Les mains déliées, les deux aspirants, figés comme des statues, n'osent pas ôter leurs bandeaux.

– Bon, vous allez vous décider ? Vous pensez que nous avons du temps à perdre ?

Ils soulèvent les chiffons, se frottent les yeux, jettent des coups d'œil furtifs autour d'eux.

– Regardez-moi. Même dans une grotte, je peux juger un homme à ses yeux… Vous savez qui je suis ?

– Oui, don Salvatore.

– Bien. On m'a rapporté de bonnes choses sur vous. Vous avez rendu des services et vous vous êtes acquittés de certaines tâches. Vous êtes d'ici, je connais vos familles. On me dit que vous êtes prêts à vous engager davantage.

– Oui, don Salvatore.

– Vous savez ce que ça signifie ? Un chemin sans retour. La voie de l'honneur. Votre vie.

– Nous savons, don Salvatore.

– Et vous savez le sort qui attend le traître, le cafard qui balance les siens et sa terre ?

– Oui.

– Bien. Approchez.

Le parrain sort de sa poche un couteau à cran d'arrêt, qu'il ouvre d'un coup de poignet. L'homme sur sa droite, le bas du visage dissimulé sous un foulard, tient à plat, dans sa main aussi large qu'une patte d'ours, deux images pieuses. Une Madone à l'enfant et un portrait de sainte Rosalie, la patronne de Palerme.

– Tendez la main droite.

16

Salvatore Fontarossa attrape l'index du premier et d'un geste vif en pique la pulpe de la pointe de son couteau. Il presse pour faire jaillir une goutte de sang.

– La Madone.

Il prend la carte qu'on lui tend et laisse couler cinq gouttes sur la Vierge. Il fait de même avec l'autre homme, et recueille le sang sur le dessin enluminé de la sainte qui a, au Moyen Âge, sauvé Palerme d'une épidémie de peste. D'un geste, il leur fait signe de reculer d'un pas. Il étale le sang sur les images, les pose sur la table. Un homme approche une branche enflammée. Le chef laisse brûler la première image entre ses doigts, puis la deuxième. Il écrase les cendres du pied.

– Voilà ce qui vous attend si vous trahissez votre serment, si vous parlez de nos affaires à quiconque en dehors de notre groupe, si vous refusez d'obéir à un ordre, d'accomplir une mission. Vous serez anéantis et tomberez en poussière, comme ces saintes. Vous avez compris ?

– Oui, don Salvatore.

Mais si vous vous comportez en hommes d'honneur, en Siciliens, en *Trapanesi*, vous et les vôtres ne manquerez jamais de rien.

Il sort deux mouchoirs de lin blanc de sa poche.

– Essuyez vos mains. Gardez ces tissus en lieu sûr. Ne les lavez pas. Ils vous rappelleront cette journée, la plus importante de votre vie. Vous pouvez rentrer chez vous. Nous savons où vous trouver. Celui qui vous contactera de ma part pour vous confier une mission commencera par prononcer le mot *santo*, vous lui répondrez *diavolo*.

Le chasseur à la barbe blanche passe derrière eux, remonte les bandeaux sur leurs yeux, les attrape par le bras et les reconduit vers l'entrée de la grotte.

– Bon. C'est bien. Il en faudrait encore deux ou trois pour compenser les pertes du mois dernier. Giacomo, tu as des nouvelles de ce maudit Tommaso ?

– Il est parti pour l'Amérique, don Salva. Il y a dix jours. Nos amis du port de Naples ont trouvé son nom sur une liste de passagers pour New York.

– Fais le nécessaire, il faut qu'il soit attendu quand il débarquera. Il en sait trop. Je veux être sûr qu'il ne parlera pas.

– Je sais comment faire arriver un courrier avant lui, *padrone*. Ils le cueilleront sur le quai.

– Très bien. Allons-y.

Salvatore Fontarrossa se lève, se dirige vers la sortie de la grotte quand il entend des éclats de voix. Une femme, jeune.

– Laissez-moi passer ! Vous savez qui je suis ? Je suis la fille de don Salvatore ! Comment oses-tu poser la main sur moi, animal ? Lâche-moi, lâche-moi je te dis ou je t'arrache les yeux !

– Ana ! Toi, lâche-la. Qu'est-ce que tu fais ici ?

– Papa, je voulais te voir. Est-ce que tu m'accompagneras à la *mattanza* demain ? Je ne veux pas aller à la chasse au thon sans toi. Ces brutes…

– Tu sais que tu ne peux pas venir ici, ce n'est pas pour les femmes. Bien sûr, je serai avec toi. Nous aurons le plus beau bateau de la baie, tu verras. Maintenant, descendons à la maison.

2

Au large de l'île de Favignana (Sicile)

Juillet 1902

– Tirez ! *Porchiddio*, mais tirez tous ! Vous avez vu ces bestiaux ? À nous, ils sont à nous. Des thons de Sicile, pour les Siciliens ! Tirez-moi ces filets ! Pas un ne doit s'échapper !

Au centre de sa barque, jambes écartées, porte-voix en main, le raïs est déséquilibré par le coup de queue d'un monstre de deux cents kilos et se rattrape d'une main. Autour de lui, la mer bouillonne comme un chaudron du diable. Les nageoires frappent l'eau, les écailles lancent des éclairs d'argent au soleil du matin. Pris dans la nasse, fous de terreur, mâchoires ouvertes, yeux révulsés, les thons rouges se cabrent, bondissent, se jettent les uns sur les autres, cherchent l'issue qu'ils ne trouveront pas. Lentement, à la force de cent bras, le filet les remonte vers la surface, vers la fin. Le piège, *la camara della morte*, se referme. Le vent de terre se charge d'écume et d'embruns. Relents de sang et de musc, de rouille et de métal, de peur, d'iode, de crasse et de sueur. Le chef, barbe de Viking et regard de fauve, vocifère à l'intention des *tonnaroti* qui, debout sur les embarcations encadrant la « chambre de la mort », ont empoigné les rets qu'ils halent en chantant.

Des cris de joie et de hargne s'élèvent, sauvagerie venue de l'aube des temps, quand s'ouvre la *mattanza*.

Pendant trois jours, dans la passe de Favignana, ils ont immergé les filets lestés de pierres qui forment le labyrinthe sous-marin, la madrague dans laquelle les pêcheurs de Méditerranée, depuis l'Antiquité, piègent le poisson-roi. Les thons en migration annuelle dans l'archipel des Égades ont pénétré dans les nasses. Ils tournent, cherchent, s'affolent, s'épuisent, nagent vers la mort. Ce matin, les hommes de Favignana, aidés par ceux de Marettimo, l'île voisine, ont embarqué dans leurs canots de bois, armés de gaffes terminées par des crochets. Derrière eux s'alignent des barges plates pour recevoir les prises. Toute la population accompagne cette procession séculaire, cérémonie païenne, regards d'acier et mains de fer. Des spectateurs venus de partout, Trapani et Palerme, et même de New York ou La Nouvelle-Orléans, paraît-il. Bénédiction, encens, chants, effervescence pour le jour le plus important de la saison de pêche. Tout ce qui flotte à des lieues à la ronde est rassemblé autour de la chambre de la mort : le piège ultime que les hommes vont relever, maille après maille, pour amener les centaines de thons rouges, la fortune de juin, à portée de crochet.

Parmi eux, Vittorio Bevilacqua, pêcheur de Marettimo, toléré sur la *mattanza* de Favignana. Les chasseurs de thon de la grande île, où trônent les bâtiments de la *tonnara*, la conserverie de l'illustre famille Gritti, n'ont pas assez de bras, mais de là à laisser les bonnes places aux miséreux de Marettimo, ce caillou aride planté au large, que les thons évitent et où les fonds parsemés de rochers assassins lâchent à peine assez de sardines pour ne pas mourir de faim… Comme l'an dernier, Vitto doit se tasser dans un angle et jouer des coudes entre les costauds pour se pencher vers les eaux bouillonnantes. Il compense par sa perche, rallongée d'un mètre, et les muscles de son dos. Depuis la mort de son père – il avait treize ans –, il est en mer par tous les temps, même en hiver, pour nourrir sa mère et ses deux sœurs. Il a vingt ans et loue à un cousin une barque aux planches disjointes et à la voile rapiécée de sacs de farine. Ses filets tombent en morceaux, ses paniers sont troués, mais jamais la *mamma* et les filles n'ont eu faim. Sa part du butin de la *mattanza*, cette année plus que jamais, il la veut. La citerne sur le toit de la maison fuit, et en septembre Giovanna et Amelia doivent aller à l'école des sœurs, à Trapani.

Les pêcheurs sont en place. Des centaines de mains attrapent les mailles et, centimètre par centimètre, des quatre côtés de la chambre de la mort, le filet remonte. *Aja Mola !* crie le raïs. *Assuma !* répond le chœur des hommes. Les biceps se tendent, la sueur coule dans les dos, les pieds se calent entre les planches, les doigts agrippent les filets comme des griffes. Ils chantent. « *E a mola, O regina 'ncurunata, Santu patri Pescatori !* »

Les thons, soulevés vers la surface, s'épuisent en vains soubresauts, se jettent les uns sur les autres, se blessent, se mordent. Certains semblent avoir compris, bougent à peine. Portés par ceux qui résistent encore, les branchies dilatées, ils attendent le fer.

– *Adesso !* Maintenant ! hurle le chef entre deux moulinets de bras. À vos armes, fils de Sicile !

Il lève les mains, chef d'orchestre d'une symphonie bestiale. Sa barque glisse sur les dos d'argent, tangue, chavire presque, se redresse. Il jure, rugit, gesticule, encourage, fustige, crache, gronde, éclate du rire de Poséidon. Dans une clameur féroce, les pêcheurs empoignent les gaffes. Les premiers thons sont crochetés le long des coques, teintent de rouge le turquoise de la mer. L'idéal est de toucher les têtes, les branchies, mais qu'importe. Le corps, la queue aux écailles acérées, tout est bon pour les attraper, les sortir de l'eau et les basculer dans les barges. Seuls les petits peuvent être soulevés par un homme. Pour les autres, il faut se mettre à deux ou trois. La mer devient un bain de sang. Les premières bêtes sont crochetées, hissées à bord, envoyées vers l'arrière. Ces hommes aux larges épaules et aux bras de centaures prennent des poses de toreros quand ils s'écartent d'un mouvement de hanches pour éviter le tranchant des queues. Une frénésie de capture venue du fond des âges s'empare d'eux. Ils pensent aux trophées, à la gloire d'avoir remonté la plus belle bête, aux pièces que l'intendant des Gritti glissera dans leurs mains rougies et tailladées, après la pesée. Au fond des barges, les prises expirent, gueules ouvertes, écume, mucus et sang mêlés, dans d'ultimes sursauts. Les yeux qui jetaient des éclairs de panique se font vitreux, les corps s'arquent, la queue dentelée se soulève une dernière fois et s'immobilise.

Vittorio vise un jeune thon. Il lance sa gaffe, le crochet pénètre près de l'œil, la bête se cabre de douleur. Elle est plus lourde que prévu. « *Aspetta, ti aiuto.* » Son voisin aux boucles blondes héritées des envahisseurs normands du onzième siècle, sourire édenté et biceps d'Hercule, plante son crochet dans la panse de l'animal.

21

Ils tirent en grognant, le poisson émerge de l'eau bouillonnante. Un coup de reins, il passe par-dessus le bastingage, glisse sur le bois délavé, s'écrase au fond de la barge. Le suivant est si gros qu'à trois ils peinent à le sortir. Il faudra le peser, c'est peut-être le *capo*, le plus lourd, dit le blond en taillant au couteau un signe en forme de croix, près de l'œil. Sa marque, celle de sa famille depuis toujours. « Pas question que quelqu'un me le dispute, celui-là. » La tuerie se poursuit pendant des heures. La mer est carmin, le vent soulève des bulles d'écume rose, l'odeur du sang et des excréments envahit les barges, indispose certains spectateurs qui mettent le cap sur Favignana. À midi, le piège est presque entièrement remonté. Les dernières bêtes agonisent. Vittorio enlève sa chemise, déchirée aux deux bras, dégoulinante de sang, et saute dans le filet. Il a troqué sa perche pour une gaffe courte, crochète les thons qui passent à sa portée, les dirige vers les chaloupes, où ils sont hissés. Au raïs l'honneur de harponner le dernier. Les pêcheurs se congratulent, entonnent le chant de victoire, repris en chœur par les spectateurs. « *Santu patri varva bianca, Porta i chiavi u pararisu, e mi scanza i Piscani...* »

Sur une majestueuse chaloupe blanche, la plus belle embarcation de l'île, Ana Fontarossa, longs cheveux châtains, sourire de madone, fixe Vittorio Bevilacqua. Elle a remarqué dès son arrivée ce beau jeune homme mince mais musclé, brun au regard clair, les cheveux coupés court, une petite tache de naissance au coin de l'œil gauche, comme une larme. Elle ne l'a pas quitté des yeux depuis qu'il s'est jeté à l'eau, corps d'athlète parmi les pêcheurs poilus et ventrus. Quand il remonte à bord de sa barque, à la force des bras, les pieds dans le filet, leurs regards se croisent.

3

Île de Marettimo (Sicile)

Juillet 1902

Perchée sur les rochers et surplombant la mer, c'est la dernière maison du village. Salvatore Fontarossa l'a achetée une bouchée de pain, il y a vingt ans, à un pêcheur pressé d'émigrer en Amérique. Le sentier pour la Punta Troia, la pointe nord de l'île où les ruines d'un ancien château normand veillent sur les côtes de Sicile, longe le mur d'enceinte. De la terrasse, des escaliers creusés dans la roche mènent à une crique aux eaux transparentes. Quatre pièces blanchies à la chaux, peu de meubles, un évier taillé dans un bloc d'ardoise, des lits aux matelas de paille, bouquets de fleurs séchées aux murs, une cheminée dans un coin qui n'a pas été allumée depuis des lustres : les femmes du clan Fontarossa ne viennent que cinq semaines par an à Marettimo, au cœur de l'été, quand Trapani est écrasé de chaleur. Il y a toujours du vent, sur l'île. Il fait bon la nuit sur le toit, pour compter les étoiles avant de s'endormir, comme le dit Carla, la tante qui a élevé Ana depuis la mort de sa mère, quand elle avait huit ans. Dix ans ont passé, le visage de Rosa Fontarossa, cette femme mince au regard sévère, au sourire rare, s'estompe dans la mémoire de la jeune fille. Elle se souvient d'une mère distante qui n'avait d'yeux que pour Aldo, l'aîné, le portrait de son père. Elle devait pleurer, feindre d'être souffrante ou de s'être fait mal pour attirer son attention. Mais ça ne marchait pas souvent. Ana ignore de quoi sa mère est morte. Elle soupçonne que son père, Carla et les autres lui mentent avec cette histoire de maladie soudaine qui l'aurait obligée à partir à Palerme. Mais elle compte bien connaître un jour la vérité, même si elle doit la leur arracher.

– *Zia*, je descends au port. Le bateau de Maria ne devrait pas tarder. Tu veux que je rapporte quelque chose ?

– Le vent vient du sud, ma chérie. À cette allure, ils ne seront pas là avant la nuit. C'est Massimo qui est à la barre et il n'est pas un très bon marin…

– Ce n'est pas grave. Je dois rendre un livre à Mme Spongetti, voir si elle en a d'autres à me prêter.

– Si les pêcheurs sont rentrés, regarde s'ils ont des daurades ou des sardines, pour ce soir. Prends l'argent dans la coupelle.

– D'accord, à tout à l'heure.

Ana s'agenouille dans l'herbe jaunie, cueille une fleur séchée d'immortelle, inspire son parfum en souriant puis la place derrière son oreille. Elle caresse le chat roux qui s'enroule entre ses chevilles. Dans son sac de toile et d'osier, il y a le deuxième tome de *Notre-Dame de Paris*, une traduction sortie deux ans plus tôt à Turin. Elle porte des nu-pieds en cuir, une robe de coton fleuri cintrée et si échancrée qu'elle la réserve à Marettimo, loin des regards de son père et de ses sombres amis. Carla, et les deux cousins qui l'accompagnent pendant un mois sur l'île ne diront rien. Pour eux, elle est encore une petite fille. Le foulard qui noue ses cheveux châtains dégage l'ovale de son visage, la ligne de ses lèvres, le gris-bleu de ses yeux et un grain de beauté sur la joue gauche, au coin de la bouche. Le même que celui de son arrière-grand-mère, une Londonienne séduite pendant l'occupation anglaise par un ancêtre paysan et mauvais garçon au grand cœur, selon la légende familiale. Les yeux et les cheveux clairs sont fréquents en Sicile, envahie, perdue, reprise au fil des siècles par tout ce qui portait bannière et épée, en route pour la Terre sainte ou en en revenant, avide de sa terre noire et fertile. « Les hommes de pouvoir sont toujours des envahisseurs. Leur résister est un devoir » : combien de fois Ana a-t-elle entendu son père justifier les armes, les silences et les disparitions qui ont rythmé son enfance ? Quand elle était petite, elle croyait que toutes les familles étaient ainsi. Que les secrets, la violence et la mort faisaient partie de leur quotidien. Il n'y a pas si longtemps, elle a compris que ce n'était pas le cas. Elle a lu la crainte dans les yeux de certains, le respect ou la haine chez d'autres. Mais ici, à Marettimo, elle passe presque inaperçue, sauf peut-être pour l'épicier-restaurateur du port et les anciens pêcheurs. Elle n'est qu'une estivante, pas la fille de don Salva.

Ana descend vers la trentaine de maisons blanches serrées autour de l'église et du port. Elle marche à petits pas sur les dalles de pierres lustrées, boite légèrement à gauche, souvenir d'une entorse à la cheville, quand elle a tenté de faire le tour de l'île par les sentiers et a rebroussé chemin à cause de la douleur et de la chaleur, aussi. Elle était partie à la mi-journée, mal chaussée et sans gourde. *Zia* Carla l'avait à juste titre tancée comme quand elle avait douze ans.

Comme toutes les fins d'après-midi, Régina Spongetti a sorti trois chaises de paille dans la ruelle, devant chez elle. Elle est assise sur la première, a empilé sur l'autre une dizaine de livres et réserve la troisième aux lecteurs de passage. Veuve d'un juge, institutrice à la retraite, elle vit l'hiver dans son appartement de Milan et l'été à Marettimo. Avant de partir pour son île sicilienne, elle demande à son frère, éditeur milanais, de lui remplir une caisse de ses meilleurs romans de la saison. Sa maison, quatre étages minuscules coincés entre la corderie et le bourrelier, est devenue la bibliothèque d'un village qui n'en a pas. Les prêts sont libres et gratuits, elle ne tient aucun registre, la restitution des livres est facultative. Ce qui ne l'est pas, c'est de s'asseoir près de la dame aux yeux ricuru et au chignon blanc et de commenter ses lectures.

– Bonjour, Ana. Alors, Victor Hugo ?

– Vous aviez raison. Je l'ai dévoré en trois jours. Vous m'auriez vue, en pleine nuit, fouiller la maison à la recherche de bougies pour le terminer. J'ai pleuré comme une Madeleine à la mort d'Esmeralda. Quel monstre, ce Frollo ! Et le bossu, Quasimodo, quel personnage magnifique !

Elle sort de la page de garde une feuille de papier pliée en quatre, l'ouvre. Elle y a dessiné un portrait du sonneur de cloches, une silhouette de la belle gitane dansant devant des flammes, deux porteurs de hallebardes.

– Très jolis, tes dessins, ma fille.

– Dessiner, c'est ma passion, depuis que je suis toute petite. Un professeur de l'école des Beaux-Arts de Palerme vient parfois à la maison me donner des leçons, il dit que je suis assez douée. Gardez-les, si vous voulez, laissez-les dans le livre.

– Si tu as aimé Quasimodo, tu vas adorer *Les Misérables*, Jean Valjean. Voleur, bagnard, forçat, redresseur de torts… Un personnage inoubliable qui t'accompagnera pour le restant de tes jours. Je pense souvent à lui, comme à un ami, ou un parent éloigné. Tiens, prends ces deux livres, j'espère avoir la suite bientôt. Assieds-toi deux minutes… Tu es pressée ?

– Pas du tout. Je vais au port attendre ma cousine Maria, qui vient pour quelques jours sur l'île. Mais elle ne devrait pas arriver avant la fin de l'après-midi, son bateau fait escale à Favignana. Elle risque même d'y passer la nuit si les vents sont contraires, car elle voyage sur une barque à voile avec un ami de mon père.

– Il y a de la citronnade dans ce pichet. Sers-toi. Alors, tu ne meurs pas d'envie de visiter Paris, maintenant ?

Elles bavardent. L'île de la Cité, la Seine, Napoléon, Waterloo, la culture française, le musée du Louvre, la Joconde, les deux séjours à Paris de l'institutrice, tous les voyages dont rêve la jeune fille… puis Ana range les deux volumes reliés dans son sac.

– À bientôt, madame Spongetti. Je vais faire quelques courses à l'épicerie et voir sur le port s'il y a du poisson à vendre.

Les têtes se tournent sur son passage à la terrasse des deux cafés, sur la place de l'église, bondés à cette heure où le soleil a glissé derrière la montagne. Le village s'éveille de la sieste. Les pêcheurs commentent les prises du matin, le prix du kilo de thon payé par la *tonnara* Gritti à Favignana, les nouvelles reçues d'Amérique ou d'Australie, où la pêche est dit-on miraculeuse et les rues pavées d'or. À une table, des éleveurs de chèvres, reconnaissables à l'odeur depuis l'autre bout de la place, se lamentent du cours de la viande et du lait, si bas qu'il vaut mieux tuer les bêtes que s'épuiser à les pourchasser dans la garrigue. Le maire tient table ouverte au café Tramontana, près du stand où une grand-mère en fichu vend des granités au sirop de mûres, *I migliore della Sicilia*. Permis de construire, licences de pêche, papiers officiels tamponnés entre deux verres. Quatre jeunes hommes aux cheveux gominés en arrière, habillés comme pour une noce à Palerme, terminent leur deuxième bouteille de vermouth, parlent fort, rient plus fort encore. Ils dévorent Ana des yeux. Sifflets, *Ciao, bella !* Elle ne ralentit pas, tourne la tête vers les ex-voto de marins scellés sur la façade de la chapelle.

Dans le port, sur le pont de son bateau, Vittorio Bevilacqua range les poissons dans deux caisses : dans l'une, les petits, invendables et qu'il rapportera à la maison ; quatre daurades, une bonite et une vingtaine de sardines dans l'autre. Il est tard pour espérer les vendre, il a été retardé par un problème de cordage de l'autre côté de l'île. À l'heure qu'il est, les trois restaurants de Marettimo ont déjà fait leurs achats. Il pourra toujours les confier à Mme Rossi qui les mettra dans son cellier jusqu'à demain. C'est une amie de sa mère, elle ne refusera pas. Il jette la première caisse sur les pierres plates, puis la deuxième, saute à pieds joints sur le quai et la voit. Elle vient vers lui en souriant. La taille serrée par une ceinture, les cheveux caressés par le vent du soir, une apparition.

– Bonjour. Vous reste-t-il du poisson ?

– Oui, j'ai quatre daurades, regardez, deux grosses et ces deux petites.

– Elles sont jolies. Combien, pour les deux grosses ?

– Disons… Vingt lires. Ça va ? Mais, dites-moi… Vous êtes de l'île ? Je ne vous connais pas, et pourtant votre visage…

– Je ne suis pas d'ici, je suis de Trapani. Mais nous nous sommes déjà vus. Moi, je m'en souviens.

– À Trapani ? Je n'y vais pas souvent. C'est loin, avec mon bateau. Et je n'ai pas l'argent pour…

– Non, c'était ici. Enfin, en mer, pas loin d'ici. Au large de Favignana. Il y a deux semaines. La *mattanza.*

– Vous y étiez ?

– Mon père a insisté, il faut voir ça une fois dans sa vie, l'âme de la Sicile, et caetera… Mais c'est trop long et trop sanglant pour moi. C'est là que je vous ai vu. Vous avez sauté à l'eau et tentiez d'attraper les derniers thons. C'était drôle.

– Je les rabattais vers les barques. Oui, je me souviens. Vous portiez un chapeau, avec un ruban blanc.

– Alors, ces daurades ? Voici vingt lires.

Il emballe les deux poissons dans du papier journal, les tend à Ana qui les garde à la main pour ne pas salir son sac et ses livres.

– Vous êtes descendue sur le port pour faire des courses ? À cette heure ? Vous avez eu de la chance de me trouver, je rentre plus tôt, d'habitude.

– En fait, ma cousine doit arriver de Trapani. Vous n'auriez pas vu son bateau ? Bleu, avec deux bandes blanches, et une voile rouge. J'ignore si elle accostera ce soir ou demain.

– Je n'ai vu aucune voile naviguer vers Marettimo, mais ils ont encore deux ou trois heures avant la nuit. Le marin connaît la région ?

– Assez bien, oui. Il travaille pour mon père, il vient souvent. C'est lui qui nous a transportés, la semaine dernière.

– Votre père est armateur, à Trapani ?

– Pas vraiment. *Fontaniero.* Il gère un domaine, des vergers d'agrumes. Mais il a aussi d'autres affaires, sur le port.

– J'ai des jumelles, dans le bateau. Allons au bout de la jetée. De là, on voit presque jusqu'à Levanzo. C'est par là qu'ils vont arriver s'ils viennent de Trapani. Je vous les prête quelques minutes pour chercher une voile rouge sur l'horizon. Vous saurez si ça vaut le coup de les attendre sur le port ou pas. Je m'appelle Vittorio. Vittorio Bevilacqua.

– Enchantée. Ana Fontarrossa.

Il plonge au fond de la minuscule cabine et en ressort muni de jumelles de la marine anglaise, dans la famille depuis deux générations. Le quai avance de quelques mètres vers le large, puis des rochers empilés mènent à une potence de métal où on accroche une lampe à huile pour signaler l'entrée du port. Il lui prend la main pour l'aider à grimper les dernières marches, quelques secondes de plus que nécessaire. Elle fait mine de ne pas le remarquer. *Santo cielo*, qu'elle est belle…

– Fermez l'œil droit, n'utilisez que le gauche, elles sont un peu cassées. Vous voyez quelque chose ?

– Non… Quoique… Là-bas, il me semble… Ce n'est pas une voile ?

28

– Donnez… En tout cas, c'est une barque de pêche. À cette distance, je dirais qu'ils en ont au moins pour deux heures. Le vent est bon. Vous allez les attendre ?

– Je vais plutôt apporter les poissons à la maison et revenir vers huit heures.

– Je serai encore là, j'ai des cordages à réparer sur le bateau.

– Alors à tout à l'heure, peut-être…

Vittorio la regarde s'éloigner sur le quai. Elle va se retourner. *Santa Madonna*, faites qu'elle se retourne. Elle s'arrête, tourne la tête, lui fait un signe de la main, sourit. Le pêcheur lui rend son salut, attend qu'elle disparaisse derrière les maisons. Il empoigne les caisses, part en courant dans l'autre direction.

Ses deux sœurs, onze et treize ans, ont sorti une table sur la placette devant la maison familiale. Elles découpent de la pâte à lasagne quand elles le voient arriver.

– Maman est là ?

– Non. Elle est chez les Cardinale. Tu ne rapportes rien ?

– Si, si. Tout à l'heure. Je dois retourner au bateau.

Il grimpe quatre à quatre les escaliers jusqu'au deuxième étage, se déshabille, jette sa tenue de mer dans un coin. Plus d'eau. Il monte en sous vêtements sur la terrasse, remplit deux brocs à la citerne, redescend, se lave. Vingt minutes plus tard, ses sœurs le voient passer en courant, rasé, peigné, vêtu de son pantalon sombre et de sa seule chemise propre.

– Mais où vas-tu comme ça ? Quelqu'un est mort ?

– Non, non. Au contraire. Je vous raconterai.

4

Île de Marettimo (Sicile)

Juillet 1902

– *Zia*, nous allons visiter les grottes marines. J'emporte de quoi déjeuner, ne nous attendez pas. Nous serons de retour avant la nuit.

– Mais qui t'accompagne ?

– Maria, bien sûr.

– Avec quel bateau ?

– C'est Vittorio qui nous emmène. Tu sais, le pêcheur que j'ai rencontré sur le port.

– Décidément, j'en entends beaucoup parler, de ce Vittorio, sourit Carla. Et où sont-elles, ces grottes ? Ce n'est pas dangereux ? N'oublie pas que je suis responsable de toi. Ton cousin Enzo pourrait venir.

– Oh, *zia* ! Je t'en prie. On ne risque rien, ce n'est pas loin du tout, juste après la Punta Troia. Ça fait des années que je veux les voir. On n'y accède que par la mer. Vittorio est d'ici, il les connaît comme sa poche. S'il te plaît, ma tante chérie, pas Enzo. Il fait la tête tout le temps, et il a le mal de mer. Il va nous gâcher la journée.

– Mais ton père…

– Papa veut que je sois toujours accompagnée à Trapani, à cause de ses affaires. Mais ici, qu'est-ce que je risque ? Je serai avec Maria, nous allons voir les grottes, pique-niquer sur le bateau et nous rentrons en fin d'après-midi. Je te promets, *zia mia*. Et puis ce Vittorio inspire confiance. Quelque chose dans son regard, peut-être…

– Son regard quand il te regarde, non ? Si jamais ton père apprend que je te laisse partir seule en bateau avec un inconnu…

31

– Je ne serai pas seule, Maria vient avec nous. Et ce n'est pas un inconnu. Il s'appelle Bevilacqua, c'est une famille de l'île. Son père est mort en mer quand il avait treize ans, et depuis il s'occupe de sa mère et de ses sœurs. Il est courageux. Avec lui nous ne risquons rien. Je t'en prie… Papa n'en saura rien.

– Bon. Mais retour avant la nuit, tu me promets ?

– Promis, ma *zia* chérie.

– Et pas de bêtise, tu vois ce que je veux dire ? Tu n'es plus une enfant, tu as remarqué comment les hommes te regardent…

– Ma tante, j'ai dix-huit ans. Pas douze. Vittorio est différent. Je ne sais pas comment l'expliquer. Il n'est pas comme les autres.

– Ne te fais pas trop d'illusions, ma fille… Enfin… Prenez le panier rond, il y a des *focaccias*, du jambon et un melon dans le cellier.

Vitto Bevilacqua étend ses filets sur des trépieds de bois quand il aperçoit les deux jeunes filles. Elles sont cousines mais pourraient être sœurs. Ana plus grande et plus élancée ; Maria plus ronde, un peu plus âgée, les cheveux plus clairs, mais le même sourire illumine leur visage, fronce leur nez et leur donne un charme irrésistible. Elles portent des robes légères, bleue pour Ana, sable pour Maria, des gilets de coton fin et des chapeaux de paille à large bord, décorés de perles et de coquillages.

– *Ciao,* Vitto ! lance Ana. Tu nous attends depuis longtemps ?

– Je viens d'arriver. Enlevez vos chaussures, ce sera plus simple sur le bateau.

Il aperçoit, derrière des tonneaux et des filets empilés sur la jetée, ses sœurs qui l'observent. Se voyant découvertes, elles filent à toutes jambes en gloussant.

– Amella et Giovanna. Elles m'ont suivi depuis la maison, pour savoir pourquoi je ne partais pas pêcher ce matin. Je ne leur dirai pas que je suis allé aux grottes, elles m'en voudraient, elles adorent ce coin.

Ils longent la côte est de l'île, abrupte et découpée, au ras de récifs. Des pins tordus et des bouquets de thym s'accrochent aux falaises. Marettimo est la plus aride des îles Égades, la plus éloignée des côtes de Sicile, la plus exposée aux vents du large ou du désert, qui montent d'Afrique et brûlent tout sur leur passage. Les jardins ceints de murs, autour de maisons blanchies à la chaux, ont été gagnés sur des champs de pierres. Les terrasses, bâties par des hommes disparus depuis longtemps, ne sont plus que de vagues souvenirs. Un soleil de plomb six mois par an, qui écrase hommes et animaux et les fait se réfugier dans les chambres et les terriers du milieu de la matinée au crépuscule. Trois chemins, des sentiers mal tracés, des mules abruties de chaleur, des chats cachés dans les recoins, des lézards et des mouettes. Quelques plants de tomates, pas d'oliviers ni de citronniers, peu d'ombre. Le mois d'août tarit les puits une année sur deux. Une fournaise de calcaire et de sel, de roches et de feu. Rien à y faire à part pêcher de quoi ne pas mourir de faim, dans une mer aux colères soudaines. Des sardines, parfois quelques daurades. Chaque année, les prises diminuent, les filets remontent plus légers, deux ou trois familles partent pour Palerme, Trapani ou plus loin encore. Les autres, trop pauvres pour recommencer ailleurs, prisonniers de leur misère, rêvent du Nouveau Monde devant des cartes postales envoyées d'Amérique, du Brésil ou d'Australie, épinglées au-dessus du comptoir des deux *osterias* de la place.

Un banc de thons vient à leur rencontre, juste sous la surface, flèche d'argent qui se divise en deux pour passer sous la barque. Une heure plus tard, ils arrivent à l'entrée d'une cavité ronde, au pied d'une falaise de roches blanches où s'accrochent des chênes-lièges et du thym. Le vent d'ouest est chargé d'odeurs de garrigue et de figuiers. Les eaux sont si claires que sur le fond l'ombre de la barque danse avec les poissons.

– Vous voyez la pierre en forme de tête de chameau ? Elle a donné son nom à la grotte, la *grotta del cammello*, explique Vittorio. Pardon, Maria, peux-tu te mettre de l'autre côté ? Je vais affaler la voile.

Il installe une rame à l'arrière et pousse la barque dans l'entrée de la cavité. Après un passage étroit, elle s'ouvre sur une large voûte, éclairée en son centre par un puits de lumière tombé d'un trou de vingt mètres de diamètre dans le plafond. Les rayons du soleil se reflètent sur les parois, révèlent un récif de corail dans lequel jouent des bancs d'anchois. Le jeune homme jette dans les eaux transparentes, turquoise par endroits, bleu foncé à d'autres, le bloc de granit troué qui lui sert d'ancre. Il se lève, regarde les filles en souriant, enlève sa chemise. Ana remarque la silhouette d'un thon surmontée d'une ancre tatouée sur son bras gauche. Sa cousine lui donne un coup de coude discret. Il monte sur le banc de nage et plonge. Il fait quatre brasses sous l'eau, émerge au centre du cercle de soleil.

– Venez ! C'est le plus bel endroit du monde pour se baigner. Un clin d'œil du ciel !

Les deux jeunes filles se regardent, sourient.

– D'accord, mais retourne-toi. Va nager par là-bas pendant que nous nous changeons.

Vittorio s'éloigne en tapant des pieds. Elles enfilent les robes de mer à manches courtes, en coton bleu et gansées de blanc, que Carla leur a rapportées de Naples.

– Si jamais mon père apprend que je me change dans une barque de pêche et que je me baigne dans une grotte avec un inconnu, je suis bonne pour le couvent, rigole Ana.

– Carla ne dira rien, tu le sais bien. Allez… Un, deux, trois !

Ana plonge et nage sous l'eau pendant vingt secondes, émerge près d'un gros rocher. Maria saute en criant et se place au centre du rayon de lumière, en plein soleil. Vittorio rejoint Ana, grimpe sur une pierre plate, lui tend la main pour l'aider à monter. Elle s'assied à côté de lui. Leurs corps se touchent presque. Le pantalon court du jeune homme lui colle aux jambes, Ana secoue les pans de sa robe de bain. Ils n'osent pas se regarder. Quand elle sent son bras la prendre par la taille, l'attirer vers lui, elle se tourne, penche légèrement la tête, ferme les yeux, entrouvre les lèvres pour l'embrasser.

Maria sort la tête de l'eau, aperçoit sa cousine enlacée par le pêcheur, sourit. Elle s'éloigne en quelques brasses de l'autre côté de la grotte, et quelques minutes plus tard lance :

– Vittorio, comment fait-on pour remonter à bord ?

– Attends. J'arrive.

Il regagne la barque, grimpe à la force des bras, installe à l'arrière les trois marches d'une échelle de bois.

– C'est bon, vous pouvez venir.

34

Maria sort de l'eau la première, il lui tend un morceau de toile pour se sécher, donne la main à Ana. Ils se regardent, se sourient sans un mot. Maria brise le silence.

– Qu'est-ce qu'on fait, maintenant ?

– Allons à la grotte du Tonnerre, elle n'est pas loin. Il y a un grand rocher plat où on peut accoster et des pins. Nous aurons de l'ombre pour déjeuner.

Après le pique-nique, ils s'allongent sur un lit d'aiguilles, écoutent le ressac des vagues contre l'entrée de la cavité, le cri des mouettes. Ana s'endort, la tête contre la poitrine de Vittorio. Il fixe la cîme des arbres, le chant du vent dans les branches, plus heureux qu'il ne l'a jamais été. Il l'a su à la première seconde. Quand elle lui a demandé s'il avait des daurades. Ce sourire. C'est elle. Maria se lève, regarde en direction de Marettimo.

– Nous devons être à la maison avant la tombée du jour.

– Alors il faut y aller. Le vent a tourné, on en a au moins pour trois heures.

– Si tu veux la revoir, mieux vaut ne pas rentrer à la nuit.

Le soleil s'est couché derrière la montagne quand ils franchissent la pointe de la jetée. Mais en juillet le ciel est encore clair, la nuit pas vraiment tombée, ça devrait aller, se dit Ana. Et elle les voit. Ses cousins, Enzo et Pietro Fontarossa, les fils du frère cadet de son père. Sur le quai, ils attendent. L'un d'eux a des jumelles, les ajuste, parle à son frère. Vittorio affale la voile, approche en godillant. Lui aussi les a vus. Mais il ne sait pas qui ils sont. L'un porte un fusil de chasse à la bretelle, l'autre un bâton de berger qui lui arrive à l'épaule.

– Vitto, ce sont mes cousins. Laisse-moi leur parler, ne reste pas là.

Ana avance à la proue, lance l'amarre à Pietro qui l'attrape, mâchoires serrées. La jeune fille saute sur le quai. Enzo la saisit par le bras.

– Enzo, tu me fais mal. Qu'est-ce qu'il te prend ?

– Tu étais où ? Qui c'est, lui ?

– Carla ne vous l'a pas dit ? Nous sommes allés visiter les grottes marines, sur la côte est. J'étais avec Maria, nous avons déjeuné et nous rentrons. Lui, c'est Vittorio Bevilacqua. Un pêcheur de l'île. Nous l'avons engagé pour la journée.

– Toutes les deux ? Sans m'en parler ? Seules avec ce pouilleux, depuis dix heures du matin ? Tu es folle. Tu sais que ton père...

– Arrête, Enzo, c'était juste une excursion en mer, tante Carla est au courant. Raccompagnez-nous à la maison, si vous voulez.

– Et lui ?

Ana baisse la voix, son cousin lâche son bras.

– Lui. Il n'a rien fait, je te jure. Il nous a transportées, à peine parlé. Nous avons payé quinze lires pour aller aux grottes. Laisse-le tranquille. Il ne sait pas qui nous sommes. Maria, viens. Enzo, Pietro, je vous en prie, ne faites pas d'histoires.

À la proue, Vittorio roule lentement un cordage, les yeux baissés. Maria récupère leurs chaussures dans le coffre de bois, attrape la main d'Enzo qui l'aide à monter sur le quai.

– Nous allons voir ça avec Carla. Toi, le pêcheur, on sait où te trouver.

Le lendemain, Vittorio part poser des filets et des casiers dans la baie près de la Punta Cala Facciazzo, au sud de l'île. Quand il rentre au port, avant midi, il aperçoit de loin la fumée s'échappant de la cheminée d'un long canot à vapeur. Coque en bois sombre, pont en acajou, cheminée noire, cabine intérieure avec rideaux de dentelle. Il a entendu dire qu'un chantier naval, à Naples, construisait ce genre d'embarcation, sans mât ni voile, mais c'est la première fois qu'il en voit une. Pour un petit port comme Marettimo, à l'écart des lignes régulières, c'est un événement. Toute l'île est descendue l'admirer.

– Tu vois, dit un vieux pêcheur à un autre, accroché à sa pipe en bois, je t'avais raconté que je l'avais aperçu à Trapani. Nous sommes les derniers à la voile. L'avenir, c'est ça.

Vittorio amarre la barque, monte sur le quai. Les habitants de Marettimo rassemblés sur le port s'écartent pour laisser passer deux hommes poussant des brouettes chargées de bagages. Derrière eux, les frères Fontarossa, fusil à l'épaule, casquette sur les yeux, marchent à pas lent, regardent droit devant eux, suivis d'Ana et de Maria, encadrées par un couple aux cheveux blancs. Elles portent

36

de longues robes de drap sombre, des chapeaux dont les voilettes cachent leurs visages, des sacs de voyage en cuir. Les domestiques s'arrêtent devant le canot à moteur, tendent les malles à deux marins en tenues identiques, pantalon court et marinière claire. Vittorio approche. Enzo Fontarossa l'a vu, fait trois pas dans sa direction.

– Toi, le pouilleux. Ne bouge pas, ne dis rien.

Ana soulève sa voilette, fixe Vittorio. Puis elle tend son sac à un marin, remonte le pan de sa robe et s'engage sur la passerelle, suivie par Maria, puis elles pénètrent dans la cabine. La femme aux cheveux blancs ferme la porte derrière elles. Les deux frères s'installent sur les banquettes de cuir à l'arrière, fusil sur les genoux, sourire aux lèvres. L'ancre est levée, le coup de sifflet du vapeur, le premier à retentir à Marettimo, est salué de cris de joie. Les amarres sont larguées, le grondement du moteur résonne dans la baie. En moins de trente minutes, le navire a passé la pointe sud. Sa fumée est encore visible, plein est, quand un garçon d'une dizaine d'années, fils d'un cafetier du port, s'approche de Vittorio, assis sur une caisse près de sa barque.

– Vitto Bevilacqua ?

– C'est moi. Qu'est-ce que tu veux ?

– C'est pour toi.

Il lui tend une enveloppe. Son nom est écrit à la plume. Il l'ouvre. Une fleur d'immortelle s'en échappe. L'écriture est fine et penchée.

Vitto,
Nous rentrons à Trapani, deux semaines plus tôt que prévu. Quand il a su que nous étions parties sans lui pour la journée, mon cousin Enzo est entré dans une colère noire. Ma tante Carla m'a avoué avoir peur de lui. C'est lui qui a décidé de nous ramener à la maison pour, comme il dit, « voir ce que don Salvatore va penser de ça ».
Je ne comprends pas sa réaction, elle me surprend. Maria pense qu'il est amoureux de moi, depuis que nous sommes enfants. C'est de la folie, c'est le fils du frère de mon père... Je ne sais pas ce qui va se passer, je ne sais pas comment mon père va réagir. Je suis inquiète.
Je ne vais pas revenir à Marettimo cet été.
Je veux te revoir, j'espère que toi aussi. Le 7 août, c'est la fête de la Sant'Alberto à Trapani. La grande fête de l'année. Crois-tu que tu

pourrais venir ? Il y a tellement de monde que nous pourrions nous voir sans attirer l'attention. Je serai derrière l'église Anime Sante del Purgatorio au moment où commence le feu d'artifice, à dix heures. Mon père, mes frères et mes cousins font partie du comité qui tire les fusées, je suis sûre qu'ils ne seront pas avec moi. Je t'attendrai dix minutes. Si tu ne peux pas venir, s'il te plaît trouve un moyen de m'envoyer un message. J'espère de tout mon cœur que tu seras là. Je t'aime.

Ana.

5

Trapani (Sicile)

Août 1902

— Vitto, bien sûr que j'aimerais aller à Trapani pour la Sant'Alberto. Je n'y suis pas retournée depuis la mort de votre père. Et tes sœurs n'ont jamais vu une si belle procession. Mais comment veux-tu ? Avec quel bateau ? Et surtout, avec quel argent ?

— *Mamma*, je te dis que c'est arrangé. Luigi me prête son *peschereccio* de dix mètres, avec la cabine, à condition que je lui rapporte les filets et le bois qu'il a commandés chez Ferroni. Et pour l'argent, il y a ce que j'ai gagné à la *mattanza*.

— Mais tu devais acheter une nouvelle voile. Et peut-être même une nouvelle barque...

— J'ai changé d'avis. Ça nous fera du bien de quitter l'île pour deux ou trois jours, non ? Nous pouvons loger chez les cousins Mazzarella. Ça ne coûterait pas cher. Les filles, qu'est-ce que vous en dites ?

— Oh oui ! s'exclame Amella, la plus jeune. Je veux voir le feu d'artifice. Et la procession. Toutes mes amies en parlent. S'il te plaît, maman !

— Moi, je sais pourquoi il veut aller à Trapani, dit Giovanna en donnant un coup de coude à sa sœur. Il a une bonne raison, avec une jolie robe et un grand chapeau...

— Giovanna, cesse d'embêter ton frère.

— Il ne s'est rien passé, avec cette fille, *mamma*... Mais c'est vrai que j'aimerais la revoir. Ce sera peut-être l'occasion.

— Comment s'appelle-t-elle ?

— Ana Fontarossa.

– Quel âge a-t-elle ?

– Je ne le lui ai pas demandé. Plus jeune que moi, je crois. Elle habite à Trapani, c'est tout ce que je sais.

– C'est laquelle des deux que tu as emmenées aux grottes ? insiste Giovanna.

– La plus grande.

– J'en étais sûre ! La plus jolie. *Mamma*, s'il te plaît. Tu vois bien que Vitto est amoureux. Nous l'avons vue, elle ressemble à une princesse. Il ira la voir à Trapani, de toute façon, c'est sûr. Allons-y ensemble pour la fête. S'il te plaît ! Je te promets de t'aider pour tout ce que tu demanderas sans protester jusqu'à… la fin de l'été.

– Ou même Noël ! dit Amella.

– Elle est de la famille qui a quitté Marettimo dans le canot à moteur, il y a deux ou trois semaines ? Ceux qui ont la grande maison, vers le chemin de la Punta ?

– Oui, maman.

– Méfie-toi, mon fils. Les gens qui montent dans de tels bateaux et qui ont des maisons d'été à Marettimo ont beaucoup d'argent. Je ne pense pas qu'une fille de riches puisse s'intéresser à un simple pêcheur de la plus pauvre des îles des Égades. Je ne sais pas ce que vous avez fait, aux grottes, mais je doute que son père te laisse approcher à nouveau de sa fille. Tu sais comment se passent les choses à Trapani, non ?

– Je sais, *mamma*. Mais je veux la revoir. La fête est la seule occasion. J'irai, de toute façon. Alors, venez avec moi. Il y a combien de temps que tu n'as pas arrêté de travailler, entre le ménage chez les gens, le potager, les conserves, la couture ? C'est une bonne façon de dépenser l'argent des thons, ma voile tiendra bien encore un peu.

– Bon. Trois jours, pas plus. Il faut écrire une lettre aux cousins pour les prévenir. J'espère qu'elle leur parviendra à temps.

– Je vais la confier à Mario, il part ce matin pour Favignana. De là, ce sera facile de l'envoyer à Trapani.

Trois jours plus tard, la veille du début des festivités du saint patron de Trapani, les Bevilacqua montent à bord du bateau de

Luigi Cardinale, une longue barque à cabine avec laquelle son propriétaire pêche dans le golfe de Naples, et au-delà. Beau temps et vent arrière. Amella et Giovanna se sont installées à la proue, assises les pieds dans le vide et jouent les vigies, espérant voir des dauphins. Ils passent entre Favignana et Levanzo, les deux autres îles de l'archipel des Égades, pour arriver six heures plus tard, au coucher du soleil, en vue de la péninsule en forme de croissant de lune qui abrite le port de Trapani. Du *lazzaretto*, le fort qui garde l'entrée du bassin, aux quais qui s'enfoncent jusqu'au cœur de la ville, sont amarrés des bateaux de toutes tailles, de la petite barque aux vapeurs des lignes régulières partant pour Naples, la Sardaigne ou la Tunisie. Les navires, les lampadaires, les édifices sont pavoisés et les quais noirs de monde, les cloches des églises sonnent à la volée alors qu'ils pénètrent dans le port.

– Pas un anneau libre, toute la région s'est donné rendez-vous pour la fête, on dirait. Je vais m'amarrer en deuxième ligne là-bas, pour que vous débarquiez et puissiez aller chez les cousins. Je chercherai un emplacement après. De toute façon, je resterai à bord cette nuit et demain pour surveiller le bateau de Luigi.

– Tu te souviens où ils habitent ? Tu avais quel âge, la dernière fois que nous sommes venus ?

– Je ne sais plus, papa était encore vivant. Mais je connais le coin, je demanderai. Je vous rejoins dans deux heures.

La soirée se passe autour de la longue table des Mazzarella, dans le quartier des tanneurs, qui n'avaient pas été prévenus de l'arrivée des parents de Marettimo et empruntent des chaises aux voisins. Ils prêtent à Vittorio deux couvertures à chevaux avec lesquelles il improvise un lit, à l'intérieur de la cabine du bateau. La capitainerie du port lui a indiqué un emplacement, un quai à l'écart près du chantier naval Daromarci, fermé pendant la fête. Fontarossa… Le père d'Ana est connu à Trapani. Elle ne doit pas être difficile à trouver. Mais si je commence à poser des questions, ça risque d'alerter les deux affreux. Elle pourrait être cloîtrée à la maison. Ce soir, dix heures, à l'église Anime Sante del Purgatorio. Mieux vaut attendre.

Le lendemain matin, dans la cour des Mazzarella, les parents, amis, voisins font la cuisine, boivent du café, mangent des gâteaux, donnent des nouvelles de ceux qui sont partis pour le nord de l'Italie ou le Nouveau Monde. Après le déjeuner, le clan s'installe, des heures à l'avance, sur le boulevard qui descend vers le port pour être en bonne place et voir passer la procession. Vittorio apporte une chaise pour sa mère, des glaces à la pistache pour ses sœurs. Il regarde d'un œil distrait les fanfares, la statue dorée du saint portée à dos d'homme, l'évêque et les enfants de chœur, les volutes d'encens, les fidèles en pleurs, les veuves en noir corbeau, les soldats en uniforme de parade, les pompiers aux casques d'argent, les marins en tenue d'apparat et les congrégations en costumes de fête. Il ne cesse de lever les yeux sur l'horloge au fronton de la mairie. À la nuit tombée, il se penche vers sa mère.

– J'ai rendez-vous avec Ana. Je vous laisse, je dors sur le bateau.

– Sois prudent, mon fils. Les cousins disent que cette famille Fontarossa est redoutable.

– Ne t'inquiète pas. Demain matin, je vais chercher les filets de Luigi et je vous rejoins. Nous partirons pour Marettimo à la mi-journée.

Il remonte, dans une foule compacte, le dédale de rues menant à l'église – une pâtisserie de pierre blanche surmontée d'une coupole de tuiles vertes vernies, décorée de colonnes et de statues, enchâssée entre les maisons de deux étages aux portes et fenêtres ouvertes, pour faire entrer l'air du soir. Sur le parvis, un groupe d'adolescents est assis sur les marches, tournant le dos au port et aux festivités. Vittorio fait le tour de l'édifice, repère les lieux puis s'installe à la terrasse d'une trattoria sur une place voisine, devant un plat de *busiate* au noir de seiche. Vingt minutes avant l'heure convenue, il est derrière le chœur de l'église, adossé à un contrefort de pierre. Je comprends pourquoi Ana a choisi cette placette. Les deux ruelles qui y mènent font un coude. Personne ne passe par là. Les deux lampadaires à huile dessinent des halos jaunes entre lesquels la nuit est d'encre. Il l'entend avant de la voir : un bruit de pas pressés, le froissement d'une robe contre les pavés. Il sort de l'ombre.

– Vittorio ! Tu es venu !

Elle se jette dans ses bras. Ils s'embrassent, se mordent les lèvres, arrêtent pour se regarder dans les yeux, se sourient, recommencent. Elle enfouit sa tête dans son cou.

– Je craignais de ne jamais te revoir, j'avais peur que tu ne redoutes mes brutes de cousins, ou alors mes frères…

– Ton père ?

– Il m'a enfermée trois jours dans ma chambre, puis ma tante est parvenue à l'assouplir. C'est ma première sortie après le coucher du soleil. Ils sont trop occupés par le feu d'artifice. Maria a été formidable. Elle a dit que tu m'avais à peine adressé la parole et que c'est à elle que tu faisais les yeux doux.

Quatre détonations rapprochées. Des fusées sifflent en montant dans le ciel puis explosent en fleurs rouges, mauves et blanches au-dessus des toits, baignent la place de lumière. Par réflexe, Ana repousse Vittorio, avant de s'apercevoir qu'ils sont seuls. Ils rient, s'embrassent. Elle passe son doigt sur sa tache au coin de l'œil.

– Qu'est-ce que c'est ? Une cicatrice ?

– Non, je suis né avec. Une tache. Ma mère l'appelle ma « petite larme ». J'en avais honte quand j'étais petit, les autres se moquaient de moi, mais maintenant je l'aime bien.

Ana pose ses lèvres dessus, lui embrasse les yeux.

– Moi aussi, je l'aime bien. C'est joli. Elle te rend unique.

Toute la ville est sur le port, les feux de la Sant'Alberto sont réputés dans toute la région.

– Cette année, mon père est furieux parce que la mairie a fait venir un spécialiste de Rome, avec des fusées deux fois plus grosses que celles qu'ils utilisent d'habitude. Mais tous les hommes de la famille travaillent quand même à installer le matériel sur des bateaux depuis plus d'une semaine. Nous avons deux heures. Je dois être rentrée avant minuit, Maria jurera que j'étais avec elle. Où pourrions-nous aller pour être un peu tranquilles ?

– Tu as faim ? Tu veux manger ? Boire quelque chose ?

– Pas du tout. Ce que je veux, c'est être seule avec toi.

– Mon bateau est amarré près du chantier naval, à trois rues d'ici.

– La barque avec laquelle nous sommes allés aux grottes ?

– Non. Un vrai bateau de pêche, avec une cabine. Un ami de Marettimo me l'a prêté.

Ils parviennent en quelques minutes au bord de l'eau. Une foule compacte se presse sur les quais, nez en l'air. Le ciel s'illumine de toutes les couleurs. Les fusées chuintent en partant de deux barges amarrées au centre du bassin, et du *lazzaretto*, à la pointe. Quand les corolles blanches s'épanouissent, on y voit comme en plein jour. Une pluie de paillettes rouges et bleues retombe sur la forêt de mâts qui dansent au rythme des vagues. Vittorio prend sur la gauche, vers les docks de travail et d'industrie. Personne ne remarque la jeune fille en robe de lin clair qui marche derrière lui, s'arrête pour lever la tête quand les explosions redoublent, presse le pas pour rester à la bonne distance. Il contourne le chantier naval, vérifie qu'elle le suit. Il arrive à son bateau, saute à bord, ouvre le cadenas qui ferme les portes de la cabine et siffle doucement entre ses dents. Ana monte dans le canot, s'engouffre dans la cabine, se jette dans les bras de Vittorio, qui tombe en arrière. Ils roulent sur le plancher couvert de vieilles voiles. Il la serre dans ses bras, embrasse, mordille ses épaules, sa nuque, s'enivre de l'odeur de sa peau et de ses cheveux, fait glisser une manche de sa robe et lui caresse le sein.

– Vitto, ferme les portes.

Il se lève, passe la tête à l'extérieur de la cabine. Personne en vue. Des gerbes blanches, en forme de fleurs de chrysanthèmes géantes, illuminent le ciel. Puis les lueurs de fusées vertes et bleues se reflètent sur l'eau noire des bassins. Vitto tire vers lui les deux battants de bois. Il fait sombre dans la cabine. Le hublot laisse pénétrer par saccades ces lumières tombées du ciel. Quand il s'embrase de rouge, Vittorio se retourne. Ana est couchée sur le lit improvisé, entièrement nue.

6

Trapani (Sicile)

Août 1902

Vincenzo Spina, dit Spino, est habillé de noir pour son expédition annuelle. Il est tantôt docker sur le port de Trapani, tantôt paludier dans les marais salants, tantôt conducteur de charrette, toujours voleur. Et le soir de la Sant'Alberto, pendant le feu d'artifice, c'est la meilleure occasion de l'année. Les maisons sont ouvertes, les *Trapanesi* et les visiteurs ont le nez en l'air, les *carabinieri* surveillent la fête.

Il porte sur son épaule un sac de toile plein d'argenterie et va terminer son expédition par un crochet au chantier naval Daromarci. Pas pour lui, pour son beau-frère qui a besoin d'outils. T'inquiète, que je lui ai dit. Je sais où les trouver, moi, tes ciseaux à bois et tes marteaux. Garde tes sous. Alors je passe par le quai d'industrie pendant que toute la ville est sur le port à regarder le ciel en mangeant des glaces, je saute le petit mur, et le tour est joué. Pas de gardes, c'est presque trop facile.

Holà ! Attention... En voilà deux qui avaient mieux à faire qu'admirer le feu d'artifice. Ils sortent de la cabine du bateau, monsieur boucle sa ceinture, mademoiselle a les cheveux en bataille, elle rajuste sa robe, enfile ses chaussures. Planquons-nous derrière ce tas de planches, ce n'est pas le moment de se faire repérer. Bon. Ils repartent vers la ville. Ils passent sous un lampadaire... Elle est mignonne, cette petite. Et bien jeune pour se faire trousser sur des filets puant le poisson. Mais dis donc, ce ne serait pas la belle Ana, la fille de don Salva ?

7

Trapani (Sicile)

Août 1902

— Ana, réveille-toi. Ton père veut te voir. Il est hors de lui. *Per la Madonna*, qu'est-ce que tu as fait ?

— Bonjour, *zia*. De quoi parles-tu ? Quelle heure est-il ?

— Presque neuf heures. Lève-toi et habille-toi. Il t'attend dans la cuisine, avec tes trois frères et Enzo. Il ne m'a rien dit, mais sa tête ne présage rien de bon. À quelle heure es-tu rentrée, hier soir ?

— Pas tard, après le feu d'artifice.

— Tu étais seule ?

— Non, j'ai retrouvé Maria sur le port. Nous avons bu des limonades, et après le spectacle nous sommes revenues tranquillement. Je l'ai raccompagnée jusque chez elle, puis je suis allée me coucher. Sans doute pas longtemps après toi.

— Quelque chose ne va pas. Rejoins-moi, je te prépare un café.

Oh mon Dieu, que sait-il ? Qui a pu lui dire ? M'ont-ils vue avec Vittorio ? Ils me surveillent ? Enzo ? Aldo ? Pourtant, j'ai fait attention, personne ne m'a suivie. Nous nous sommes séparés sur le quai, sans nous embrasser, comme de vieux amis. Il doit retarder son départ pour Marettimo à demain, nous devons nous revoir en secret en fin d'après-midi, sur le bateau, mais ça personne ne le sait, pas même Maria. C'est sans doute un autre sale coup de cet Enzo *di merda*. Qu'est-ce qu'il est encore allé dire ? Je le déteste, celui-là. Il faut que je mette mes frères de mon côté. Aldo me protégera, je suis sa petite sœur. Habille-toi, peigne-toi et fais bonne figure. Il ne peut rien savoir.

Dans la cuisine de la grande maison de don Salvatore, dalles de pierres claires au sol, cuisinière de fonte, odeurs de pain chaud et d'oignon qui rissole, tresses d'ail aux murs, le chef du clan est assis au bout de la table de chêne. Il a les yeux fixés sur son café, les mâchoires crispées, serre le bol à deux mains comme s'il allait le briser. Ses trois fils, Aldo, Paolo et Antonino, debout contre le mur, sont muets et aussi immobiles que des soldats de plomb. Enzo et Pietro, ses neveux associés à ses affaires, sur sa droite. Enzo marmonne entre ses dents des phrases inaudibles. Ses yeux lancent des éclairs. La tante Carla, qui gère la maison depuis la mort de Rosa Fontarossa, pose sur la table un pot de café, des *biscotti,* des tartines de pain brun, quatre tomates, une cruche d'huile d'olive.

Quand Ana entre dans la pièce, son père se lève d'un bond. Son regard la foudroie.

Il sait.

– Vous tous, asseyez-vous. Toi, approche.

Raclements de chaises. Paolo fait un geste vers la panière. Aldo, de la tête, lui fait signe de ne pas bouger. Enzo joint ses mains pour contenir des tremblements de rage. Ana s'avance vers son père, esquisse un sourire. Elle s'apprête à l'embrasser quand don Salva lui donne un coup de poing sur la joue droite. Ana s'écroule, hurle de surprise et de douleur.

Carla se précipite pour s'interposer.

– Toi, dehors !

Ana pleure, hoquette, saigne au coin de la bouche. Elle tente de se redresser mais une gifle la cloue au sol. Elle est incapable de parler ou respirer. Son père se penche vers elle, l'attrape par les cheveux, la relève, l'assied de force sur une chaise. Elle s'effondre sur la table, sanglote, les mains sur les oreilles pour parer de nouveaux coups. Il tonne, de sa voix grave à l'accent rocailleux des montagnes.

– *Puttana !* Salope ! Traînée ! Ton cousin avait raison ! Pas encore dix-neuf ans et déjà le vice au corps ! Je sais ce que tu as fait hier soir, où tu étais. Tu devrais savoir que rien ne m'échappe à Trapani. Je suis sûr que c'était ce pêcheur de merde, ce pouilleux de Marettimo. Lui, il est mort. Tu m'entends ? Mort ! Tu as déshonoré ta famille. Ma seule fille ! Tu m'as déshonoré. Avant ce soir, toute la ville saura qu'Ana Fontarossa, la fille de don Salvatore Fontarossa, le *fontaniero,* est une garce qui se fait prendre dans la cale d'un bateau comme une putain du port. Pire qu'une *puttana,* parce qu'elle, au moins, elle fait ça pour manger !

— *Papà...*

— Pas de *papà*, plus jamais ! Ne m'adresse plus jamais la parole, sauf quand je t'interrogerai. C'est compris ? File dans ta chambre. Interdiction d'en sortir, à l'eau pendant trois jours. Si tu mets un pied dehors, je t'arrache la tête. Je vais parler avec tes frères, nous allons décider de ton sort. Ton fameux voyage à Paris, tu oublies. Les leçons de français, de musique : fini. Tous ces livres et ces romans étrangers qui t'ont mis des idées de *puttana* dans la tête, au feu ! Tu n'as plus le droit de lire que la Bible. Prépare-toi au couvent des sœurs de la Fraternité. Disparais de ma vue maintenant, serpent !

Ana se lève, la main contre sa joue tuméfiée. Elle essuie le sang à la commissure de ses lèvres, marche à petits pas, courbée en deux, vers la porte où Carla, qui était restée dans l'embrasure, l'attend, se précipite sur elle pour la soutenir.

— Ah oui, et sache que ta garce de cousine, cette Maria de malheur, paiera aussi pour avoir menti.

— Salvatore, murmure Carla, tu pourrais peut-être l'écouter...

— L'écouter, pour quoi faire ? Pour entendre un autre mensonge ? Je sais ce qu'elle a fait hier soir, ta Carla chérie. Elle s'est fait sauter comme une chienne, elle a perdu sa virginité avec un misérable dans un bateau. Toute la ville en rigole. Enferme-la. Et ne t'avise pas de lui rendre visite ou de lui apporter quoi que ce soit. Dans sa chambre pendant trois jours, le temps que je décide de son sort.

Une fois la porte refermée, don Salva redresse sa chaise qu'il avait renversée en se levant, se rassoit. Il verse du café dans son bol, casse un gros morceau du pain de sucre brun, touille avec sa cuillère, lève les yeux sur ses fils et neveux, livides.

— Comment s'appelle-t-il ?

— Vittorio Bevilacqua, répond Enzo.

— Pêcheur ? Marettimo ?

49

– Oui.

– Pêcheur ! Un putain de pêcheur ! Un crève-la-faim qui bouffe des sardines sur son île où rien ne pousse, tout juste bon à se faire exploiter par cet enfoiré de Gritti. C'est ce qu'elle a choisi pour salir mon nom, cette *puttana. Porchiddio !* Pourquoi pas un docker du port, à tout prendre ? Ou un marin de passage ? On sait où le trouver ?

– Bien sûr. Le port de Marettimo. Facile. Laisse-moi y aller, *padrone.* Je le connais.

– Non, Enzo. Je sais ce que tu penses, mais ce n'est pas à toi de t'en occuper. Ce genre d'affront se lave dans le sang. Aldo, tu es mon aîné, tu me succéderas si Dieu le veut. C'est à toi de venger l'honneur des Fontarossa. Nous sommes le 8. Dans une semaine, c'est la procession des bateaux dans le port, pour l'Ascension, comme à Favignana. Il y aura du monde. Tu iras seul, tu passeras inaperçu. C'est le dernier test qui me prouvera que tu as la trempe pour devenir *fontaniero* après moi, quand le jour viendra. Avant de le tuer, assure-toi que ce chien comprenne pourquoi il meurt.

– Oui, père.

– Don Salva, laissez-moi aller avec lui. J'étais là quand ce porc a approché d'Ana, je veux…

– Enzo. Ma décision est prise. J'ai d'autres plans pour toi.

8

Marettimo (Sicile)

Août 1902

Les quatre porteurs de la Madonna du Rotolo ont revêtu les tenues de cérémonie, inspirées des modèles de la Renaissance : pantalons bouffants de satin jaune, larges ceintures du même tissu, chemises rayées bleu et jaune frappées de fleurs de lys. Le curé de Marettimo, les cheveux aussi blancs que son aube, a béni la statue de plâtre et d'or sur l'autel, une table dressée sur le quai, couverte d'une nappe. Il est temps pour la Madone de faire son tour annuel dans le bassin. Les porteurs hissent la mère du Christ sur leurs épaules et, suivis de toute la population, du maire en écharpe tricolore, de marins en uniforme blanc et de centaines de visiteurs qui reprennent en chœur les cantiques à la Vierge, marchent à pas lents vers le bateau de pêche qui aura l'honneur, cette année, de la transporter jusqu'à la pointe rocheuse qui marque l'entrée du port. Le propriétaire de la barque l'a peinte en jaune et bleu, une guirlande de fanions relie le sommet du mât à la proue et à la poupe. La statue est montée à bord, attachée sur le toit de la cabine. Le prêtre ne la perd pas des yeux et, d'un ample signe de croix avec son crucifix d'olivier, donne le signal du départ. Deux rameurs s'installent de chaque côté, les amarres sont larguées, la Vierge prend la mer pour sa bénédiction estivale. Pendant un an, sa protection s'étendra sur les pêcheurs de l'île. Un drapeau italien flotte à l'arrière du navire, un cortège de bateaux et d'embarcations de toutes tailles escorte la statue.

Dans sa barque, amarrée à son anneau habituel, Vittorio Bevilacqua regarde s'éloigner la procession. J'étais l'un des rameurs l'an dernier, pour faire plaisir à maman, l'année d'avant nous avons accompagné la *Madonna* pendant plus de quatre heures, pour faire plaisir aux filles, mais cette année, *niente* ! Elles sont parties avec les Cardinale, leur bateau est plus grand et plus confortable, et moi je vais en profiter pour réparer cette poulie qui coince. Je ne peux pas le dire à *la mamma,* mais leurs bénédictions, la protection de la sainte Madone et le baratin du curé, ça fait longtemps que je n'y crois plus. Mon père avait été béni et protégé par la Vierge, comme les autres, l'année où il a disparu. On ne saura jamais comment il est tombé à l'eau. Ce n'était même pas une grosse tempête d'hiver. Il était sorti seul. Tout ce qu'on a retrouvé, c'est un morceau de sa barque sur la côte nord de Levanzo. Bouffé par les poissons. L'eau bénite et les bougies, ça n'a jamais empêché les pêcheurs de se noyer. Le bal de ce soir, je n'ai pas envie d'y aller… Comment a-t-elle pu me faire ça ? Après ce qui s'est passé entre nous ? J'ai menti à tout le monde, inventé une excuse pour que nous ne repartions pas le lendemain de la Sant'Alberto, et elle n'est pas venue. Je l'ai attendue toute la soirée, toute la nuit, dans le port. Disparaître comme ça, sans prévenir… Elle a peut-être été obligée d'aller quelque part avec sa famille, mais dans ce cas pourquoi n'a-t-elle pas envoyé un message ? J'ai été maladroit en faisant l'amour ? Je lui ai fait mal ? Elle a changé d'avis au matin ? La fille d'un homme important et un pauvre pêcheur de Marettimo ? Il faut que je sache. Je ne pouvais pas rester à Trapani avec maman et les sœurs, mais à la première occasion j'y retourne. Je vais la retrouver. Si elle ne veut pas de moi, il faudra qu'elle me le dise en face.

Au large, une fumée noire annonce l'arrivée d'un autre vapeur venu de Trapani. La fête de Marie dure trois jours dans les îles, et attire de nombreux visiteurs accourus de tout l'ouest de la Sicile. C'est parfois l'occasion de revoir des îliens partis à Turin ou à Milan, ou sur d'autres continents, qui reviennent chercher des membres de leurs familles, ou se marier avec des filles du pays. Vitto observe le transbordement en chaloupes des passagers du navire, trop grand pour accoster dans le port. Peu de têtes connues, des familles endimanchées, trois bonnes sœurs en cornette. Le gars à l'avant, costume sombre, casquette sur les yeux, sac de cuir à la main, il ne l'a jamais vu. Le soleil passe derrière la montagne quand la fanfare descend sur le quai pour accueillir au son d'airs populaires le retour de la procession. La vierge est débarquée et entame un tour du village avant de revenir dans sa niche de plâtre, près de l'autel dans l'église. Elle s'arrête devant chaque porte, pour que les fidèles aient le temps d'épingler sur sa robe des billets ou de jeter des pièces d'argent à ses pieds. Pour l'entretien de l'église. Sur la place, les flonflons et la scène sont installés pour le bal. Les musiciens accordent leurs instruments, les barriques de vin blanc sont mises en perce sur des tréteaux, à côté des plats que chacun apporte. Deux porcelets rôtissent sur leur lit de braises.

– Vitto, Vitto, mais qu'est-ce que tu fais encore dans le bateau ? La fête va commencer !

– *Ciao*, Giovanna. Alors, la balade en mer avec la Madone ?

– C'était bien, mais à la fin j'en avais un peu assez. Amella a vomi sur mes chaussures. Nous sommes allés presque jusqu'à la Punta Troia. Si j'avais su, je serais restée avec toi. Mais maman était contente. Qu'est-ce que tu fais encore ?

– Je répare une poulie.

– Le bal va commencer ! Tu vas venir ? Tu me feras danser, comme l'an dernier ? Ce n'est pas un jour pour travailler. Il faut que tu te changes, que tu mettes ta belle chemise blanche.

– Je n'ai pas très envie…

– C'est la princesse au chapeau ? Tu n'as plus de nouvelles ? Nous nous disions, avec Amella, que tu l'avais revue en cachette quand nous sommes allés à Trapani.

– Elle s'appelle Ana. Non, plus de nouvelles.

– *Mio fratellino !* C'est pour ça que tu es triste. Allez, viens. Il y aura des tas de jolies filles au bal, j'en suis sûre. Mon amie Dona me dit que sa cousine de Palerme est belle comme le jour. Je peux arranger…

– Giova, s'il te plaît. Je vais venir un peu plus tard. Je termine. Je n'ai plus d'huile pour la lampe, je ne verrai bientôt plus rien.

Sur le quai, caché entre une barrique et une barque renversée, Aldo Fontarossa jette un coup d'œil à gauche, à droite. C'est bon. La petite s'en va, sa sœur sans doute. Heureusement que le *padrone* n'a pas ordonné la mort de toute sa famille. Je n'aime pas tuer les enfants. La dernière fois, le fils du meunier, c'était atroce. Il me regardait droit dans les yeux, j'ai failli ne pas y arriver. La nuit est bien tombée, maintenant, l'orchestre a commencé sur la place, il n'y aura quasiment plus que lui et moi sur le port. Pourvu qu'il reste encore un peu. Il me facilite le travail, ce *curnutu*. Avec un peu de chance, il n'y aura aucun témoin. Elle n'est pas grande, cette putain d'île. Enzo et les autres ne viennent me récupérer que demain matin, alors autant éviter de me faire pourchasser par une bande de pouilleux et leurs fusils de chasse. Des pétards ! Parfait. Ils couvriront le bruit. Allons-y avant qu'ils n'aient l'idée de tirer un feu d'artifice sur le port.

Il pose le sac de cuir entre ses pieds. À l'intérieur, une *lupara* neuve, un couteau de chasse et un revolver, des cartouches de chevrotine, une boîte dont il extrait six balles et charge le barillet de l'arme de poing, qu'il glisse dans sa ceinture. Il fixe le coutelas, avec son étui, dans son dos. Il dissimule le sac sous un morceau de filet, descend la visière de sa casquette sur ses yeux, remonte un foulard sur son nez. Dernier coup d'œil. La voie est libre. En dix pas, il est sur le quai, devant la barque de Vittorio qui vient d'entrer dans la minuscule cabine, la lampe à huile à la main. Le fils du *fontaniero* saute à bord. Le pêcheur se retourne, se redresse. Il voit le canon de l'arme braquée sur lui ; petit cercle noir, prêt à cracher la mort. La casquette, la taille, c'est l'homme qu'il a vu tout à l'heure arriver sur le vapeur. Il relève sa visière.

– Bevilacqua, c'est bien toi ?

– Qu'est-ce que vous lui voulez, à Bevilacqua ?

Aldo Fontarossa arme le chien du revolver.

– Don Salvatore t'envoie le bonjour, *infame*. Voilà ce qu'il réserve à ceux qui touchent à sa fille !

Son doigt blanchit sur la gâchette. Il va tirer. Vittorio se jette sur le côté, la barque gîte brusquement, déséquilibre le tireur. La balle effleure le bras droit du pêcheur. Vittorio se retrouve à quatre pattes sur le plancher mouillé.

– Bien essayé, pouilleux.

Aldo fait un pas en avant, lève l'arme, vise la tête, appuie une seconde fois sur la gâchette. Un craquement sec. Le percuteur s'arrête à mi-chemin, barillet coincé. Aldo tente de réarmer le chien. Impossible. Le revolver est enrayé. Il le jette à ses pieds, sort de son fourreau le couteau à dépecer les sangliers, avance. Vittorio veut se relever. Il s'appuie sur le fond de la barque. Sous ses doigts, il sent la perche à thon, l'arme de la *mattanza*. Il s'en empare, se lève d'un bond, frappe son agresseur en pleine poitrine. Aldo tombe en arrière, lâche le couteau. La barque tangue de gauche à droite. Aldo se relève, souffle coupé, et voit Vittorio brandir la perche. Le coup est si violent que le crochet s'enfonce dans son cou jusqu'à la garde. Dans un râle, il bascule dans les eaux noires du port, entraînant la gaffe. Il tente de porter la main à sa blessure, bat des pieds, meurt en quelques secondes dans un atroce gargouillis. Vittorio palpe son épaule ensanglantée. La balle ne l'a qu'effleuré. Il noue son mouchoir autour du bras. Le coup de feu a alerté trois pêcheurs qui passaient dans la ruelle, au-dessus du port.

— Vitto ! Qu'y a-t-il ? Quelqu'un a tiré ? C'est toi ?

— Un gars est arrivé sur mon bateau et a tenté de me tuer. Venez voir !

— Mais il est où, ce gars ?

— Je l'ai fait tomber à l'eau. Je crois qu'il est mort, il ne remonte pas.

Ils s'approchent. C'est Benito Quattrocci, l'un des plus vieux pêcheurs de l'île, son fils et son neveu.

— Mais tu saignes, Vitto. Tu es blessé ?

— Au bras, mais ça n'a pas l'air grave.

— Qu'est-ce que c'est que cette histoire ? On n'a jamais vu ça, à Marettimo. À Trapani ou à Palerme, je veux bien. Mais sur notre île… Tu connais ce gars, tu as des ennuis, fiston ?

— Jamais vu. Il est monté à bord et m'a tiré dessus. Mais son arme s'est enrayée. Il n'a pas pu tirer une deuxième fois, ça m'a laissé le temps de faire quelque chose.

— Tu dois de l'argent ? Tu fais des affaires pas claires ? Tu as offensé un *mafioso* ou un homme puissant sur le continent ? Parce qu'un gars qui saute sur ton bateau et te tire dessus sans rien te dire, avec un pistolet, en Sicile on sait ce que ça signifie.

— Rien du tout. Je n'ai aucune idée de ce qu'il me veut…

– Là ! s'écrie Fabio Quattrocci. Regardez, le corps remonte.

– Vous deux, prenez une chaloupe. Allez le chercher, ramenez-le sur la plage, sous le restaurant. Vitto, viens avec moi. Allons voir le maire. Et il faut montrer ton bras à l'infirmière.

Avant de monter sur le quai, Vittorio s'accroupit et attrape discrètement le revolver qu'il glisse sous sa chemise.

En le voyant arriver, la manche droite ensanglantée, sa mère pousse un cri.

– Ce n'est rien, *mamma*. Une égratignure. Tu sais où est Emma ?

– Dans le café, je crois. Viens, je t'accompagne.

L'infirmière confirme que la balle n'a pas pénétré dans le bras, nettoie la plaie, fait un pansement.

– Une balle ? Comment ça, une balle ? On t'a tiré dessus ? Vitto, *Dio mio*, que s'est-il passé ? Qui t'a fait ça ?

– Je ne sais pas, maman. Un gars…

Le neveu de Benito Quattrocci arrive en courant.

– Venez vite ! On a repêché le corps, venez voir !

L'orchestre arrête de jouer. Les danseurs s'interrogent avec les mains. Une délégation, maire et curé en tête, descend la rue vers la petite plage qui jouxte le port, en portant des torches et lampes à huile. Un homme retourne le cadavre du bout du pied : le crochet transperce le cou de part en part, comme un monstrueux hameçon. Une femme crie, une autre défaille. Le groupe s'écarte quand Vittorio approche, soutenu par un ami.

– Quelqu'un connaît cette tête ? demande le maire de l'île.

Un pêcheur s'agenouille près du corps. Pose une lampe sur le sable, à côté de sa tête.

– *Santa madre di Dio !* s'écrie un homme aux cheveux blancs retenus en catogan. C'est Aldo Fontarossa, le fils aîné de don Salvatore. Le plus gros *fontaniero* de Trapani.

– Tu es sûr ?

– Certain. J'ai travaillé pour eux en juin, nous avons transporté une cargaison de citrons jusqu'à Palerme. Il a passé trois jours sur mon bateau. C'est bien le fils de don Salva. Son aîné. Son héritier. Méchant comme la gale. Féroce. Nous sommes perdus…

– Vittorio ? demande le maire.

56

– Je ne l'ai jamais vu de ma vie. Je ne sais pas ce qu'il me veut.

Amella et Giovanna arrivent en courant, veulent se jeter dans les bras de leur frère, sont arrêtées par leur mère en larmes, qui les serre contre sa poitrine.

– Allez chercher une brouette, transportez le corps dans la salle commune, ordonne le maire. Toi, va changer de chemise et rejoins-nous à la mairie dans une demi-heure. N'essaie pas de filer. Deux hommes vont t'accompagner. Nous allons décider de la marche à suivre.

Vers minuit, la peur est tombée sur l'île comme un brouillard. Les familles sont rentrées chez elles, les visiteurs se sont cadenassés dans les pensions. Sur la place, les chiens se disputent les restes du banquet interrompu. Un tonneau laisse échapper un filet de vin qui coule dans le caniveau. Un musicien a oublié sur l'estrade la housse de son accordéon. Une guirlande de papier a pris feu contre une bougie et finit de se consumer dans un coin. Caterina Bevilacqua accompagne son fils, encadré de deux chasseurs armés de leurs fusils, jusqu'à la mairie. Une voisine s'est enfermée chez elle avec les deux sœurs de Vittorio. Elles voulaient venir avec elle. La *mamma* n'a pas cédé.

– Vittorio, assieds-toi, dit le maire. Nous avons parlé. Ma première idée était de te conduire demain, avec le corps, à Trapani et de te remettre aux *carabinieri*. De plaider la légitime défense, qui semble évidente. Mais les anciens assurent que son père, le *fontaniero*, est si puissant qu'il tient la police et une bonne partie des juges dans sa main. Tu serais mort avant la fin du jour. Nous ignorons ce que tu trafiques avec ces Fontarossa, leurs amis ou leurs ennemis. Mais ici tout le monde te connaît. Nous savons que tu as pris la suite de ton père avec courage quand il a disparu, paix à son âme. Tu es en mer chaque jour pour nourrir les tiens. Tu t'es défendu et tu as eu de la chance, mais si nous te livrons à Trapani, tu ne survivras pas. Tu dois partir. Si tu restes ici, d'autres hommes viendront. Et ces sauvages nous tueront tous, jusqu'au dernier. Voilà ce que nous avons décidé : tu quittes l'île cette nuit, Vitto Bevilacqua. Avant l'aube, avec ton bateau. Ne reviens jamais. Ta mère et tes sœurs partiront demain pour quelques jours à Favignana, dans ma famille. Il ne faut plus aucun Bevilacqua sur l'île quand les hommes de Fontarossa arriveront. Nous subviendrons aux besoins de ta famille jusqu'à ce que tu trouves du travail et que tu puisses envoyer de l'argent. Dans quelque temps, sans doute quelques années, elles pourront te rejoindre. L'Australie ou l'Amérique, c'est le seul choix que nous te laissons. Maintenant, va préparer ton sac. Tu n'as que quelques heures.

9

Marettimo (Sicile)

Août 1902

– Vitto, ce n'est pas possible. Tu ne peux pas partir comme ça, en pleine nuit. Nous abandonner…

– Giova, je ne vous abandonne pas. Je pars, mais je reviendrai vous chercher. Le maire a raison : le père du gars que j'ai tué est un *mafioso*. Un bandit. Quand son fils ne va pas rentrer à Trapani, il va venir le chercher. Et il ne viendra pas seul. Ce sont des tueurs. Si je reste là, je n'ai aucune chance. Vous allez partir pour Favignana, vous serez à l'abri. Je donnerai des nouvelles dès que possible.

– Cette Ana, la princesse au chapeau…

– C'est la fille du *fontaniero*. Quelqu'un a dû parler à son père. Il a envoyé son frère pour me tuer. Giova, Amella, *mamma,* ne le dites à personne. Personne sur l'île ne doit savoir. Ce que j'ai fait va déclencher une vendetta qui peut durer des années. Ce Fontarossa va me chercher jusqu'au bout de la terre. Si je reste ici, je vous mets en danger. Si je disparais, ils vous épargneront. Il paraît que ces bandits ne s'en prennent pas aux femmes et aux enfants. Si je reste sur l'île, ou même en Sicile, ils me tueront, ce n'est qu'une question de temps.

– Mais où vas-tu aller, mon fils ?

– À Naples, d'abord. De là, j'aviserai. Il faudra que je trouve une place sur un vapeur. Nous n'avons pas l'argent pour payer un billet. Ne t'inquiète pas, *mamma.* Mais je ne sais pas quand je pourrai te donner des nouvelles, dans un an, peut-être plus. Je vais partir pour l'Amérique. Il y a du travail là-bas pour les pêcheurs siciliens.

Les deux sœurs, qui ont refusé de monter se coucher, sont assises par terre, prostrées dans un coin de la cuisine. Elles se tiennent par la main, voudraient trouver quelque chose à dire pour empêcher leur grand frère, leur héros, de partir avant le jour, savent que c'est inutile. Vittorio est allé chercher un sac de jute dans la remise, jette dedans ses pauvres affaires : un pantalon de toile, trois chemises, une paire de chaussures en cuir offertes par le curé, pour lui qui n'a jamais marché que pieds nus, une casquette, la vareuse à manches longues qu'il porte en hiver par gros temps. Sa mère a ouvert sur la table la boîte de fer dans laquelle elle cache ses économies.

— Maman, ferme ça. Vous allez en avoir besoin. Je prends de quoi manger pour la traversée. Je me débrouillerai à Naples. Je vous enverrai de l'argent dès que possible, en passant par le maire pour éviter d'éveiller les soupçons. Ils vont vous surveiller. Ils doivent avoir des hommes qui travaillent pour eux sur l'île, ou vont soudoyer des gens. Vous devrez vous méfier de tout le monde.

Quatre coups secs. Les filles sursautent. Vittorio s'approche de la porte. Il met la main dans son dos, attrape la crosse du revolver. Puis se souvient qu'il n'a pas eu le temps de vider le barillet et de décoincer la balle mal engagée. Le lâche.

— C'est moi, Rocco. Rocco Daidone. Vitto, ouvre-moi. J'ai quelque chose d'important à te dire.

Rocco est le meilleur ami de leur père. Après la mort de celui-ci, il a pris Vittorio à bord de son bateau de pêche, et pendant deux ans lui a appris le métier. Il a plus de soixante ans maintenant, la main tremblante, une barbe blanche et des rhumatismes qui l'empêchent presque de marcher et le condamnent à passer ses journées au café ou assis sur une caisse, sa canne à pêche plongée dans le bassin du port.

— Quand nous étions jeunes, ton père et moi, nous avons navigué dans toute la région, sur des goélettes, des bateaux de transport. Tu n'étais pas né. Je connais toutes les mers autour de la Sicile. Le maire me dit que tu pars avant l'aube. Où vas-tu ?

— Personne ne doit le savoir.

— C'est normal. Tu pars avec ta barque ?

– Quoi d'autre ?

– Tu sais que tu ne peux pas aller à Trapani ?

– Bien sûr.

– Favignana ou Levanzo, c'est pareil. Ils te trouveraient en deux jours. La côte tunisienne ?

– Je ne connais personne là-bas, je ne parle pas leur langue, je ne saurais à qui m'adresser...

– Il faut que tu ailles à Naples.

– Oui. C'est là que je vais. Mais, je t'en prie, ne le dis à personne. Je suis sûr que les Fontarossa...

– Écoute-moi bien. Ta barque est trop petite pour une telle traversée. Quatre ou cinq jours de mer, si les vents sont favorables. En cas de gros temps, tu peux chavirer. Nous l'avons fait souvent, avec ton père, mais à bord d'un deux-mâts. Tu vas aller à Ustica.

– L'île ?

– Oui, Ustica. C'est à une journée de navigation, si tu maintiens ta vitesse à quatre ou cinq nœuds, cap nord-est. Tu as une boussole ?

– Une petite.

– Prends celle-là. Je n'en ai pas besoin pour trouver mon siège sur le quai. Quand tu seras à Ustica, tu demanderas Léonardo Carpitella. Léo. Tout le monde le connaît. Ton père, lui et moi étions inséparables, du temps des grands navires à voiles. Nous sommes montés plusieurs fois jusqu'à Gênes, et même à Marseille.

– Je me souviens de lui, dit Caterina. Il est venu une fois ici, au début de notre mariage.

– Dis-lui que je t'envoie. Il saura comment te faire partir discrètement pour Naples. Il faut que tu saches que les hommes qui vont te pourchasser ont des yeux et des oreilles dans tous les ports de la région. Tu lui laisseras ton bateau pour le prix du passage. Et prends ça, aussi.

Il sort de sa poche une bourse de cuir, l'ouvre. Quatre pièces d'or, aux armoiries de la république de Gênes.

– En mémoire de Dario. Il aurait fait la même chose pour mon fils. Nous étions plus que des frères. Des frères de mer. Mes enfants sont tous partis, ils sont loin et n'ont plus besoin de moi. Je ne veux pas mourir avec cet argent. S'il permet de te sauver la vie, c'est bien. Je le garde dans une cachette à la maison depuis trop longtemps. Tu passes au nord de Levanzo, puis au large du cap San Vito et de là, c'est nord-nord-est. Avec ta barque et en fonction du vent, il te faudra une vingtaine d'heures. Ils n'iront pas te chercher là, du moins pas tout de suite. Quand ils auront compris que tu es parti, ils te chercheront d'abord en Sicile. À Naples, tu devras être prudent. L'idéal serait que tu puisses changer de nom, mais ce n'est pas facile... Les pièces d'or te serviront peut-être à ça. Fais bien attention. Léo te donnera des contacts. Il est napolitain, par sa mère.

Caterina Bevilacqua prend les mains du vieil homme dans les siennes, les embrasse.

– Tu sauves la vie de mon fils. Jamais je ne l'oublierai.

– Il a eu de la chance. Maintenant, il faut que tu te prépares à ne pas le revoir avant longtemps, si ce n'est jamais, Caterina.

– Je sais, mais au moins ils ne vont pas me le tuer. Et si moi je suis trop vieille, ses sœurs pourront le rejoindre un jour.

– Une dernière chose, Vittorio. Cache le plus longtemps possible ta destination finale. Brouille les pistes. Et ne t'attarde jamais au même endroit. C'était le fils aîné du *fontaniero*. Son père n'oubliera pas, ne pardonnera rien. Vous avez de quoi écrire ?

Giovanna sort d'un tiroir un cahier de papier jauni, une plume et un encrier. Le vieil homme lui dicte quelques lignes de recommandation à l'intention de son ami d'Ustica. Il signe d'une main maladroite, la plume blanc et noir tenue de travers par sa grosse main de pêcheur.

– *Dio ti protegga*, Vittorio Bevilacqua.

Le ciel s'éclaire sur la Sicile quand une dizaine de personnes descendent sur le port, par les rues encore silencieuses de Marettimo. Vitto porte son sac sur l'épaule. Sa mère le suit, une fille à chaque main. Le maire est là, quelques amis. À tous, le pêcheur a dit qu'il partait pour Marsala, au sud de Trapani. D'une façon ou d'une autre, le *fontaniero* en aura vent. Vitto jette son sac dans la cabine, puis embarque une bombonne d'eau, une miche de pain, un morceau de fromage de chèvre, des tomates. Il serre ses sœurs dans ses bras, embrasse sa mère sur le front. Il fixe la rame à l'arrière, hisse la voile triangulaire. Giovanna, en larmes, lui lance l'amarre. En quelques coups de godille, il dépasse la lampe qui marque le bout de la jetée. Il se retourne, lève le bras pour saluer ceux que jamais il ne reverra.

10

Trapani (Sicile)

Août 1902

– Mais Ana, *amore*, tu n'as encore rien mangé. Il faut que tu reprennes des forces. Tu ne vas quand même pas te laisser mourir de faim.

– Carla, vraiment. Je ne peux rien avaler. Ils vont le tuer, *zia*… Ces hommes partis hier pour Marettimo, c'est pour le tuer. Mon père l'a dit. Tu le sais aussi bien que moi. *Zia*, s'ils le tuent, je meurs aussi.

– Ne raconte pas n'importe quoi, ma chérie. Je vais te dire quelque chose : j'ai entendu ton père parler avec ses sbires, hier soir, dans le verger. L'un d'eux rentrait de l'île. Ils ne l'ont pas trouvé. Il s'est peut-être méfié et a quitté Marettimo. Ils le cherchent à Favignana et Levanzo. Mais d'après ce que j'ai compris, ils n'ont pas retrouvé Aldo non plus. Ton père s'y rend en personne, demain. J'espère pour ton chéri qu'il a pris le large. Et qu'il n'est rien arrivé à ton frère. Mais dis-moi, c'est sérieux avec ce garçon ?

– Ma tante, je l'aime comme je n'aimerai jamais aucun homme, je le sais. C'est lui, pour toujours. À toi, je peux le dire… Je ne suis plus vierge.

– Quoi ? Mais tu es folle. Mais quand ? Où ? Quand même pas sur son bateau, ce jour-là à Marettimo. Maria était là…

– Le soir de la Sant'Alberto. Il est venu à Trapani. Quelqu'un nous a vus et a prévenu mon tueur de père. *Zia*, s'il le tue, je me jette d'une falaise.

– Tu as bien le caractère de ta mère, toi… Allez, calme-toi. Mange au moins un *biscotto*. Je vais parler à ton père, obtenir qu'il te laisse sortir de la maison. Il faut y aller progressivement. Qu'est-ce que tu croyais ? Tu ne sais pas ce que représente l'honneur de sa fille unique pour un homme comme lui ? Un *fontaniero* ? Dans un monde comme le nôtre ?

Le lendemain matin, un long canot à vapeur, pont en acajou, petit mât ne portant pas de voile, drapeau sicilien à l'arrière, quitte Trapani à destination de Marettimo. Les six hommes à l'avant ne cachent pas leurs fusils à la bretelle, défient du regard le fonctionnaire du port sorti sur le quai pour les identifier, qui tourne les talons et s'enferme dans son bureau quand il reconnaît, tête nue près du barreur, don Salvatore Fontarossa.

Le port de l'île est presque désert quand ils accostent trois heures plus tard. Trois hommes vêtus de la même façon les y attendent, attrapent le bout qu'on leur lance. Le *fontaniero* saute sur le quai.

— Don Salva, nous avons mis la main sur le maire. Il est dans son bureau. Ce n'est pas une bonne nouvelle...

— Où est Aldo ? Pourquoi n'est-il pas avec vous ?

— Venez.

Gio Spada, le préposé aux basses œuvres du chef de clan, géant roux hirsute d'un mètre quatre-vingt-dix aux mains de tueur de chat, balafré sur les deux joues, tient le maire de l'île par le col de sa chemise, sa *lupara* enfoncée sous le menton.

— Tu vas répéter à don Salvatore ce que tu nous as dit quand on t'a sorti de ton trou à rats.

— S'il vous plaît, enlevez cette arme. Je ne peux pas parler, gémit le maire. Don Salvatore, je suis désolé, toute la population de Marettimo est désolée... Il est arrivé un malheur. Votre fils...

— Quoi, mon fils ? Il est où, mon fils ? Pourquoi il n'était pas sur le quai pour m'attendre, mon fils ? Tu vas parler, chien galeux ?

— Votre fils a attaqué un jeune pêcheur d'ici, pour une raison que j'ignore.

— Ça ne te regarde pas. Où est-il ? Il est blessé ?

— Le pêcheur s'est défendu. C'est un terrible drame, don Salvatore. Mais votre fils est mort.

Le *fontaniero* s'approche, gifle le maire si fort qu'il s'effondre. Salvatore Fontarossa l'empoigne par le col, lui tape la tête contre le plancher en hurlant.

– Mort ! Aldo, mon fils est mort sur cette île *di merda* ? C'est impossible. Où est-il ? Parle, chien ! Parle ou je t'étrangle !

– Dans la chambre mortuaire au cimetière. Nous l'avons traité avec respect, nous savions que vous alliez venir.

– Conduis-moi. Si vous, pêcheurs de malheur, avez tué mon fils, je ne laisse pas une âme en vie sur votre rocher. Tu m'entends ? Je vous tue tous, un par un, de mes mains. Les femmes et les enfants aussi.

Le corps d'Aldo Fontarossa est étendu sur une dalle de marbre, dans la maison de pierres sèches à l'entrée du cimetière de l'île, sur une colline à la sortie du village. Avec la chaleur, la peau commence à se teinter de vert. L'odeur de putréfaction qui emplit la pièce sera bientôt insupportable. Un morceau de drap blanc a été enroulé autour de son cou pour cacher la blessure. Ses yeux sont fermés, les bras le long du corps.

– Aldo ! Qu'est-ce qu'ils t'ont fait ? Sortez ! Sortez tous !

Le *fontaniero* pose la main sur la poitrine de son fils, déroule le foulard taché de sang. Coup de couteau. Comment s'est-il laissé surprendre ? Un simple pêcheur ? C'est de ma faute. J'aurais dû envoyer Spada. C'est pour toujours de ma faute. Mon fils. Mon sang. Mon héritier.

Il sort de la chambre mortuaire, poings serrés, plus blanc que les pierres qui l'entourent. Le maire est assis par terre, la tête dans les mains.

– Où est-il ? Où est le fils de chien qui a tué mon fils ? Dites-moi qu'il est mort.

– Les gens disent qu'il a quitté l'île hier matin, *padrone*, dit Gio Spada. Avec sa barque de pêche, sans doute pour Marsala.

– Comment a-t-il pu tuer Aldo ?

– Aldo l'a blessé d'un coup de feu, mais l'arme s'est enrayée. L'autre a pris sa perche à thon et l'a frappé au cou. Il est tombé à l'eau et s'est noyé, don Salva.

– Qui dit qu'il est parti pour Marsala ?

67

– Les hommes, sur le port. Quand nous sommes arrivés.

– S'ils le disent, c'est que c'est faux. Je n'y crois pas. La famille de cette ordure, où est-elle ? Toi, le maire. Lève-toi. Viens ici. Il a des parents, une femme, des enfants sur l'île, ce fumier ?

– Son père est mort depuis longtemps. Il vit avec sa mère et ses deux sœurs.

– Où sont-elles ? Qu'on aille me les chercher. Maintenant.

– Elles ne sont pas sur l'île.

– Elles sont parties avec lui ?

– Non... Enfin, je ne crois pas.

– Tu ne crois pas ? Toi, le maire, tu sais où elles sont. Alors tu vas me le dire.

– Je ne sais pas, don Salvatore. Je vous jure...

– Spada, tiens-le.

Le gorille attrape le maire, lui fait une clef dans le dos à lui briser les os.

– Elles sont juste parties, j'ignore où... C'est une femme et deux fillettes, par pitié !

Le *fontaniero* sort de sa poche son couteau à manche de corne, le déplie, le place sous la gorge du maire, commence à appuyer. Une goutte de sang perle à la pointe.

– Tu vas parler ou je te saigne comme un goret.

Salvatore Fontarossa abaisse son arme et d'un geste vif enfonce la lame jusqu'à la garde dans la cuisse du maire, juste au-dessus du genou.

– Favignana ! Elles sont à Favignana...

11

Au large de l'île d'Ustica (Italie)

Août 1902

Vittorio, à la barre depuis des heures, lève les yeux vers le sommet de son mât et les étoiles. Il cherche les constellations, les repères que Rocco Daidone lui a appris à lire. Il n'a pas aperçu la moindre embarcation depuis son départ de Marettimo. Il fixe la barre avec un bout, passe la tête dans la cabine, en sort la lampe à huile, l'allume, la pose entre ses pieds. Il prend dans sa poche la boussole de laiton, ôte le couvercle gravé Stanley – London, vérifie le cap nord-est. Je ne devrais plus être loin d'Ustica. Il ne faudrait pas que je la dépasse sans la voir, dans cette nuit sans lune. Je vais affaler la voile et dormir un peu. Il y a trop de fond ici, pour mon ancre, mais elle me ralentira. Le vent est tombé, il n'y a pas beaucoup de courant. Je dériverai un peu. Quelle heure peut-il être ? Trois, quatre heures ? Le jour ne va pas tarder. Je n'en peux plus.

Le cri d'une mouette au-dessus du mât. Épuisé, il a dormi quatre heures. Il s'assied sur le banc. Vers l'est, les étoiles pâlissent, l'aube teinte de bleu l'encre noire du ciel. Le vent a tourné, l'air n'a plus le même goût de pins, de terre et de garrigue. Il fouille dans le sac de provisions, coupe une tranche de pain qu'il mange avec une tomate, un morceau de fromage. Il remonte la corde de l'ancre, range à l'avant la grosse pierre percée, vérifie le cap. Nord-est, toujours. Il hisse la voile, qui se gonfle en claquant dans la brise du matin. Les eaux s'éclaircissent, les vagues raccourcissent, tapent plus sec sur l'arrière. Une heure plus tard, la voici qui se profile sur l'horizon : Ustica, « la brûlée ». Un rocher volcanique posé sur une mer limpide. L'île où Circé la magicienne, selon la légende, trompait les sens des marins et les changeait en pourceaux. Les maisons blanches, au-dessus de l'anse minuscule du port, se dressent sur un promontoire de pierres noires, comme un signal.

Vittorio affale la voile, approche à la rame de la plage en forme de croissant, au sable couleur charbon. Sur le quai de roches taillées, il s'amarre à un anneau mangé par la rouille, si vieux qu'il pourrait dater des galères grecques et romaines. Deux adolescents occupés à ramender des filets lèvent la tête.

– Léonardo Carpitella, bien sûr. Tout le monde le connaît. Vous venez d'où, avec cette barque ? De Palerme ?

– C'est ça. Où puis-je le trouver ?

– La troisième maison dans cette rue. Une porte verte. Mais il est malade, d'après ce que dit mon père. Couché depuis des semaines. Vous arrivez peut-être trop tard.

Une femme aux cheveux blancs retenus en chignon, assise sur une chaise de paille dans la rue à côté de la porte verte, trie des oignons.

– Vous lui voulez quoi, à Léo Carpitella ? Je suis sa femme. Il dort.

– C'est Rocco Daidone, de Marettimo, qui m'envoie. Je suis le fils de Dario Bevilacqua.

– Rocco… Dario… Marettimo… Oui, je me souviens. Il a navigué avec eux avant de travailler à la *tonnara*. C'était il y a longtemps. Toi, tu es le fils de…

– Dario.

– Comment va-t-il ?

– Il est mort depuis des années, perdu en mer.

– Et Rocco ?

– Il va bien. Il ne pêche plus que dans le port, à Marettimo. Il m'a dit que votre mari pourrait m'aider. Je dois aller à Naples.

– Je ne sais pas s'il va pouvoir t'aider à grand-chose, le pauvre, dans son état. Allons le réveiller.

La pièce du rez-de-chaussée, volets fermés et sol en terre battue, sent la fumée, la soupe et la maladie. Un crucifix, une armoire bancale, un lit de fer au matelas grisâtre poussé contre la cheminée où rougeoient des braises d'amandier. Un homme aux cheveux

70

blancs, mal rasé, les yeux enfoncés dans des orbites violettes, les joues creuses, se lève sur son coude en entendant la porte.

— Francesca, c'est toi ?

— *Si, amore.* Je vais ouvrir les volets. Quelqu'un veut te voir. Il vient de la part de ton ami Rocco, de Marettimo.

Léo Carpitella est mourant. Les médecins, à Trapani et Palerme, ne savent pas nommer sa maladie. Ça n'a plus d'importance. Il est trop faible pour prendre le bateau, son dernier voyage a été pour rentrer à Ustica, où il est né il y a soixante-cinq ans. Un docteur va peut-être passer, la semaine prochaine, venant des Éoliennes. Mais ça ne changera rien. Je meurs parce que j'ai fini de vivre, se dit-il. Ce n'est pas le genre de maladie dont on guérit, je le sais depuis le début. J'ai eu une belle vie. J'ai accosté dans tous les pays de la Méditerranée, aimé des femmes de toutes les couleurs, eu trois enfants magnifiques, travaillé trente ans avec M. Gritti. La *tonnara* de Palerme, elle m'appartient plus qu'à lui, même s'il en est propriétaire. Les systèmes de transport des thons, les fours à vapeur, la mise en boîtes, j'ai tout inventé ou presque. Alors, maintenant, s'il faut mourir...

— Tu es qui, toi ?

— Vittorio. Je suis le fils de Dario Bevilacqua, de Marettimo.

— Dario ! Ça fait longtemps. Comment...

— Comme je le disais à votre femme, il a péri en mer, il y a huit ans.

— *Dannazione !* Mais, d'une certaine façon, pour un marin, c'est peut-être mieux que de crever à petit feu dans un lit, bouffé de l'intérieur, près d'une cheminée, tu sais...

— C'est Rocco Daidone qui m'envoie. Il pense que vous pourrez m'aider.

— Rocco ! Donc lui, il est toujours vivant ?

— Oui. Il vous salue.

— Qu'est-ce que je peux faire pour toi ? N'en demande pas trop, tu vois...

— J'ai des ennuis. Des hommes me cherchent, des hommes dangereux. J'ai fui mon île. Il faut que j'aille à Naples, et de là en Amérique. Mais je ne pouvais pas y arriver depuis Marettimo avec

71

ma barque de pêche. Rocco m'a conseillé de venir vous voir à Ustica. Y a-t-il des bateaux qui vont à Naples ?

– Il y en a, parfois. Et pourquoi te cherchent-ils, ces hommes ?

– Je ne préfère pas…

– Écoute, petit. Si tu veux que je t'aide, il faut me faire confiance. Ton père et moi, nous étions comme des frères.

Vittorio lui raconte en quelques mots la scène dans le port, la façon dont il a tué le fils du *fontaniero*. Il édulcore l'histoire avec Ana, parle de regard mal placé, de susceptibilité sicilienne d'un père qui ne supporte pas que l'on complimente sa fille.

– Et il s'appelle comment, ce *fontaniero* ?

– Fontarossa. Don Salvatore Fontarossa.

Léonardo s'appuie sur son autre bras, se relève, s'assied en travers du lit, comme pour se préparer à se lever.

– *Mamma mia !* Don Salva. Tu as mal choisi la fille à courtiser, fils. Personne ne t'avait prévenu ?

– Je l'ai rencontrée à Marettimo, elle y venait l'été. Je ne savais pas qui elle était.

– Et tu as tué son frère ?

– Je n'ai fait que me défendre, il m'a tiré dessus, m'a blessé au bras.

– Je comprends que tu veuilles partir aux Amériques. Et je ne suis pas sûr que ce soit assez loin.

– Vous le connaissez ?

– Si je le connais ? Un des pires *mafiosi* de Trapani. Il a commencé dans les vergers de citronniers, comme beaucoup d'autres, puis est descendu sur le port. Il essaie depuis vingt ans de mettre la main sur les affaires de M. Gritti, les bateaux de transport, les vignobles de Marsala, et surtout les *tonnaras*, à Favignana, à Palerme et à Naples. Il a tenté plusieurs fois de les incendier, il a fait tuer deux contremaîtres, peut-être trois. Ils m'ont tiré dessus quand je travaillais à celle de Palerme. J'ai encore un peu de plomb de leurs chevrotines dans le dos. M. Gritti n'a jamais cédé, jamais payé, mais ça lui a coûté une fortune en gardes, en réparations, en pots-de-vin aux *carabinieri*.

72

– J'ai participé aux quatre dernières *mattanze* de Favignana, achetées par les Gritti.

– Quatre ans… Cela fait six ans que je ne travaille plus pour les Gritti. C'est moi qui étais chargé de peser les thons à leur arrivée à la conserverie de Palerme. Et j'ai inventé plusieurs machines qui fonctionnent encore. Nous aurions pu nous croiser. Tu ne venais jamais à Palerme ?

– Une fois, enfant, avec mes parents, pour voir des cousins. Mais j'étais très jeune, je m'en souviens à peine.

– Bon, il faut réfléchir. Les *fontanieri* forment une confrérie, comme une organisation, tous en contact les uns avec les autres, même s'ils se disputent et se combattent parfois. Pour retrouver le tueur de son fils et le violeur de sa fille – désolé, petit, c'est ainsi qu'il va te décrire –, il va remuer ciel et terre, alerter tout le monde dans les ports, les îles de ce côté de la mer et au-delà. Ils ne vont pas tarder à venir ici, tu n'as que quelques jours d'avance. Tu as de l'argent ?

– Un peu. Quatre pièces d'or. Et mon bateau.

– Naples… J'ai une idée. Francesca, *amore*, aide-moi à me lever et m'habiller. Nous allons voir Saloni.

– Tu es sûr ?

– Oui. Ce sera peut-être la dernière chose utile que je ferai sur cette terre. Saloni a de la famille à Sorrente, à l'entrée de la baie de Naples. Il leur rend visite de temps en temps. Contre ta barque et une pièce d'or, petit, il acceptera sans doute de t'y conduire sans le crier sur les toits. Son bateau est assez grand, deux jours de mer. Allons-y.

Enzo Saloni, dont la famille transporte des barriques de vin et d'huile d'olive dans la mer Tyrrhénienne, entre la Corse, la Sardaigne, la pointe de la botte et la Sicile depuis des générations, attend pour le lendemain une goélette qu'il vient d'équiper d'une roue à aubes.

– Je dois livrer à Naples, dit-il, mais si tu ajoutes une pièce d'or, en plus de ta barcasse, qui franchement ne vaut rien, je te débarque à Sorrente d'un coup de chaloupe. Je ne veux pas savoir à quelle histoire tu es mêlé. Ne me dis même pas ton nom, ce sera plus simple. Surveille le port. Quand tu verras arriver une goélette avec une voile rouge et une blanche à l'avant, tiens-toi prêt. Je passerai te chercher chez Léo. Je t'embarquerai en douce et le lendemain tu seras à Sorrente. Après, tu te démerderas. Je ne veux plus jamais entendre parler de toi. Et tu ne connais pas mon nom. *Capito ?*

– Il a compris, Enzo, répond Léo Carpitella. Merci. C'est le fils d'un ami, mort en mer. Tu me rends service.

– C'est pour toi que je le fais, Léo. Tu sais pourquoi. Maintenant, nous sommes quittes.

Le vieil homme s'appuie sur une canne d'un côté, sur l'épaule de Vittorio de l'autre, pour retourner à petits pas chez lui. Il s'allonge sur son lit avec un râle de douleur. Francesca ranime le feu avec des rameaux d'olivier.

– Son bateau est trop gros pour notre port, il va rester ancré au large. Tu ne sors pas de cette pièce tant qu'il n'est pas venu te chercher. Des gens t'ont vu, je dirai que tu es un cousin de Calabre. Maintenant, écoute-moi bien. Quand tu arrives à Sorrente, tu files à Torre del Greco. C'est au pied du Vésuve, au bord de la mer. Tu ne parles à personne, tu y vas à pied s'il le faut. Là, tu iras voir quelqu'un de confiance qui te conduira auprès de M. Gritti.

12

Île de Favignana (Sicile)

Août 1902

Ils sont cinq, arme à l'épaule, à pas de loup entre les citron niers. Don Salvatore ferme la marche, dirige par de brefs signes de tête. Ils ont débarqué dans une crique, de l'autre côté de l'île, pour éviter le port et ses quais, dominés par les trois étages et les créneaux du palazzo Gritti. Le canot du *fontaniero* est connu dans tous les ports de la région, son arrivée aurait éveillé les soupçons. La capitainerie et les *carabinieri*, à la solde du millionnaire, auraient cru à une nouvelle tentative de rançonnement de la *tonnara,* l'immense conserverie que les Gritti ont fait construire pour mettre en boîtes, selon un procédé révolutionnaire, les filets de thon rouge. Ce sera pour une autre fois. Ce soir, don Salva et ses hommes ont une autre cible. Ils ont attendu la nuit en mangeant du pain et du jambon dans un creux de rocher puis ont contourné le village par des sentiers. La maison du frère du maire de Marettimo est facile à trouver : au bout d'un chemin empierré, isolée dans un verger d'agrumes, au pied d'une colline surmontée d'une tour de guet. De la fumée s'échappe de la cheminée, lueurs de lampes à huile aux fenêtres. Le chien est égorgé au premier aboiement. La porte cède d'un coup de botte. L'homme se précipite sur son fusil de chasse, suspendu à un crochet dans le mur. Visé par les canons de trois *luparas*, il le pose au sol, lentement, lève les mains. Il est seul dans la pièce.
  – Qui êtes-vous ? Que voulez-vous ?
  – Les femmes Bevilacqua, où sont-elles ?
  – Pourquoi ?

– Nous n'avons rien contre toi. Si tu veux vivre, réponds à mes questions.

– Là-haut, première porte à droite.

Le bruit les a réveillées.

– Dans l'armoire, les filles, cachez-vous dans l'armoire. Pas un mot, quoi qu'il se passe, murmure Caterina Bevilacqua en enfilant un manteau.

Elle n'a pas le temps d'allumer la lampe à huile, aperçoit une lueur sous la porte qui s'ouvre avec fracas. La flamme n'éclaire qu'à moitié le visage du *fontaniero*, comme un masque de théâtre, un monstre de conte de fées. La lame d'un couteau de chasse luit dans sa main.

– Je suis sûr que tu sais qui je suis, et pourquoi je suis là.

– Qui êtes-vous ?

– Je suis le père de l'homme que ton assassin de fils a tué. Mon nom est Salvatore Fontarossa. Je viens de Trapani. Il a fui, comme un lâche. Mais il ne m'échappera pas. Tu vas me dire où il est.

– Je ne sais pas… Je ne sais rien, il ne m'a rien dit. Il a pris son bateau. Votre fils l'a attaqué, il lui a tiré dessus sans raison. Vitto n'a fait que se défendre. Il ne voulait pas le tuer, c'était un accident.

Il glisse son couteau dans son étui, fait deux pas et la gifle à toute volée. Elle s'effondre en étouffant un cri. Il désigne à Gio Spada, d'un signe, l'armoire qui occupe le fond de la pièce. Giovanna et Amella, recroquevillées l'une contre l'autre à l'intérieur, hurlent de peur quand il les attrape par le col de leurs chemises de nuit, les sort du meuble et les jette sur le lit.

– Non, laissez-les, ne touchez pas mes filles ! Je vous répète que Vittorio ne nous a rien dit. Il savait que vous alliez le poursuivre. Il n'a parlé à personne. Il a simplement pris la mer. Il a fui, en Sicile, sans doute, je ne sais pas où.

– Alors, voilà comment ça va se passer. Spada !

Le tueur déplie son couteau, le glisse sous la chemise d'Amella et d'un geste sec remonte jusqu'à son cou, ouvrant le vêtement en deux, découvrant le corps d'albâtre de l'adolescente qui hurle de terreur.

– Lâchez-la ! Comment osez-vous…

Un des hommes du *mafioso* attrape Caterina par les bras, l'immobilise.

Spada dénude Giovanna de la même façon, les deux jeunes filles se serrent l'une contre l'autre, sanglotant sur le lit.

– Mes hommes vont d'abord violer la plus jeune, puis l'égorger devant toi. Ensuite l'autre, et si tu n'as toujours pas parlé, ce qui m'étonnerait, ce sera ton tour. D'un autre côté, si tu me dis maintenant où est parti ton salaud de fils – et ne me dis pas Marsala, je sais que c'est un mensonge –, je vous laisse la vie sauve. Vous pourrez rentrer à Marettimo et tu n'entendras plus parler de moi. Oublie ton fils, il est déjà mort. Mais tu peux sauver tes filles. Parle.

Caterina baisse la tête.

– Je ne sais pas, murmure-t-elle en fermant les yeux.

– Allez-y.

Un homme attrape Amella par les bras, un autre lui écarte les jambes. Un troisième approche du lit, déboucle sa ceinture. L'adolescente hurle, sanglote, supplie. *Mamma !*

– Attendez ! Lâchez-la, je vais vous le dire. Mais promettez-moi de partir juste après.

– Tu as trois secondes.

– Vittorio est en route pour Ustica. Après, je ne sais pas, il ignorait lui-même où il irait. Mais sa première étape, c'est Ustica. Laissez ma fille.

– C'est bon. Lâchez-la.

Cinq minutes plus tard, le *fontaniero* et ses hommes redescendent dans la pièce principale, où le frère du maire est resté assis dans un fauteuil, visé par un pistolet. Don Salvatore fait un signe de tête. La balle, tirée au niveau du front, le tue sur le coup. Il bascule en arrière, s'effondre dans l'âtre dans une gerbe de cendres et d'étincelles. Les *mafiosi* repartent de leurs pas de chasseurs, en file indienne vers la crique où attend leur embarcation. Au premier étage de la maison, Caterina, Giovanna et Amella Bevilacqua gisent côte à côte sur le plancher, dans une marre de sang, égorgées.

13

Sorrente (Italie)

Août 1902

Le deux-mâts d'Enzo Saloni a mis en panne au pied des falaises de Sorrente. La lune éclaire les parois de calcaire blanc, dominées par la masse sombre des montagnes. Une brise chargée de parfums de thym et de romarin fait claquer le drapeau, à l'arrière. Sur la côte, la ville serait invisible sans la flamme vacillante de deux lampadaires, de chaque côté d'un palais majestueux bâti en surplomb d'une arête rocheuse. La cloche d'une église sonne trois heures. Un âne brait au loin. Une chaloupe est mise à l'eau. Vittorio descend l'échelle de corde, le long du flanc tribord. À bord, le capitaine tient l'amarre d'une main, l'aide à mettre le pied dans l'embarcation.

— À toi les avirons, petit. Tu ne crois quand même pas que je vais ramer ? Et fais vite, je dois repartir pour Naples. Je ne veux pas que ton embrouille attire l'attention. Dans deux heures, il fait jour. Tu vois le fanal ? C'est l'entrée du port de pêche, il n'y aura personne à cette heure. C'est là que tu débarques.

Le jeune homme rame en cadence, sur une mer d'huile, vers la côte italienne. Un chien errant est le seul témoin de son accostage, entre deux barques dont l'une est en train de couler.

— Saute vite, et oublie-moi. Bonne chance.

Vittorio jette son sac sur son épaule, salue d'un geste le patron de la goélette qui lui répond d'un signe de tête en s'emparant des avirons. Une volée de marches, des ruelles, pavés ronds, maisons hautes et étroites, volets fermés, linge aux façades, fagots de bois, charrettes à bras, odeurs d'ordures et d'orangers. Me voilà en Italie, sur le continent. Jusqu'où vais-je aller ? Quel pays sera assez

79

lointain pour échapper à la vengeance du *fontaniero* ? De l'autre côté du monde ? En Amérique ? New York ? Trop près, les Italiens y sont nombreux à ce qu'on dit, Fontarossa pourra me retrouver. Je vais passer ma vie à regarder par-dessus mon épaule. La Nouvelle-Orléans ? Les fils des voisins, les Pironi, travaillent sur le port, je me souviens de leurs récits dans les lettres que recevait leur mère. Ça semble facile de trouver du boulot, là-bas. Encore faut-il que je parvienne à embarquer sans attirer l'attention. Est-ce que je pourrai revenir un jour chercher maman et les filles ? Je ne crois pas. Il faut oublier la Sicile, mon île, ses eaux, ses rochers, ses récifs, ses odeurs. Le *favonio*, ce vent du désert qui apporte la chaleur de l'Afrique, le clapot dans le port quand je répare mes filets, le goût des pâtes de ma mère, la baignade dans les grottes, la mer rouge de sang de la *mattanza*, les rires de mes sœurs. Je leur enverrai l'argent du voyage pour qu'elles me rejoignent. Ana ? Si seulement je pouvais lui écrire, lui faire passer un message, lui dire que je suis désolé pour son frère, que je n'ai pas voulu ça, qu'il a tenté de me tuer, qu'elle hante mes jours et mes nuits. Mais je n'ai pas son adresse. Et si je l'avais, ouvrirait-elle une lettre de moi ? Pour son père, ce serait un indice pour remonter jusqu'à moi. Je dois l'oublier. Essayer de l'oublier. Chasser son image, son sourire, ses soupirs, son odeur. Il faut tout oublier.

La lueur de l'aube éclaircit le ciel au-dessus des toits. La ruelle débouche sur une place en triangle. Au centre, une fontaine murmure sous un pin parasol. Une femme en chemise de nuit fredonne dans sa cuisine. Un chaton squelettique passe en ronronnant entre les jambes de Vittorio. Une odeur de pain chaud échappée d'une boulangerie l'arrête. Il réalise à quel point il a faim. La porte à deux battants est encore fermée, mais le boulanger, torse nu sur un pantalon taillé dans de la toile de sac, a ouvert la fenêtre sur le côté pour aérer la pièce. Il attrape dans le four, avec sa longue pelle de bois, des *focaccias* qu'il jette quatre par quatre dans une panière d'osier. Il ajoute aux flammes des bûches d'olivier puis glisse d'autres pâtons pour les faire dorer. Vittorio s'appuie contre la charpente d'un étal, le regarde faire, décidé à attendre l'ouverture.

– À voir tes yeux, tu n'as rien mangé depuis une semaine, mon gars. Tu en veux une ?

– Avec plaisir, merci.

– J'ai fait du café. Approche, je t'en sers une tasse. Je fais une petite pause, j'y suis depuis trois heures. Tiens, un peu d'huile d'olive sur ta *focaccia*. Tu n'es pas d'ici, non ?

– Non, je viens de Calabre, je vais à Naples.

– De Calabre ? Tu n'as pas l'accent calabrais.

– C'est que je suis marin, fils de marin, j'ai habité un peu partout.

– Tu veux une autre *focaccia* ?

– Je peux payer.

– La caisse n'est pas encore ouverte, ma femme arrive dans une heure. Cadeau de la maison. J'aime bien avoir quelqu'un à qui parler, en buvant mon café. On est très seul, tu sais, quand on est boulanger. On travaille quand les autres dorment, on se couche l'après-midi…

– Merci. Pour aller à Naples, quelle est la meilleure route ?

– Le plus simple, c'est le bateau. Il y a des barges et des pêcheurs qui traversent la baie toute la journée, ça te coûtera cinq lires. Ou alors, à cette heure-ci, il y a les charretiers. Un peu plus haut, par là, il y a une halle avec des charrettes, tu n'as qu'à demander. Ils passent par Pompéi et Torre del Greco. Si tu donnes un coup de main pour charger ou décharger, tu ne paieras pas. Encore un peu de café ?

– Non, merci.

– Allez, file. Bonne route, marin.

Juché sur une balle de foin qu'il a aidé à charger, à la fourche, dans une charrette tirée par deux chevaux, Vittorio admire le paysage : la baie de Naples, les pêcheurs qui mettent les voiles pour la journée, le murmure des vagues ourlées d'écume, le souffle parfumé des collines, la chaleur qui commence à monter de la terre, les maisons blanches dans les vergers. Il aperçoit, en se retournant, la silhouette écrasante du Vésuve, le géant de la baie, encore teintée du gris de la nuit. Il cherche dans ses souvenirs le voyage à Naples avec ses parents, il y a si longtemps, ne trouve que quelques images. Il était si jeune. À Montechiarro, le charretier s'arrête une heure,

81

disparaît dans le village, sans expliquer pourquoi. À l'ombre d'un auvent, Vittorio s'enfonce dans la paille, son sac en guise d'oreiller, s'endort. Ils reprennent la route, longent l'entrée du site historique de Pompéi : des voitures à chevaux d'une trentaine de places sont garées devant, d'où descendent des touristes en habits clairs qui parlent anglais, français ou allemand. Gargotes, magasins de souvenirs, marchands de chapeaux de paille et de jus de fruits. Le charretier explique à son passager, qui se rappelle en avoir entendu parler sans bien comprendre de quoi il s'agissait, que la ville romaine a été ensevelie, il y a bien longtemps, sous un nuage de cendres crachées par le Vésuve. Tout est resté en l'état. Les hommes comme les bêtes, sous des mètres de cendres, des villas décorées de mosaïques, des objets de toutes sortes. Mais au rythme où le site est pillé, il ne restera bientôt plus grand-chose. Vittorio se souvient d'un panache de fumée noire qui provenait du volcan, il y a des années, visible depuis Marettimo. À partir de Torre Annunziata, jusqu'à Torre del Greco, le chemin entre les pins parasols est large, sableux, le long d'une immense plage où des familles s'installent pour la journée.

— J'espère que tu es en règle, l'ami, lui lance depuis son siège le conducteur de la charrette. Nous arrivons à Annunziata, il y a un contrôle des *carabinieri* à l'entrée. Ce n'est pas fréquent, ils doivent chercher quelqu'un. Tu as des papiers ?

— Oui, j'ai mon livret d'identité, ne vous inquiétez pas. Je vais simplement à Torre del Greco pour travailler chez les Gritti.

Les gendarmes font descendre Vittorio de sa botte de foin. Il tend son document jauni, en partie déchiré. N'aie pas peur, tu ne risques rien. Même si le *fontaniero* a des connexions dans la région, il ne peut pas avoir donné l'alarme aussi vite. Mais il faudra peut-être te faire faire des faux papiers. Les deux pièces d'or qui restent…

Ils repartent, au pas lent des percherons. Une heure plus tard, ils arrivent à Torre del Greco. Petit village de pêcheurs autour de son église au toit de mosaïques vertes, coincé entre les pentes du Vésuve et la mer. La maison du contremaître Falcone, l'ami d'Enzo Saloni, est facile à trouver : adossée à l'aqueduc romain, à l'entrée du port.

14

Trapani (Sicile)

Août 1902

Pietro Pistola marche à pas lents dans son verger, tête basse, son chien sur les talons. Il s'arrête entre deux citronniers, écrase du pied une motte de terre, détache une feuille d'une branche : elle est vert pâle, cassante, s'effrite entre ses doigts en craquant. Il s'agenouille devant un tronc, creuse la terre. Des mottes compactes, des cailloux, de la poussière. Assez d'eau pour remplir un bassin ? Tu parles ! Ce fumier de *fontaniero* se moque de moi. Les canaux d'irrigation sont vides depuis un mois. Il est en train de me ruiner. Si ça continue deux ou trois semaines, la prochaine récolte sera perdue. J'ai réclamé auprès de ses hommes, d'un de ses fils. Problèmes de clapets, réfection des installations, la source donne moins... Ils racontent n'importe quoi. Là-haut, vers Rigaletta, les citronniers et les orangers sont verts et brillants comme au printemps, la terre est noire. Mais si je proteste, ils montrent leurs armes, parlent de mes filles. Quel malheur ! À moins que ce ne soit son but, à ce salaud. Assécher mes terres pour me forcer à vendre, me chasser des vergers plantés par mon grand-père, ruiner ma famille. Comme ce pauvre Pepponi, qui a tout bradé et est parti pour Messine après le viol de sa femme. Mais moi ils ne m'auront pas. Je vais renvoyer une lettre au duc, lui demander de faire intervenir la police, la mairie. Il est bien content d'encaisser les redevances, ce vieux dégénéré. S'il ne fait rien pour nous débarrasser de ce *mafioso* et de tous ceux de son espèce, ces *padroni dell'acqua* de malheur, il ne percevra plus rien. Parce que nous, les paysans honnêtes, nous aurons tous disparu, sur cette terre maudite. Il restera seul face à ces *mafiosi* qui volent ses récoltes.

L'agriculteur se relève, brosse la terre à ses genoux. Le lévrier gronde, aboie en direction de l'entrée du verger. Pietro Pistola les voit. Deux hommes sur de grands mulets noirs avancent vers lui au pas lent de leurs montures. L'un a une *lupara* à l'épaule, l'autre un long fusil de chasse en travers de la selle. Il relève son chapeau de paille. C'est Fontarossa, barbe de trois semaines, mains gantées.

– Alors, Pipo, don Pipo, j'entends dire que tu te plains ? Que tes petits arbres n'ont pas assez d'eau ?

– Don Salvatore. Je suis bien content de vous voir. C'est-à-dire que… Regardez-les. Ils sont en train de crever. Cela fait plus d'un mois que l'eau ne coule plus dans mes canaux. Nous avons un accord, vous m'aviez promis…

– Tu devrais savoir que je tiens toujours mes promesses, don Pipo. Mais il m'est revenu des choses désagréables, des choses irrespectueuses. Il paraît que tu t'es plaint, que tu as demandé l'intervention de la police, il y a des lettres à Palerme, à ce qu'on m'a rapporté. Les *carabinieri* de Trapani ont même reçu des instructions me concernant, par ta faute. Mais sais-tu comment s'appelle leur chef, dans le secteur ?

– Navarri ?

– Tout à fait. Emiliano Navarri. Et sais-tu comment s'appelle ma femme, ma Julia, stupide bouseux ? Son nom de jeune fille ?

– Je ne sais pas, don Salvatore. Je ne me permettrais pas…

– Julia Navarri. Tu comprends, maintenant ?

– Bien sûr… Mais ce n'est pas vrai, je ne me suis pas plaint. J'ai demandé à vous voir, j'ai parlé avec vos fils, c'est tout. Je vous le jure. Il faut simplement trouver une solution à ce problème d'eau.

– Eh bien regarde, je l'ai trouvée, moi la solution, dit Salvatore Fontarossa en pointant sur le lévrier, un cirneco de l'Etna de concours qui grogne en montrant les dents, les deux canons de son fusil.

La première cartouche de chevrotine coupe presque l'animal en deux. Le *fontaniero* relève son arme, vise Pistola.

– Par pitié, don Salvatore, ne tirez pas ! Je ferai ce que vous voulez, je vous vends mes terres, toutes mes terres. Je vous les donne même, je disparais, je quitte la Sicile.

La deuxième cartouche, tirée en pleine poitrine, projette le paysan trois mètres en arrière. Son corps rebondit contre un tronc puis s'affaisse sur lui-même. Le *mafioso* casse son fusil, éjecte les cartouches, en prend deux autres dans la poche de sa veste, recharge.

– Va chercher deux gars. Creusez un trou bien profond. Que les sangliers ne le déterrent pas, celui-là.

15

Naples (Italie)

Août 1902

Les jardins de la villa Gritti descendent en terrasse vers la mer, sous les pins parasols, dans le plus beau quartier de Naples ; grille monumentale décorée de dauphins et de Neptunes aux tridents, allées de cyprès centenaires, pelouses anglaises, massifs de fleurs, serres à orchidées, buis taillés, fontaines de marbre blanc et roches noires. La bâtisse vieux rose est ornée de tours crénelées, de balcons au-dessus des vagues, de jardins suspendus, de niches agrémentées de statues. Édifiée au dix-septième siècle par les vice-rois d'Espagne, elle a été acquise par la famille Gritti quand les profits tirés de l'exportation des vins de Marsala, du transport maritime et de l'invention du thon en boîtes ont commencé à rapporter des milliards de lires. À la suite de son père, Giuseppe Gritti a transformé ces exploitations artisanales en industries, devenant à cinquante ans l'un des hommes les plus riches d'Italie. Pour acheter aux pêcheurs leurs thons rouges, il a fait construire des *tonnare* à Naples, à Palerme et surtout à Favignana, son chef-d'œuvre. Sur l'île, propriété privée de la famille, ce bâtiment de pierres blanches aux arches majestueuses s'ouvre sur les eaux du port et abrite, après la *mattanza*, cinq cents travailleurs pour transporter, découper, cuire et mettre en boîtes métalliques, selon une technique que personne ne maîtrise mieux en Europe, des dizaines de tonnes de poisson qui seront exportées aux quatre coins du monde par la flotte Gritti. Son pavillon, frappé d'un trident, d'une grappe de raisins et d'un cheval ailé, bat sur toutes les mers du globe.

Un domestique en livrée blanche ouvre les portes ouvragées du grand salon devant Paolo Falcone et Vittorio Bevilacqua. Ils ont attendu deux jours, dans la maison du contremaître à Torre del Greco, avant d'être reçus par don Giuseppe.

— Certains poireautent une semaine, d'autres n'ont droit qu'à des sous-fifres. Mais M. Gritti et moi, c'est de l'histoire ancienne. Mon père a commandé une de leurs goélettes, et j'ai commencé à la *tonnara* à onze ans. Enzo a eu raison de t'envoyer à moi : personne n'aurait pu t'avoir une entrevue aussi vite.

— Comment dois-je m'adresser à lui ? demande Vittorio en foulant les tapis persans d'une galerie ouverte sur un jardin d'hiver et sa volière aux perroquets bleu et gris.

— Monsieur Gritti, ça suffira. Tu vas voir, c'est un homme simple et chaleureux. Aussi à l'aise avec le pape qu'avec un pêcheur des Égades.

— Vous pouvez vous asseoir, messieurs, don Giuseppe ne va pas tarder, dit le domestique en leur désignant des fauteuils disposés autour d'une immense cheminée ornée d'un blason de bronze.

— Ah non, pas du tout ! Désolée, messieurs, mais ce salon n'est pas disponible.

De l'autre côté de la pièce, une femme d'une quarantaine d'années, grande brune d'une beauté à couper le souffle, en robe de soie et dentelles crème, collier de perles et talons hauts, avance vers eux, un bouquet de lys blancs dans les bras.

— Excusez-moi, mais la réunion de mon club de femmes et d'opéra va commencer, mes invitées sont à la porte. Louis, si vous voulez bien conduire ces messieurs jusqu'au bureau de mon mari. Il y est, je le quitte à l'instant.

— Bien sûr, *signora* Gritti. Pardonnez-nous.

— Il n'y a pas de mal, vous ne pouviez pas savoir, j'ai décidé ça à la dernière minute. Bonne journée, messieurs.

Le domestique les accompagne vers une autre aile de la maison, bâtie sur les rochers, qui s'avance dans la mer jusqu'à en être entourée sur trois côtés. Les doubles portes du bureau sont tapissées de velours. L'intérieur rappelle un club anglais : épais tapis, fauteuils profonds de cuir fauve, portraits d'ancêtres, cartes anciennes, maquettes de trois-mâts dans des vitrines sur mesure. Dans un coin, devant une fenêtre par laquelle on aperçoit l'île d'Ischia, un globe terrestre de plus d'un mètre de diamètre, datant de la Renaissance.

Giuseppe Gritti, cheveux blancs peignés en arrière, nez aquilin, regard perçant, en costume trois-pièces de Savile Row à fines rayures, lève les yeux d'un rapport où les chiffres s'alignent en colonnes.

– Paolo ! Paolino ! Quel plaisir de te voir. Que c'est gentil de venir dans ma maison de riche, si grande et si éloignée de tout que je m'y sens parfois enfermé comme dans un château fort au Moyen Âge ! Que me vaut cet honneur ? On me dit que tu veux me présenter quelqu'un…

– *Buongiorno*, don Giuseppe. Tout l'honneur est pour nous. Voici Vittorio Bevilacqua. Il m'est envoyé par quelqu'un que nous connaissons tous les deux, Enzo Saloni, d'Ustica.

– Le pauvre Enzo ! Comment va-t-il ?

– Pas très bien, hélas. Il est malade, et d'après ce que me dit Vittorio, ça semble grave.

– Quelle triste nouvelle… Mais je peux sans doute faire quelque chose. Il doit venir à Naples, je connais les meilleurs médecins.

– C'est très généreux à vous, don Giuseppe. Je vais le lui faire savoir. Je connais un capitaine qui passe toutes les semaines par Ustica.

– Donc, jeune homme, qu'est-ce qui vous amène ?

Vittorio commence son récit.

– Vous avez bien dit Fontarossa ? Salvatore Fontarossa ? De Trapani ?

– Oui, monsieur. Le *fontaniero*.

– Ah ! ce gredin, ce truand, ce *mafioso* ! Ce malfaiteur cherche à me nuire depuis vingt ans. Vingt ans qu'il tente d'accaparer mes affaires, qu'il vole mes raisins à Marsala, menace mes marins et mes capitaines, essaie de mettre les pieds à Favignana pour détourner une partie de la production. Et encore, j'ai la chance de n'avoir jamais investi dans les agrumes. D'après ce que disent mes amis qui possèdent des vergers, il est en position de force. Cet homme est

89

un parasite, une maladie. J'ai cru pouvoir m'en débarrasser en faisant intervenir tous ceux que je connais en haut lieu, jusqu'à Rome, rien à faire. Mais je n'ai pas payé, vous m'entendez ? Jamais ! Il n'a jamais obtenu une lire de la famille Gritti. Moi vivant, il n'aura rien. Je dépense sans doute plus d'argent à me protéger de cette brute que ce qu'il me coûterait si je cédais, mais c'est une question de principe. Un Gritti ne cède pas. Nous descendons d'une lignée où assez d'officiers et de navigateurs intrépides nous ont montré la voie. Alors jeune homme, comme on dit, les ennemis de mes ennemis… Que puis-je faire pour vous ?

– Il a envoyé son fils Aldo pour me tuer, à Marettimo.

– Et alors ?

– Il m'a blessé. Je l'ai noyé dans le port.

– Aldo est son fils aîné, don Giuseppe.

L'armateur siffle entre ses dents.

– Tu es courageux, mon garçon. Peut-être même trop. Tu as tué son héritier…

– Je n'ai pas eu le choix. Je ne savais pas à qui j'avais affaire. Il m'a attaqué, je me suis défendu.

– Bravo ! S'il y avait davantage d'hommes comme toi, ces *fontanieri* de malheur seraient restés ce qu'ils n'auraient jamais dû cesser d'être, des culs-terreux occupés à ouvrir et fermer des vannes pour le compte de leurs employeurs. Bon, réfléchissons… Première chose, ta famille est-elle en sécurité ?

– Ma mère et mes sœurs ont quitté Marettimo.

– Bien. Ton père ?

– Mort en mer il y a longtemps.

– Désolé. Ta mère et tes sœurs, où sont-elles ?

– Favignana.

– Quoi ? Mais qui a eu cette idée ?

– Le maire de Marettimo. Il les a envoyées chez son frère.

– Favignana, Levanzo, Trapani… Tout ça, c'est pareil. Fontarossa règne sur toutes les îles, ses hommes sont redoutables. Crois-moi, elles sont en danger. Il faut les prévenir, elles doivent quitter cette île au plus vite. Il est capable de tout pour venger la mort de son aîné. Paolo ?

– Je sais comment faire, don Giuseppe. J'ai des cousins à Favignana. Ils vont s'occuper d'elles, les faire venir ici.

– Bien. Quant à toi, mon garçon, tu ne peux pas rester dans la région, ni même en Italie. Tu vas partir pour l'Amérique. Tu as de la famille au Nouveau Monde, en Australie ?

– Pas que je sache.

– Voilà ce que nous allons faire. Je suis en relation d'affaires avec les Frezza, l'une des familles italiennes qui travaillent sur le port au déchargement des navires, à La Nouvelle-Orléans. Ils réceptionnent mes barriques de marsala, mettent le vin en bouteilles et le vendent aux États-Unis et en Amérique centrale. J'ai envoyé mon fils cadet, Fulvio, en stage chez eux depuis le début de l'année. En fait, il est surtout chargé de surveiller comment se passent les choses. Je soupçonne les Frezza de ne pas être tout à fait honnêtes, si tu vois ce que je veux dire. De grosses quantités de vin disparaissent. Fulvio a voyagé avec l'un de mes employés, mais une lettre vient de m'apprendre que ce minable l'a abandonné, pour aller chercher de l'or de l'autre côté du continent, dans l'ouest du Canada. Quel âge as-tu, Vittorio Bevilacqua ?

– Bientôt vingt et un ans, don Giuseppe.

– Un an de plus que mon Fulvio. Parfait. Si tu l'acceptes, je paie ton voyage jusqu'à La Nouvelle-Orléans et te fais un contrat pour travailler pour la famille Gritti au Nouveau Monde, pendant deux ans minimum. Mon fils va y rester quelques mois encore, ensuite tu seras mes yeux et mes oreilles en Louisiane. Sais-tu lire et écrire ?

– Oui.

– Qu'en dis-tu ?

– Mais c'est… C'est très généreux, don Giuseppe. J'accepte, bien entendu. Je ne sais pas bien où se trouve la Louisiane, mais dans ma situation…

– Je vais te montrer sur une carte. Et mon geste n'a rien à voir avec de la générosité. Nous avons un ennemi commun, il faut s'entraider. Mon fils est jeune, seul dans une ville où, d'après ce qu'on m'en rapporte, les problèmes se règlent souvent à coups de revolver. J'avais besoin d'envoyer quelqu'un là-bas, te voilà. En plus du voyage, nous allons parler de ton salaire. Je te propose la

91

même somme que celle que j'avais accordée à ce misérable qui a laissé tomber mon fils. Je n'en connais pas exactement le montant, tu verras ça avec l'un de mes comptables.

– Je l'accepte à l'avance. Je ne sais comment vous remercier.

– En faisant bien ton travail et en te mettant loyalement au service de notre famille pendant deux ans. Ensuite, nous aviserons.

16

Trapani (Sicile)

Août 1902

– Attendez là. Sœur Ana va venir. Je vous le répète : vingt minutes, pas plus. Quand j'entre à nouveau dans la pièce, vous vous levez et vous partez. Si vous voulez être autorisée à revenir, vous devez vous plier aux règles de notre institution.
– Oui, ma sœur.
– Ma mère.
– Ma mère. Excusez-moi. C'est la première fois, je n'ai pas l'habitude.
– Notre couvent n'est pas un internat de jeunes filles. C'est un lieu où les novices viennent dédier leur vie au Seigneur. Un lieu de prière et d'expiation. Je ne crois pas que les visites de l'extérieur soient une bonne chose, au moins au début. Elles risquent de leur rappeler leur vie antérieure, leur vie de péchés. C'est pour cela que nous les limitons. Vous ne pourrez pas revenir avant un mois, est-ce bien clair ?
– Tout à fait clair, ma mère. Je vous remercie. Mais je tenais à lui apporter…
– Quoi ?
– Quelques vêtements, des livres. Un bloc de papier à dessin et des crayons. Des *croccante* aux amandes.
– Pas question. Nous fournissons les vêtements. Les sucreries et les livres sont interdits. La seule lecture autorisée est notre sainte Bible. Dessiner aussi, c'est interdit. Donnez-moi ce sac, vous le récupérerez à la sortie.
Le couvent des sœurs de la Fraternité est caché au creux d'un vallon, dans une forêt de pins, à vingt kilomètres de Trapani : bâtiment

austère de pierres sombres, datant du seizième siècle, ceint de hauts murs. Salvatore Fontarossa y a conduit sa fille en personne, au lendemain des funérailles de son fils. Ana n'a pas protesté. Ça ne servirait à rien, lui a dit sa tante Carla. Ton père est trop en colère. Laisse-moi faire. C'est une question de semaines, deux ou trois mois tout au plus. Je le ferai changer d'avis. Tu es sa seule fille, je doute qu'il pense sérieusement à faire de toi une religieuse. Il est furieux et veut te faire payer ta faute. Mais fais-moi confiance. Prends ton mal en patience. Je me charge du reste.

La pièce est minuscule et austère, sol en terre battue, murs blanchis à la chaux, crucifix à un clou, table en bois de caisse, deux chaises bancales. Carla se lève en entendant la clef tourner dans la serrure.

— Oh, mon Dieu, ma chérie ! Qu'est-ce qu'elles t'ont fait ?

Ana est immobile dans l'encadrement de la porte. Elle est vêtue d'une robe de bure informe, les mains le long du corps. Son visage est blême, ses joues creusées, ses yeux mangés de cernes violets. Sur sa tête rasée, un fin duvet de cheveux clairs.

— *Zia*, c'est gentil de venir jusqu'ici. Je ne pensais pas avoir droit aux visites, dit-elle d'une voix blanche.

— Tes cheveux…

— C'est par là qu'elles commencent, le jour de l'arrivée. Elles confisquent tes vêtements, te lavent à l'eau froide puis coupent tes cheveux avec de grands ciseaux puis une tondeuse à brebis. Une fille dit qu'elles les revendent à Palerme.

Carla avance vers elle, la serre de toutes ses forces dans ses bras. Ana chuchote :

— Les cheveux, ce n'est rien, ma tante. Le plus dur, c'est la faim. Elles nous affament, du bouillon clair et du pain. Pour nous purifier, disent-elles. Tu n'as rien à manger, avec toi ?

— J'avais des *croccante*, on me les a pris. Je t'avais apporté des vêtements, des livres, du papier à dessin. Confisqué.

— Oui. Il faut apprendre des passages de la Bible, les réciter par cœur. Et surtout prier, prier pendant des heures, à voix haute. Elles vont me rendre folle. Il y a trois jours, elles m'ont battue.

— Comment ça, battue ?

– Regarde.

Ana se tourne, écarte les pans de sa robe. Son dos est zébré de marques violettes.

– Des coups de baguette, par la mère supérieure. Elle disait que je faisais semblant de prier, que je bougeais les lèvres sans prononcer de son. C'était vrai, cela étant... Ma tante, je t'en supplie. Fais quelque chose. Sors-moi de là, je vais en mourir.

– Ton père ne se doutait sûrement pas que c'était si dur. Je vais le lui dire...

Une religieuse en cornette passe dans le couloir, les voit enlacées.

– C'est interdit. Pas de contact. Assises sur les chaises, de chaque côté de la table. Si je vous vois vous toucher quand je repasse, la visite est terminée ! Il vous reste quinze minutes.

– As-tu reçu mes lettres ?

– Aucune. Pas de courrier, ça aussi c'est interdit.

– Mais c'est pire qu'une prison.

– Je l'ignore... Vite, s'il te plaît, donne-moi des nouvelles. L'ont-ils retrouvé ?

– Qui ?

– Vittorio ! Qui veux-tu...

– Ana, cet assassin a tué ton frère. Faut-il vraiment que je te le rappelle ?

– Je sais, ma tante. C'est affreux. Mais je suis sûre que c'est un accident, qu'il ne l'a pas voulu. Aldo était parti à Marettimo pour le tuer, tu le sais bien. Sait-on où il est ?

– Je ne crois pas. Ton père se méfie de moi, il ne me dit pas tout. Mais s'ils l'avaient retrouvé, je l'aurais su. Salvatore reçoit beaucoup à la maison, des hommes que je ne connais pas. Il est d'une humeur de chien. Tout ce que je sais, c'est que ton Vittorio a quitté son île juste après avoir tué ton frère, qu'il est parti pour une autre île, Ustica, mais je crois qu'à partir de là ils ont perdu sa trace. Ana, il faut que tu oublies ce garçon. Le meurtrier de ton frère, tu te rends compte ? Si je veux avoir une chance de te sortir d'ici, c'est la première des conditions.

– L'oublier ? Jamais ! Je l'aime. Je l'aime de toute mon âme.

– Dans ce cas, ma fille, prépare-toi à passer ta vie dans un couvent. Ton Vittorio va se faire tuer, ce n'est qu'une question de temps. Tu connais ton père, tu connais notre famille. Oublie-le le plus vite possible. Tu vas écrire à ton père pour lui dire qu'il a abusé de toi, que tu ne savais pas ce que tu faisais cette nuit-là, qu'il t'a forcée et que tu regrettes.

Ana cesse de murmurer, hausse la voix, crie presque.

– Ce n'est pas vrai ! Je savais ce que je faisais, je le savais très bien. C'est même moi qui ai décidé. Il ne m'a pas forcée. Je me suis donnée à lui. Je voulais devenir sa femme, je le suis, pour toujours !

La porte s'ouvre brusquement.

– Qu'est-ce que c'est que ce raffut ? Où te crois-tu, novice ? Au carnaval ? La visite est terminée. Vous, dehors. Toi, dans ta cellule. Pain sec pendant deux jours. À genoux, face au mur jusqu'à ce soir.

Ana se précipite dans les bras de sa tante.

– Merci d'être venue, ma *zia* chérie. S'il te plaît, sors-moi d'ici.

– Je vais faire mon possible. Commence par cette lettre à ton père.

17

Naples (Italie)

Septembre 1902

– Je sais, Vitto. Aller à Gênes pour partir en Amérique, c'est un détour. Mais si M. Gritti te fait passer par là, c'est qu'il n'y a pas d'autre solution. Lis la note qui accompagne ton billet :

Pour Vittorio.
Pas de bateau pour La Nouvelle-Orléans avant un mois – Départ le plus vite possible, il se confirme que vous êtes en danger à Naples – Ici, sur le port, allez voir Mario Messina, il facilitera votre embarquement – À Gênes, billet pour La Nouvelle-Orléans et une avance d'argent vous attendront dans le bureau de la compagnie Navigazione Generale Italiana – Enveloppe à votre nom – Faites attention à vous et renvoyez-moi Fulvio pour Noël. Ensuite, j'attends un rapport par mois sur l'état de mes affaires – Bon voyage.

Giuseppe Gritti.

– Il a raison, fils. Fontarossa n'a sans doute pas d'hommes à lui ici, mais il a certainement des contacts. La rumeur sur le port dit que des *fontanieri* de Sicile ont rejoint cette organisation secrète, la « Mano Nera ». Personne ne sait exactement ce que c'est, mais elle a des yeux partout, surtout à Naples. Ici, elle est en relation avec un groupe de malfaiteurs que certains appellent « Camorra ». Ils sont puissants sur le port. Il n'est pas prudent de t'attarder. Je t'ai lu le mot que Léonardo a envoyé hier : des inconnus sont arrivés à Ustica, posent des questions. Pour l'instant personne n'a parlé, mais ça ne va pas durer. Tu ne peux pas rester chez moi, toute ma famille serait en danger. Les voisins pourraient devenir curieux,

Torre del Greco est un village. L'*Umberto* part demain soir pour Gênes, tu montes à bord.

– D'accord, maître Falcone. Je comprends, je sais ce que vous faites pour moi. Je vous en remercie. Départ demain soir. Et pour les papiers ? Je voyage sous mon vrai nom ?

– Pour les papiers, mon garçon, il va falloir que tu t'en passes. Le seul gars que je connaisse sur le port qui aurait pu te fournir des faux papiers est parti en Calabre, dans sa famille. Je ne peux pas m'adresser à n'importe qui, ça attirerait l'attention. Tu pourras toujours tenter d'en trouver à Gênes, si tu as le temps. Et tu vas voyager sous ton nom.

– Qui est Mario Messina ?

– Un des commissaires du port. Un ami de don Giuseppe. Nous allons voir avec lui pour que tu embarques discrètement. Tes bagages ?

– Tout est là.

– Ce sac à patates ? Tu vas voyager avec ça ?

– C'est tout ce que j'ai.

– Tu achèteras une valise à Gênes. Connaissant don Giuseppe, je pense que l'enveloppe contient de quoi te payer des bagages et des vêtements. À toi l'Amérique, mon garçon ! Prends les choses du bon côté : tu vas quitter ce pays et ce métier de crève-la-faim pour aller faire fortune au Nouveau Monde. Les marins qui reviennent de La Nouvelle-Orléans décrivent un port immense, à l'embouchure d'un fleuve large comme une mer, dont le nom m'échappe. Ils y exportent les céréales descendues du centre de l'Amérique sur des barges et y importent tous les fruits des pays d'Amérique du Sud, en plus de ce qui vient d'Europe. Tu imagines ? Travaille bien, sois fidèle et loyal à don Giuseppe, prends soin de son fils. Tu gagneras en deux ans plus qu'en toute une vie à remonter tes pauvres filets sur les côtes de Sicile. Dans quelque temps, tu pourras faire venir ta mère et tes sœurs… La seule chose qui compte, c'est d'échapper à la vengeance du *fontaniero*. Il paraît qu'il est facile de changer de nom, en arrivant en Amérique. C'est ce que tu feras en premier.

Le lendemain, le soleil plonge au-delà de l'horizon quand Vittorio Bevilacqua, coiffé d'une large casquette, descend d'une charrette chargée de légumes sur le port de Naples. L'embarquement a débuté à bord du navire de croisière *Umberto* : les premiers passagers à destination de Gênes, le grand port du nord de l'Italie, montent par l'avant, les marchandises – tonneaux de vin, sacs de grain, caisses de fruits – par l'arrière. Avec ses deux mille huit cents tonnes et ses quarante-cinq mètres de long, sa cheminée noir et blanc au centre du pont, c'est l'un des navires les plus modernes de la compagnie Navigazione Generale Italiana, qui relie Gênes à Naples, la Sicile, puis les ports du Levant. Ses deux grands mâts, vestiges de la navigation à voile, ne sont plus utilisés que quand le vent souffle de l'arrière, pour soulager le moteur et économiser le charbon. Le gaillard arrière, surélevé, est couvert d'une immense toile de tente pour protéger les passagers du soleil.

Comme convenu, Vittorio se dirige vers la passerelle. Il a jeté son sac sur l'épaule, se retourne une dernière fois pour regarder, au loin, la silhouette du Vésuve, sentir les odeurs de cette terre qu'il quitte à jamais. Paolo Falcone le salue de loin en enlevant son chapeau et tourne les talons. Vittorio reconnaît le commissaire Messina à sa casquette à galons. Il l'attend au pied de l'échelle de coupée.

– Allez, mon gars, ne t'arrête pas. Tu n'as pas le droit d'embarquer par ici, ne te fais pas remarquer. Ne t'inquiète pas, le commandant est un ami. Je t'ai obtenu une cabine, tu y seras seul. Sois discret, ne parle à personne. Une nuit et une journée, demain soir tu débarques à Gênes et tu trouves un petit hôtel sur le port, ce n'est pas ce qui manque. Bon voyage.

Les échelles sont retirées, les amarres larguées, la sirène salue la mise en branle de l'hélice de l'*Umberto*. Vittorio regarde, par le hublot de sa cabine, les feux des quais de Naples s'éloigner. Le navire passe au large de l'île d'Ischia, dont la masse sombre se découpe dans le ciel clair. Vittorio s'allonge sur la couchette, plus confortable que tous les lits qu'il a connus. Bercé par le roulis et le bruit du moteur, il s'endort.

Pendant ce temps, sur le port, deux hommes tenant une lampe à pétrole pénètrent – l'un d'eux a une clef – dans les bureaux fermés de la capitainerie de Naples, sortent d'un tiroir le registre des passagers de la journée.

— Comment tu dis, déjà ?

— Je ne me souviens plus. Je l'ai noté quelque part. Éclaire-moi. Ah, voilà. Bevilacqua, Vittorio Bevilacqua.

— Bevi... Bevi... Il est là. Regarde. Bevilacqua, Vitto. Il est à bord de l'*Umberto* qui vient de partir. Destination : Gênes. File prévenir le *capo*. Tu le trouveras à la trattoria Gino, tu vois où c'est ?

Le télégramme part le lendemain matin, à l'ouverture du bureau de poste.

Expéditeur : Pasquale Di Pietro – Naples
Destinataire : Luigi Rosetti – Gênes
Le voyageur Bevilacqua Vittorio arrive à Gênes demain soir. STOP.
Navire Umberto. STOP. Vos amis de Naples vous prient de faire
le nécessaire. STOP. Merci. STOP ET FIN.

18

*À bord de l'*Umberto,
au large des côtes italiennes

Septembre 1902

Un long coup de sirène suivi d'un autre, plus bref, réveille Vittorio au petit matin. Calé entre les montants de la couchette, au rythme des vagues, il a passé sa meilleure nuit depuis longtemps. Il enfile son pantalon, monte sur le pont, désert à cette heure. Au pied du mât arrière, un homme d'équipage love un bout, après avoir envoyé les voiles qui faseyent au-dessus de leurs têtes.

– C'était quoi, la sirène ?

Le marin sourit.

– Le capitaine dit bonjour à sa femme. Vous voyez les maisons blanches entre les pins parasols, là-bas, juste en face ? C'est Ostie. Son village natal, près de Rome. Chaque fois que nous passons au large, de jour comme de nuit, il se signale ainsi. C'est leur code. Il prétend qu'elle répond en mettant une lampe rouge à sa fenêtre, mais je ne l'ai jamais vue.

– Vous savez quand nous arrivons à Gênes ?

– À cette allure, et si le vent du sud se maintient, demain vers midi. Vous êtes sicilien ? Marin ?

– Oui, des Égades.

– Et qu'est-ce que vous allez faire à Gênes ? Vous cherchez un embarquement ? Je connais un armement qui fait la ligne avec l'Orient, Bombay, Singapour, Hong Kong. Ils ont toujours besoin d'hommes.

– C'est gentil, mais non. J'y vais pour voir de la famille. Il y a du café, à bord ?

– La cuisine, près du mât avant. Il doit être prêt à l'heure qu'il est.

Vittorio s'assied sur un banc de bois, à tribord, son quart de métal à la main dans lequel fume un café trop clair. Il mord dans une *focaccia*, regarde la côte basse du Latium, à quelques encablures. Longues plages de sable et interminables forêts de pins ; l'embouchure du Tibre et ses marécages ; vols de hérons et nuées d'oiseaux plus petits. Vittorio n'a jamais connu de l'Italie que les côtes découpées du Sud, les montagnes dans la mer, les falaises, la rocaille et les rochers. Ces étendues plates, ces plaines, ces arbres et ces roseaux, ces collines douces à l'horizon dessinent un autre paysage. Gênes est paraît-il un port immense. Et La Nouvelle-Orléans encore plus grand, à l'embouchure d'un fleuve qui charrie une eau si boueuse qu'elle ressemble à du café au lait. C'est ce que lui racontait un vieux pêcheur de Marettimo qui recevait deux fois par an des lettres de son fils, parti en Amérique. Le vent tourne à l'est, gonfle les voiles carrées, chargé d'odeurs d'aiguilles de pin, de terre et de marais. Vittorio sent sous ses pieds le navire accélérer, trancher de son étrave les vagues courtes. Il termine son café, ferme les yeux. Le visage d'Ana, le feu dans son regard, son sourire comme un rayon de soleil, la peau de son cou, le velours de ses cuisses, la douceur de ses bras. Comment la retrouver ? J'ai tué son frère. J'aurai de la chance si j'échappe aux tueurs du *fontaniero*. Comment son père a-t-il réagi quand il a su ? Comment a-t-il su ? Nous étions seuls sur le port, toute la ville avait le nez en l'air. Quelqu'un nous a-t-il vus ? Ana a-t-elle fait des confidences à une amie qui n'a pas tenu sa langue ? Ce qu'il faudrait, c'est que je trouve à Gênes un Sicilien qui reparte à Trapani et à qui je pourrais confier un message… Arrête de rêver, pauvre idiot. Ce serait signer ton arrêt de mort. Et, de toute façon, qu'est-ce qui te dit qu'elle voudrait te revoir ? Peut-être n'a-t-elle répondu qu'à une impulsion. À dix-huit ans, elle voulait peut-être découvrir l'amour avec le pêcheur de Marettimo qui avait été gentil et l'avait embrassée dans la grotte. Elle te déteste sans doute, en ce moment. Meurtrier de son frère. Tu ne sais pas quels rapports elle avait avec lui. C'était peut-être son héros, son modèle. Arrête de penser à elle. Elle t'a peut-être déjà oublié. Tu pars pour le *Mondo nuovo*. Une nouvelle vie. Pense plutôt à ta mère et à tes sœurs, au moyen de les retrouver un jour. J'ai une chance incroyable d'avoir rencontré ce M. Gritti. Marettimo, c'est un caillou planté dans la mer, où nos ancêtres ont mangé des sardines et des tomates pendant des générations. Mes filets étaient plus vides à chaque saison, les poissons de plus en plus petits. L'Amérique, c'est le pays de l'or et des pêches miraculeuses. Je me souviens, les anciens sur le port se passaient de main en main un genre de prospectus édité à New York et envoyé par un émigrant, où un artiste avait dessiné des rivières si pleines de poissons qu'on ne voyait même plus l'eau. La légende disait quelque chose comme : Les saumons remontent les rivières de Californie et du Canada, si nombreux qu'avec une épuisette les Américains font fortune en une journée. Je ne sais pas si c'est la même chose à La Nouvelle-Orléans… Il y avait aussi une illustration où des Italiens cueillaient des dollars poussant sur des arbres, et une autre où ils transportaient sur une brouette un oignon plus gros qu'une citrouille.

Vittorio descend dans sa cabine, enfile une chemise de coton léger, trouée aux coudes par l'usure. Il se tient toute la journée à la proue du navire, à l'abri des fumées et des escarbilles crachées sur le pont arrière par la cheminée. Il lui faut éviter les questions, sur son accent ou sa destination. Il s'attarde à l'avant jusqu'au crépuscule alors que le navire passe entre le continent et l'île de Giglio. Dans la salle à manger, où une quarantaine de passagers se serrent sur des bancs, autour de tables fixées au sol, il pose sur un plateau un bol de soupe, un filet de poisson et des légumes grillés puis descend dans sa cabine, d'où il ne sort pas avant l'aube du lendemain. Au lever du soleil, l'*Umberto* se glisse dans l'étroit passage entre l'île d'Elbe et le cap de Piombino.

— Cette île est la porte d'entrée du golfe de Gênes, lui dit le même marin. Nous y serons cet après-midi, vers cinq ou six heures. Le vent est bien tombé cette nuit, nous avons ralenti. Et à présent nous l'avons dans le nez. Là-bas, c'est la Toscane. La plus belle région du pays, mon gars. J'y suis né. Dans deux heures, nous passerons devant Livourne. Si j'étais capitaine, c'est là que je donnerais des coups de sirène. Tu ne connais pas, vraiment ?

– C'est la première fois que je quitte la Sicile.

– Joli port, Livourne. Mais tu vas voir Gênes ! Les paquebots et les cargos alignés, en partance pour tous les ports du monde. Les marchandises venues de toute l'Europe. Les Génois sont les maîtres de la Méditerranée et des routes de l'Orient depuis des siècles. Tu crois que c'est par hasard que Christophe Colomb a découvert les Amériques ? Non, c'était un Génois, un génie de la mer. Notre capitaine, sur l'*Umberto*, entre toi et moi c'est un sale type, un tyran. Mais quel marin !

En pénétrant dans la mer Ligure, Vittorio aperçoit au loin des paysages de rocs et de montagnes qui lui rappellent sa Sicile. Les villes et les villages, accrochés aux pentes ou blottis dans les vallons, sont plus nombreux et semblent plus opulents, avec des murs colorés et des toits brillants au soleil. À l'approche du port de Gênes, le trafic se fait plus dense : aux pêcheurs à voile, dont les embarcations sont deux fois plus grandes que celle de Vittorio, s'ajoutent des bateaux de travail de toutes sortes, de courts voiliers reconvertis à la vapeur, avec des roues à aubes sur le côté et de longs panaches de fumée noire, des cargos à hélice avec deux ou trois cheminées et surtout d'immenses paquebots. L'un d'eux, un géant trois fois plus important que l'*Umberto*, les double par bâbord. Ses deux cheminées striées de noir et de blanc crachent des nuages d'encre et de feu. Sa proue peinte en rouge fend les flots avec la force d'un titan, laisse derrière le bateau un sillage scintillant de vingt mètres de largeur. C'est peut-être celui-là qui conduira Vittorio en Amérique.

Trois heures plus tard, les amarres de l'*Umberto* sont lancées à des lamaneurs qui arriment le navire à des bittes rouillées, entre un deux-mâts et un petit paquebot. Le quai disparaît sous les tonneaux, caisses et ballots, entre lesquels des dockers circulent avec leurs brouettes en bois, s'apostrophent dans une langue inconnue. Dans un espace transformé en corral, des moutons apeurés attendent de monter, un par un, à coups de baguette, dans une goélette en partance pour l'Albanie. Occupé, dans sa cabine, à fourrer ses affaires dans son sac, Vittorio ne voit pas les deux membres de la police portuaire au pied de la passerelle qui interrogent les passagers qui débarquent.

– Simple contrôle, répondent-ils au capitaine. Nous cherchons quelqu'un qui est peut-être à bord. Bevilacqua, ça vous dit quelque chose ?

– Rien, mais nous venons de Naples, je n'ai pas lu la liste des passagers.

– Ne vous inquiétez pas, rien de grave.

Quand Vittorio les remarque, et s'aperçoit qu'ils demandent les documents d'identité, il est déjà trop tard. Il est engagé sur la passerelle, une famille le suit chargée de malles, impossible de faire demi-tour.

– Votre nom ?

– Bevilacqua.

– Vittorio Bevilacqua ?

– Oui, c'est moi. Pourquoi ?

– Veuillez nous suivre. Simple contrôle.

– Quel genre de contrôle ? Que me reproche-t-on ? Je ne suis qu'un pêcheur.

– Ne faites pas d'histoire. Venez avec nous au commissariat du port. Ce ne sera pas long. Petite vérification.

Ils l'encadrent, l'un d'eux le prend par le bras. Vittorio interroge du regard le capitaine du navire, qui lui fait comprendre d'un signe de tête qu'il doit obtempérer. Le *palazzo* San Giorgio, siège de la police portuaire, est à quelques minutes de marche. C'est un bâtiment de pierre blanche surmonté d'un chapiteau à horloge, décoré de six statues géantes en trompe-l'œil et d'une fresque centrale où un saint Georges en armure terrasse le dragon d'un coup de lance. C'est l'un des palais de l'âge d'or de la république de Gênes, quand elle disputait aux Vénitiens la suprématie sur la route des Indes et des épices. Les fumées de charbon et le trafic du port ont souillé sa façade et à l'intérieur, malgré les dimensions de cathédrale et les colonnes de marbre de Carrare, les bureaux de la capitainerie et les locaux de la police portuaire sentent le bois moisi, l'humidité et la poussière.

– C'est qui, celui-là ? demande le policier assis derrière le bureau à l'entrée.

– C'est perso, t'occupe.

Le plus âgé des deux hommes qui escortent Vittorio s'approche du planton, glisse un billet dans sa main, lui chuchote à l'oreille :

– Va donc faire un tour. Oublie que tu nous as vus.

– Que me voulez-vous ? Pourquoi m'arrêtez-vous ?

– Ferme-la. Donne tes mains.

Le policier enserre les poignets de Vittorio de deux bracelets de fer reliés par un morceau de chaîne rouillée.

– Avance.

Il le pousse dans un couloir qui s'enfonce dans les entrailles du palais. Plus de carrelage à damiers au sol mais de la terre battue. Une odeur de cave et de mort. L'un des policiers prend une lampe à pétrole suspendue à un clou dans le mur, l'allume. Trois cellules sur la droite, des cachots moyenâgeux. Vides. L'aîné des deux hommes ouvre la grille de la première, s'empare d'une matraque de bois dans la main gauche.

– Entre là et pas un mot.

– Mais…

Il frappe d'un coup sec, derrière le genou. Vittorio s'effondre. Ils le traînent à l'intérieur.

– Maintenant, écoute-moi bien. Ce n'est pas un simple contrôle. Si tu veux sortir d'ici vivant, tu vas faire ce qu'on te dit, *capito* ? Nous n'avons rien contre toi. On nous paie pour ça. Sans doute quelqu'un qui a quelque chose à te dire, ou un compte à régler. Tu vas passer la nuit ici, un certain Nino doit venir te prendre demain matin. Après, ce n'est plus notre problème. Alors soit tu te tiens tranquille, et on t'apporte à manger et à boire. Soit tu cherches les histoires et on te calme à coups de matraque. Tu choisis.

Ils verrouillent la porte, remontent le couloir en emportant la lumière. Vittorio se masse les côtes, trouve à tâtons un banc de bois, s'assied. Mon sac ? Où est mon sac ? Dans l'entrée du palais. Je l'ai posé, avant qu'ils ne me bouclent ici. Comment ont-ils su ? La liste des passagers, forcément. Et un télégramme. Falcone avait raison. Ce maudit *fontaniero* a des yeux partout, même dans le port de Naples. Je suis mort. Ils vont me tuer ici, dans cette prison. Ou m'emmener demain. Me renvoyer à Trapani pour que Fontarossa étrangle de ses mains l'assassin de son fils. Ana sera peut-être là. Il la forcera à regarder. Elle sera la dernière personne que je verrai dans ce monde. Pourvu qu'ils épargnent *mamma* et les filles.

Il sent quelque chose bouger entre ses chaussures. Des couinements aigus. Des rats. Il les chasse à coups de pied. Il reste assis, prostré, la tête dans les mains, se demande s'il aura le courage de mourir sans se plaindre, sans supplier. Une arme à feu plutôt qu'un couteau. Ici plutôt qu'en Sicile. Le grincement d'une porte qui s'ouvre, la lueur de la lampe qui approche. Ça y est. C'est la fin.

– Tu as été sage, petit. C'est bien.

Le policier lui glisse entre les barreaux un morceau de pain brun, une tasse de grès pleine d'olives, une gourde de cuir. Il va se retourner quand des éclats de voix résonnent dans l'entrée, bruit de meubles qu'on renverse, de verre brisé.

– Si tu sors ton arme, tu es mort. Tu sais qui je suis, *stupitu* ? gronde une voix grave. Où est-il ? Bevilacqua ? Si vous l'avez déjà tué...

– Par là, mon capitaine. Il est vivant, bien vivant. On n'a fait que l'arrêter.

La lueur de trois lampes à pétrole et d'une torche approche. Les pas d'hommes en bottes. Ils sont quatre, en uniforme, revolver au poing, qui poussent devant eux le plus jeune des deux policiers, livide. Celui qui était près de Vittorio a posé la main sur la crosse de son arme avant de lever les bras.

– Par ici, capitaine. Ne vous inquiétez pas, tout va bien. Vous voyez, je lui apportais à manger. Je suis sûr que ce n'est qu'un malentendu. Je m'apprêtais à le libérer. D'ailleurs, je le libère.

– Grasso ! J'en étais sûr. Il n'y en a qu'un d'assez pourri dans mon commissariat pour faire une chose pareille. Combien ils te paient, tes amis napolitains, ordure ? Combien pour la mort d'un homme ? Tu ne sais pas ce qui va lui arriver si tu le leur livres ? Mais tu t'en fous, non ? Tout ce qui compte, ce sont les pièces d'or dans ta poche, crétin ! Mais cette fois, tu ne t'en sortiras pas comme ça. Ton arme, maintenant. C'est l'occasion que j'attendais pour me débarrasser de toi, *pezzo di merda*. Tu es viré, tu m'entends ? Je vais aller parler de toi au maire en personne. Arrêtez-le, et l'autre aussi. Où sont les clefs de ses chaînes ?

– Sur le tableau de bois, dans l'entrée.

– Vous deux, enlevez vos vestes d'uniforme. Les casquettes, aussi. Vous n'êtes plus membres de la police portuaire. Vous ne sortirez de ce cachot que pour aller voir le juge Trenta. Toi, garçon, viens avec moi.

L'un des policiers qui accompagnent le capitaine Brusini, chef de la police portuaire de Gênes, retire les menottes de Vittorio.

– Allons là-haut. Vous aviez un bagage ?

– Un sac. Celui-là, près de la porte.

– Prenez-le.

Ils montent, par un escalier de marbre, au premier étage du palais. Les fenêtres du bureau de l'officier donnent sur le port et sa forêt de mâts.

– Tu es bien…

Il baisse les yeux sur une feuille manuscrite…

– Vittorio Bevilacqua ?

– Oui, c'est moi.

– Mon garçon, on peut dire que tu as de la chance. J'ai été alerté par le directeur de la Navigazione Generale. Un homme important, dans notre ville. Il savait que tu devais arriver de Naples à bord de l'*Umberto*. Quand il ne t'a pas vu, il m'a prévenu. Nous sommes amis d'enfance. Et quand on m'a dit que deux de mes hommes t'avaient cueilli à ta descente du bateau, j'ai compris. Ça va ? Je suppose que ces traces de coups, c'est ce cher Grasso ?

– Oui. Mais ça va. Je m'attendais à bien pire.

– Tu n'es pas passé loin, l'ami. Viens, je t'emmène chez Di Stefano. C'est le patron de la NGI. Nous allons voir que faire de toi.

19

Gênes (Italie)

Septembre 1902

Le *Citta di Milano* est à quai dans le port de Gênes. Paquebot rutilant de cent dix mètres de long et près de quatre mille tonnes, sorti un an plus tôt des chantiers Odero et Di Sestri, pour convoyer vers l'Amérique les émigrants italiens vers le Nouveau Monde et ses promesses. Une manne pour les armateurs génois, qui ont fait aménager leurs navires pour transporter, dans des conditions de confort minimales, ces hordes de miséreux dans leur voyage sans retour. Paysans analphabètes, journaliers qui ont pour la première fois quitté leurs provinces, habitués à baisser la tête et à ravaler les humiliations, ce n'est pas le genre de clientèle à se plaindre ou à réclamer. Sur mille trois cents passagers, seule une cinquantaine, les première et seconde classes, disposent de cabines. Les autres s'entassent dans l'entrepont, dans des dortoirs sombres et mal ventilés, où les lits jumeaux en tubes métalliques montent jusqu'au plafond. Sur recommandation de Giuseppe Gritti, actionnaire de la Navigazione Generale, Vittorio a pris place au petit matin dans la file d'attente des passagers de seconde classe, délimitée par des chaînes à l'avant du bateau. Devant lui, un couple de bourgeois, lui en chapeau, elle en voilette, ravis de partir rendre visite à leur fils établi à New York. Derrière, une famille avec deux enfants en costumes de marin. Avec ses habits de pêcheur rongés de sel, ses chaussures hors d'âge, son morceau de bout en guise de ceinture, ses cheveux en bataille, sa barbe de quatre jours, il sent peser sur lui les regards des habitués des ponts supérieurs. Il fixe ses pieds, n'engage la conversation avec personne. Plus bas, sur le quai, une marée humaine d'émigrants se presse autour de la passerelle des voyageurs de troisième classe. Forêt de casquettes et de fichus, vêtements élimés, godillots et sabots, valises de carton et ballots de toile ; cris, rires, insultes et bousculades. Qu'est-ce que je fais ici ? Je devrais être avec eux. Derrière son guichet, uniforme noir rehaussé de galons d'argent, le préposé au contrôle des passeports sourit sous sa fine moustache. Au mur, un portrait du roi d'Italie Umberto Ier, raie sur le côté et larges bacchantes, semble porter un regard sévère sur ses sujets désertant la patrie. Le sourire de l'homme disparaît à la vue de Vittorio, qui lui tend son passeport pour l'étranger, établi la veille par le capitaine Brusini.

– Dites donc, jeune homme. Vous devez vous être trompé de porte. La troisième classe, c'est plus bas, sur le quai. Il y a toujours des petits malins qui tentent de prendre cette passerelle... Vous avez un billet ?

– Le voici.

– Ah... La Nouvelle-Orléans. Seconde classe. Effectivement. Excusez-moi. Vous savez que vous n'avez pas le droit de descendre à terre, à New York. Si vous passez les contrôles, vous ne remonterez plus à bord. L'escale ne dure qu'une journée. Bevilacqua, Vittorio.

– C'est moi.

– Il est bien neuf, votre passeport...

– Oui, je viens de le faire établir, ici.

– Vous êtes né à Marettimo... C'est où, ça ?

– Une île en Sicile. Près de Trapani.

– Pas d'activité politique, participation à des groupes anarchistes, mouvements séditieux ?

– Pas du tout. Je suis pêcheur. Je n'ai jamais rien fait d'autre.

– Pas de problèmes avec la police et la loi ?

– Aucun.

– Et qu'allez-vous faire en Louisiane ? Comment un pêcheur de Marettimo peut-il payer un billet de seconde classe ?

– Je ne suis plus pêcheur, enfin plus vraiment. Je suis envoyé en Amérique par M. Gritti. Je vais travailler avec son fils, qui le représente à La Nouvelle-Orléans. C'est lui qui a payé le billet.

110

– M. Gritti ! *Scuzi*. Très bien. Bon voyage.

D'un geste théâtral, il tamponne la première page, tend à Vittorio son passeport.

– Suivant !

À bord, des stewards en livrée accueillent les passagers de première classe, les conduisent à leurs suites. Ceux de seconde sont pris en charge par un marin qui n'accepte d'accompagner Vittorio jusqu'à la porte de sa cabine qu'après avoir vérifié son billet.

– Vous êtes quatre par chambre, cabinet de toilette au bout du couloir, dit-il. Cet escalier, là, c'est pour la troisième classe, en dessous. Interdiction d'y descendre, et pour eux de monter ici. Il est interdit aussi de prendre ce couloir, ce sont les quartiers des femmes. Pour les repas, le réfectoire de la seconde classe est juste au-dessus. Vous verrez, ce n'est pas mal, vous n'êtes qu'une trentaine et la nourriture n'est pas mauvaise.

Quand Vittorio pénètre dans sa cabine, assez spacieuse avec ses lits superposés, un homme en costume de tweed, malgré la chaleur, a ouvert sa valise sur la couchette du bas, en sort une trousse de toilette. Il se lance dans une longue tirade en anglais, incompréhensible pour Vitto.

Par gestes, en quelques sourires et avec une brochure de six pages imprimée à Édimbourg, l'homme fait comprendre à Vittorio qu'il s'appelle Jones, est écossais, représentant de commerce, en route pour New York après deux mois à Rome. Un marchand de bétail de Vérone, qui fait pour la première fois le voyage à Chicago où les abattoirs sont paraît-il les plus modernes du monde, les rejoint peu après. Ils se répartissent les couchettes, Vittorio se contente de celle qui reste, sous celle de Jones. Il glisse son sac de toile en dessous. Il n'ose pas enlever ses chaussures, qu'il porte sans chaussettes. Il faudra que j'aille me laver les pieds avant ce soir. Zut, j'ai oublié de prendre un morceau de savon. Et je n'ai pas eu le temps de m'acheter un autre pantalon, j'ai plus qu'assez avec ce qu'a laissé Gritti, mais les choses sont allées trop vite. Le capitaine semblait penser que le *fontaniero* pouvait toujours m'atteindre à Gênes et il a préféré m'éviter tout risque.

La sirène du navire lâche un premier coup d'avertissement quand le quatrième passager les rejoint, un adolescent de dix-sept ans qui va rendre visite à ses deux oncles constructeurs de maisons installés près de Boston. Il y restera peut-être, si le travail lui plaît. Le grondement de la chaudière à vapeur s'intensifie, les cloisons de fer du *Citta di Milano* tremblent, le capitaine donne l'ordre de larguer les amarres, trois coups de corne de brume annoncent le départ. Vittorio et ses compagnons de cabine sortent sur le pont avant, réservé aux seconde et première classes. Trois couples, les hommes en habits, les femmes en robes longues et chapeaux fleuris, se font servir du *prosecco* en regardant, sur le quai noir de monde, une foule de badauds et de parents agiter casquettes et foulards. Sur le pont arrière, la foule compacte de la troisième classe s'écrase contre les balustrades pour tenter de leur répondre. *Ciao !* Bon voyage ! Écrivez-nous ! Donnez des nouvelles ! *Evviva l'Italia ! Evviva l'America !*

Un canot à vapeur arrimé à l'avant aide le paquebot à mettre cap sur le large. Le quai s'éloigne, les casquettes et les foulards s'abaissent. Le moteur à triple expansion monte en régime, la fumée de charbon s'épaissit, crache des gerbes d'étincelles, l'hélice brasse à gros bouillons les eaux grasses du port. Une heure plus tard, Gênes disparaît à l'horizon. Cap sud-ouest, vers le détroit de Gibraltar.

20

Trapani (Sicile)

Octobre 1902

Le portail du couvent des sœurs de la Fraternité s'ouvre en grinçant sur ses gonds. Ana Fontarossa apparaît. Elle porte des vêtements civils, ceux qu'elle avait à son arrivée. Pas de bagages. Elle cache ses cheveux ras sous un torchon récupéré dans la cuisine. Une main de femme la pousse dans le dos, referme la porte. Elle trébuche, lève la tête et voit sa tante Carla descendre d'une carriole de bois vernis, tirée par un cheval. Ana court vers elle, se jette dans ses bras.

– *Zia !* Quel bonheur ! Que se passe-t-il ? Elles ne m'ont rien dit. Elles ont pris ma robe de religieuse hier soir, m'ont rendu mes habits ce matin. C'est fini ? Père a changé d'avis ? Je rentre à la maison ?

– Viens, ma chérie. Quittons cet endroit.

Les rênes sont tenues par l'un des hommes du *fontaniero*, un cousin éloigné qu'Ana connaît depuis toujours mais qui ne tourne pas la tête pour la saluer. Il fait claquer le fouet sur la croupe de la jument. L'attelage descend l'allée bordée de pins parasols centenaires, vers la sortie du vallon.

– Salvatore a reçu une lettre de la mère supérieure annonçant que tu n'avais pas tes règles depuis trois mois. C'est la vérité ?

Ana rougit, baisse les yeux, bredouille :

– J'ai tellement honte de parler de ça, même avec toi. Mais c'est vrai que je me sens bizarre depuis quelques semaines. Comment dire ? Tu crois que je suis enceinte ? J'ai été avec Vittorio une seule fois…

113

– Écoute-moi bien, ma fille, chuchote Carla, je ne veux plus jamais t'entendre prononcer le nom de cet assassin. Nous irons voir le docteur Fugatti demain. En attendant, le règlement est clair : pas de bébé à la Fraternité. Tu es renvoyée. La supérieure, dans sa lettre, suggère un autre couvent, près de Palerme, où elles savent gérer ce genre de choses, comme elle dit.

– Comment mon père a-t-il réagi ?

– C'est ce qui m'inquiète. Il était blanc de rage mais est resté calme. Je lui ai demandé : Qu'allons-nous faire ? Il a répondu : J'ai la solution, va la chercher. Je n'en sais pas plus.

– Si le but est de me faire abandonner le bébé, à Palerme ou ailleurs, je refuserai, je t'avertis. C'est l'enfant de Vittorio. C'est le père de mon enfant, c'est l'homme que j'ai choisi. Pour toujours.

– Tu n'as pas compris ? Si jamais tu prononces le nom de ce garçon devant ton père, ou devant quelqu'un qui ira le lui répéter, je crois bien qu'il pourrait te tuer.

– Eh bien, qu'il me tue, ça m'est égal.

– Ne dis pas de bêtises. Tiens, je t'ai apporté des *cornetti*. Mange. Tu es maigre comme un coucou.

– Merci ! Je n'ai jamais eu aussi faim de ma vie. Fais-nous des *pasta*, ce soir, je t'en prie. Cette vieille chèvre de mère supérieure n'aimait pas les pâtes et les avait bannies du couvent. Elle disait que ce n'était pas bon pour nous. Légumes toute la semaine, un peu de viande le dimanche, mais jamais pour moi, j'étais punie en permanence. Je pourrais tuer pour un plat de *busiate*.

Le portail de la maison des Fontarossa est ouvert par un homme en casquette, fusil à la bretelle, qui salue d'un signe de tête. La carriole s'est à peine immobilisée dans la cour que le *fontaniero* apparaît, visage fermé, air sombre. Jambes écartées, bras croisés, il attend que l'attelage s'arrête. Personne ne bouge. Il descend les marches, ouvre d'un coup sec la portière d'Ana, l'attrape par le bras, qu'il serre à lui faire mal.

– Bonjour, *papà*…

Il ne répond pas, l'entraîne dans la maison et l'escalier du premier étage.

– *Papà*, s'il te plaît, dis-moi quelque chose…

Il fait entrer de force Ana dans sa chambre.

– Ne bouge pas d'ici. Tu ne parles à personne, surtout pas à ta tante. Je reviens dans une heure.

Ana s'assied sur son lit, entend la clef tourner dans la serrure. Je le savais, je le sentais. Enceinte la première fois que je fais l'amour. Quelle malchance… C'est sans doute un signe. Le signe que Vittorio est l'homme de ma vie et que rien ne doit m'empêcher de le retrouver. Comment vais-je faire ? Je n'ai pas posé la question à Carla. Mais s'il était mort, s'ils l'avaient tué, elle me l'aurait dit. Il est vivant, je le sais. Il est vivant quelque part. Mais où ? Il a dû quitter la Sicile. Il ne pourrait se cacher nulle part ici. Il m'aura peut-être laissé un message, ou quelqu'un va m'apporter une lettre, un mot. Il faut que je commence par cette île, Ustica, dont a parlé *zia*. Je ne sais pas où c'est, mais cela ne doit pas être trop loin. Comment faire pour y aller ? Si je suis bien enceinte, la situation va se compliquer rapidement, je n'ai pas de temps à perdre. Pour l'instant, il faut que je reprenne des forces, tenter d'amadouer papa.

Épuisée par des semaines de privation, Ana s'endort. Elle est réveillée en sursaut par le bruit de la clef, la porte qui s'ouvre. Don Salvatore dans l'encadrement, mâchoire et poings serrés, regard accusateur. Derrière lui, visage grave, Enzo Fontarossa, son cousin. Ana ne comprend pas ce qu'il fait là et pourquoi ses frères et Carla sont absents.

– Maintenant, ma fille, tu vas m'écouter. Sans un mot ou, sur la Madone, je te jette aux cochons. Voici ce que j'ai décidé. Nous aurions pu aller à Palerme et te débarrasser de ce bébé que tu portes. Tout le monde sait où s'adresser. Mais j'ai une meilleure solution. J'en ai parlé avec Enzo. Il est d'accord pour t'épouser et reconnaître l'enfant. Prions Dieu que ce soit un garçon.

– Quoi ? Mais…

Son père fait deux pas en avant, lève sa main droite pour frapper.

– Tais-toi ou je t'assomme ! Tu devrais remercier le ciel que ton cousin accepte de te prendre comme ça, déshonorée, salie. Enzo est amoureux de toi depuis que vous êtes enfants, ne dis pas le contraire, tout le monde le sait dans la famille. C'est la bonne solution pour préserver l'honneur des Fontarossa, que tu as piétiné en te conduisant comme une putain du port. La noce aura lieu dimanche, pour ne pas perdre de temps. Ton ventre n'est pas encore rond. Quand l'enfant naîtra, nous dirons aux commères du quartier qui compteront sur leurs doigts que vous aviez un peu anticipé les choses, tellement vous vous aimiez. Enzo est associé à mes affaires. Maintenant qu'Aldo est mort, tué par ce misérable qui le paiera un jour, crois-moi, j'ai décidé de faire d'Enzo mon premier *capo*. Ce mariage va renforcer notre famille. Des mariages entre cousins, ça s'est toujours fait, chez nous.

– Jamais ! hurle Ana. Jamais je n'épouserai Enzo ! Si tu me forces...

La gifle est si forte qu'elle projette la jeune fille contre le lit, où elle reste prostrée, en pleurs.

– Ma décision est prise. De toute façon, c'est à moi de choisir ton mari. Le déshonneur que tu as jeté sur notre famille sera lavé. C'était ça, ou je te tuais de mes mains.

– Je préfère mourir !

– Ce n'est pas toi qui choisis. Tu ne bouges pas de ta chambre jusqu'au mariage, ta tante va s'occuper de tout.

21

New York City (États-Unis)

Novembre 1902

Le soleil qui descend sur les collines du New Jersey incendie la robe de cuivre de la statue de la Liberté, vigie du Nouveau Monde plantée sur son île, au centre du port de New York. L'été indien a toujours été la saison préférée d'Albert Littlefield. Enfant, il jouait jusqu'à mi-novembre sur les plages du cap Cod, où il a grandi. Du sommet de son premier phare, dans le Maine, il passait des heures, en octobre, devant la symphonie de couleurs, rouge, orange et jaune, orchestrée par les forêts alentour. Son deuxième poste de gardien, près de New London dans le Connecticut, lui a appris à aimer davantage ces semaines d'ambre et de feu, avant l'hiver et ses tempêtes. Mais depuis qu'il a eu l'honneur d'être nommé premier responsable du phare de New York, installé dans la torche de la statue géante, cette merveille offerte seize ans plus tôt par la France à l'Amérique, il apprécie encore plus la magie du soleil de novembre. Quand il habille d'or la grande dame et sa tunique de cuivre, quand au loin les forêts d'Amérique rougeoient comme des braises, quand les oies sauvages dessinent d'immenses *V* dans le ciel, Albert Little-field sait qu'il est temps d'aller, dans la centrale, réveiller les dix chevaux-vapeur du moteur Armington Sims qui alimente en électricité les lampes à arc. Réunies en faisceau de lumière blanche, elles percent les ténèbres, en mer, jusqu'à quarante kilomètres. Une prouesse technique, ce moteur, et une chance. Albert était le seul, parmi les dizaines de candidats à ce poste de rêve, payé mille dollars l'année, à avoir les compétences électriques pour le faire tourner. Tous les soirs ou presque, il monte les marches de l'escalier de

117

fer en colimaçon qui le mène, quatre-vingt-treize mètres au-dessus des eaux, dans la flamme de la torche. De là-haut, depuis l'étroit chemin de ronde, il règne sur le plus grand port d'Amérique, de Sandy Hook, hameçon de sable au sud, aux prairies de Long Island au nord. Le système est automatique, mais sous prétexte de s'assurer que tout fonctionne bien, il lance manuellement le mécanisme de rotation. Lorsque les lentilles de cristal d'un pouce d'épaisseur entament leur danse, quand le signal lumineux s'envole vers l'horizon, il passe autour de son cou les jumelles pendues à un crochet. Il commence par scruter la côte du New Jersey, où le soleil a plongé derrière les collines, à la recherche de ce fameux rayon vert dont il a tant entendu parler et qu'il n'a jamais vu. Puis il observe les grues du port, le trafic incessant à l'embouchure de la rivière Hudson, les lumières de la ville qui s'allument une à une. Un bateau rouge des pompiers fait des essais de pompe en prévision d'une parade navale prévue le lendemain, projetant dans l'air du soir ses panaches d'écume blanche. Une goélette affale ses voiles, remorquée par une vedette. Les ferries entre la pointe de Manhattan et Staten Island se croisent et se saluent d'un coup de corne. Trois wagons de chemin de fer sont posés sur une barge si plate qu'ils semblent flotter. Albert sourit, ajuste les optiques pour observer, près du pont de Brooklyn, le ballet des grues qui draguent les berges de l'East River pour préparer la construction de nouveaux quais. Mais ce qu'il préfère, c'est ce moment magique où les navires en approche, cargos, trois-mâts à voile et à vapeur, bateaux de pêche et surtout paquebots transatlantiques, allument leurs feux de position. Certains se contentent de fanaux de couleur en haut des mâts et d'un projecteur à l'arrière pour éclairer leur nom. D'autres accrochent dans les mâtures des guirlandes d'ampoules qui dessinent sur l'océan des silhouettes graciles. Tiens, comme celui-ci. Albert tire sa montre de son gousset. Trop tard pour accoster ce soir, aucun pilote du port ne montera à bord maintenant. Il va jeter l'ancre dans le détroit de Verrazzano, devant le fort Hamilton, comme les autres. Gerbe d'écume de l'ancre à l'avant, il tourne sur lui-même, son nom apparaît. Albert règle la molette de ses jumelles : *Citta di Milano. Genova.* Italien, encore des émigrants. Pas un jour sans qu'il n'en arrive un, d'Italie, de France ou d'Angleterre. L'Amérique accueille ses nouveaux enfants, et Albert aime se dire qu'il est le premier à les voir et à leur souhaiter bienvenue en silence. Les Littlefield ont embarqué à Liverpool, d'après ce que racontait son père, il y a plus de cent ans. Il aurait dû l'interroger davantage de son vivant. Il ignore d'où vient la famille ; d'Écosse, ou du pays de Galles. C'est fou, quand on y pense, cette volonté de couper les ponts avec le vieux pays, de ne jamais en parler. Même sa mère n'en disait rien. Elle évoquait Londres, parfois, mais elle est morte sans donner de détails. Il faudra interroger la tante Emma, la dernière des anciens, à Boston. Il aperçoit les navettes d'Ellis Island. Ils vont peut-être commencer à les débarquer ce soir, en fait. C'est une nouvelle procédure, pour gagner du temps et éviter que tous les bateaux d'émigrants n'arrivent ensemble au petit matin. Ils attendent des heures de passer aux contrôles. La nuit sera claire. Il s'apprête à redescendre. Ça va être l'heure de dîner.

Sur le pont du *Citta di Milano,* ils ne sont que trois, dont Vittorio, à ne pas se préparer à débarquer. À l'arrière, la foule de la troisième classe se presse contre les rambardes. Chapeaux et casquettes sur les têtes, traînant sacs et valises. Les doigts se tendent vers la statue, dont les reflets dorés s'estompent peu à peu, mangés par le crépuscule. La ville, lueur dansante au loin, est à peine visible. Vingt-deux jours de traversée et deux tempêtes plus tard, la terre promise est enfin là, à portée de main. Chacun se presse vers les échelles de coupée. Le capitaine apparaît sur la passerelle en tenant son porte-voix.

– Ne vous serrez pas contre les rambardes, attention aux femmes et aux enfants ! Seule la moitié d'entre vous va débarquer ce soir, les autres demain matin. Suivez les instructions de l'équipage, il va désigner ceux qui prennent les navettes et ceux qui attendront une nuit de plus à bord. Restez groupés par familles si vous ne voulez pas être séparés. Priorité aux passagers de première classe. Mesdames et messieurs, préparez-vous à monter dans la première vedette, passerelle avant ! La seconde classe ensuite. Les autres, patientez !

Les compagnons de cabine de Vittorio sont prêts depuis des heures, bagages bouclés, habits propres, souliers cirés. Au revoir, *mister* Jones, au revoir, petit, bonne chance à Boston. Au revoir, Vitto, bon voyage jusqu'à La Nouvelle-Orléans, je vous souhaite le meilleur. Il les regarde descendre, prendre place à bord de la deuxième navette, qui bientôt met le cap sur Manhattan, derrière celle des voyageurs de première. Pas de passage par Ellis Island, pas d'inspection humiliante pour ces voyageurs de luxe, les contrôles médicaux ont été effectués par le médecin du bord.

J'aurais peut-être dû débarquer ici, se dit Vittorio. Plus de trois semaines de mer, j'en ai ma claque, et il y en a encore au moins deux pour La Nouvelle-Orléans, d'après le maître d'équipage. Mais bon, je n'avais pas vraiment le choix. Gritti a payé pour que je retrouve son fils en Louisiane. Et puis les contrôles seront sans doute moins stricts qu'ici, il y aura moins de risques pour que Fontarossa puisse remonter ma piste. J'ai toujours entendu dire, à Marettimo, que les Palermitains avaient depuis longtemps envoyé des membres de leurs familles à New York et qu'ils étaient bien implantés dans le port. Ils y réceptionnent les oranges, les citrons de Sicile et un tas d'autres choses… Et puis La Nouvelle-Orléans, c'est plus loin. Le fils Gritti a été prévenu de mon arrivée. J'espère que ce n'est pas un fils à papa insupportable, parce qu'il faut que je travaille pour eux pendant au moins deux ans si je ne veux pas rembourser le prix du billet.

Vittorio revient dans sa cabine, où un homme de ménage plie les couvertures, emporte les literies.

– Non, pas celle-là, moi je reste jusqu'en Louisiane.

– Mais vous êtes sicilien, vous, non ?

– Oui, de Trapani.

– Et moi de Messine. Je travaille à bord pour payer mon passage. C'est mon troisième voyage. La prochaine fois que j'arrive à New York, je débarque. À moi l'America !

Ce soir, pas de restaurant pour les seconde et première classes, les trois passagers pour Miami ou La Nouvelle-Orléans sont invités à la table du capitaine, dans une pièce aux murs lambrissés d'acajou. Vittorio est mal à l'aise face à cette nappe blanche, cette assiette aux armoiries d'or, ces quatre couverts dont il ne sait que faire. Il garde son canif dans sa poche, sourit, élude les questions.

– De nouveaux passagers vont monter à bord demain matin quand nous aurons fini de nous débarrasser du bétail de troisième, dit le capitaine en s'essuyant la bouche avec une serviette brodée aux armoiries de la ville de Milan. Je fais venir une entreprise spécialisée pour désinfecter les dortoirs, l'odeur est insupportable. Si tout va bien, nous pourrons lever l'ancre après-demain matin. Tout dépendra de la livraison du charbon. Il y a tellement de trafic dans ce port qu'en juin, lors de notre dernier passage, nous avons attendu trois jours. Mais cette fois j'ai payé un supplément et eu des assurances. Vous allez tous les trois à Miami ?

Les deux autres, auxquels Vittorio n'a jamais adressé la parole, acquiescent.

– Non, moi je vais à La Nouvelle-Orléans.

– Alors, vous ferez connaissance avec mon cousin. C'est lui qui prend le commandement après la Floride, moi, je reste là-bas quelques semaines. Ne soyez pas inquiet, c'est un très bon marin. Il faudra un jour que je pousse jusqu'en Louisiane. Je traverse l'Atlantique depuis quinze ans et je n'ai jamais vu le golfe du Mexique.

Après le repas, Vittorio s'attarde sur le pont. La coursive réservée à la première classe est déserte. Il s'assied sur un fauteuil d'osier. Au loin, la statue est illuminée par des projecteurs. Vittorio plisse les yeux : il semble bien qu'autour de sa tête une couronne de lampes bleues, blanches et rouges ait été allumée, mais à cette distance il n'en est pas sûr. Il est plus de huit heures et le trafic ne faiblit pas. Les bateaux, plus longs, plus fins, ne ressemblent pas à ceux de Marettimo. Vittorio se demande si les poissons aussi sont différents. Il se cale contre le dossier, ferme les yeux. Le visage d'Ana, comme tous les soirs au moment de s'endormir. Que fait-elle ? Va-t-elle retourner à Marettimo l'été prochain ? Peut-être rencontrera-t-elle les filles, sur le port. Je pourrais envoyer une lettre, depuis La Nouvelle-Orléans, pour leur demander de surveiller la maison des Fontarossa, sur l'île. Mais non, il faut que j'arrête de rêver. Si un courrier d'Amérique arrive à Marettimo, tout le monde

121

est au courant dans l'heure. Le lendemain, le *fontaniero* sera prévenu et un mois plus tard ses tueurs débarqueront en Louisiane. Pas de lettre. Il faudra que je trouve un moyen discret pour leur faire parvenir l'argent du voyage. Quand je l'aurai gagné, et ça risque de prendre un peu de temps. Pourvu qu'il ne leur soit rien arrivé…

22

Trapani (Sicile)

Novembre 1902

— Vas-y, frappe-moi ! Cogne, si tu oses, fils de chien ! Mais réfléchis bien. Si mon père l'apprend, s'il me voit avec une marque de coup, tu es mort, tu m'entends ?

— Écoutez-la, la fifille à papa. Elle n'a toujours pas compris. Pour ton père, tu n'es plus rien. La vérité, c'est qu'il était bien content de trouver quelqu'un pour la marier, sa salope de fille. Et en vitesse. Ça fait des années que je veux te baiser, et tu crois que tu vas m'en empêcher en remuant la tête ? Je pourrais te battre comme plâtre que ton cher papa n'y redirait rien. Je suis ton mari et son premier *capo*, son meilleur lieutenant. Il a plus confiance en moi qu'en tes deux crétins de frères. Ouvre les yeux, ma belle. Tu es ma femme, le curé nous a unis devant toute la ville, alors tu enlèves ta robe ou je la déchire !

— Jamais ! Je suis enceinte, et pas de toi, pauvre type !

Blême, Enzo fait un pas vers Ana, lève la main. Il se ravise, se retourne lentement, va jusqu'à la porte qu'il ferme à clef, sort son San Fratello de sa poche, le déplie. Ana s'est réfugiée dans un coin, entre le mur et le lit. Il approche, l'attrape par les cheveux, la jette sur le matelas, l'immobilise en lui serrant la gorge. Il glisse la lame sous la robe et la découpe d'un geste vif. Ana rougit, étouffe, incapable de crier. Il sectionne les sous-vêtements, lance le couteau sur le plancher, défait sa ceinture et la viole.

— Tu as compris ? demande-t-il en remontant son pantalon. La prochaine fois, j'espère ne pas avoir à sacrifier une robe. Mais s'il faut le faire, je le ferai. Jusqu'à ce que tu n'aies plus rien à te mettre sur le dos. Et ce n'est pas la peine d'aller te plaindre à ta chère tante. À la mort de ton père, que Dieu le garde le plus long-temps possible, ce sera moi le chef de cette famille, le *fontaniero*. La Carla est futée, elle l'a compris. J'ai accepté de reconnaître ton bâtard, de faire semblant de croire qu'il est de moi, mais nous deux on sait que ce n'est pas vrai. C'était le prix à payer pour devenir *primo capo*, pour passer devant tes frères, prendre un jour le pou-voir. Je le paie. Mais je te préviens : cet enfant, garçon ou fille, je ne veux pas le voir, pas le toucher. Je ne le tuerai pas, mais tu t'en occuperas seule. Et dès que possible, je t'en ferai un autre. Un vrai. Un fils. Maintenant, cesse de pleurnicher et va te laver. Ce soir, on recommence.

Il quitte la pièce en reboutonnant sa braguette. Ana se recroque-ville dans le lit, tire la couverture sur elle. Elle laisse couler ses larmes, porte ses mains entre ses cuisses endolories puis, dans un hoquet, se ressaisit. Ça suffit. Tu savais que ce moment arriverait. Depuis l'église, cette affreuse robe blanche, l'allée au bras de ton père, le sourire mielleux de ce salopard de curé, les bénédictions et les bagues. Tu savais ce qui t'attendait. Arrête de pleurer. Il peut te violer trois fois par jour si ça lui chante. C'est ton mari. Personne n'y trouvera à redire. Il faut que tu vives pour ce bébé. C'est l'en-fant de Vittorio et le tien. Il faut que tu vives pour le protéger. Pour un jour le tendre à son père, qui le prendra dans ses bras en souriant. Un jour. En attendant, pas la peine de t'obstiner. Il va te frapper, ou pire, c'est dangereux pour le bébé. Laisse-toi faire, montre-lui que tu ne l'aimes pas, que tu le méprises de te forcer comme ça, mais ne résiste pas. L'enfant va grandir dans ton ventre, il va naître et quand il sera né, tu trouveras un moyen de t'enfuir, de rejoindre Vittorio. Il faut économiser tes forces, te préparer. N'en parler à personne, pas même à Carla. Les hommes de ton père le cherchent. Il faut que t'en apprennes davantage sur ce qu'ils font, ce qu'ils savent. Tu peux écouter ce qui se passe dans son bureau, par la che-minée depuis la pièce au-dessus. Il les réunit pour faire le point sur les recherches. Il faut aussi que tu trouves de l'argent. Tu vas lui en voler, peu à peu, pièce par pièce. Un petit trésor que tu cacheras sous le plancher de la chambre. La maison que fait restaurer Enzo pour nous ne sera pas prête avant deux ou trois mois. Tu as un peu de temps. Ensuite, ce sera plus difficile, mais tu trouveras un moyen. Elle n'est qu'à une rue d'ici, ton père veut avoir ses hommes sous la main. Tu pourras revenir souvent, voir Carla, cuisiner, pour le bébé. De toute façon, ce salaud passe ses journées dans les vergers, à voler et tabasser les paysans, ou dans les tavernes du port. Hier soir, il est rentré tellement saoul, sentant la boue et le mauvais vin, qu'il ne s'est même pas aperçu que tu t'étais couchée sur le petit lit dans l'autre coin de la chambre. Il s'est endormi tout habillé, avec ses bottes, comme une bûche. Tant mieux. C'est le matin que les choses se gâtent. Il faut que tu te lèves plus tôt, quand il dort encore. Ma fille, tu vas survivre, tu vas accoucher d'un bel enfant et tu retrouveras Vitto. Maintenant, plus de pleurs.

Ana se lève, se mouche dans le drap, enfile une robe de chambre, verse un broc d'eau dans une bassine émaillée, prend un morceau de savon, une éponge et fait sa toilette. Elle se sèche, fait couler sur son doigt trois gouttes d'eau de lavande, les dépose dans le creux de son cou. Elle brosse ses cheveux, les attache en queue-de-cheval. Elle se regarde dans le miroir de la coiffeuse, lève le menton. Rien ne pourra l'atteindre.

Dans le port de Trapani, les barques parties relever les filets affalent les voiles, rentrent à la rame vers le quai. C'est la course des pêcheurs, aussi ancienne que l'Empire romain : le premier à déballer ses prises, à poser sur les dalles blanches ses caisses de poisson en tirera le meilleur prix. Le dernier devra les brader, pour les cantines de l'hospice ou de la caserne. Assis à la terrasse d'un grand café, Salvatore Fontarossa trempe sa moustache dans la mousse d'un cappuccino. Son garde du corps, jeune homme au regard fiévreux et aux gestes brusques, a posé sa *lupara* bien en vue sur la table. Une faute de goût, se dit le *fontaniero*. Quand on est fort, pas la peine de le montrer. Cet abruti me fait passer pour quelqu'un qui a quelque chose à craindre, ici, chez moi. Il faut que je dise à Enzo de le remplacer. Lui, on va l'envoyer surveiller les carrières de tuf à Favignana, pas question qu'il me fasse perdre la face. Comment s'appelle-t-il, déjà ? Ah, voilà Enzo et les autres.

D'un signe de tête, don Salva enjoint aux quatre hommes de le retrouver dans l'arrière-salle. Il attrape à deux doigts sa tasse de porcelaine blanche.

– Non, toi tu restes ici. Garde un œil sur le port. Alors ?

– Les Napolitains l'ont raté à Gênes, *padrone*.

– Comment ça, raté ?

– Ils l'ont intercepté à la descente du bateau, comme ils l'avaient dit. Deux policiers qui travaillent pour eux l'attendaient sur le quai. Il les a suivis sans faire d'histoire. Mais ces crétins l'ont enfermé dans une cellule du poste de police au lieu de l'emmener dans un endroit discret. Du coup, leur chef a débarqué et l'a fait libérer.

– Leur chef ? Quel chef ?

– Le capitaine de la police portuaire, patron.

– Pourquoi il a fait ça, ce *curnutu* ? Je croyais que les Napolitains avaient dans leur main toute la police de Gênes…

– Pas toute la police, on dirait. En tout cas pas celui-là. Le grand patron.

– Et l'autre fumier ?

– Il a embarqué deux jours plus tard pour l'Amérique. Sous son vrai nom. Le *Citta di Milano,* pour New York.

– Ils l'ont laissé partir, ces incapables ?

– Ils l'ont perdu après sa libération, d'après ce qu'ils disent. Ils n'ont retrouvé son nom sur les registres que plusieurs jours après son départ.

– *Puta madre !* En Amérique… New York. Combien de jours, la traversée ?

– Mon cousin est parti au début de l'année. Trois semaines à un mois, en fonction des vents et de la saison, à ce qu'il raconte.

– Ça nous laisse un peu de temps. Je vais aller à Palerme, demain. Don Renato fait des affaires depuis des années avec des familles à New York. Elles réceptionnent ses caisses de citrons et lui renvoient des armes ou de l'alcool. C'est pour ça que ces salopards de Palermitains nous ont toujours interdit l'accès au port de New York, il y a eu des morts à ce sujet, il y a vingt ans. Avec le nom de ce maudit pêcheur et celui du bateau, en envoyant un télégramme, il y a une chance que des gars le cueillent à l'arrivée. Renato me doit un service, l'Albanais qu'on lui a livré en avril. Il ne refusera pas. Et cette fois je veux être sûr que ce bâtard finira la gorge tranchée ou dans le port, les pieds dans le ciment. J'aimerais mieux qu'ils me le renvoient pour faire ça moi-même, mais c'est trop risqué. Pour l'instant il a eu de la chance. Mais la chance, ça tourne.

23

Lac Borgne,
au large de La Nouvelle-Orléans (Louisiane)

Décembre 1902

Depuis trois jours, le golfe du Mexique se teinte de brun. Quand le *Citta di Milano* a quitté les côtes de Floride au large de Tampa, cap à l'ouest, les eaux bleues venues des Caraïbes se sont troublées. Ce matin, l'île aux Chats à tribord, le détroit de la Chandeleur à bâbord, le paquebot vogue sur l'onde café-au-lait du lac Borgne. C'est par la couleur que le Mississippi, le fleuve des fleuves, l'artère fémorale des États-Unis, montre sa puissance. Il prend possession de l'océan, colore ses vagues, déverse dans le golfe ses millions de tonnes de limon qui changent la mer en lac aux reflets d'ocre. Message aux marins du monde entier : voici l'entrée de mon royaume. Et La Nouvelle-Orléans, l'Amsterdam de l'Amérique, la ville-croissant posée sur les marais, miracle surgi des bayous, est le joyau de ma couronne. Au ras des flots, entre lacs et gâtines, cernée de marécages, sillonnée de canaux, parsemée d'écluses, défendue par des pompes géantes, des digues et des remblais sans cesse rehaussés, coiffée d'un nuage de fumée noire, elle semble depuis l'horizon en proie à un perpétuel incendie. Ce ne sont pas des feux, mais les panaches sombres crachés par les chaudières de dizaines de steamers, ces bateaux à vapeur avec leurs roues à aubes, amarrés sur les rives du Mississippi, les quais du plus grand port au sud du pays. Depuis le début du siècle, ces vaisseaux de légende transportent vers le golfe les récoltes, le bois et la production du Midwest et remontent vers Saint-Louis et les grandes plaines les caisses de fruits d'Amérique centrale, les sacs de café, le sucre des îles, les machines importées d'Europe ou de Nouvelle-Angleterre, les

129

émigrants en quête de terre et de liberté. Passagers sur le pont à l'étage, marchandises au ras de l'eau, deux cheminées reliées qui dessinent dans le ciel de grands *H*, des chaudières à bois ou à charbon, un tirant d'eau minimal pour se jouer des bancs de sable et des courants, une énorme roue brassant les flots à l'arrière : les navires à vapeur du Mississippi sont des cathédrales de bois et de métal comme Vittorio n'en a jamais vu. À l'échelle du pays-continent, ils disent la puissance du géant qui s'éveille, l'immensité de ses espaces et de son potentiel économique. Six semaines après avoir quitté Gênes – l'escale à Miami a duré quatre jours, le temps de réparer une avarie, mais il n'est pas descendu –, le jeune homme se tient debout à la proue du paquebot. Toute sa vie dans un sac de toile, aux pieds des brodequins de cuir craquelé, sur la tête une casquette trop petite, cadeau d'un passager débarqué en Floride, dans la poche quatre amandes sauvages de Marettimo, dans le cœur le sourire d'Ana, il regarde le *Citta di Milano* fendre les eaux boueuses. De chaque côté, derrière des murs de terre sur lesquels s'affairent des ouvriers et leurs paniers d'osier, des marécages à perte de vue, lacs aux reflets mauves, étendues de roseaux. Droit devant, une cohue de navires amarrés sur les quais, jusque dans le lit du fleuve. Bateaux à vapeur aussi longs et plus larges que des transatlantiques, goélettes, barges de toutes tailles, barques à voile ou à rames. Le capitaine du paquebot italien lance un trait de sirène auquel répond un employé du port qui agite une oriflamme pour désigner le quai d'accostage. Vittorio observe les attelages de mules alignés sur un quai, que chargent de sacs de grains des Noirs en haillons, nu-pieds, le front ceint de bandeaux. Une chaîne humaine relie un deux-mâts ventru comme une caraque de la Renaissance, sur lequel flotte un drapeau coloré que Vittorio n'a jamais vu, à une noria de charrettes. Les hommes se jettent un à un des ananas aussi gros que des melons. Ils rient, sifflent, chantent. Certains, en équilibre sur une poutre au-dessus des flots, esquissent des pas de danse. Pas un fruit ne tombe à l'eau. Plus loin, des dockers font rouler tonneaux et barriques d'une goélette venue de Jamaïque vers un steamer battant un drapeau américain de la taille d'un drap, qui claque au vent du golfe. Les balles de coton déchargées d'un autre vapeur sont si

130

grosses que six hommes doivent unir leurs forces pour les soulever et les poser sur de larges brouettes à doubles roues. Certains navires déploient depuis leurs bords des grues arachnéennes, tout en câbles et poulies, qui embarquent ou débarquent les sacs de jute dans un ballet synchronisé, mais la plupart sont chargés et déchargés par des cohortes de dockers, parmi lesquels Vittorio cherche le signe distinctif qui désignerait les Italiens. Cette casquette, peut-être, ou le cri de ce chef d'équipe, qu'il entend à peine. Ne serait-ce pas du sicilien ?

Le *Citta di Milano* se glisse entre deux géants du fleuve, accoste par l'avant, faute de place le long d'un quai. En plongeant, l'ancre soulève un geyser boueux, des lamaneurs adolescents se disputent le droit d'attraper les pommes de touline et de tirer les amarres pour les apporter contre une pièce à leurs aînés. Triples boucles sur des troncs d'arbre plantés dans la vase, dernier coup de trompe, les cloches d'une église sonnent trois heures. Le voyage transatlantique de Vittorio Bevilacqua, pêcheur sicilien en fuite, meurtrier en cavale, amoureux d'une femme qu'il est persuadé ne jamais revoir, futur père sans le savoir, fils et frère de femmes tuées par sa faute, s'achève sur le quai de Decatur Street.

La ville exhale une chaleur moite, chargée d'odeurs d'oignons frits, de café, de viande grillée et de déchets en décomposition, que chasse une brise d'est sentant la vase et le marais. Un ruisseau nauséabond, égout à ciel ouvert sorti des bâtiments de bois et pierre blanche d'un marché couvert, serpente sur le quai pour se déverser dans le fleuve contre la coque du paquebot. Deux garçonnets crasseux de cinq ou six ans en culottes trop grandes jouent à pousser avec des bâtons les ordures dans le sens du courant. Le plus grand attrape quelque chose, le renifle et le rejette à l'eau. Les enfants l'interpellent, il ne comprend rien, leur fait un signe de la main et quitte la proue. Comme la vingtaine de passagers se presse vers l'entrée de la passerelle, il se glisse à travers les coursives vers sa cabine, s'y enferme, s'assied sur la couchette et attend. Comment savoir si Fontarossa a prévenu quelqu'un, envoyé un télégramme ? Le vieux Pironi, à Marettimo, racontait, d'après les lettres de ses fils, que deux familles siciliennes tiennent le port à

La Nouvelle-Orléans pour le déchargement des fruits. Ils sont peut-être aussi dans la police, à la capitainerie, aux contrôles d'immigration. Il suffit d'un message pour que je me retrouve dans la même situation qu'à Gênes. J'ai eu la chance de m'en sortir. Je vais rester là le plus longtemps possible, attendre la nuit pour débarquer.

Trois heures passent. Les moteurs du transatlantique tournent au ralenti, les bruits s'apaisent, le déchargement des hommes et des marchandises se termine. Le navire grince et soupire au rythme du fleuve. Vittorio s'est allongé sur sa couchette, les yeux ouverts.

Toc toc toc.

– *Signore ? Signore* Bevilacqua ?

Vittorio se lève, tire le loquet, ouvre la porte.

– Mais, *signore*, que faites-vous là ? Nous sommes arrivés. Vous l'avez vu, vous étiez sur le pont toute la matinée. La Nouvelle-Orléans. Il faut débarquer.

– Ah oui, excusez-moi. Je suis venu vérifier que je n'oubliais rien, je me suis endormi. Quelle heure est-il ?

– Bientôt six heures. L'équipage est descendu à terre. Vous n'avez pas le droit de rester à bord, vous savez, même si vous n'avez nulle part où aller. Vous n'avez pas hâte de fouler le sol du Nouveau Monde ?

– J'arrive tout de suite.

– Je viens avec vous, la passerelle a été relevée, je vais la redescendre. C'est bien la première fois que je vois un passager faire la sieste au lieu de débarquer après six semaines de traversée. Les fonctionnaires de l'immigration ne sont plus là. Vous essayez de leur échapper ?

– Non.

– Vous êtes en règle ? Vous avez le *passaporto* ? Vous n'êtes pas recherché ?

– Non, tout va bien. J'ai le passeport.

– Tant mieux, parce que je dois vous conduire au bureau des arrivées dans le pays. Si vous pensiez entrer en Amérique en douce, c'est raté. Si nous ne faisons pas enregistrer les passagers qui débarquent, nous risquons une amende.

– Je vous suis.

– Vous parlez un peu anglais ?

– Pas un mot.

– J'espère qu'ils auront un interprète. Sinon, il faudra que je reste avec vous. Merci du cadeau.

Le soleil se noie dans le lac Pontchartrain, enflamme le ciel et teinte les nuages d'un rose surnaturel quand Vittorio, son sac sur l'épaule, descend à pas lents le ponton de bois délavé à l'avant du navire. Plus de passagers, quatre dockers attrapent une caisse de bois marquée au pochoir *Prodotto d'Italia,* suspendue à un filin, pas un uniforme en vue. Le premier pas du jeune pêcheur sur la terre du Nouveau Monde soulève un nuage de poussière et de vieux papiers. Le quai est jonché d'ordures, de bouses de vache séchées. Les trottoirs pavés d'or, ce n'est pas ici, sourit Vittorio en pensant aux cartes postales reçues en Italie. En Californie, peut-être… Il suit le second, qui a pour l'occasion revêtu son uniforme blanc à liserés tricolores, jusqu'à une bâtisse de style classique français, deux colonnes de marbre, sur une place voisine. Une fontaine de bronze fredonne au centre d'un jardin public, sous de grands arbres d'une espèce inconnue d'où pendent des lichens. « New Orleans Immigrant Station », indique une pancarte en lettres gothiques au-dessus de la porte.

– C'est quoi, celui-là ? Vous avez vu l'heure ? Je ferme.

– *Sorry, sir.* C'est le dernier passager du *Citta di Milano.* Il a été retardé. Ses papiers sont en règle.

– Bon, en vitesse alors. Il parle anglais ?

– Non, italien.

– L'interprète est parti, alors vous traduisez si vous voulez éviter l'amende.

Le fonctionnaire remet sa casquette, repasse derrière un guichet de bois lustré, chausse ses bésicles et ouvre un registre recouvert de cuir noir.

– Visite ou immigration ?

Le second interroge Vittorio, qui répond *immigrazione.*

– Pays d'origine ?

– *Sicilia… Scuzi, Italia.*

– Prénom ?

– Vittorio.

– Nom ?

– Bevilacqua.

– Beve… *what ?* Encore un nom de sauvage. Qu'est-ce qu'il a dit ?

– Bevilacqua. Ça veut dire buveur d'eau.

– Bon, il veut vraiment s'installer dans ce pays, sans retour ?

– Oui.

– Alors je vais lui rendre un premier service, cadeau de bienvenue. Water, Victor Water. Ses amis pourront l'appeler Vic. Expliquez-lui, dit le fonctionnaire en trempant sa plume dans l'encrier et en prenant dans son tiroir une *Immigrant Identification Card* qu'il commence à remplir.

– Il propose de vous donner un nouveau nom, plus américain, plus facile à écrire et à prononcer que le vôtre. Un conseil, acceptez.

Vittorio pense au *fontaniero* et à ses hommes.

– Ce nom américain, c'est moi qui le choisis ?

– Non, c'est lui. Il propose Water, ça signifie eau, comme *acqua*. Victor pour Vittorio et Water pour Bevilacqua. C'est bien, Victor Water. Très américain.

– J'accepte, dit Vittorio, alors que sa nouvelle identité sèche sous le buvard du fonctionnaire.

– *Welcome to the United States, mister Water.*

24

Trapani (Sicile)

Mai 1903

Carla soulève légèrement la porte de la chambre d'Ana pour éviter le grincement, l'ouvre sans bruit. Le jour se lève derrière les persiennes à demi tirées, répand dans la pièce une lumière bleutée, assez douce pour ne pas réveiller la jeune mère, épuisée par l'accouchement, et le bébé emmailloté dans ses langes qui dort dans un berceau de bois d'olivier sur lequel elle se penche, caresse du doigt sa minuscule main. Sans ouvrir les yeux, la petite fille attrape l'auriculaire, le serre avec une force étonnante pour un nouveau-né. Carla, qui à quarante-six ans ne s'est jamais mariée et n'a pas eu d'enfant, fond d'amour pour ce petit être qu'elle est la seule, avec sa mère et la sage-femme, à avoir vu depuis sa naissance. Trois jours. Elle est née depuis trois jours et son père officiel n'est toujours pas venu la voir. J'ai parfois l'impression que toute la ville a compris qu'Enzo est le mari d'Ana, mais rien de plus. Et son grand-père ? Dans sa propre maison, sa fille accouche de son premier petit-enfant et il fait comme si rien ne s'était passé. Mais de quoi sont-ils faits, ces hommes ? Par la Madone, si Salvatore n'entre pas dans cette chambre aujourd'hui, je fais un scandale devant toute la famille ce soir au dîner. Et je refuse de préparer les pâtes. Enzo, ce n'est pas la peine, et il vaut même mieux qu'il n'approche pas, Dieu sait ce qu'il pourrait faire à cet enfant. Il est à Palerme depuis une semaine, à ce qu'on m'a dit, à se saouler et courir les putains. Mais son grand-père… Ce serait différent si c'était un garçon, et encore. Il n'a pas dû adresser la parole cinq fois à sa fille pendant la grossesse. Plus son ventre s'arrondissait, plus il était odieux. Et maintenant qu'elle

135

a donné naissance à une fille, ça ne va pas s'arranger. Il me semble que je l'ai entendu l'appeler la *bastarda*, avant-hier, trois heures après l'accouchement. Pauvre petite, si ça commence comme ça, quelle vie va-t-elle avoir ? *Dio mio*, qu'elle est belle ! Pour l'instant, l'important est de les garder ici, pas question de laisser Ana partir pour cette affreuse maison qu'Enzo a retapée. Ce n'est pas loin, mais je ne pourrai pas savoir ce qui s'y passe et les protéger toutes les deux. Pour les semaines à venir, ça ira, mais d'ici un mois ou deux il faudra que je trouve une solution pour qu'elles restent là. Peut-être inventer une maladie à la petite ; de toute façon, ces brutes n'y comprennent rien. Il suffira qu'elle pleure.

– *Zia*, c'est toi ?

– Oui, ma chérie. Repose-toi. Il faut que tu reprennes des forces.

– Le bébé ?

– Il est là, dans son berceau.

– Elle va bien ? Je me suis réveillée en sursaut cette nuit. Elle ne respirait plus.

Carla sourit.

– Elle respirait très bien, tu ne l'entendais pas. C'est la plus jolie petite fille du monde. Elle se réveille doucement. Elle va avoir faim, prépare-toi à lui donner le sein. As-tu bien dormi ?

– Pas du tout. J'ai fait des cauchemars, et j'ai encore très mal.

– Le docteur Fugatti va passer, tu lui en parleras. Ne t'inquiète pas, c'est normal. Dans une semaine, tu pourras descendre à la mer avec elle.

– Mon père ?

– Il continue de faire comme si de rien n'était. Je vais lui parler.

– Des nouvelles d'Enzo ?

– Toujours à Palerme. Il reviendra bien assez tôt. Nous aviserons. Allez, cale-toi avec ce coussin, je te donne la petite.

– Le baptême ?

– Nous avons encore quelques jours, il faut que tu puisses te lever et marcher. J'en ai parlé au père Francesco, tout peut être organisé en quelques heures. Mais il ne fera rien sans une demande de don Salva, tu sais comment sont les choses dans notre quartier.

– Mais je ne vais quand même pas faire baptiser ma fille toute seule, sans son grand-père, sans mon mari ! Combien de temps vont-ils prétendre qu'il ne s'est rien passé ?

– Laisse-leur un peu de temps. Personne ne peut résister à un aussi joli bébé. As-tu choisi un prénom ? Si c'était un garçon, son premier petit-fils, ton père n'accepterait rien d'autre que Salvatore, tradition familiale. Mais une fille, c'est moins important.

– J'ai pensé à Giulia, comme mon amie, quand j'étais petite. Tu te souviens, celle qui est partie en France ?

– C'est joli, Giulia. Giulia Fontarossa. Ça me plaît. Va pour Giulia, mais n'en parle à personne pour l'instant.

– À qui voudrais tu que j'en parle ? Tu es la seule à pénétrer dans cette pièce, avec Dona, pour vider mon pot de chambre, et qui apparemment doit avoir reçu l'ordre de ne répondre que par oui ou non. Ma tante, je vais mourir d'ennui. J'ai terminé Alexandre Dumas, tu pourras m'apporter autre chose ? Je l'ai caché là, sous le matelas.

– Je passerai chez le libraire après le marché.

Le bébé se réveille, s'agite, se met à pleurer. Carla la prend dans ses bras, et sur un fin matelas de crin de cheval installé sur une desserte, la change, lui enfile une brassière et la tend à Ana, qui a découvert son sein droit. La petite Giulia ouvre la bouche, ferme les yeux et, avec une expression de délice, tète sa mère. Ana cherche sur son visage les traits de son père. Le menton, peut-être, les yeux clairs, mais Carla dit qu'elle ne les gardera peut-être pas. Mon Dieu, c'est affreux, huit mois qu'il est parti et ses traits s'estompent un peu dans mon souvenir. Si seulement j'avais un portrait, une photographie... Il faut que je reprenne le dessin que j'ai commencé de lui, de mémoire. Son sourire quand il me regardait, la lueur dans ses yeux. Rien ne me les fera oublier. Même si je mets dix ans à le retrouver, quand nous nous reverrons, en Sicile ou au bout de la terre, je sais ce que je lirai dans ses yeux. Il y a des choses qui ne s'expriment pas par des mots. Ce qui s'est passé entre nous, cette nuit-là dans le bateau à Trapani, je m'en souviendrai à jamais. C'est mon homme. Giulia est son enfant et un jour nous serons tous les trois. Je te le jure, ma fille.

À cent kilomètres de là, Enzo Fontarossa est calé dos au mur, les bottes sur une chaise, dans l'arrière-salle du Caffe Spinnato de Palerme. Sur la table, un demi-jambon dans lequel il a planté son couteau, une miche de pain, des oignons crus, deux tomates, trois verres et une carafe de vin, nero d'Avola, emmaillotée dans un linge humide, ainsi qu'une boîte de balles, des pièces d'argent et d'or empilées, des liasses de lires italiennes et de livres anglaises en billets usagés, un poignard de chasse. Il a glissé son revolver à six coups dans la ceinture de son pantalon, braguette ouverte, remonté les manches de sa chemise blanche tachée de sauce tomate. Son fusil à canon scié est pendu à un portemanteau, avec son chapeau.

– Josefa, il te reste de la *cassata*, celle d'hier soir ?

– Mais oui, mon chéri. Tu sais que chez Spinnato nous ne manquons jamais de *cassata*. Il y en aura de la fraîche dans une heure, si tu veux.

– Apporte donc celle d'hier, elle était fameuse.

L'un de ses hommes qui était allé aux urinoirs, dans la cour, reprend sa place à côté de lui, découpe une tranche de jambon qu'il enfourne dans sa bouche édentée avec un soupir de satisfaction. La serveuse, plantureuse blonde aux reflets roux, dépose la pâtisserie entamée la veille. Enzo la remercie en lui malaxant les fesses à deux mains. Elle se retourne et l'embrasse à pleine bouche. Il glisse les mains dans son corsage. Elle le repousse.

– Enzo ! Pas ici, *stupitu* ! Tu n'en as pas eu assez hier soir, animal ?

Elle lui échappe en gloussant, se rajuste et repart dans la grande salle au moment où y pénètrent deux hommes en habits de voyage, les pantalons gris de poussière, descendus de leurs mulets aux sacoches de cuir qu'un adolescent mène par le licol à l'écurie voisine. Ils traversent le café d'un pas décidé, jettent des regards soupçonneux sur la clientèle, peu nombreuse à cette heure, écartent le rideau de porte en perles de bois de l'arrière-salle.

– Salut, Enzo, dit le plus vieux des deux hommes, en enlevant son chapeau de paille, don Salva nous envoie te prévenir que ta femme a accouché. C'est une fille. Il veut que tu reviennes à Trapani.

– Don Enzo... Quand tu t'adresses à moi, tu dis don Enzo, compris ? N'oublie pas qui je suis, dans cette famille. Et qui je serai un jour. Une fille, j'en étais sûr. Cette *maledetta* n'est pas capable de faire un garçon.

– Désolé, don Enzo. La prochaine fois...

– Je n'ai pas besoin de tes regrets, *curnutu*. Mais le prochain, ce sera un petit couillu, je te l'assure. Et pourquoi veut-il que je revienne à Trapani, le *fontaniero* ? Je suis bien ici, moi.

– Je ne sais pas. Peut-être parce que la petite est née.

– Rien à foutre. Je la verrai bien assez tôt. Je n'aime pas les bébés, et encore moins les pisseuses. Vous allez dire au *padrone* que je n'ai pas fini, que les discussions avec la famille Di Pascale sont compliquées, que j'ai besoin d'une semaine. Il vous a donné de l'argent pour moi ?

– Oui, dit le plus jeune en posant sur la table une bourse de cuir.

– Bien. Vous n'allez pas repartir aujourd'hui. Restez à Palerme ce soir, nous irons chez la Lauricella, les plus beaux culs de Sicile, pour fêter la naissance de la petite bâtarde. Vous rentrerez demain et direz à don Salva que j'arriverai dans quelques jours. Et l'autre traînée, qu'elle s'occupe de sa fille. Ce n'est pas mon problème.

25

La Nouvelle-Orléans (Louisiane)

Mai 1903

Tiré par un cheval blanc, le buggy d'acajou de Fulvio Gritti remonte Decatur Street. Épiceries italiennes, trattorias dont les menus ignorent l'anglais, linge aux fenêtres, étals de fruits, de légumes et de poissons sur les trottoirs, airs du folklore sicilien crachés par des phonographes, drapeaux tricolores aux lampadaires : « Little Palermo » mérite son surnom. La plupart des quarante mille Italiens de La Nouvelle-Orléans vivent dans les maisons de brique et bois à deux ou trois étages de ce quartier qui longe le port, où travaillent les dockers. Des enfants sales se courent après et s'apostrophent en dialecte catanese, de vieux messieurs aux cheveux blancs sirotent des expressos, assis sur des chaises de paille aux terrasses des cafés Stromboli ou Messina, aux devantures décorées de publicités peintes pour Cinzano, Vermouth, Spumanti ou de tableaux naïfs de la baie de Naples. Ils se découvrent au passage du fils du *commendatore* Giuseppe Gritti, son représentant au Nouveau Monde, dont le pur-sang semble poser à contrecœur les pattes dans le caniveau où stagne une boue piquée d'ordures. S'il ne tenait les rênes à deux mains, Fulvio, jeune homme bien mis aux cheveux gominés et peignés en arrière, pochette de soie au revers de son costume rayé, se boucherait les narines. Il fait claquer son fouet et part au trot vers les docks. Au coin de Mandeville Street et de la berge du Mississippi commencent les entrepôts de fruits, royaume des Italiens. Arrivées cinquante ans plus tôt avec les premières cargaisons d'oranges et de citrons de Sicile importés par une Amérique où les agrumes ne poussent pas encore, quelques familles ont en deux générations mis la main sur ce négoce. Les Frezza, les Matranga ou les Provençano ont évincé leurs rivaux, souvent par la force, passé des accords avec les exportateurs et les grands domaines de Palerme et de Trapani, créant un quasi-monopole. Ils ont envoyé leurs émissaires en Amérique centrale acheter en gros bananes, canne à sucre ou ananas, qui, en plus des cargaisons de fruits de l'île natale, remontent le fleuve jusqu'aux grandes villes du Midwest, et jusqu'à Chicago. Les Irlandais et les colons de Nouvelle-Angleterre les traitent de « dagos », raillent leur teint bronzé et leurs cheveux gominés, mais leur poids économique dans le deuxième port de l'Union pèse de plus en plus lourd.

La journée sur les quais, la nuit dans Decatur Street, certains dockers italiens, ici depuis des années, ne savent dire en anglais que *yes* et *no*. Ce n'est pas le cas de Vittorio. Dès le premier jour, Fulvio Gritti lui a expliqué qu'il n'était pas là pour décharger les bateaux mais pour prendre la place de l'ingrat, pourtant ami d'enfance, qui devait le seconder dans son rôle de représentant de l'empire Gritti mais avait cédé à l'appel de l'or trois mois après leur arrivée. Donc, avant tout, il lui fallait se débrouiller en anglais, puis pointer les cargaisons, suivre les barriques de vin dans les ateliers d'embouteillage de la famille Frezza et compter le nombre de caisses qui en sortent.

– Frezza est un bon gars, il connaît mon père, dit Fulvio. Mais le fils est un filou, et sa femme pire encore. S'ils voient que tu es là en permanence, que tu vérifies les entrées et les sorties, ils cesseront leurs entourloupes. Du moins je l'espère, parce que pour le moment je n'ai pas de solution de remplacement pour mettre notre marsala en bouteilles.

Dix heures du matin. Fulvio tire sur les rênes devant l'entrepôt de la Gritti Import Inc. Un drapeau aux couleurs de la famille, connu dans tous les ports de Méditerranée, flotte sur un mât de cuivre. Du portail du rez-de-chaussée sortent des tonneaux que quatre hommes font rouler sur le côté, Vittorio apparaît dans une des deux fenêtres au premier étage.

– Je descends, monsieur Gritti.

Il s'approche du buggy, une tasse à la main.

– Vous avez le temps pour un café ?

– Non. Il faut y aller. MacFerson nous attend au champ de courses, nous le boirons là-bas. Viens vite.

– Moi, je m'en passerai, dit Vittorio en s'installant sur la banquette de cuir fauve. Vous avez déjà goûté au café des Américains, en dehors de notre quartier ?

– Tu as raison. De l'eau chaude teintée de noir. Imbuvable. Mais j'ai rendez-vous à onze heures. Je veux être à l'heure. Où en est ton anglais ?

– Ça avance. Je comprends à peu près tout. Pour parler, c'est plus compliqué. Mais ce n'est pas une langue très difficile, non ?

– Dans deux ou trois mois, tu parleras aussi bien que moi, c'est-à-dire avec un accent à couper au couteau mais qu'importe... Le principal est que tu comprennes ce qu'ils disent.

– Dans deux mois, c'est l'été. Vous rentrerez en Sicile ?

– On verra. Mon père insiste, j'ai encore reçu une lettre la semaine dernière, mais je ne suis pas pressé. J'aime la vie ici, les affaires tournent bien, et puis il y a Véra. Je ne sais pas comment mon père réagirait si je revenais à Naples avec une créole, même la plus jolie créole des Caraïbes. Et je n'ai pas l'impression qu'elle soit d'accord pour quitter l'Amérique, sa troupe et son spectacle. Tu as vu les affiches pour sa nouvelle revue ? Formidable, non ? Nous verrons bien. Rien ne presse. Je suis plus utile aux affaires de la famille ici qu'à Naples ou même à Rome. Justement, c'est pour ça que je veux que tu rencontres Rory MacFerson. Tu as compris de qui il s'agit ?

– Pas vraiment. Un Écossais important à Storyville, à ce qu'on dit. Il a un restaurant...

– Et surtout plusieurs saloons. Son King of Spades est le plus gros vendeur d'alcool du quartier rouge. Je ne sais pas s'il a des parts dans les bordels, c'est probable, on ne le surnomme pas « le roi de Storyville » pour rien. Si je parviens à lui faire goûter et acheter notre vin, et s'il le fait aimer à sa clientèle, les bénéfices pourraient être énormes. Je ne suis pas sûr que mon père pourrait nous en envoyer assez.

– Je croyais que les Américains préféraient les alcools plus forts.

– Bien sûr, bourbon et whisky. J'ai l'impression qu'ils ouvrent une distillerie par semaine, en Louisiane. Mais ma famille a bâti sa fortune sur le marsala. Les Anglais nous en achètent des cargaisons entières depuis un siècle. Ils descendent bien des Anglais et des Irlandais ici, non ? C'est bien le diable s'il ne s'en trouve pas certains pour aimer les vins doux. J'ai deux caisses de la meilleure production de Sicile. J'ai croisé MacFerson la semaine dernière dans un bar près de la mairie et je lui ai servi un verre, il m'a demandé d'apporter quelques bouteilles pour le tester sur sa clientèle. Tu m'accompagnes, tu regardes et ne dis rien. Il est temps que les clients fassent ta connaissance si tu dois représenter la famille après mon départ.

– Bien, monsieur Gritti.

– Appelle-moi Fulvio, je t'en prie.

Le buggy passe devant les arcades du French Market, qui n'a plus rien de français depuis longtemps mais pourrait être celui de n'importe quelle ville italienne. Les vendeuses s'interpellent en sicilien, les pâtes fraîches sèchent sur des claies de bois, le basilic pousse dans des bacs, les poissons sont étiquetés dans les deux langues, certains commerçants acceptent les lires et ont affiché au-dessus de leurs caisses les bacchantes triomphantes du roi Umberto Ier. Fulvio Gritti, qui en moins d'un an est devenu une figure de la communauté, salue de la main, soulève son chapeau puis engage l'équipage dans l'avenue Tulane qu'ils remontent, entre maisons coloniales aux porches fleuris et alignements de chênes centenaires, jusqu'au quartier de Metairie. Les travaux d'assèchement et de remblaiement de cet ancien bayou sont encore en cours, mais déjà des ouvriers posent les rails du tramway. À La Nouvelle-Orléans, les terres situées au-dessus du niveau du fleuve et du lac Pontchartrain sont depuis longtemps bâties. Pour s'agrandir, la ville érige des digues, pompe l'eau des marais et des marécages et construit des quartiers que le moindre ouragan menace de submerger. En ce début de siècle, l'activité du port du sud de l'Amérique attire chaque jour de nouveaux arrivants, émigrants avides de travail et de terres. À Metairie, des pâturages subsistent encore entre les maisons neuves aux couleurs vives, mais plus pour très longtemps. En revanche, il est un espace dégagé et herbeux auquel les promoteurs ne toucheront pas : le champ de courses de la ville, le fameux Oakland Riding Park. Chaque saison, des parieurs de tout le pays viennent jouer à ses guichets, alors que les propriétaires du Midwest y engagent leurs meilleurs chevaux. Un anneau aux dimensions parfaites, des écuries de grand luxe, des gradins de bois dignes de ceux de New York : rien n'est trop beau pour l'hippodrome de La Nouvelle-Orléans, qui rapporte des fortunes.

C'est au restaurant du champ de courses sur la terrasse au premier étage surplombant les pistes, couverte d'une voile de bateau, que Rory MacFerson donne ses rendez-vous du matin. Il a des parts dans l'établissement, n'habite pas loin et apprécie l'atmosphère champêtre des lieux avant de s'enfermer dans l'ambiance enfumée de ses saloons. En faisant passer, trois ans plus tôt, un règlement tolérant la prostitution et les jeux d'argent dans un quartier restreint de La Nouvelle-Orléans, pour soi-disant mieux les contrôler, le conseiller municipal Sydney Story a fait sa fortune. Si MacFerson ne possède pas (du moins officiellement) l'un des bordels de la ville, il alimente en alcool la quasi-totalité des maisons closes. Il a ouvert trois saloons dans le *red light district* et bénéficie, grâce à un accord d'exclusivité avec les distilleries du Kentucky, du monopole de la distribution du bourbon dans Storyville et au-delà. Comme il dit en riant, dans cette ville de saoulerie et de débauche, surnommée *the Big Easy*, la fille facile, c'est une « autorisation d'imprimer des billets de vingt dollars ».

Rory MacFerson a coiffé un Stetson blanc et revêtu un costume crème, sur des bottes fabriquées au Texas avec la peau d'un alligator tué l'an dernier dans le bayou Cane. Une seule balle, pile dans l'œil, joli coup. Si je me souviens bien, ce petit dago de merde qui baise la plus belle poule de la ville veut essayer de me fourguer sa boisson de gonzesse, son vin sucré à la con. Mais bon, les Siciliens tiennent le port, et ce Gritti semble blindé. Fortune familiale en Italie, paraît-il, gros armateur. Il y a peut-être du fric à faire. Et à tout prendre, je préfère les dagos à ces putains de négros. Ils sont nombreux, les Ritals, ils bossent dur sur le port et s'enrichissent vite. Ça dérange les Irlandais. Ils leur ont foutu une sacrée peignée il y a vingt ans. Une douzaine de Siciliens ont été lynchés après l'assassinat du shérif Hennessy. Mais moi, je m'en fiche, je viens d'Écosse, leurs dollars sont aussi bons que ceux des autres. Alors s'ils veulent leur pinard sicilien de jeune fille et qu'ils sont prêts à payer, pourquoi pas…

Le roi de Storyville se lève en voyant arriver ses visiteurs, leur fait un signe de son chapeau, désigne deux fauteuils d'osier. À cinquante ans, avec son embonpoint de mangeur de viande, son nez rosé par l'alcool, sa lèvre inférieure pendante et le tremblement de ses mains potelées, il en paraît dix de plus. Des airs de notable bon vivant, n'étaient ses yeux de tueur froid.

– Bienvenue à l'Oakland Riding, messieurs. C'est votre première visite à notre légendaire champ de courses ?

– Je suis déjà venu, et je dois dire que j'y ai perdu pas mal d'argent. Mais Victor, mon collaborateur, n'est ici que depuis le début de l'année.

– Les courses commencent à midi. Je serais ravi que vous déjeuniez avec moi, mon meilleur cheval y participe.

– Une autre fois, peut-être, nous devons être au port à la mi-journée, une cargaison d'Italie.

– Justement, ce vin italien…

– Voici, dit Fulvio en posant devant lui un panier contenant quatre bouteilles de marsala dans de la paille. Les meilleures de notre cuvée familiale. Il est servi dans les grands clubs de Londres et à la table de la reine Victoria. Votre clientèle sicilienne va en raffoler, je vous le garantis. Et les autres vont le découvrir. Nous n'avons pas la prétention de remplacer le bourbon, ça n'a rien à voir, mais de proposer autre chose. Un goût de la vieille Europe, un goût de tradition. Et si vous êtes notre premier gros client, nous pouvons vous faire des conditions exceptionnelles.

– Ouvrez donc une bouteille. Régis, trois verres !

– Tout de suite, monsieur, répond-il en français.

MacFerson pose son Stetson sur une chaise, comme pour mieux se concentrer. Il fait tourner le vin à la robe dorée, le hume, avale d'un trait trois longues gorgées, fait claquer sa langue.

– Je ne vais pas vous mentir. Mes parents ont émigré d'Écosse, ils coupaient mes biberons au whisky, alors c'est un peu… comment dire, doux et sucré pour moi. Mais je vous suis, il peut y avoir une clientèle. Nous n'avons pas beaucoup de femmes, en dehors de nos professionnelles, mais avec les lois qu'ils nous préparent, ça pourrait changer. Elles pourraient apprécier. Sans parler de vos congénères. Le goût du pays. Vous êtes de plus en plus nombreux dans notre belle ville.

Il renverse sa tête en arrière, ferme les yeux, place un index sur ses lèvres.

– Bon. Je vous en prends trois caisses, pour commencer. Si ça marche, on multiplie par dix. Qu'en dites-vous ?

– Parfait. La maison Gritti est heureuse de vous offrir cette première commande. Elles seront chez vous demain matin.

– Cet après-midi, si vous en êtes d'accord. Et je veux l'exclusivité sur la ville, bien entendu. Et à Baton Rouge. Vous savez sans doute que je viens d'y ouvrir un casino sur un steamer, sur le fleuve. Vous discuterez des prix avec Roy, mon comptable en chef. Il passera vous voir dans la journée. Vos bureaux sont sur le port, non ?

– Decatur Street, au 53.

– Le cœur de la Petite Palerme… J'avoue que j'admire ce que vous êtes parvenus à construire, vous les Italiens, en quoi, vingt, trente ans ? Je sais que ça déplaît à mes amis irlandais, par moments, mais nous les Écossais sommes plus tolérants. Entre descendants d'émigrants d'Europe, il faut se serrer les coudes, non ? Ou les négros finiront par diriger cette ville.

Il se lève, tend une main potelée, bagues d'argent et d'or.

– Monsieur Gritti, *we have a deal.*

– Monsieur MacFerson, c'est un honneur.

– Maintenant que nous sommes partenaires en affaires, j'ai une faveur à vous demander. J'ai entendu dire que vous connaissiez la ravissante Véra Margarita ?

– Tout à fait, nous sommes très proches.

– J'ai assisté à quelques minutes de son show, au Calico Club. Fascinant. Je compte ouvrir dans quelque temps un cabaret dans la rue Bourbon. Les travaux sont en cours. Pensez-vous qu'elle accepterait…

147

– Le plus simple est de le lui demander. C'est une jeune femme indépendante, elle décide de sa carrière. Je vais lui en parler. Passez demain soir au Calico. Je vous présenterai.

Le lendemain soir, Fulvio Gritti a invité Vittorio à se joindre à eux. Il lui a avancé vingt dollars sur son salaire pour acheter un costume et surtout des chaussures neuves.

– Ces godillots à moitié ouverts, tu es venu de Sicile avec, non ?

– Oui. C'est ma première paire. Offertes par le curé de Marettimo, sans doute prises sur un mort. Pour travailler sur le port, ça suffit bien.

– Je m'en doutais. Pour le port, ça va. Mais pour dîner en bonne compagnie, achète des chaussures basses, noires. Dignes d'un Américain. Tu es en Amérique, maintenant. À propos, as-tu entamé les formalités pour la naturalisation ?

– Pas encore. Je dois dire que j'hésite un peu.

– Pourquoi ? Pas question de renoncer à tes papiers italiens, ce grand pays accepte que tu sois à la fois américain et italien. Ils appellent ça la double nationalité. Alors, rien à perdre. Je me demande même si je ne vais pas déposer un dossier. Je parlerai de ton cas avec notre avocat.

Avant vingt heures, ils sont accoudés au bar du Calico quand le roi de Storyville fait son entrée dans le cabaret, accompagné de jumeaux d'une trentaine d'années en uniforme de la police de La Nouvelle-Orléans, badge sur la poitrine et arme de service à la ceinture. Fulvio leur fait un signe discret. Le chef de salle se précipite vers une table au premier rang, près de la scène, glisse deux mots à ses occupants, qui se lèvent et vident les lieux.

MacFerson et ses hommes s'installent, rejoints par Fulvio Gritti et Vittorio.

– Il y a quelques avantages à être surnommé le roi de Storyville, je suis partout chez moi dans notre belle cité. Je vous présente Joss et Jim Dunnel, du New Orleans Police Department. Les garçons, M. Fulvio Gritti, l'un des représentants de notre éminente communauté sicilienne et M…

– Water, Victor Water.

– Water… C'est un nom bien… simple, dit l'un des policiers.

148

– Vous voulez dire pour quelqu'un qui a une tête de dago, réplique Fulvio.

– Messieurs, pas de termes péjoratifs entre nous, voyons.

– J'ai changé de nom en arrivant en Amérique, précise Vittorio.

– Bonne idée, sourit MacFerson. Il vous permettra de vous intégrer plus vite. Notre fameux melting-pot...

– Savez-vous d'où vient ce mot, dago ? demande Fulvio. Je l'ai entendu plus d'une fois, dans mon dos, je n'ai jamais compris son origine.

– Il paraît que ça vient du fait que les Ritals, quand ils ont commencé à arriver chez nous, étaient employés à la journée, sur le port pour décharger les bateaux ou dans les fermes, répond l'un des deux frères. Payés jour par jour, *as the day goes*, d'où dagos.

– En tout cas, restons courtois, nous sommes tous des gentlemen. Bon, venez, notre table est prête. Garçon, champagne, le meilleur ! Quand Mlle Véra est-elle programmée ?

Fulvio tire sa montre de son gousset, l'ouvre.

– Elle ne devrait pas tarder.

Sur scène, un magicien fait sortir des cartes de son chapeau, une colombe d'un foulard, une rose de derrière l'oreille de son assistante en corset pigeonnant et bas résille, cascade de cheveux blonds et mouche en forme de trèfle sur la joue. Puis le noir se fait sur la scène, un projecteur s'allume et suit le présentateur en habit de M. Loyal qui tient à deux mains un panneau peint de couleurs vives, décoré de palmiers, d'îles paradisiaques et de danseuses à moitié nues. « Et maintenant, celle que vous attendez tous, la sublime Véra Margarita et ses girls ! » Sur un roulement de congas, l'orchestre attaque un calypso chaloupé. De fines planches de bois découpées et peintes en forme de vagues, agitées par de petits enfants noirs accroupis derrière, forment un océan d'opérette devant lequel apparaissent des danseuses-poissons court vêtues, jupes et brassières argentées, qui ondulent à la façon d'un banc de sardines. Véra Margarita commence à chanter dans les coulisses avant d'entrer sur scène, assise sur une plateforme roulante décorée d'algues factices, les jambes enserrées dans une feuille de papier peint, en sirène de comédie. Un soutien-gorge agrémenté de fausses écailles lui fait des seins comme des obus, sa perruque blonde descend jusqu'à sa taille. C'est l'émeute dans la salle, les hommes se lèvent, hurlent, sifflent, les rares femmes applaudissent. Un videur surveille le coin de la scène, prêt à repousser les admirateurs trop enthousiastes. Véra se redresse d'un bond, déchire son déguisement en écartant les jambes, révèle une culotte elle aussi peinte d'écailles d'où pendent des colliers de crabes. Le chant de la sirène est suivi d'une ballade irlandaise, d'une chanson d'amour en français, de la complainte de la cow-girl, d'une mélopée italienne sur décor de baie de Naples, d'une biguine des îles, avec changements de costumes en moins d'une minute entre les morceaux. Le final est un cancan à la parisienne avec Véra en meneuse de revue emplumée, qui termine en grand écart, essoufflée et souriante sous les bravos.

Quand Fulvio frappe à la porte de sa loge, dix minutes plus tard, elle répond en français : « Entre, mon amour ! » Son maquillage a coulé, ses cheveux sont retenus en queue-de-cheval, elle porte un peignoir fatigué et des mules défraîchies, mais, avec ses pommettes hautes, sa peau cuivrée, ses fossettes et son sourire lumineux, c'est la plus belle femme du monde.

– *Amore, bravo, bravissimo !* C'était époustouflant, formidable, encore mieux que la dernière fois. Tu es la plus merveilleuse des sirènes. Avec toi, Ulysse n'aurait eu aucune chance. Je pourrais venir te voir tous les soirs.

Rory MacFerson apparaît dans l'encadrement de la porte, une bouteille de champagne dans un seau à glace sous un bras, quatre coupes à la main. Vittorio est resté dans le couloir, les flics jumeaux sont allés boire des bières au bar.

– Ma chérie, voici quelqu'un que je voudrais te présenter. Tu as sans doute entendu parler de M. MacFerson, le roi de Storyville.

– Mademoiselle, votre spectacle est un enchantement. Votre réputation vous avait précédée, mais c'était bien en deçà de ce que j'ai vu ce soir.

Il approche, lui prend la main et l'embrasse longuement de ses lèvres humides. Véra la retire sèchement, ferme l'échancrure de son peignoir.

– Merci beaucoup, monsieur.

– Appelez-moi Rory.

Il pose le seau à glace sur un guéridon, fait sauter le bouchon de la bouteille. La mousse jaillit du goulot et l'Écossais remplit les coupes en grognant de plaisir.

– Votre ami sicilien ne se joint pas à nous ?

– Je pense qu'il est resté dans la salle. Santé !

– *Cheers* ! À l'éblouissante Véra Margarita !

– M. MacFerson va proposer à sa clientèle le vin de Marsala, un pur produit de Sicile que ma famille commercialise en Europe depuis des décennies.

– Au vin de Marsala, et aux Italiens de La Nouvelle-Orléans ! Injustement méprisés par certains, vous serez toujours les bienvenus dans mes établissements. Quant à vous, ma divine, je vous engage quand vous voulez, en doublant votre cachet. Nous en reparlerons. Maintenant, je vous prie de m'excuser, je suis attendu dans mon royaume. Mon cher Fulvio, passez me voir dans une semaine ou deux, nous ferons le point des ventes.

Il remet son Stetson, serre la main du fils Gritti. Véra est passée derrière un paravent chinois sur lequel elle pose des vêtements.

– Au revoir, très chère. À bientôt, j'espère.

Quand se ferme la porte de la loge, la jeune femme sort de son abri, le regard noir.

– Fulvio, je ne veux plus jamais voir cet homme.

– Pourquoi ?

– Tu as remarqué comment il m'a déshabillée des yeux ? Comment il m'a tripoté la main ?

– Tu sais, ça peut être un gros client…

– Ce sont tes affaires, mais ce porc n'entrera plus dans ma loge. Et je ne veux pas entendre parler d'un dîner ou de quoi que ce soit d'autre.

26

La Nouvelle-Orléans (Louisiane)

Juin 1903

Le vapeur à deux mâts lâche un coup de sirène dans le dernier méandre du fleuve, en vue des grues du port de La Nouvelle-Orléans. Vittorio, assis à une table sur tréteaux au premier étage de l'entrepôt Gritti, se lève, prend la longue-vue de marine, ouvre la fenêtre. Pavillon tricolore, double cheminée, silhouette familière. Il fixe la proue : *Napoli*. Deux jours de retard, ils ont dû avoir du gros temps dans l'Atlantique ; un paquebot anglais arrivé hier a dit avoir essuyé deux tempêtes. Il va falloir faire vite, les Frezza n'ont plus de vin, et MacFerson a passé une grosse commande. D'après le télégramme, le *Napoli* apporte aussi cinq barriques de rouge de Toscane, de l'eau-de-vie pour un client de Natchez et trente caisses de citrons. Fulvio tient à cette livraison de fruits, je ne suis pas sûr que ce soit une bonne idée. Quand les Matranga vont l'apprendre, ça ne va pas leur plaire. Les citrons, ici, c'est eux. Aux Provençano, les oranges, et les bananes à tout le monde. Les anciens racontent que ces deux familles se sont affrontées pendant des années, et qu'il y a eu des morts pour parvenir à cet accord. Ce ne sont pas des gens qu'il faut prendre à la légère, en deux coups de sifflet ils rameutent cinquante dockers. Sans compter les gars armés. Les Gritti n'ont pas intérêt à les concurrencer. Je l'ai dit à Fulvio, il a ri. Il pense peut-être que la fortune de son père ou son copain l'Écossais le protègent, j'en doute. Dans ce port, il est impossible de décharger une caisse de citrons dans le dos des Matranga. Fulvio est parti en steamer avec Véra pour Baton Rouge, ça va être à moi de gérer ça. J'ai rencontré deux des frères

22222222222222

Matranga la semaine dernière, ils sont de Palerme. Ils ne m'ont pas cru, bien sûr, quand je leur ai dit m'appeler Water. Pas question que je leur révèle mon nom. Personne ici ne le connaît à part Gritti. Fontarossa ne me lâchera jamais. Il suffit d'un télégramme pour mettre des tueurs sur ma trace. L'océan n'est pas si grand, les liaisons avec le pays sont fréquentes. Quand je vois des Italiens descendre d'une passerelle, je scrute les visages à la recherche de celui qui vient de Trapani pour me tuer. Il aura le même regard que le frère d'Ana, quand il a pointé son arme sur moi. Pas les yeux de l'émigrant perdu, effrayé et émerveillé en posant le pied dans le Nouveau Monde, mais celui d'un homme en mission. D'un homme, tu parles… Ils seront sans doute deux, ou trois. La semaine dernière, j'ai cru que c'étaient eux. Deux gars habillés comme les sbires du *fontaniero*, peu de bagages, des sacoches en cuir, qui jetaient de tous côtés de drôles de coups d'œil. En fait, des ingénieurs de Turin, engagés pour le nouveau système de pompes de la ville. De toute façon, il y a trop de Siciliens dans ce port. Je ne vais pas pouvoir rester deux ans, malgré ma promesse au père de Fulvio. Dans six mois, quand je parlerai assez bien l'anglais, il faudra que je quitte la Louisiane. Vers l'Ouest, sans doute. Ou en Amérique centrale, pourquoi pas ? Je vais attendre avant d'en aviser Fulvio. D'ici à la fin de l'année, j'aurai économisé de quoi leur rembourser une partie du prix du voyage. Il ne peut pas me retenir, je n'ai signé aucun contrat.

– *Signore* Victor ! Vous pouvez descendre ? Quelqu'un pour vous.

Le contremaître de la famille Frezza, dont les entrepôts sont à deux pas, est venu demander des nouvelles de la livraison de vin prévue deux jours plus tôt. Les ateliers d'embouteillage sont à l'arrêt. Vittorio le rassure, promet que les barriques arriveront dans les trois heures, le temps pour le *Napoli* de trouver une place sur le quai encombré de navires. Puis il l'accompagne boire un cappuccino dans l'un des cafés du port et y embauche pour la journée six dockers supplémentaires. Ils sont douze quand, dans l'après-midi, la passerelle du vapeur italien est abaissée sur le quai numéro quatre. Vittorio monte à bord, le télégramme récapitulant

154

sa commande fixé sur une planchette. Un marin le conduit dans la première cale. Le marsala, l'alcool blanc de raisin, les citrons, trois caisses marquées Gritti Navigazione, deux enveloppes de documents, c'est bon. Au coucher du soleil, tout est à l'abri dans l'entrepôt. Vittorio tourne dans la serrure du portail la grosse clef qu'il porte sur lui en permanence et quitte à grands pas les quais en direction de Decatur Street. Comme tous les soirs, il passe boire un verre de vin dans la taverne du *dottore* Frapani, où il retrouve la plupart de ses dockers, donne les instructions pour le lendemain puis rejoint, deux pâtés de maisons plus loin, la pension de Mme Olivieri. Sa chambre y avait été réservée par Fulvio Gritti avant son arrivée, deux dollars par semaine, avec petit-déjeuner et dîner. Elle est propre mais un peu bruyante car la fenêtre ouvre sur l'arrière-cour d'un cabaret plein tous les soirs. Ils sont six à table, entre dix-huit et dix-neuf heures, tous italiens à l'exception d'un Noir, maréchal-ferrant de passage, et d'un Français, joueur de cartes professionnel au regard de bête aux abois qui s'absente souvent pour des séjours à bord des steamers qui remontent jusqu'à Memphis. Parmi eux aussi, Vittorio ne peut s'empêcher de chercher le détail, la parole qui révélera l'homme lancé à ses trousses. Pour les années à venir, au moins les quatre ou cinq prochaines, il faudra bouger régulièrement. Ne jamais se poser, ne jamais faire totalement confiance. Les Gritti, à cause de leur haine de Fontarossa, sont les seuls qui ne me trahiront pas. Mais je ne suis pas à l'abri de ce que disent les gens, à Marettimo, à Naples ou à Palerme. Quelqu'un pourra parler sans s'en rendre compte. Cette Mano Nera, dont le *fontaniero* fait partie, a des oreilles partout. Il faut que je file avant Noël. Et puis il y a cette saloperie de fièvre jaune. Deux gars sont encore morts la semaine dernière sur le port. On ne sait pas d'où elle vient, cette maladie, mais c'est une tueuse. Elle a fait des milliers de morts ici il y a deux ans. Ma logeuse m'a raconté que les habitants fuyaient la côte pour les villages de l'intérieur. Des gars tombaient dans les rues, saignaient des yeux, du nez, des oreilles. Les hôpitaux étaient fermés, les morgues submergées. Une horreur. C'est sûrement à cause de la crasse, des insectes et de cette chaleur humide. Rien à voir avec les étés en Sicile, où il peut faire chaud mais où il fait bon à l'ombre d'un pin. Ici, l'air est si épais et chargé de mauvaises odeurs, certaines nuits, qu'on pourrait le couper au couteau. Ces saletés de moustiques te bouffent vivant. Trois jours après mon arrivée, je savais que je ne resterais pas. J'ai rencontré un gars qui venait de Californie, il dit que la côte ressemble à l'Italie, avec des plages, des montagnes et des forêts de pins, et que le climat est bon. C'est un autre océan, plus grand que l'Atlantique. D'après un marin de Messine, ce sont les eaux les plus poissonneuses du monde. C'est là que j'irai, en Californie. Je reprendrai la pêche. La mer me manque. Je ne suis pas fait pour travailler dans un bureau, enfermé toute la journée, dans la poussière et les fumées du port. Si ce qu'on dit est vrai, je pourrai me faire engager sur un bateau de pêche, puis en acheter un après quelques années. Et là, je pourrai chercher un moyen de contacter ma mère et mes sœurs. D'abord, il faut que je gagne l'argent pour payer leur voyage, puis que je le leur fasse parvenir sans me trahir. Pas simple. Ana ? Comment savoir ? Pourra-t-elle me pardonner la mort de son frère ? Elle m'a sans doute déjà oublié avec un autre homme, est peut-être déjà mariée. Ou partie étudier en France, comme elle en rêvait. Je suis sûr que son courrier est surveillé, donc je ne peux même pas lui écrire. Un messager. Il faut que je trouve un messager.

27

Trapani (Sicile)

Juin 1903

– Il n'y avait rien de préparé quand je suis rentré hier soir, *donna* ! J'avais faim. J'ai dû ressortir manger des pâtes chez Émilio, comme un miséreux. Tu sais ce que pensent mes hommes, mes amis ? Que ma garce de femme ne sait pas s'occuper de moi. Qu'il n'y en a que pour sa petite *bastarda*. Et que je devrais lui flanquer une bonne raclée de temps en temps pour lui apprendre sa place et son rôle.

– Il y avait du jambon, dans le cellier, et du pain.

– Et tu crois que c'est ce que le premier *capo* de don Salvatore Fontarossa, le *fontaniero* des *fontanieri,* qui est reçu comme un roi partout à Trapani, devrait manger chez lui ? Du pain rassis et un reste de charcuterie ? Seul à la table de la cuisine, à la bougie parce que sa femme qui ne fout rien de la journée n'a pas pensé à remplir les lampes à pétrole ? Et ce matin ? Je me lève, pas de café, rien dans le four !

– Depuis quand veux-tu du café ? Tu sors tous les jours retrouver tes amis chez Giliberti, non ? Sans m'adresser la parole, sans jeter un œil au berceau de la petite.

– Arrête avec ce bébé. Je t'ai prévenue : j'ai accepté de reconnaître la *bastarda*...

– Je t'interdis de l'appeler ainsi. Elle a un nom, elle s'appelle Giulia !

– Tu m'interdis ! Mais tu m'interdis quoi, dans ma propre maison, pouffiasse ? *Bastarda ! Bastarda !* C'est comme ça qu'elle s'appelle, ta Giulia. Son père est un assassin, le fumier qui a tué ton frère, qu'on ne va pas tarder à retrouver en Amérique et à saigner comme un goret. Ne t'inquiète pas, on est sur sa trace, il n'en a plus pour longtemps. Et ce jour-là, je t'en ferai un, d'enfant, un vrai, un Fontarossa. Allez, monte dans la chambre et déshabille-toi.

— Pas question.

La petite Giulia se retourne dans son berceau, commence à pleurer. Ana se précipite, la prend dans ses bras, l'enveloppe dans sa fine couverture et se dirige vers la porte. Enzo se lève d'un bond, pose sa large main sur le montant.

— Où vas-tu ?

— Chez mon père, voir Carla. La petite ne va pas bien, elle a des coliques. Elle ne digère pas mon lait, j'ai besoin de celui de la chèvre. Laisse-moi sortir ou je hurle.

— Carla, Carla, tu y passes ta vie, chez ton père ! C'est ici, ta maison maintenant. Les travaux m'ont coûté une fortune.

— Une maison, ce trou à rats ? Regarde sur quoi tu marches, de la terre battue. Et ces meubles de paysans…

— Ce n'est pas assez bien pour vous, princesse ?

— Non. Je n'ai pas été élevée comme une fille de pauvre. Mon père est le plus gros *fontaniero* de la région. Il était outré, l'autre jour, quand il est venu ici. Je l'ai vu sur son visage. C'est lui qui a fait livrer cette table et ces chaises, tu le sais aussi bien que moi. Sans parler de Carla.

— Arrête avec cette Carla ! Tu crois que je ne vous vois pas toutes les deux, que je ne sais pas ce que vous dites dans mon dos ? Elle peut toujours persifler, la commère, c'est moi que ton père a choisi pour toi. Il va falloir que tu t'y fasses. Ou ne t'y fais pas, d'ailleurs, je m'en fous. L'important est que tu vas me donner un fils, et vite. Et quand il sera né, et que je serai devenu *fontaniero* à mon tour, je te tromperai avec toutes les jolies filles de Trapani et de Palerme, je le jure sur la Madone !

— Jolies filles ? C'est comme ça que tu appelles les traînées édentées que tu culbutes sur des barriques derrière les tavernes ? Tu crois que je ne le sais pas ? Tu ignores que les gens parlent, dans cette ville ? Et le premier au courant, c'est mon père.

– Et alors ? Tu penses que ça le dérange, ton père ? Il a fait pareil, même quand ta pauvre mère était vivante. Tu vis en Sicile, *idiota*, et ici les hommes font ce qu'ils veulent. Elle est bien placée pour donner des leçons, la *putana* du port de Trapani, engrossée sur un filet de pêche !

Le bébé, effrayé par les éclats de voix, pleure de plus en plus fort.

– Je ne veux plus entendre ces horreurs, maintenant laisse-moi passer. Giulia doit manger, elle n'a rien pris depuis hier après-midi.

Enzo retire sa main de la porte.

– Vas-y, chez ta Carla. Et restes-y. Je pars tout à l'heure pour Castelvetrano. J'ai des affaires à régler. Ça me prendra un jour ou deux.

– Tu veux dire des pauvres gens à menacer, à tabasser, à voler, des *carabinieri* à payer.

Ana sort. En quelques pas, elle arrive devant le portail sculpté de la maison où elle a grandi. L'homme de garde lui sourit et la salue. Elle traverse une vaste cour tapissée de graviers blancs. Des lilas et des bougainvillées poussent dans des bacs de pierre, des tomates dans un carré de terre noire. Une fontaine de marbre, volée dans une villa romaine de la côte près de Marsala – dauphins cabrés et lions à gueules béantes – bourdonne dans un angle. Au centre se dresse un olivier centenaire. Ana se souvient que, pour le faire pénétrer dans la cour, son père avait fait abattre l'un des murs d'enceinte. Petite fille, elle avait pleuré, pensant que ses ennemis détruisaient la maison. Le *fontaniero* avait ri, posé la main sur sa tête et l'avait rassurée. Un palais, au cœur de Trapani, pour ma princesse, avait-il dit. Elle avait commencé à creuser, avec sa pelle d'enfant, le trou dans lequel des paysans descendus des collines avaient planté l'arbre royal. Tu vois ce tronc ? Il a vu passer les Grecs et les Romains. Les oliviers sont immortels, sacrés. Les témoins de Dieu sur terre. Ana a grandi dans son ombre, joué à la dînette entre ses racines, grimpé dans son tronc noueux, pleuré quand ses branches étaient taillées, croyant que le vieil homme en bras de chemise le blessait avec sa scie et ses sécateurs. Jusqu'à ce que son père lui explique que c'était comme quand Carla lui coupait les cheveux, et que les rameaux argentés repousseraient plus verts, plus forts. Aujourd'hui encore, elle ne peut pénétrer dans la cour sans aller droit vers l'arbre, poser la main sur lui, toujours à la même place, lustrée à force de caresses. Donne-moi ta force. Aide-moi à protéger ma fille, à supporter ce monstre, à endurer les viols. À trouver une issue à tout ce malheur.

L'odeur d'oignons et de tomates rissolés l'attire vers la cuisine. Carla, les mains blanches de farine, est assise à la table. Elle fourre des *tortellinis* de pesto et de pignons de pin, les roule d'une main experte, les jette dans un plat en bois.

– Anita ! Je t'attendais. Comment s'est passée la nuit ? Elle a tété ?

– Très peu, je ne comprends pas. Pourtant, elle a faim. Écoute-la.

– Tu veux t'asseoir dans le fauteuil pour lui donner le sein ?

– Je vais essayer. Mais il vaudrait mieux aller chercher du lait. Hier, elle a tout bu d'un coup. Elle souriait, elle aime ça.

Carla demande à Rosa, l'aide-cuisinière d'une douzaine d'années, orpheline après la mort de ses parents métayers dans un étrange incendie quelques années plus tôt, d'aller à l'écurie traire une chèvre et de revenir au pas de course, pour que le lait soit encore tiède. Ana s'installe dans le fauteuil de paille tressée, près de la cuisinière d'où s'échappe la délicieuse odeur du pain cuisant dans le four, cale la tête de sa fille avec un torchon roulé en boule, écarte un pan de son chemisier de coton et approche son téton de la bouche du bébé qui le gobe en fermant les yeux.

– Comment s'est passée la soirée ?

– Il est rentré tard, puant le vin et le mauvais parfum. Ça devient une habitude. Il m'a reproché de ne pas l'avoir attendu avec un bon dîner chaud. Et ce matin il a failli me frapper, en se vantant de me tromper avec toutes les jolies filles de Sicile, comme il dit.

– Ma chérie…

– Ne t'en fais pas trop. Il menace beaucoup, m'insulte, mais ne cogne plus. Je crois que papa n'a pas apprécié mon œil au beurre noir, le mois dernier. Il ne m'en a pas parlé, mais il a dû lui dire qu'il n'avait pas le droit de taper sa fille.

– C'est ce que je pense aussi. J'ai hurlé quand je t'ai vue comme ça, menacé de partir m'installer à Palerme s'il n'intervenait pas, de le laisser se débrouiller avec la marche de la maison. Il n'a rien dit, mais je suis sûre qu'il l'a fait. Courage, ma chérie. Les choses vont s'arranger, avec le temps.

– Jamais je ne m'habituerai à partager le lit de cette brute. Je le hais, je le hais de toutes mes forces. Je pourrais le tuer. C'est atroce, j'y ai déjà pensé. *Zia*, il faut que tu m'aides. Je dois trouver un moyen de ne pas tomber enceinte. Jamais je ne pourrai porter l'enfant de cet homme.

– Il...

– Tous les soirs, ou presque. Comment faire ?

– Je connais une vieille sorcière à Porticalazzo. Elle sait faire passer les grossesses, avec des herbes, mais elle fait aussi des mélanges qui empêchent que ça n'arrive. Je ne sais pas comment, mais ça marche. Elle est chère, mais j'ai de quoi payer. J'irai la voir demain. N'en parle à personne. Ce sera un secret entre nous.

– Merci mille fois. Sans toi, je serais morte.

La bonne revient avec un pichet encore fumant, le fait chauffer quelques secondes sur le four à bois. Carla verse le lait tiédi dans une corne de vache percée, fait tomber une goutte sur le dos de sa main et la tend à Ana. La petite Giulia, qui tétait distraitement sa mère, reconnaît l'odeur du lait et se jette sur la corne avec un grognement de satisfaction. Elle ferme les yeux et boit le lait crémeux en longues gorgées. Les deux femmes tournent la tête en entendant crisser sur le gravier un pas lourd, rapide, impérieux, celui du *fontaniero* Salvatore Fontarossa. Il porte des bottes de cuir fauve, un habit de chasse, fusil à l'épaule, cartouchière croisée sur la poitrine et chapeau à plume de faisan. Sa silhouette massive s'encadre dans la porte-fenêtre. Il dévisage Carla, ignore sa fille qui a baissé le biberon et cherche son regard.

– Mon casse-croûte est prêt ?

Rosa attrape sur la table une gibecière d'où dépasse le goulot d'une bouteille de vin et le lui apporte.

– Battue au sanglier, au col de Castello di Venere. Je rentre à la nuit, ou peut-être demain.

Il passe la lanière du sac au-dessus de sa tête, tourne ostensiblement le dos à sa fille qu'il n'a pas regardée, siffle deux chiens qui déboulent en jappant.

– *Andiamo !*

Ana blottit Giulia contre elle, lui présente la corne qu'elle suce goulûment. Ses yeux s'emplissent de larmes. Carla se lève, prend la mère et la fille dans ses bras et murmure, en sicilien, des mots de réconfort venus du fond des âges.

28

La Nouvelle-Orléans

Juillet 1903

Les cris et les lueurs des torches ont réveillé Vitto. Il s'était couché tôt, épuisé par une journée passée à porter des sacs de café, car il lui a fallu remplacer un docker calabrais atteint de fièvre jaune. Il approche de la fenêtre de sa chambre, sans volets ni rideaux. Les clameurs montent de l'arrière-cour du cabaret : une dizaine d'hommes armés de bâtons, de gourdins, de fusils tournent autour des caisses et des barriques comme une meute de loups.

– Là ! En voilà un, il se cache, c'est qu'il n'est pas net !

– Un complice de Charles ! Chopez-le !

Vitto ouvre la fenêtre et voit quatre hommes, des Blancs au visage déformé par la haine, s'acharner à coups de pied et de poing sur un jeune Noir couché entre deux barriques, les bras sur sa tête pour se protéger.

– Arrêtez ! Ne frappez plus ! Je n'ai rien fait, je ne sais pas qui est ce Robert Charles ! Je suis employé au magasin de M. Simmons ! Un simple commis, demandez à M. Simmons ! Pitié !

Un colosse, en tunique de daim et toque de trappeur malgré la chaleur étouffante, charge le fusil de chasse à l'ours avec lequel il tabassait le Noir.

– Écartez-vous ! Je vais vous montrer comment débarrasser notre ville de cette racaille qui tue nos policiers. Poussez-vous !

Il met en joue, va appuyer sur la détente quand six soldats de la milice de Louisiane, en uniforme, pénètrent dans la cour, fusils levés.

– Stop ! Arrêtez immédiatement ! Toi, le grand, baisse ton arme ou nous tirons. Ordre du gouverneur. Il est interdit de se faire justice et d'agresser des Noirs dans les rues. Si tu n'obéis pas dans la seconde, tu es un homme mort !

Le trappeur tourne la tête, voit le revolver et les fusils pointés sur lui, lève le sien au ciel, le passe à la bretelle.

– Du calme. C'est sans doute un complice de Charles. Il se planquait, il a quelque chose de pas net, c'est sûr. Nous, on ne demande qu'à vous aider, monsieur l'officier. Faut pas vous énerver. On vous le livre, arrêtez-le, faites-le parler. Il doit bien savoir où il se cache. Vous les connaissez, ils s'entraident tous, comme une bande de rats.

– Le fugitif Robert Charles est recherché par la police de La Nouvelle-Orléans et la milice de l'État de Louisiane. Il n'ira pas loin. Les lynchages sont interdits. Toi, file d'ici. Rentre chez toi et ne mets pas un pied dehors jusqu'à nouvel ordre. Smith, Hair, vous le raccompagnez chez lui. Tirez à vue si nécessaire.

Le jeune homme s'appuie sur une barrique pour se relever. Il saigne de la tête, tient d'une main sa mâchoire fracturée, part en boitant vers la rue, encadré par les deux miliciens, fusils en travers de la poitrine.

– Dispersez-vous et éteignez ces torches. Laissez faire les forces de l'ordre, nom de Dieu !

La cour se vide, les hommes plongent leurs flambeaux dans un abreuvoir à chevaux, pénètrent dans un saloon. Vittorio s'habille et retrouve au rez-de-chaussée Mme Olivieri, la patronne de la pension. Elle tient une lampe à pétrole, entourée de Gaston Boissillard, le joueur professionnel, et de deux Italiens récemment arrivés, dont il ne connaît pas les noms.

– Que se passe-t-il ? Pourquoi cette chasse aux Noirs ?

– Vous ne savez pas ?

– J'ai travaillé au port toute la journée, c'était très calme. Je me suis couché tôt, sans passer à l'*osteria*.

– Ils recherchent un assassin noir, Robert Charles, depuis hier soir, dit-elle. Il aurait tué deux policiers. Il est retranché quelque part dans le faubourg Lafayette, armé jusqu'aux dents. Du coup, depuis la fin de l'après-midi des bandes de Blancs font la chasse aux hommes de couleur dans la ville. Ça ne m'étonne pas. La tension montait depuis des mois. J'en ai vu certains s'acharner sur un pauvre clochard, une domestique noire s'est fait cracher dessus en pleine rue, sans raison. Je ne comprendrai jamais d'où ils tirent une telle haine des Noirs dans ce pays. Ce sont quand même eux qui les ont fait venir comme esclaves dans leurs champs de canne et de coton, non ? La semaine dernière, une voisine m'a reproché d'accepter les Noirs dans ma pension. Vous les dagos, vous êtes bien comme eux, elle m'a dit. Au fait, M. Landry est-il dans sa chambre ? Il n'était pas là au dîner.

– Je ne l'ai pas vu non plus, répond le Français. Je vais taper à sa porte.

Il redescend deux minutes plus tard.

– Personne, sa chambre est ouverte, le lit fait. Ce n'est pas bon.

– La forge où il travaille est à trois rues d'ici, j'y suis déjà passé acheter des outils. Il n'ose peut-être pas rentrer, il va dormir là-bas, la rassure Vitto.

– Je l'espère, dit la logeuse. C'est un bon locataire, mon plus ancien. Une personne instruite et intelligente, contrairement à toutes les âneries que ces crétins répandent sur les Noirs dans cette ville.

– Je pourrais…

– Pas question pour un Italien de mettre les pieds dehors cette nuit, jeune homme. Vous devez savoir que pour ces brutes un dago ne vaut pas plus qu'un *nigger*. Au début des années quatre-vingt, nous venions d'arriver de Naples, mon pauvre mari était encore vivant, ce sont les Italiens qu'ils poursuivaient alors dans les rues comme des bêtes sauvages. Ils les accusaient d'avoir tué le shérif, ou quelque chose comme ça. Ils en ont lynché une dizaine. Nous avons passé une semaine sans sortir de chez nous. Le gouvernement italien a protesté, obtenu des excuses officielles du président à Washington. Vous n'avez jamais remarqué comment ils nous regardent ? Le nombre de surnoms qu'ils nous donnent ? Remontez vous coucher. Je vais laisser la porte ouverte au cas où M. Landry rentrerait dans la nuit. J'irai aux nouvelles demain matin.

Le lendemain, juste après l'aube, Mme Olivieri pose sur la table le pot de café, s'apprête à sortir du four des petits pains quand la

165

même clameur de meute en chasse retentit dans la rue, devant la pension. Elle quitte la cuisine, rejoint Vittorio dans l'entrée, rasé de frais, descendant les escaliers. Elle ouvre la porte. Au moment où il allait monter les quatre marches de bois, Bob Landry, le maréchal-ferrant, est saisi au lasso par un homme à cheval, visage masqué d'un foulard, qui lance le *Hihhhaaaa !* des cow-boys et hurle :

– J'en tiens un ! Venez vite ! ce fumier de *nigger* courait en rasant les murs, comme un cancrelat. On l'emmène sur la place, il y a tous les arbres nécessaires pour lui régler son compte. Suspendu par le cou à une branche, ça servira de leçon aux autres. On va leur apprendre combien ça coûte d'abattre nos policiers !

Bob Landry tente de se relever, de desserrer le nœud coulant. Le cow-boy tire un coup sec, le fait tomber. Le maréchal-ferrant, solide gaillard d'une quarantaine d'années, s'accroche à une poutre de la rambarde.

– Au secours ! Aidez-moi !

Une dizaine de Blancs armés de bâtons, de revolvers, tournent le coin de la rue, courent vers lui dans un rugissement sauvage. Vittorio écarte du bras Mme Olivieri qui s'apprêtait à refermer la porte. Il saute les marches, sort du fourreau à sa ceinture son couteau de pêcheur, tranche la corde d'un coup sec, aide Landry à se relever. Ils s'écroulent dans l'entrée. La logeuse ferme derrière eux, tire les deux verrous. Un gourdin lancé de quelques mètres s'écrase contre la porte.

– Il est rentré là ! Livrez-nous le nègre ou on fout le feu à la baraque ! C'est une pension de dagos ! Normal, même racaille ! *Nigger lovers !*

Un caillou brise une fenêtre du salon, termine sa course sur la table, fracasse la vaisselle. Un coup de feu, un deuxième. Un miroir vole en éclats, puis un vase plein de farine dans la cuisine, nuage blanc dans la pièce. En rampant, à quatre pattes, la logeuse, Vitto et Bob Landry s'éloignent de l'entrée.

– Passons par-derrière ! Allez chercher des torches, on va les cramer !

Soudain, une salve d'arme automatique retentit. Le bruit sourd et saccadé des huit canons d'une mitrailleuse Gatling mise en batterie,

166

au coin de la rue, par les miliciens de Louisiane fige tout le monde sur place. Le soldat a visé le ciel. Un lieutenant lève le bras, les tirs s'interrompent.

– Dispersez-vous immédiatement ! Tout rassemblement est interdit. Quiconque sera vu avec une arme dans la rue sera arrêté. S'il résiste, il sera abattu. Ordre de l'honorable William Wright Heard, gouverneur de Louisiane ! Vous, là, descendez de cheval, baissez votre foulard et levez les mains. Vous êtes en état d'arrestation.

Dans le couloir de la pension, Vitto aide sa logeuse à se relever. Bob Landry s'est assis sur les deux premières marches de l'escalier. Il a sorti un mouchoir rouge de sa poche, s'essuie le front. Il se lève, tend la main à Vittorio.

– Victor, c'est ça ?

– Victor Water.

– Vic, *man*, tu m'as sauvé la vie. J'ai attendu toute la nuit dans l'atelier, je me disais qu'à l'aube ces ivrognes seraient en train de cuver leur bourbon, mais ils ont organisé des patrouilles. C'est courageux, dans cette ville, de venir en aide à un Noir.

– Nous, les dagos, nous sommes des *nigger lovers*, à ce qu'on dit. Ces brutes allaient vous lyncher, il fallait faire quelque chose…

Landry sourit, dévoilant une bouche où manquent trois dents de devant, lui tend la main. Vitto la serre.

– Tu viens de gagner un frère, *bro*. Nous étions voisins de table chez Ma' Olivieri, nous voilà liés par le sang. Jamais je n'oublierai.

La logeuse pénètre dans le salon, les éclats de verre crissent sous ses pas. Elle entre dans la cuisine, s'empare d'un balai et commence à rassembler les débris. Elle regarde par la fenêtre cassée.

– On dirait qu'ils sont partis. Quelqu'un peut-il découper un morceau de papier pour boucher ça ? J'irai chez le vitrier tout à l'heure. Non, pas vous, monsieur Landry. Ne vous montrez pas. Merci, monsieur Water. Je vais refaire du café, le petit-déjeuner sera prêt dans dix minutes.

Vittorio part une heure plus tard, à grands pas pour l'entrepôt Gritti sur le port, les yeux baissés pour ne croiser aucun regard. La journée passe lentement. Les dockers noirs se sont terrés dans leurs quartiers, peu d'Italiens sont venus travailler. Par chance, il ne restait à débarquer que trois barriques d'un vapeur français. Vitto met à jour les livres de comptes, vérifie le nombre de tonneaux de marsala importés depuis le début du mois, calcule combien de bouteilles les Frezza ont pu en tirer. Fulvio Gritti passe dans l'après-midi, conduisant un buggy plus rutilant que le précédent, laque de Chine et montants dorés, attelé à deux chevaux noir charbon. Avec son teint clair, son costume du meilleur tailleur romain et son Borsalino, il n'a éveillé aucun soupçon auprès des bandes de Blancs armés de gourdins qui continuent de sillonner la ville.

– Ne viens pas demain, dit-il à Vittorio. Inutile de prendre des risques tant que cette histoire n'aura pas été réglée. J'ai entendu des coups de feu tout à l'heure. Il paraît que ce Charles est retranché dans une maison de la rue Saratoga. Sacré tireur, il aurait buté encore deux ou trois flics à la Winchester. Faisons profil bas tant que ça dure.

– C'est votre idée du profil bas, patron, de vous promener sur les quais avec un équipage et des chevaux valant plusieurs années de salaire d'un docker ?

– Tu sais bien que je n'ai pas une tête de dago, Vitto. Et si une de ces brutes avinées tente quelque chose, j'ai de quoi me défendre.

Il écarte le pan de son costume et dévoile, calé dans un holster ouvragé sous son bras, un revolver à crosse de nacre.

– En revanche, j'ai interdit à Véra de sortir seule. Son spectacle a été annulé hier soir, le Calico a fermé tôt, il n'y avait pas un chat. Et ce soir pareil. Nous dînons chez elle. J'ai commandé des lasagnes chez Tintori, je vais passer les chercher. Tu veux que je te ramène ?

– J'ai encore des choses à ranger ici, et j'habite tout près.

– *Ciao, allora.* Mais surtout, rentre à la pension avant la nuit. Tant que ce bordel n'est pas calmé, il ne faut pas être dans la rue après le coucher du soleil. Plus la journée avance, plus ils sont saouls.

29

La Nouvelle-Orléans (Louisiane)

Juillet 1903

Fulvio fait claquer le fouet au-dessus de la croupe des chevaux qui s'élancent en trombe. Il tient les rênes d'une main, son chapeau de l'autre en riant. Il pénètre, par l'avenue des Champs-Élysées, dans le faubourg Marigny où Véra Margarita loue à prix d'or une maison coloniale bâtie un siècle plus tôt par un noble espagnol. Colonnes romaines blanches, murs roses, balcons ouvragés, bananiers et palmiers géants. Jalouse de son indépendance, elle refuse de la quitter pour venir s'installer avec lui. Mais la veille, il a visité la demeure de pierres claires d'un ancien magnat du coton, un palais sur trois étages entouré d'un parc à la française, dans le quartier le plus chic de la ville, Véra devrait céder devant tant de luxe. L'entrée de la rue Dauphine est obstruée par une barricade de caisses et de morceaux de charrettes cassées, tenue par des Blancs dépenaillés, assis sur des cageots, armés de gourdins parés de longs clous.

– Nous gardons le quartier, pour éviter que ce négro assassin ne vienne s'y réfugier, violer nos femmes et tuer nos enfants, disent-ils à Fulvio.

Il les salue en soulevant son Borsalino, sourit sans un mot, ils dégagent la voie. Les promeneurs de la fin d'après-midi, quand la chaleur devient tolérable à La Nouvelle-Orléans, sont moins nombreux qu'à l'accoutumée. Pas un Noir en vue. Des hommes armés montent la garde devant certaines maisons, l'attelage de Fulvio n'éveille aucun soupçon et il parvient sans encombre chez Véra. Un magnifique alezan, avec sa selle mexicaine en cuir repoussé décorée de lapis-lazulis, est attaché devant le porche. Fulvio, perplexe, noue la longe de son buggy à la rambarde de bois sculpté. Véra ne lui a pas dit qu'elle attendait quelqu'un. Mais une sourde inquiétude le gagne quand il s'aperçoit que la porte à double battant est entrouverte. Fulvio entre et la referme du dos de la main.

– Véra ! Chérie ! Tu es là ?

Un gémissement lui répond, venu du salon. Fulvio écarte le pan de sa veste, saisit son revolver, pénètre dans la pièce. Romuald, le jeune domestique créole, est assis par terre, le visage en sang, les bras attachés en arrière à un fauteuil Louis XV, un bâillon sur la bouche. Du regard, il désigne le premier étage. Fulvio se retourne, monte en courant l'escalier de marbre blanc. La chambre de Véra est à l'autre bout du palier. Sa porte est fermée, mais des bruits confus s'en échappent. Le crissement du matelas, puis un coup, comme une gifle, un cri étouffé de la jeune femme. Fulvio avance sur la pointe des pieds. Il arme le chien de son revolver, prend une longue inspiration, tourne lentement la poignée et ouvre d'un coup. Les grosses fesses blanchâtres et poilues de Rory MacFerson sont la première chose qu'il voit sur le lit à baldaquin. Son pantalon est descendu sur ses bottes. Sous lui, luttant pour maintenir ses jambes serrées, les yeux révulsés, la bouche emprisonnée par la main de son agresseur qu'elle essaie de mordre, Véra aperçoit son amant. Elle voudrait crier, parvient à attraper un doigt, qu'elle broie de toutes ses forces. L'Écossais grogne de douleur, s'apprête à la frapper quand il entend du bruit derrière lui. Il tourne la tête, voit Fulvio, jambes écartées, bras tendus, ajuster son arme. Il lâche Véra, qui hurle de rage, tente de se retourner, de saisir son Colt perdu dans les draps défaits.

– Véra, pousse-toi !

Elle se laisse glisser sur le côté en gémissant. MacFerson est assis sur le lit, sa main est proche de la crosse de son arme quand la première balle l'atteint en pleine poitrine. La deuxième fait exploser son cœur. La troisième le rate, se fiche dans un montant du lit. Mais il est mort avant que sa tête ne retombe sur l'oreiller et sa taie de dentelle.

D'un coup de botte, Fulvio pousse le cadavre entre le lit et le mur de la chambre. Il glisse tel un pantin désarticulé, bouche ouverte, yeux révulsés. Le jeune homme tire d'un coup sec le couvre-lit et le jette dessus. De l'autre côté, Véra s'est relevée en s'accrochant aux montants du lit à baldaquin. Elle reprend son souffle, passe la main dans ses cheveux, referme son peignoir de soie.

– Ma chérie ! Ça va ? Il t'a...

– Non, tu es arrivé à temps. Je le savais, je l'avais lu dans ses yeux, ce porc. Je te l'avais dit. J'étais dans mon cabinet de toilette. Quand j'ai entendu du bruit, c'était trop tard, il était dans la chambre.

Elle ramasse sur le tapis son petit pistolet Derringer à crosse de palissandre.

– J'ai eu le temps de l'attraper dans la commode, mais il n'était pas chargé. Il m'a désarmée et jetée sur le lit.

Elle va cracher sur le corps immobile, le frappe à coups de pied quand Fulvio la prend dans ses bras, attire sa tête dans le creux de son cou.

– Arrête. C'est fini. Il faut se calmer et réfléchir. C'est un homme puissant. La première chose à faire est de cacher son cheval. Où est l'écurie ?

– Dans la cour, derrière.

– Habille-toi. Prépare un sac de voyage, pas trop gros. Je descends m'occuper du cheval.

– Un sac de voyage ? Pour aller où ?

– Tu as vu ce qui se passe en ville ? La seule solution, ce serait d'attendre la nuit et de l'enterrer discrètement, dans le jardin, puis de partir. Au moins pour quelque temps. S'ils apprennent qu'un notable écossais, le plus gros vendeur d'alcool de la ville, l'ami des crapules et des politiciens, a été tué par un Italien ou une mulâtre, nous risquons la corde. Tu n'as pas vu les pendus sur la place Jackson ?

– Tout quitter ? La Nouvelle-Orléans ? Ma troupe ? Mon spectacle ? Toute ma vie est ici. J'ai travaillé assez dur...

– Je sais. Mais si nous ne partons pas, ils vont nous pendre. Je vais trouver une idée. Je descends cacher le cheval. Prépare-toi. Nous n'avons pas beaucoup de temps.

Dans l'entrée, Romuald s'est relevé, toujours bâillonné, les bras attachés au fauteuil qu'il porte comme une tortue sa carapace. Fulvio le libère.

– Les coups de feu ? Madame ?

– Elle va bien. Tu habites ici ?

– Juste à côté, la cabane derrière.

– Enferme-toi. N'en sors pas avant demain. Ce n'est pas le moment pour un Noir d'être vu dans les rues. Tu sais ce qui se passe en ville. Tiens, voici dix dollars. Non, quinze. Mme Véra et moi allons partir quelque temps. Il ne faut pas t'inquiéter. Et surtout ne dis à personne ce que tu as vu. Ne monte pas dans sa chambre. Tu étais enfermé chez toi, tu avais peur. Tu n'as rien vu, rien entendu, compris ?

– Oui, monsieur Fulvio. J'espère que vous l'avez tué, ce méchant homme.

– Tais-toi. Fais ce que je te dis.

Fulvio observe la rue depuis le jardin. Personne. Il détache l'alezan, qui le suit sans rechigner à travers le parc, vers l'étable. Fulvio attache la bête dans un box, lui donne une brassée de foin, dénoue la sangle de la selle et la jette dans un coin, la cache avec une couverture. Il sort de l'écurie, s'apprête à traverser la cour quand il aperçoit, entre les arbres, trois hommes à cheval approcher de la grille d'entrée. Il se faufile derrière un pilier, les observe. L'un d'eux désigne la maison, fait un signe aux autres.

– C'est là. Il doit y être encore. C'est quoi, ce buggy de richard ? Il appartient à la négresse ? Je ne vois pas l'alezan du patron. Bizarre. Je vais voir.

Il met pied à terre, attache sa monture au poteau. Il porte deux revolvers à la taille, assez bas, à la manière des tueurs à gages. En reconnaissant les hommes de MacFerson, Fulvio contourne la maison et entre par la cuisine. Il grimpe quatre à quatre les escaliers, arrive dans la chambre où Véra remplit de vêtements une malle-cabine.

– Laisse tomber les bagages, ils sont là.

– Qui ?

– Les gars de l'Écossais. Viens vite. Il faut filer par-derrière.

172

Il la prend par la main, ils dévalent les marches, pénètrent dans la cuisine au moment où s'ouvre la porte d'entrée.

– Patron ? Monsieur MacFerson ? Il y a quelqu'un ?

Fulvio tourne doucement la poignée de cuivre de la porte donnant sur le parc, fait passer Véra, ne la referme pas pour ne pas faire de bruit. Ils courent vers la partie broussailleuse du jardin, grands pins et fourrés mal taillés, où la jeune femme, qui loue la maison depuis près d'un an, n'a jamais mis les pieds.

– Il doit y avoir un accès sur la petite rue derrière.

Une porte est à moitié cachée sous des branches basses, n'a pas été ouverte depuis des lustres, refuse de bouger. Fulvio fait sauter une planche d'un coup de talon. Ils se glissent dans la ruelle qui serpente entre les parcs des belles demeures du quartier, se donnent la main pour courir. Véra est gênée par sa longue robe. Ils entendent l'écho de cris dans leur dos, deux coups de feu. Ils ont trouvé le corps. Fulvio ralentit le pas, s'arrête.

– Ça va être compliqué de quitter la ville. Il faut éviter les grandes rues, le centre, ma maison, les bureaux sur le port. C'est là qu'ils vont aller. Le shérif était à sa botte, la garde nationale est partout.

– Mais c'est moi qu'ils cherchent, non ? Comment peuvent-ils ?

– Et mon buggy, attaché devant ta maison ? Tu crois qu'il y en a beaucoup comme celui-là ici ? Toute la ville sait que nous sommes ensemble, ça fait assez de jaloux. Ils doivent être en train de rameuter les flics, les hommes de l'Écossais. Vitto. Il est certainement encore à la pension. Elle est tenue par des Italiens, ils ne nous donneront pas. Viens. Ce n'est pas loin.

Ils passent d'une arrière-cour à l'autre, se cachent au moindre son de sabot ou de charrette, ne croisent que quelques personnes qui ne se méfient pas de ce couple se tenant la main et parviennent devant la pension Olivieri, montent les marches. Vittorio est dans le hall, sacoche de toile en bandoulière, prêt à partir pour le port.

– Monsieur Gritti ? Mademoiselle Véra ? Que se passe-t-il ?

– Nous avons un problème. Grave.

– Allons dans ma chambre.

Fulvio lui raconte la tentative de viol, comment il a tué MacFerson, ses hommes en chasse.

– Légitime défense ? Tu rêves. La parole d'un dago contre celle du roi de Storyville ? Avec une danseuse noire comme témoin ? Il faut fuir la ville avant qu'ils ne nous attrapent, ou c'est la corde.

– Ne bougez pas d'ici. Quelqu'un vous a vus ?

– Je ne crois pas.

– Je vais en parler à Mme Olivieri, elle ne trahira pas des Italiens.

– Il faudrait que tu ailles au bureau. Derrière le grand tableau il y a un coffre qui contient au moins deux mille dollars. Voici les clefs, prends tout. Même si les hommes de ce truand surveillent les lieux, toi, tu n'éveilleras pas les soupçons. Il faut que nous quittions la Louisiane le plus vite possible. Ils vont inspecter les trains et les diligences. Trouve-nous des chevaux. Nous partirons de nuit.

– Patron, il n'y a que quatre routes partant d'ici, à travers les marais. Elles vont être surveillées.

– Le fleuve ?

– Ils vont contrôler les steamers, mais avec une barque, peut-être. Pour l'instant, je file récupérer le fric et vous ne sortez pas de la chambre. Je demande à Mme Olivieri de vous apporter quelque chose à manger.

Vittorio remarque, sur les quais, des visages inconnus, des hommes à pied ou à cheval qui posent des questions. Le port tourne au ralenti, les dockers noirs restent terrés chez eux, peu de navires sont amarrés aux pontons. Trois bateaux à vapeur attendent, pour remonter le Mississippi, de trouver la main-d'œuvre pour terminer leur chargement. Un adjoint du shérif reconnaît Victor Water, lui demande s'il sait où est son patron, s'il l'a vu ce matin. Vitto lui répond que Fulvio devait s'absenter et que lui doit se rendre à l'entrepôt. L'adjoint le laisse passer tout en le sommant de le prévenir s'il voit son patron.

Dans les locaux de la Gritti Import Inc., Vitto croise deux jeunes Napolitaines, fraîchement débarquées et qui ne parlent pas encore anglais, balai à la main, et trois dockers qui, assis sur des caisses, attendent les instructions du jour. Dans le bureau du patron, il décroche le tableau, une vue de Palerme au crépuscule, tourne la longue clef plate dans la serrure du coffre-fort et ouvre la porte. La première chose qu'il voit est un revolver. Flambant neuf, dans son étui d'ébène et satin rouge. Il le glisse dans son dos et met deux boîtes de balles dans la poche de son pantalon. Il range huit liasses de billets et une dizaine de pièces d'or dans une enveloppe, emporte aussi une fine chemise de cuir, des documents dont le patron aura peut-être besoin, Dieu sait quand il pourra revenir à La Nouvelle-Orléans. Je dois partir avec eux. Les lieutenants de Mac-Ferson m'ont vu avec lui, les deux flics jumeaux avec leurs têtes de squales aussi. Ils vont me tomber dessus dès qu'ils comprendront qu'il a filé avec Véra. Il n'y a pas de justice pour les Siciliens. Ils me colleront le meurtre sur le dos pour avoir un coupable à pendre. C'est l'occasion de quitter la ville, cette chaleur affreuse, ces marais et les épidémies de fièvre jaune. De partir pour la Californie, de redevenir pêcheur ou pourquoi pas chercheur d'or. Je ne suis pas venu au Nouveau Monde pour passer mes journées à compter des caisses de vin. Je vais lui en parler. Mais il faut d'abord trouver un moyen de filer sans attirer l'attention. Il faut remonter vers le nord. Embarquer sur le fleuve, mais pas d'ici.

Avec une petite fortune dans sa sacoche taillée dans un sac de coton, l'arme sous sa chemise, Vittorio quitte l'entrepôt d'un pas affairé. Sur le quai des steamers, il remarque deux hommes portant sur la poitrine l'étoile de shérif adjoint postés devant chaque passerelle et qui demandent aux rares passagers leurs papiers d'identité. Il aperçoit, monté sur un grand cheval blanc, l'un des jumeaux policiers, bifurque derrière un mur de caisses et de sacs de café pour l'éviter. Pas moyen d'approcher du port, il va falloir trouver une autre solution. Il fait des détours, regarde par-dessus son épaule, s'arrête puis repart en sens inverse pour s'assurer qu'il n'est pas suivi jusqu'à la pension. Il ouvre doucement la porte de sa chambre. Fulvio est assis sur une chaise, près de la fenêtre, son arme pointée devant lui, qu'il baisse immédiatement. Véra dort.

– Tout s'est bien passé ? Tu as l'argent ?
– Le voici. J'ai aussi pris le revolver et ces documents. Il y a des *carabinieri* et des hommes de l'Écossais partout. Ils surveillent le port, les steamers, les quais.

– Ce doit être la même chose à la gare. Comment faire ? Si nous mettons un pied dehors, ils nous tombent dessus.

– J'ai peut-être une idée. L'un des pensionnaires est un Noir du bayou, comme ils disent. Il racontait l'autre soir qu'il a grandi sur les rives du lac Maurepas, entre ici et Baton Rouge. Quand il retourne voir sa famille deux fois l'an, il s'y rend en pirogue, avec des rameurs indiens sur le lac Pontchartrain, qui communique avec le Maurepas. D'après ce que j'ai compris, ils embarquent à la sortie de la ville, juste après Metairie. Il n'y a aucun contrôle, c'est pour ça que les Noirs et les Indiens préfèrent le lac.

– Comment sais-tu qu'il serait prêt à nous aider ? Qu'il ne nous dénoncera pas ?

– Je lui ai sauvé la vie quand des Blancs s'apprêtaient à le lyncher. S'il est là ce soir, il nous aidera.

Véra se réveille, s'assied sur le lit.

– Fulvio, qu'allons-nous devenir ? Il faut que je prévienne la troupe, mon régisseur…

– Non. Nous allons trouver un moyen pour nous rendre à Baton Rouge. Là, nous prendrons un train vers le nord, Memphis ou Saint-Louis. En attendant, personne ne doit savoir où nous sommes. Vittorio connaît quelqu'un qui nous fera sortir de la ville en pirogue, par le lac.

– Je vais voir si Bob Landry est rentré. C'est le Noir du Bayou dont je vous ai parlé. Je demande à Mme Olivieri de monter voir avec Mlle Véra ce dont elle a besoin. Ne vous approchez pas de la fenêtre, elle donne sur la cour d'un cabaret où se réunissent les lyncheurs.

Le soir tombe sur La Nouvelle-Orléans. Des bandes de Blancs armés, avec des torches et des lampes à pétrole, sillonnent les rues, tapent à coups de gourdin sur les portes des maisons dans les quartiers noirs, tirent en l'air ou parfois sur des fenêtres allumées. Les bars du Vieux Carré, les bordels de Storyville sont déserts, rarissime pour un vendredi soir. La rumeur rapporte que le fameux Robert Charles a été enfumé, comme un renard dans son terrier, dans la maison du quartier Lafayette où il s'était barricadé et qu'il a été abattu dans la rue où il est sorti pour ne pas être asphyxié. Il aurait tué deux ou trois autres policiers avant de mourir. La chasse à ses complices, même si personne ne sait s'il en a vraiment, continue ; des Noirs surpris au mauvais endroit sont criblés de balles ou pendus à des lampadaires, sans que la Garde nationale intervienne, ou trop tard.

Bob Landry a passé la journée à la fenêtre de sa chambre, au deuxième étage de la pension. Il a vu les armes, les bâtons et les chevaux, les flammes, la haine et la colère. Il dégaine son coutelas indien quand trois coups résonnent à sa porte.

– Bob, c'est moi, Vic. Victor Bevi… Water. Tu es là ?

– Entre.

Sans révéler le meurtre de MacFerson, Vittorio lui dit qu'il cherche comment sortir de La Nouvelle-Orléans, avec son boss et sa fiancée, sans attirer l'attention.

– Mon patron a de gros ennuis avec des gens puissants, qui veulent se servir de ce qui se passe en ville pour lui régler son compte. Les canoës indiens du lac Pontchartrain, dont tu as parlé l'autre jour au dîner, ils sont là tous les soirs ?

– Non. C'est de la contrebande d'alcool. Ils viennent quand il y a un chargement. Avec les violences et les lynchages, ils vont éviter d'approcher. Mais je sais comment les contacter. Il faudrait partir quand ?

– Le plus tôt possible.

– Je peux envoyer un messager. Impossible cette nuit, c'est trop tard, mais demain peut-être. J'avais prévu de quitter la ville, de toute façon, après ce qui m'est arrivé. Je vais aller pour quelques jours, ou même plus longtemps, chez les miens, dans le bayou. Tu m'as sauvé la vie, Vic. Je vais vous aider. Une fois sortis d'ici, où comptez-vous aller ?

– Vers le nord. Le chemin de fer pour Memphis, ou même Saint-Louis.

– Il y a une piste à travers les marais qui a été tracée par les Indiens Chitimacha, elle était empruntée par les esclaves en fuite. Les Blancs ne la connaissent pas, à part quelques chasseurs d'alligators. Je vous fournirai un guide, un garçon de mon village, il faudra lui donner un peu d'argent.

– C'est loin ?

– Une trentaine de miles, en canoë et à pied. Une journée, ou une nuit. Le problème n'est pas là-bas, c'est ici. Il faut que les Indiens du Pontchartrain soient au rendez-vous, et que nous puissions arriver jusqu'à la rive du lac sans nous faire arrêter. Toi, tu peux sortir dans la rue ?

– Oui, en étant prudent. Ils ne me recherchent pas encore et je ne suis pas assez noir pour être lynché au hasard, dit Vitto.

Landry ouvre le tiroir de sa table, en sort une amulette, un morceau d'os d'alligator recouvert de fils de couleur et d'un lien de cuir.

– Il faut que tu ailles à une adresse que je vais te donner, à Treme. Ils doivent être barricadés chez eux, ils auront peur, mais si tu leur montres ça, ils sauront que tu viens de ma part. Tu demandes à parler à Cornélius. Il fait des affaires avec les Indiens Atacapa, des frères et des cousins qui connaissent le lac comme le fond de leur pirogue. Je suppose que ton boss a de quoi payer ?

– Bien sûr.

– Alors, dis à Cornélius d'organiser un rendez-vous dans la nuit, demain. Très tard, deux heures avant l'aube. C'est le bon moment pour naviguer sur le lac, quand ces brutes blanches cuvent leur whisky. Nous devrons trouver un moyen de gagner Bucktown, c'est là qu'ils accostent d'habitude, je connais le coin.

30

La Nouvelle-Orléans (Louisiane)

Juillet 1903

Emmaillotées de peaux de daim, les pagaies plongent en silence dans les eaux du lac. Nuit sans lune. Deux canoës surgissent de l'ombre et touchent la grève, près du débarcadère à demi effondré du boulevard Bonnabel. Les Indiens sautent par l'avant, dans l'eau jusqu'aux genoux. Les deux autres lèvent de vieux fusils à pierres, scrutent la plage où rien ne bouge. Quand ils entendent un cri de hulotte, imité par le contrebandier qui accompagne Fulvio, Véra, Vittorio et Bob Landry, l'un d'eux répond. La voie est libre. Ils tirent les embarcations sur le sable. Trois coups contre le flanc de la charrette : Landry soulève les bâches et les filets puant le poisson sous lesquels ils se sont cachés pour descendre par des rues désertes à quatre heures du matin jusqu'à la rive du lac. Ils n'ont croisé que deux sentinelles de la Garde nationale à moitié endormies, qui ont à peine remarqué cette carriole à bras tirée par un Indien et son fils, des pêcheurs de toute évidence, en route pour le plan d'eau aux dimensions de mer intérieure. Fulvio aide Véra à descendre. Elle est habillée en homme, pantalon de toile brute, bottes texanes, chemise de coton brun, casquette de cheminot.

– Ça va, ma chérie, malgré cette odeur ?

– J'ai grandi dans un village de pêcheurs, à Antigua, alors arrête avec ton odeur de poisson. Elle me dérange moins que toi.

– Par ici, dit Landry.

Il donne l'accolade à l'un des piroguiers, lui parle dans une langue inconnue des Siciliens et de la fille des Caraïbes.

179

– C'est à lui qu'il faut donner l'argent. Dix dollars par personne.

L'héritier de l'empire Gritti glisse la main dans la sacoche de cuir qu'il porte en bandoulière, en tire une pièce d'or.

– Ça ira ?

– C'est beaucoup trop.

– Ils nous sauvent la vie. Dites-leur que nous les remercions.

Il jette dans la pirogue la plus proche la mallette de vachette fauve dans laquelle Véra a empilé les vêtements que la logeuse lui a trouvés. Fulvio n'a pas de bagages, Vittorio porte sa besace à l'épaule, Bob Landry un sac de café fermé d'une corde. L'armateur et sa compagne montent dans une pirogue, Vitto et le maréchal-ferrant dans l'autre. Des lueurs de lampes à pétrole apparaissent au loin sur la grève.

– Vite ! Cachez-vous sous les couvertures.

Les Indiens poussent les embarcations à l'eau. En quelques coups de pagaie, calmes comme des statues, silencieux comme des spectres, ils glissent sur l'eau sombre, invisibles depuis la rive, jusqu'à un chenal à peine plus large que les canoës qui s'ouvre dans une forêt de roseaux.

– À partir d'ici, nous ne craignons plus rien, chuchote Bob Landry. Les Blancs croient connaître le lac Pontchartrain, mais il y a des univers parallèles qu'ils ne soupçonnent pas. Avec leurs moteurs, leurs armes et leurs gros bateaux, ils ne savent même pas ce qui leur échappe. Les Atacapa et les Chitimacha naviguent sur ces eaux depuis la nuit des temps. Ils ont partagé leurs secrets avec les miens, les Noirs du bayou. Mes ancêtres étaient des esclaves évadés de plantations françaises, sur les deux rives du Mississippi. Ils les appelaient Noirs marrons, nous préférons Gens du bayou. Nous avons vécu longtemps, à l'abri dans ces marécages où ils n'osent pas pénétrer. Là, les chevaux et les fusils ne servent à rien. Les chasseurs d'esclaves se perdaient, se faisaient dévorer par les moustiques, mordre par les serpents, engloutir par les sables. Leurs chiens finissaient dans le ventre des alligators. Je devais avoir dix ou onze ans la première fois que j'ai vu un Blanc. Vous pouvez vous relever. Nous sommes dans les roseaux pour un moment.

Le ciel s'éclaircit à l'est. Un long reptile vert à tête jaune nage à la surface, bouche ouverte, devant la proue du canoë. Fulvio, qui laissait traîner sa main dans l'eau, la retire brusquement. Les Indiens rient. Le chenal dans les roseaux rétrécit par endroits, jusqu'à disparaître. Cela ne trouble pas les piroguiers, qui pour s'orienter regardent vers les étoiles dans le ciel de plus en plus clair. La piste liquide débouche parfois sur des étendues libres, comme des clairières dans une forêt, où l'eau est si limpide qu'aux premières lueurs du jour les carpes et les bancs de poissons lancent des reflets d'argent.

L'Indien à l'avant de la première pirogue se lève, écarte de la main les branchages, se retourne et crie :

– *Yukiti tul'* !

Dix secondes plus tard, l'embarcation sort de la forêt de roseaux. Devant eux, l'immensité des eaux libres, le clapot de petites vagues courtes.

– Qu'a-t-il dit ? demande Vittorio à Bob Landry.

– Ça signifie : le lac indien. C'est ainsi que les Atacapa désignent cette partie du Pontchartrain où les Blancs ne s'aventurent pas, à part quelques bateaux de pêche de temps en temps ou des patrouilles de la Navy. Nous n'avons plus rien à craindre. Tu vois la rive droite devant, au loin, les taches sombres ? Ce sont des forêts de pins. Juste après c'est l'entrée du lac de Maurepas, à moins de deux heures. Ensuite, mon village. Nous y serons avant midi.

Un rameur range sa pagaie, attrape entre ses pieds un panier de joncs tressés, en sort des morceaux de poisson séché. Il croque dans la chair, tend par la queue un loup de mer, que le soleil a racorni et teinté d'orange, à Vittorio, qui le remercie d'un signe de tête. Un autre pour Bob Landry, puis l'outre d'eau douce. Le Sicilien propose, par gestes, de remplacer le rameur, qui refuse en souriant. Il plonge la main dans le courant, la porte à sa bouche : saumâtre, presque buvable. Le soleil se lève à l'autre bout du lac, la température monte d'un coup. Les Indiens pagaient en rythme et en silence, avec la force, la souplesse et la grâce d'une longue habitude. Ils portent des pantalons de toile, achetés aux commerçants blancs de Baton Rouge, des mocassins et des débardeurs de peaux tannées, des tatouages tribaux sur les bras et les épaules. L'un d'eux, plus âgé, a fixé une plume d'aigle pêcheur dans ses cheveux, deux autres ont des tresses, le quatrième s'est tondu la tête, à l'exception d'un petit toupet sur le haut du crâne, attaché par un lien de cuir teint en rouge décoré d'un os d'alligator. Le vent du sud porte des odeurs de vase, de résine et de marais, fait se lever de courtes vagues à la surface du lac. Il pousse les canoës vers la rive ouest du Pontchartrain. Les forêts de pins et de cyprès se détachent sur un ciel piqué de nuages ronds, comme dessinés par un enfant. Le rameur de tête, sur la pirogue de Vitto et Landry, relève sa pagaie, tend le bras et désigne l'embouchure d'une large rivière, entre des saules pleureurs. Bob précise que c'est l'entrée du lac de Maurepas. Elle semble proche, mais de puissants courants les ralentissent et ils ne parviennent qu'au bout d'une heure à la passe où se mélangent des eaux de couleurs différentes. Ils se glissent entre des pièges à poissons, branches et feuilles tressées, aussi hauts que des murs, surveillés par des adolescents qui les saluent depuis les berges. Moins profond, le lac de Maurepas paraît plus boueux, mangé de mangroves et de champs de roseaux, bordé d'arbres immenses, cathédrales végétales d'où pendent, comme des chevelures d'ange, de longs lichens baptisés par tous, y compris les Atacapa, la barbe espagnole. Seuls les vieux se souviennent encore du mot indien. La forêt s'éclaircit, les berges, où poussent du maïs et des patates douces, sont divisées en parcelles séparées par des murets de pierres et des roseaux. Des femmes noires vêtues de pagnes lèvent la tête, posent leurs bêches et observent les canoës, rassurées de reconnaître les rameurs. L'une d'elles s'exclame en apercevant Bob Landry, qui s'est levé et lui fait signe. C'est une de ses cousines. Elle jette son outil et part en courant vers le village, dont les cases de planches et de roseaux tressés, surmontées d'un trait de fumée, apparaissent derrière une presqu'île.

– Mon village. Nous étions nombreux, quand j'étais enfant. Mais, comme moi, de plus en plus de jeunes préfèrent la ville. La vie dans le bayou est dure, tout le monde ne veut pas être pêcheur ou chasseur d'alligator. Les Blancs construisent une piste à travers le marais à la sortie de Baton Rouge, elle arrivera bientôt jusqu'ici, à ce qu'on dit. Alors, ce sera la fin des Gens du bayou.

– C'est par là que nous allons partir ? demande Fulvio.

– Non. Ou alors tout à la fin, quand on atteindra la ville. Il y a des contrôles de police parfois, on ne sait jamais. Vous allez prendre l'ancien chemin, à pied et en canoë, par la forêt. C'est plus sûr.

Une dizaine de Noirs en pagnes ou pantalons coupés sous les genoux se pressent sur le ponton de rondins bruts. D'un bond, Bob Landry les rejoint, étreint une femme aux tempes grises, passe une main affectueuse sur la tête de jeunes enfants.

– Ma mère, mes cousins. Ma', voici des amis italiens, de la ville. Les Blancs ont recommencé leur chasse aux Noirs, là-bas. L'un des nôtres aurait tué des policiers, je ne sais même pas si c'est vrai. Nous sommes traqués comme des animaux. J'ai pensé qu'il était plus prudent de revenir au village, le temps que ça se calme. Ils s'en prennent aussi à ceux qu'ils appellent les dagos, les Italiens, alors ils sont venus avec moi. Ils vont partir pour Baton Rouge.

– Tes amis sont les bienvenus, mon fils. Tu sais que le bayou a toujours été un refuge, pour les nôtres, mais aussi pour tous ceux que ces tueurs blancs pourchassent. Je me demande comment tu fais pour vivre parmi eux, pourquoi tu as quitté les tiens.

– Ils ne sont pas tous mauvais, Ma'. Certains seulement, mais avec l'alcool et la violence... Parfois, ça déborde.

– Ils ont tué beaucoup de Noirs, cette fois ?

– Je ne sais pas exactement. J'ai vu des corps pendus aux arbres et aux lampadaires, d'autres achevés à coups de bâton. Vittorio, c'est lui, m'a sauvé la vie. Ils étaient sur moi comme une meute de chiens, il a sorti son couteau et a coupé la corde avec laquelle ils allaient me pendre. C'est un brave.

– Que le Seigneur te garde ! Tu es ici chez toi. Et toi, mon Robert, tu as eu raison de revenir parmi les tiens. Tu vas rester là jusqu'à ce que leur fièvre de mort se calme. Venez, les galettes de maïs sont prêtes.

Les quatre rameurs Atacapa saluent d'un geste, pointent la proue de leurs canoës vers le lac et repartent ; leur campement est à une heure de là. La petite troupe suit la berge et pénètre entre les cases.

Une fillette marche à côté de Véra, lui caresse la main, si douce et à la peau si claire, comme du caramel, une couleur qu'elle n'a jamais vue. La jeune femme lui sourit. Vittorio regarde les claies de bois où sèchent des filets, ce sont des tresses de chanvre sauvage en forme de nasses, si différents de ceux qu'il utilisait en Sicile. Les pirogues, au lieu d'être faites de peaux tendues sur des châssis de bois comme celles des Indiens, ont été creusées dans des troncs, brûlées à l'intérieur. Une méthode importée d'Afrique, se dit Vittorio. C'est un village de pêcheurs, comme Marettimo. Ça fait plus d'un an que j'ai abandonné mon bateau et le port. Comment vont les filles ? *Mama* ? De quoi vivent-elles ? À cause de moi, elles ont dû renoncer à l'école. Que font-elles ? Sont-elles devenues servantes, à Palerme ou Trapani, comme tant d'autres filles pauvres des Égades ? Employées à la *tonnara* de Favignana ? Elles sont trop jeunes pour se marier. Il faut que je trouve un moyen de leur envoyer de l'argent. Je vais en parler à Fulvio. Il saura comment faire. Il faut que je m'assure que ça ne permettra pas au *fontaniero* de remonter jusqu'à moi. Fontarossa... Et Ana ? Elle a dû m'oublier. Elle est peut-être mariée, heureuse. Sa famille lui aura sans doute trouvé un mari pour éviter le scandale. Elle est peut-être déjà enceinte. Mais tout ça, c'est de l'histoire ancienne. Il faut que je parle à Fulvio. J'espère qu'il ne va pas vouloir que je retourne à La Nouvelle-Orléans pour gérer les affaires des Gritti. Si je remets les pieds là-bas, c'est la prison ou la corde. Je lui en parlerai quand nous serons à Baton Rouge. Il faut que j'aille en Californie.

Sous un auvent central au toit de roseaux tressés, ils prennent place autour d'une table de fins rondins liés par des lianes. Les galettes de maïs cuisent sur des pierres plates, des jeunes filles en pagnes colorés servent des filets de poisson, frais et séché, des légumes que les Siciliens n'ont jamais vus – de longues racines ocre –, un panier de baies sombres et de prunes sauvages. Landry raconte les événements de la grande ville, dit qu'il n'y retournera pas avant qu'un visiteur n'assure que les choses se sont calmées. Jusqu'à la prochaine fois.

– Il est trop tard pour vous mettre en route, il faut une journée de marche et de pirogue pour Baton Rouge. Vous partirez demain. Vous pouvez vous installer dans la longue case. C'est celle des voyageurs. Tommy, le plus grand des trois jeunes qui coupent le bois, là-bas, vous accompagnera. Il connaît la piste.

Le repas s'étire jusqu'au milieu de l'après-midi. Des pirogues arrivent, repartent, les pêcheurs apportent des poissons frétillant dans les paniers. Deux jeunes gens, sourire aux lèvres, traînent derrière eux, attaché par la queue, un alligator de belle taille. Ils ont ligoté son museau avec une liane. L'animal remue, gigote. Un homme d'âge mûr, qui jusqu'alors était resté à l'écart et n'avait pas participé au repas, approche, un couteau effilé à la main. Il le pose sur le sommet du crâne du saurien, tape d'un coup sec sur le manche de son arme. La bête est foudroyée, sursaute et meurt. Les deux jeunes chasseurs suspendent l'animal tête en bas à la branche d'un chêne. Ils l'éventrent, lancent les viscères aux chiens jaunes qui attendaient en jappant, puis l'écorchent et découpent sa chair en morceaux qu'ils jettent dans des paniers.

Quand le soleil descend sur le bayou, des adolescents allument un feu de bois et de roseaux dans un foyer entouré de pierres plates ; chacun prend place. Des nuages de moustiques s'abattent sur le village, avec une prédilection, semble t il, pour les nouveaux venus qui giflent l'air autour de leurs têtes et se font dévorer les mollets. Dans l'espoir de leur échapper, Fulvio et Véra sont les premiers à se réfugier dans la case des invités. Ils s'allongent sur une natte de roseaux tressés, se couvrent les jambes de chemises de coton et s'endorment, épuisés par la journée. Vittorio écoute, devant les flammes, les récits de pêche et de chasse à l'alligator, traduits par Bob Landry. Puis le maréchal-ferrant se lève et rejoint, dans sa case, une jeune femme qui le regardait en souriant depuis son arrivée dans le village. Le Sicilien pénètre sur la pointe des pieds dans la grande hutte, où Fulvio et Véra dorment enlacés. Il enlève ses brodequins, se couche, les deux mains derrière la nuque, et s'endort.

Les coqs sonnent le réveil avant l'aube. Des jeunes filles soufflent sur les braises et rallument les feux ; les garçons partent, mâchant des galettes de maïs, relever les pièges à poissons et ramasser des huîtres sauvages. Les Italiens rassemblent leurs affaires, retrouvent Bob Landry à la table commune. Il sirote une infusion de racines sucrée, leur tend un plat de poisson séché, refuse tout paiement ou récompense.

– Je serais parti de toute façon. Ma dette envers Vittorio est éternelle. Si vous voulez un conseil, ne remettez jamais les pieds à La Nouvelle-Orléans. Les Blancs sont rancuniers, leur prétendue justice n'avantage qu'eux-mêmes. Tout votre argent ne vous protégera pas, Fulvio. Si votre famille, dans votre pays, est aussi riche qu'on le dit, retournez-y.

– Nous allons prendre le train pour Saint-Louis. De là, nous aviserons. Vous êtes sûr que je ne peux pas laisser quelque chose, pour le village, en remerciement pour votre accueil ?

Bob interroge deux anciens du regard, qui acquiescent d'un mouvement de tête.

– Peut-être une bêche ou deux, pour les femmes qui travaillent la terre. Si vous voulez les acheter à Baton Rouge et les donner à Tommy, ce serait d'une grande aide. Les outils de bois noircis au feu cassent trop vite.

– Vous en aurez cinq si nous les trouvons au General Store.

Ils quittent le village, accompagnés de deux jeunes gens torse nu, Tommy et Joseph, armés de machettes. La piste serpente d'abord entre les parcelles cultivées, les carrés de maïs et d'igname, puis continue entre les arbres barbus. Le sol devient souple puis spongieux, la forêt fait place à des marécages, champs de roseaux où ils s'enfoncent jusqu'à la cheville, puis jusqu'au mollet. Tommy ouvre la voie, son compagnon ferme la marche. Au bout d'une heure, un immense chêne se dresse devant eux, seul sur un monticule au milieu des marais.

– C'est le *Tree of life*, l'arbre de vie, dit Tommy dans un anglais hésitant.

Le tronc plusieurs fois centenaire est décoré de motifs indiens, de plumes, d'amulettes, de cordages colorés, de morceaux de bougies éteintes. Là, le marais est plus profond, s'est transformé en un plan d'eau saumâtre d'où partent des rivières entre les roseaux. Un vieil homme somnole dans son hamac, en descend en les entendant arriver. Sur son visage parcheminé, couleur tabac brun, ses yeux clairs brillent sous des paupières à demi closes. Ses longs cheveux, gris et blancs, forment des paquets hirsutes, emmêlés de feuilles et d'aiguilles de pin. Noir ou indien ? Difficile à dire, sang-mêlé en apparence. Un tatouage en forme de serpent monte de son poignet à l'épaule. À sa ceinture, un fourreau de cuir tressé décoré de pierres rouges contient sa machette longue comme une épée. C'est le gardien des quatre pirogues, tirées sur le sable près de lui. Il reconnaît Tommy. Après quelques phrases dans une langue inconnue, le vieux désigne l'embarcation la plus grande.

– Nous sommes encore loin de Baton Rouge ? demande Fulvio.

– Trois ou quatre heures de navigation, puis environ deux heures à pied.

– Il faut payer, pour le canoë ?

– Non, celui-ci nous appartient. Mon père et mes oncles l'ont fabriqué. Il y a des canoës indiens et des pirogues des Gens du bayou. Le vieil Omer en est responsable, je l'ai toujours vu ici depuis que je suis enfant. C'est un grand chaman. Certains disent qu'il commande aux aigles pêcheurs et à une légion d'alligators. Il sait tout ce qu'il se passe, il connaît le nom des serpents, le secret des plantes. L'arbre de vie est le carrefour le plus important de la région, quand on n'est pas blanc.

Tommy détache de sa ceinture une bourse de cuir remplie d'une poudre brune, la remet au vieil homme. Il la soupèse, l'ouvre, la referme et désigne d'un signe de tête la plus longue des embarcations. Il a une jambe plus courte que l'autre et marche en claudiquant jusqu'à un coffre de branches tressées. Il en sort trois pagaies indiennes, manches sculptés et pelles pointues, qu'il tend à Tommy, et leur dit de monter à bord. Les Italiens s'installent au centre, le jeune Noir à l'avant, Joseph à l'arrière. Le vieil Omer pousse la pirogue du pied, avec une force étonnante pour son âge. Ils glissent sur l'eau noire vers un chenal en direction de l'ouest. Vittorio s'empare de la troisième pagaie, se cale au milieu du banc et, trois coups d'un côté, trois coups de l'autre, adopte le rythme des deux rameurs. Ils s'enfoncent dans le marais, qui peu à peu rétrécit jusqu'à devenir une rivière, bordée de roseaux puis d'alignements de cyprès.

187

Véra enlève sa casquette, agite la tête, passe la main dans ses cheveux, cherche une position moins inconfortable sur la planche de bois brut.

– Quand crois-tu que nous pourrons retourner à La Nouvelle-Orléans ? demande-t-elle à Fulvio.

– Je ne sais pas, ma chérie. La mort du roi de Storyville ne va pas passer inaperçue. Nous allons être recherchés dans toute la Louisiane. Il faut que nous arrivions dans l'Arkansas ou le Tennessee le plus vite possible. Les polices des États ne collaborent pas beaucoup dans ce pays. Je m'en suis rendu compte en janvier quand un de mes employés a volé une grosse somme et n'a eu qu'à filer à Jackson, dans le Mississippi, pour se mettre à l'abri. Le principal client de la maison Gritti est à Saint-Louis, je pourrai récupérer auprès de lui tout l'argent nécessaire. C'est une grande ville, il y a de bons hôtels, j'y suis allé deux fois. Nous nous y installerons et nous aviserons. Mais je crois qu'il faut que tu te prépares à l'idée de ne jamais revoir La Nouvelle-Orléans...

– Jamais, vraiment ?

– Comment veux-tu que nous prenions un tel risque ? S'ils nous attrapent, je ne suis pas sûr qu'ils organisent un procès. La négresse et le dago...

– Ne me traite pas de négresse !

– Mais pas du tout, mon amour. J'imagine simplement les titres de certains journaux en Louisiane. Tu vis dans ce pays depuis plus longtemps que moi, tu devrais le savoir. Attends, je pense à quelque chose... Es-tu déjà allée à New York ?

– Jamais. Mes parents ont débarqué à La Nouvelle-Orléans quand j'avais douze ans. Je ne suis sortie qu'une fois de l'État.

– Nous pourrions y aller quelques semaines, le temps de visiter la ville. Qu'en dis-tu ?

– Avec plaisir. Nous pourrions aller au théâtre, à Broadway ?

– Tous les soirs, si tu veux. Et dans les plus grands cabarets du pays.

– Je n'ai aucune envie de croupir dans un hôtel de Saint-Louis, mais si Broadway est au bout de cette rivière, passe-moi une rame ! J'en rêve depuis que j'ai quinze ans.

– D'après ce que j'ai lu, la ligne de chemin de fer est la meilleure de l'Union. Nous y serons en deux jours, peut-être moins.

Le chenal serpente dans les roseaux, le bruit des pagaies provoque devant eux des vols d'oiseaux multicolores, de hérons aux longues pattes. Soudain, après un méandre, il débouche dans une rivière d'une dizaine de mètres de large, aux berges bien marquées, entourées de champs de maïs et de tabac.

– C'est l'Amite. Dans deux heures, nous serons à Shenandoah, dit Tommy. C'est près de Baton Rouge, nous y laisserons la pirogue.

Ils doivent désormais pagayer à contre-courant. Vittorio peine à suivre les deux Indiens qui accélèrent la cadence, ses bras et son dos sont douloureux. De petites embarcations de pêche, voile carrée à l'avant, deux ou trois hommes à l'arrière, descendent la rivière vers le lac Maurepas, sans un regard pour le canoë. Les Noirs du bayou ont toujours transporté hommes et cargaisons dans la région, cette pirogue n'a rien de suspect. Ils approchent d'un poste de contrôle, cabane de planches posée sur un ponton, sur lequel flotte la bannière étoilée effrangée par le vent. Un homme en civil se balance sur un rocking-chair, fusil à canon court sur les genoux, bouteille de bière à la main, étoile d'argent de shérif adjoint sur la poitrine. Tommy lui fait un signe, il répond en portant deux doigts à la visière de sa casquette, avale une gorgée, se lève et disparaît derrière la cabane. Avant la mi-journée, ils parviennent à des pontons de différentes tailles où sont arrimés des canots, des barques de pêche et même un steamer miniature, construit à l'échelle de la rivière.

– Shenandoah, annonce Tommy. Joseph va rester ici, je vous accompagne jusqu'à la ville. Nous y serons dans deux heures. Moins si vous avez de quoi payer une charrette.

31

Baton Rouge (Louisiane)

Juillet 1903

En voyant ce client inconnu déposer trois pièces de vingt dollars or sur son guichet en échange de billets, l'employé de la Dominion Bank, dans la grand-rue de Baton Rouge, se lève et demande au directeur adjoint de traiter cette requête inhabituelle.

– En billets de dix dollars, monsieur ?

– Dix, cinq et un, s'il vous plaît. Dans une enveloppe.

– Puis-je savoir d'où vous venez ? Nous ne voyons pas souvent des pièces d'or de cette qualité dans notre ville.

– De Floride, en route pour Saint-Louis, pourquoi ?

– Vous avez donc traversé La Nouvelle-Orléans ? Il paraît qu'il s'y passe des choses terribles, des Noirs révoltés tuent les policiers et les honnêtes gens dans les rues…

– Nous n'avons rien vu. Nous avons juste changé de bateau, sans sortir du port.

– Dommage. Vous n'avez pas goûté aux délices de la *Big Easy*. Mais bon, si des sauvages font régner la terreur, vous avez eu raison de rester à bord du steamer à destination de notre belle Baton Rouge, le vrai cœur de la Louisiane. Vous comptez passer quelque temps ici ? Je peux vous indiquer les meilleurs établissements de la ville.

– C'est inutile. Nous prenons le premier train pour Saint-Louis.

– À votre service, cher monsieur…

– Smith. John Smith. Au revoir.

Fulvio Gritti plie en deux quelques billets, les met dans sa poche, glisse l'enveloppe dans sa sacoche de cuir. Il sort de la banque, située au centre de Main Street. C'est une rue de terre battue bordée de commerces, trois hôtels et des restaurants, assoupie à l'heure de la sieste. Quel contraste avec l'animation de La Nouvelle-Orléans, les alignements de bars et de cabarets du Vieux Carré, les rues pavées et leurs tramways, le trafic incessant du port. Ici, le Mississippi est moins large, plus paresseux, ses eaux plus boueuses encore. Le casino flottant de Rory MacFerson est amarré sur l'unique quai de la ville, entre des barges qui disparaissent sous l'empilement des balles de coton. Juste après commencent les champs et les plantations, dans lesquels sont embauchés des Noirs en haillons. Trente-huit ans après l'abolition de l'esclavage dans l'Union, rien ne semble avoir changé pour ces ouvriers agricoles misérables. Ils vivent dans les mêmes baraques de planches disjointes à la sortie de la ville ; travaillent souvent pour un salaire de famine pour le maître blanc qui a exploité leurs parents, devenu leur employeur.

Fulvio va descendre les trois marches du perron de la banque quand il entend un bruit inconnu, le rugissement rauque d'une machine. Il tourne la tête, ne voit d'abord qu'un nuage de poussière d'où émerge un étrange engin : une grosse caisse à savon sur quatre roues de charrette et à l'arrière un moteur à explosion sans échappement qui fume, pète, crache des flammes. Assis à bord, les coudes en l'air, coiffé d'un casque de cuir, sourire aux lèvres, moustaches au vent, un géant blond pousse des cris de joie, les deux mains crispées sur un volant en loupe d'orme. Il passe, à la vitesse d'un cheval au galop, devant la banque. Employés et clients, alertés par le vacarme, sont sortis pour assister au spectacle.

– Qu'est-ce que…

– Ah ça, monsieur Smith, c'est l'une des gloires de Baton Rouge. Notre inventeur local, génie de la mécanique, M. von Siedel. Il possède un atelier naval, mais il teste depuis trois mois cette voiture sans chevaux, avec une nouvelle sorte de moteur de son invention, ou importé d'Allemagne, je ne sais plus. Il assure que c'est l'avenir, et notre établissement est fier de compter au nombre de ses soutiens. Nous lui avons avancé trois cents dollars pour la mise au point de son prototype. Les premiers modèles ont explosé, il a failli y laisser la peau de son dos, mais vous avez vu ? Ils n'ont pas ça à La Nouvelle-Orléans, ni peut-être même à New York ou à Chicago. Ici, dans le Sud, nous entrons dans le nouveau siècle. Dans quelques années, il y aura tant de voitures sans chevaux qu'il faudra en réglementer l'usage, vous verrez. Attention, il revient ! Ne descendez pas dans la rue, le freinage n'est pas encore au point. La semaine dernière, il a écrasé un chien et un cochon.

La machine infernale remonte Main Street dans l'autre sens, sous les bravos des curieux. Les clients de l'hôtel Beauregard sont à leurs fenêtres, les mères de famille tiennent les enfants par la main, un cocher peine à calmer ses chevaux qui ruent dans l'attelage. L'inventeur file vers la zone portuaire, s'engouffre dans un hangar surmonté d'une enseigne Von Siedel Marine Mechanics, actionne le frein à main qui le ralentit à peine, termine sa course dans des bottes de foin empilées à dessein.

Quand la poussière retombe, la circulation des charrettes et des piétons reprend. Fulvio serre sa sacoche sous son coude et se dirige vers le General Store où l'attendent ses compagnons. Véra est installée sous le porche, attablée devant un verre de limonade. Tommy, qui s'est vu refuser l'accès à la boutique, est assis sur les marches de bois. Il se lève à la vue de Fulvio. Vittorio est près du long comptoir de chêne et cuivre où sont posées quatre bêches et deux têtes de pioches. Fulvio montre les outils au jeune Noir.

– Voulez-vous que nous prenions aussi les manches ?

– Non. Nous avons tout ce qu'il faut dans la forêt.

– Saluez M. Landry de notre part. Ne traînez pas trop en ville, avec ce qui se passe à La Nouvelle-Orléans, je trouve que certains vous lancent de drôles de regards.

– Ils nous dévisagent toujours ainsi quand nous sortons du bayou. Avez-vous une facture, au cas où on m'accuserait de les avoir volées ?

– Bien sûr, la voici.

Tommy se dirige vers le fleuve, descend sur la berge et disparaît entre les roseaux.

À la gare, le guichetier leur apprend qu'il n'y a qu'un train par jour pour le Nord, qu'il met une dizaine d'heures pour atteindre Saint-Louis, sans compter un arrêt d'une durée variable et imprévisible à Memphis, et ne part donc que le matin, peu avant neuf heures. Fulvio achète trois billets de première classe, réserve une table à la voiture-restaurant puis hèle un fiacre pour parcourir la petite distance qui les sépare de l'hôtel Beauregard.

– Je peux aller ailleurs, si vous voulez, monsieur Gritti.

– Vitto, s'il te plaît, parle anglais. Ils doivent nous chercher dans tout l'État. Je n'aime pas beaucoup l'idée de passer la nuit ici, mais nous n'avons pas le choix. Nous restons ensemble. Je t'ai pris une chambre donnant sur l'arrière. Commande ce que tu veux pour le dîner, mais n'en sors pas. Nous sommes encore en Louisiane, qui sait s'ils n'ont pas alerté tous les shérifs de l'État par télégraphe. Véra et moi sommes dans la suite numéro un, au deuxième étage. Rendez-vous demain matin, huit heures.

Pour la première fois de sa vie, Vittorio Bevilacqua, Victor Water pour les Américains, pêcheur de sardines de Marettimo, meurtrier d'un *mafioso*, fugitif pour le restant de ses jours, est servi sur un plateau. Un homme en livrée frappe deux légers coups, pose sur un guéridon une omelette au lard et un pichet de bière, attend en vain un pourboire. Demain dans le train, si nous pouvons discuter discrètement, je dirai à Fulvio que je veux partir pour la Californie. Je les ai entendus parler de New York, pas question de les y accompagner. Les *fontanieri* siciliens ont des réseaux dans cette ville, des correspondants qui me mettraient la main dessus en quelques jours. Pour me tuer ou me renvoyer en Sicile. J'ai regardé la carte, tout à l'heure à la gare. La voie ferrée est directe entre Saint-Louis et San Francisco. Deux, peut-être trois jours. Le grand port de l'Ouest. C'est bien le diable si je ne trouve pas du travail sur un bateau de pêche. Il paraît que les Italiens y sont nombreux, arrivés il y a des années pour la ruée vers l'or. Si les eaux sont aussi poissonneuses que l'a dit le gars de Messine, en s'associant à deux ou trois il doit être possible en quelques années d'emprunter de l'argent à une banque et d'acheter un bateau. J'ai appris pas mal de choses chez les Gritti, cela pourra m'être utile.

Le lendemain matin ils partent à pied, très en avance, pour la gare. Les deux locomotives de la Louisville, New Orleans and Texas Railway, monstres de métal noir aux parements rouges, soufflent et crachent des jets de vapeur. Un adjoint du shérif boit un café près de la grande porte, discute avec un cheminot à casquette rayée, tourne la tête à la vue des trois premiers passagers, ne remarque rien d'anormal, reprend sa conversation.

– La première classe ? À l'arrière, le plus loin possible des chaudières, pour éviter le bruit et les escarbilles, messieurs-dames. Le déjeuner est servi à partir de onze heures trente dans le wagon-restaurant, au centre. Saint-Louis, terminal de la ligne, ce soir avant huit heures, dit le cheminot.

Le mot *First* est inscrit en lettres dorées au-dessus de l'entrée de leur compartiment. Porte capitonnée de cuir bordeaux, banquettes de velours rouge, bois sombre et parquet lustré. Fulvio dépose dans le filet à bagages le sac de voyage de Véra. Les trois autres places sont toujours inoccupées quand le train s'ébranle après deux coups de sifflet et un jet de vapeur qui envahit les voies. Dès les premiers tours de roues, les rails descendent vers la berge du Mississippi. Par la fenêtre, les Italiens et la Créole observent le trafic sur les eaux boueuses : barges surchargées de coton, navires à vapeur crachant leur fumée par leurs deux cheminées couronnées, barques de pêche et de travail, petits voiliers, bacs à rameurs sur lesquels tiennent à peine deux charrettes. Sur les deux rives, les terres sont cultivées dans de longs rectangles perpendiculaires au fleuve , un ponton à un bout, la maison, parfois cabane, parfois demeure blanche à colonnades, de l'autre. Les stocks et récoltes attendent d'être embarqués dans des auvents couverts de roseaux sur la rive. Ils seront transportés vers le nord, Memphis, Saint-Louis, et Chicago ou vers le sud, La Nouvelle-Orléans, la Floride, la côte Est ou même l'Europe. Le creuset de l'Amérique, comme disent les commerçants du French Market.

Fulvio se tourne vers sa compagne.

– Vittorio ne peut pas rentrer en Sicile. Il a eu de graves ennuis avec des gens puissants, des malfaiteurs.

– Ceux que vous appelez la Mafia ?

– Quelque chose dans ce genre. De toute façon, tu ne peux pas non plus retourner à La Nouvelle-Orléans, Vitto. Les affaires de la maison Gritti dans cette ville sont terminées, je ne vois pas comment nous pourrions les sauver. Nous allons passer quelque temps à New York, puis nous irons à Naples. Je veux présenter Véra à ma famille. Et si nous transférons nos bureaux à New York, cela te dirait de t'en occuper ? Tu as fait tes preuves.

– C'est impossible. Les Fontarossa ont des associés dans cette ville, la plus sicilienne d'Amérique. Tout le monde le sait à Trapani. Je n'y survivrais pas un mois. Le temps de retrouver Bevilacqua derrière Water.

– Que vas-tu faire ? Tu ne vas quand même pas rester à Saint-Louis...

– Je pensais à la Californie. San Francisco. C'est à l'autre bout du pays, il y a sans doute du travail.

– Tu veux reprendre la pêche ?

– C'est ce que je sais faire de mieux. Je ne suis pas fait pour rester assis derrière un bureau, monsieur Gritti.

– Fulvio... Nous allons nous séparer et tu ne m'auras jamais appelé par mon prénom. Vitto, c'est grâce à toi que nous avons quitté La Nouvelle-Orléans sains et saufs. Je vais faire le compte de ce qui me reste et je te donnerai de quoi partir pour la Californie. Dès que tu auras une adresse, je t'enverrai le double, avec ma gratitude.

– C'est très gentil à vous, monsieur... Fulvio. Mais je voudrais juste le prix du billet pour San Francisco. Pour le reste, pensez-vous qu'il serait possible de faire envoyer un peu d'argent à ma mère, à Marettimo ?

– Rien de plus simple.

32

Trapani (Sicile)

Août 1903

Per Vittorio Bevilacqua

America

Mon Vitto,

En me réveillant ce matin, je me suis aperçue que demain mar-
quera le premier anniversaire de notre nuit ensemble, sur le port
de Trapani. Les festivités de la Sant'Alberto commencent ce soir,
j'entends les pétards. Tu me manques tellement que ça me tord le
ventre. Alors, pour te parler, pour m'adresser à toi qui es parti à
l'autre bout du monde, je me suis dit que j'allais t'écrire. Je ne sais
pas où tu es, sans doute en Amérique, c'est du moins ce que disent les
hommes de mon père lancés à ta recherche. J'ai laissé en blanc, en
haut de cette lettre, la place pour ajouter ton adresse, si je la trouve
un jour. Je ne suis pas sûre de l'envoyer, pas sûre de te retrouver,
pas sûre que tu sois encore vivant, qu'ils ne vont pas t'assassiner
avant que tu ne lises ces lignes. Sûre de rien, en fait, à part d'une
chose : je t'aime. Tu es l'homme de ma vie, le père de ma fille. De
notre fille. C'est peut-être idiot, mais ça me fait du bien de m'adres-
ser à toi, de te parler en couchant ces mots sur le papier. Comme
un lien avec toi, moi qui ne sais où tu es dans ce monde si vaste. Il
n'y a plus personne à qui je puisse parler de toi. Il y avait Carla,
jusqu'à la naissance de Giulia. Elle me disait que c'était fini, que
je devais me résigner, que tu étais parti de l'autre côté de la terre,
qu'ils allaient sans doute te retrouver et te tuer, mais elle acceptait
que je parle de toi, que je lui dise mon amour et à quel point tu me
manques. Mais depuis que le bébé est là, elle refuse d'entendre ton
nom. Si je le fais, elle quitte la pièce en me disant que tu n'as jamais
vraiment existé, que je dois passer à autre chose, penser à ma « vie

de femme », comme elle dit, et que ça « ne sert à rien de remuer le passé et d'invoquer des fantômes ». Mais pour moi tu n'es pas un fantôme. Tu es l'homme merveilleux que j'ai choisi, et auquel rien ne me fera renoncer.

Je pense à toi tous les jours, toutes les heures. Où vis-tu ? Es-tu même vraiment parti pour l'Amérique ou es-tu parvenu à brouiller les pistes, à fuir vers l'Australie, où vont tant de Siciliens, vers la France, l'Argentine, un autre pays ? J'ai trouvé chez le vendeur de livres d'occasion un recueil des cartes du monde, un atlas dont les inscriptions sont en français. Je l'ai glissé sous mon lit et, quand je suis seule, je trace du doigt des itinéraires de fuite, qui partent de Trapani, passent par Naples (la seule chose dont je sois sûre, c'est que tu es passé par Naples) et se terminent aux quatre coins de la terre. Toujours au bord de la mer, toujours dans un port où je t'imagine, dans le soleil du petit matin, en train de ravauder tes filets ou de lever l'ancre. Tu vis près de la mer, ou d'un océan, ça, c'est certain. Tu es pêcheur, parce que c'est ce que tu aimes et ce que tu connais. Je prie chaque soir, avant de m'endormir, pour que les hommes lancés sur tes traces s'égarent sur de fausses pistes. Les bribes de conversation que je capte, quand je parviens à être dans la maison de mon père, dans la pièce au-dessus de son bureau quand il reçoit ces tueurs maudits, m'inquiètent. Je savais que le fontaniero *Fontarossa était un homme puissant et craint à Trapani et dans la région, je sais maintenant qu'il a des contacts avec des hommes comme lui, en Sicile, en Italie et au-delà des mers. Ils ont formé une espèce d'organisation secrète dont je ne connais pas le nom (je ne sais pas si elle en a vraiment un), qui s'étend dans de nombreux pays. Partout où il y a des Siciliens, ou des Italiens. Je sais qu'ils surveillaient le port de New York, qu'ils t'y attendaient mais qu'ils ne t'ont pas trouvé. Je sais aussi qu'ils continuent à surveiller les arrivées dans ce port, le plus grand du pays à ce que je comprends, j'espère que tu le sais aussi et que tu vas l'éviter. J'espère aussi que tu es parvenu à changer de nom, Bevilacqua est trop facile à repérer. Je ne sais pas comment il faut faire, en achetant de faux papiers ou en mentant sur ton identité, dans le pays où tu es arrivé.*

J'ai longtemps espéré que tu sois parvenu à me laisser un message avant de partir (tu sais bien écrire, grâce à ta mère, nous en avons parlé), j'ai longtemps attendu une lettre que tu aurais confiée à quelqu'un mais, un an plus tard, cet espoir s'est évanoui. J'ai compris que tu avais fui ton île en catastrophe, que tu n'avais que quelques heures d'avance et que tu n'as pas eu le temps de le faire. Ce n'est pas grave. Tout ce que j'espère, la seule chose qui me maintienne en vie et qui me donne la force de continuer, c'est de penser que tu éprouves toujours pour moi les mêmes sentiments... Parfois, quand je perds courage, quand je me sens trop seule et prisonnière dans cette maison, une voix de malheur me murmure dans l'oreille que je suis folle d'espérer, que tu m'as oubliée, que je n'étais qu'une fille que tu as séduite comme tu as dû en séduire tant d'autres, beau et charmant comme tu es. Pire, que tu as rencontré une autre femme, là où tu es installé, que tu vis avec elle, que vous êtes heureux, que tu l'aimes... Mais je chasse ces pensées de toutes mes forces, je ne veux pas y croire. J'ai besoin de m'accrocher au souvenir de ton sourire, à la lueur dans tes yeux quand tu me regardais, à la chaleur de ton corps, à la force de tes bras. Sans ça, ce serait trop dur. Il faut maintenant que je te parle de moi. Et bien sûr de notre fille, le plus important, ce qui me maintient en vie. Giulia a quatre mois, presque cinq. Tu es parti sans savoir que j'étais enceinte. Comment aurais-tu pu deviner ? Nous n'avons fait l'amour qu'une fois et cela a suffi pour mettre Giulia au monde. C'est un signe, la preuve que nous sommes nés pour être ensemble. J'espère que ce prénom te plaira, c'est celui d'une arrière-grand-mère, du côté de ma mère. J'ai d'abord été dévastée en apprenant, au couvent, que je portais un enfant. Ah oui, le couvent, j'ai oublié de t'en parler. Une idée de mon père, pour me punir d'avoir « déshonoré la famille », comme il dit. Mais quand mon ventre s'est arrondi, ces misérables sœurs, les êtres les plus vils et les plus méprisables du monde, m'ont chassée de leur prison. Et Giulia est arrivée. Oh, que je voudrais que tu puisses la voir ! La plus jolie petite fille du monde. Elle est belle comme le jour, avec tes yeux et ta bouche. Je te vois chaque fois que je la regarde. C'est le soleil de ma vie. Carla, elle aussi, en est folle. Et même mon père, malgré tous ses efforts, a du mal à cacher ses sentiments quand il l'observe du coin de l'œil. Il ne l'a pas encore prise dans ses bras, mais je sens qu'il a de plus en plus de mal à se contenir. Il va céder, j'en suis certaine. Je ne vis que pour elle et pour le moment, qui viendra je le sais, où nous nous retrouverons. Bien. Giulia est mon bonheur, mais je suis arrivée au point, dans cette lettre, où je dois te parler d'autre chose. La partie sombre de ma vie, le calvaire que j'endure depuis le jour de ton départ, ou

presque. Inutile de te le cacher. Pour laver « l'honneur des Fonta-
rossa », comme il dit, mon père a décidé de me marier avec mon
cousin Enzo. Tu te souviendras sans doute de lui, il était venu à
Marettimo, quand nous nous sommes rencontrés. C'est mon cou-
sin, mais surtout le premier capo *de mon père, son adjoint dans ses*
affaires de meurtre et de violence. J'ai d'abord refusé, menacé de
me jeter d'une falaise, mais je n'avais pas le droit de me tuer, de
tuer notre enfant. Alors voilà. Je suis mariée à lui depuis plusieurs
mois, mais je veux écrire ici que je ne suis pas sa femme, que je ne
le serai jamais. Je suis la tienne, pour toujours. La vie avec lui est
un calvaire dont je ne préfère pas te donner les détails. J'ai été for-
cée de quitter la maison. Heureusement, mais aussi à cause de leurs
affaires mafieuses, et par sécurité, il en a acheté une proche de celle
où j'ai grandi, dans ce quartier de Trapani où ne pénètrent que les
carabinieri qui sont membres de la famille ou payés par mon père.
Elle est dans la rue derrière, les jardins communiquent entre eux.
Ce qui fait que sous prétexte d'aller chercher du lait de chèvre pour
Giulia ou en lui faisant croire qu'elle est malade (ce qui est faux,
elle se porte comme un charme) je passe le plus clair de mon temps
auprès de Carla. Je ne te parlerai pas davantage de lui, c'est un
être vil et méprisable. Il est mon mari devant les hommes, je n'ai
rien pu faire pour l'empêcher, mais je jure devant Dieu qu'il ne le
sera jamais dans mon cœur. En fait, nous nous voyons assez peu, il
est souvent en mission pour mon père, à Palerme ou ailleurs. Il ne
dort dans cette maison que je déteste que quelques jours par mois,
le reste du temps il est chez des membres de sa bande, ou dans des
bordels, à ce qu'on raconte. Il n'approche pas de ta fille, ça, je te
le jure. D'abord parce que c'est une fille, et que ce genre d'homme
ne veut que des fils. Et parce qu'il sait qu'il n'est pas son père. Une
autre chose que je dois te dire, c'est important pour moi que ce soit
au moins couché sur le papier, c'est que je n'aurai pas d'enfant de
lui. J'ai pris les dispositions nécessaires, je ne t'en dirai pas plus.
Voilà. C'était la chose la plus difficile à t'avouer. Je ne peux pas
deviner ta réaction en lisant ces lignes. Comme je l'ai écrit au début
de cette lettre, que je vais cacher sous les lattes du plancher dans le
grenier, je ne sais même pas si je l'enverrai un jour. Si je saurai où
l'envoyer et surtout si j'aurai le courage de le faire.
Pour le reste de ma vie, c'est simple. Elle tourne bien sûr autour
de Giulia. Elle grandit bien, en parfaite santé. Une voisine a eu un

200

petit garçon presque en même temps, nous nous retrouvons dans son jardin, ou dans celui de mon père. Et puis, heureusement, il y a les livres. Tu te souviens, nous en avions parlé, j'adore la lecture. Mes projets de partir étudier, à Naples, Rome ou même en France, se sont évanouis, tu t'en doutes. Au début, quand il m'a envoyée au couvent et quand j'en suis revenue, mon père m'avait privée de livres. Carla m'en faisait sortir de la bibliothèque en cachette, puis elle est parvenue à faire lever cette interdiction idiote. Je passe donc des heures, tous les après-midi, à lire près de la fontaine, à côté de Giulia dans son berceau. J'ai lu toutes les traductions en italien de mon auteur préféré, le grand auteur français Victor Hugo. Je viens de commencer un roman d'un Italien, un certain Gabriele D'Annunzio. Pas mal, même s'il n'a pas la force romanesque de l'auteur de Notre-Dame de Paris.

Je reprends cette lettre trois jours plus tard. J'ai été occupée à mettre en bocaux, avec Carla, des kilos de tomates coupées qui ont séché sur le toit. C'est l'une des activités de l'été, ça me rappelle mon enfance, à la fois si proche et si lointaine. En la relisant, je me dis que c'est un peu ridicule d'écrire (j'allais écrire « de parler ») à quelqu'un dont on ne sait pas où il est, qu'on espère revoir sans savoir si ce sera possible. Mais, comme je l'ai écrit plus haut, faute de pouvoir parler de toi à quiconque, de pouvoir parler avec toi, les mots à la plume sur le papier me rapprochent de toi. Je dessine ton portrait aussi, pour qu'il reste bien présent, de peur que le temps n'efface sournoisement les traits de ton visage. J'en ai fait trois, dont un plutôt réussi. Je finis toujours par ta jolie petite larme au coin de l'œil. Je l'embrasse souvent. Je sais, c'est ridicule.

Je termine pour ce soir. Giulia dort à côté de moi. J'écoute sa respiration. Je vais enfouir mon nez dans le creux de son cou pour sentir son odeur de lait frais et de fleur d'oranger. Nous sommes seules dans cette maison qui ne sera jamais la nôtre. Enzo n'a pas donné de nouvelles depuis trois jours, qu'il aille au diable. Bonne nuit, mon amour, où que tu sois. Bon vent et bonne pêche.

Ta femme, Ana.

33

San Francisco (Californie)

Août 1903

Le train de la Southern Pacific Railroad, parti la veille de Saint-Louis, peine dans la montée. Telle une bête essoufflée, la locomotive vrombit, tremble et crache des jets de vapeur de plus en plus rapprochés. Le rythme lancinant des roues sur les rails, qui a bercé Vittorio pendant des heures, s'espace. Il sort de sa torpeur, se redresse sur le siège en lattes de bois, regarde par la fenêtre. Les collines et vallées herbeuses, sur lesquelles le vent agitait une houle végétale sur un océan vert, ont fait place à une forêt d'eucalyptus et de chênes-lièges. La pente s'accentue, le train ralentit encore. Vitto voit deux jeunes garçons sauter en marche d'un wagon, courir en riant le long de la voie, remonter sur le marchepied, recommencer.

– C'est la dernière côte avant la baie, dit une vieille dame bien mise aux cheveux blancs comme neige attachés en un savant chignon, assise en face de Vittorio. Vous allez voir, la vue depuis le col est à couper le souffle. C'est la première fois que vous faites la ligne, n'est-ce pas ?

– Ça se voit à ce point ?

Elle sourit.

– Les émigrants et les voyageurs qui arrivent en Californie ont la même lueur dans le regard. Je vais à Winnemucca, dans le Nevada, voir mes enfants une fois par mois. J'ai appris à les reconnaître. Vous venez visiter ou tenter votre chance dans le *Golden State* ? Je vous préviens, si c'est pour chercher de l'or, c'est trop tard. C'est au Canada ou en Alaska qu'il faut aller maintenant. Je sais de quoi je parle, cette maudite fièvre de l'or a emporté mon pauvre mari.

– Je ne viens pas pour l'or, je suis pêcheur.

– Votre accent, si je puis me permettre ?

– Je suis italien.

– Je vis à San Francisco depuis trente ans, et tous ceux que j'ai vu réussir ne rêvaient pas de fortune rapide dans la sierra mais travaillaient à nourrir la population, ou à construire des maisons ou des immeubles. Au marché couvert près de chez moi, la plupart des poissonniers parlent l'italien, vous serez bien accueilli. Tout est à faire dans cette ville, dans cet État. Vous êtes jeune et solide, la Californie vous tend les bras.

– Comment s'appelle ce marché ?

– Les halles de Townsend Street. C'est de l'autre côté de la place de la gare, près des quais. Vous ne pourrez pas la rater, il vous suffira de suivre l'odeur… Ah, ça y est, nous arrivons. Regardez !

Vittorio se lève, abaisse la vitre coulissante. Des feuillages lui cachent la vue, puis soudain apparaît une immense baie aux eaux d'un bleu intense, fermée sur trois côtés par des montagnes couvertes de pins et de séquoias, ouverte sur l'autre par un accès majestueux à l'océan Pacifique. Des presqu'îles boisées, des marais envahis de roseaux, des embouchures de rivières que franchissent des ponts de bois. Les voiles blanches de bateaux de pêche, les fumées noires de petits navires à vapeur sillonnent le plan d'eau dans la lumière fraîche et poudrée du début de la matinée.

– La baie de San Francisco ?

– Pas encore. Celle-ci, nous la nommons San Pablo, dit la vieille dame. Mais regardez vers l'ouest. La baie de San Francisco est par là, elles communiquent entre elles. Nous pourrons bientôt voir la ville.

– Et tout au fond ?

– L'océan Pacifique. Vous voyez sa couleur ? Ses colères peuvent être terribles mais, jeune homme, je vous assure que je ne connais rien de plus beau. Depuis que je ne travaille plus, je vais souvent l'admirer du haut des collines de la Porte d'Or. Quand il n'y a pas de brume, bien sûr.

Le train prend de la vitesse. La forêt fait place à des pâturages où paissent des troupeaux de vaches et de veaux, des parcelles cultivées, regroupées autour de fermes peintes en rouge brique. Vittorio ne quitte pas des yeux les eaux de la baie, distingue mieux les embarcadères, les mouillages improvisés dans les embouchures de rivières, les parcs à huîtres ou à moules, dans des anses protégées. Une baie comme il n'en a jamais vu en Italie, un abri naturel béni des dieux, aux dimensions de mer intérieure enserrée dans un paysage qui lui rappelle, avec ses cyprès, ses collines et son soleil ardent, le pays natal. Seule l'échelle est différente : nulle part en Sicile, où dans ce qu'il connaît de l'Italie, il n'a ressenti cette impression d'espace, de force, de majestueuse beauté. Une demi-heure plus tard, ils roulent à bonne allure sur la rive, entre cultures et champs de roseaux, ralentissent pour entrer dans une ville aux maisons de deux ou trois étages, de briques et de bois.

– Richmond, puis Berkeley et Oakland. Nous allons faire le tour de la baie par le sud. Un pont est en construction, ce qui nous fera gagner plus d'une heure, les travaux viennent de commencer. Vous qui êtes marin, avez-vous déjà vu une baie pareille ? Une telle merveille de la nature ?

– La baie de Naples est très belle aussi. Mais beaucoup plus ouverte. Celle-ci ressemble à une mer, je ne vois pas l'accès à l'océan.

– La Golden Gate est derrière ces collines, là-bas. On ne la voit pas depuis ce côté de la baie. Mais si vous avez un peu de temps, ne manquez pas d'y aller. C'est un endroit unique.

Une heure plus tard, le conducteur annonce à coups de sifflet l'arrivée au terminus, San Francisco. Surmontée d'une immense bannière étoilée qui claque au vent de la baie, la gare est une bâtisse de bois d'un étage, percée de grandes fenêtres rectangulaires, sur laquelle trône l'enseigne Southern Pacific-Passenger Station. Vitto attrape le sac de cuir de la vieille dame dans le filet à bagages, lui tient le bras pour l'aider à descendre les marches du wagon.

– Vous êtes bien aimable. Tous mes vœux de réussite dans notre belle ville.

Il jette sur son épaule le sac de toile qu'il a rempli il y a si longtemps, il n'y a pourtant qu'un an, en pleine nuit à Marettimo et marche à pas lents sur le quai. Il scrute les visages, à la recherche de physiques italiens, d'hommes à casquettes aux yeux inquisi-teurs. Il tourne la tête, regarde par-dessus son épaule tout en se persuadant qu'il ne risque rien. Fulvio a payé les billets en liquide, le nom de Victor Water n'est apparu nulle part, et encore moins celui de Vittorio Bevilacqua. Le *fontaniero* a le bras long à Tra-pani, mais la Sicile est de l'autre côté de la terre. Il y a sans doute des mafieux à San Francisco, mais avec ses papiers américains en règle et en faisant profil bas, Vitto devrait ici aussi passer entre les mailles du filet. Il sort de la gare et remarque, dans la chaussée pavée de neuf, des rails, plus étroits que ceux du chemin de fer. Deux coups de cloche sur sa droite : une voiture de tramway estam-pillée « California Cable » avance, comme par magie, dans la rue. Pas de chevaux pour la tracter. Elle glisse devant Vittorio, femmes chapeautées à l'intérieur, jeunes gens agglutinés sur les marche-pieds. À l'avant, un préposé en chapeau à galons dorés carillonne pour écarter chevaux et charrettes. En suivant la ligne des yeux, Vittorio aperçoit, au bout de la rue, les eaux de la baie. Il ajuste la visière de sa casquette achetée à Saint-Louis et descend vers les quais. La voyageuse aux cheveux blancs avait raison : l'odeur ne trompe pas. Celle d'un marché aux poissons est universelle. Le hangar de planches disjointes surmonté de l'inscription manuscrite au goudron, « Townsend Market », est ouvert d'un côté sur la rue, de l'autre sur le port. Des charpentiers travaillent à son agrandis-sement, coups de marteau et grincements de poulies. Les étals se résument à des planches brutes posées sur des tréteaux, les caisses débordent de poissons de toutes tailles. Vitto en reconnaît certains, sardines, thons et daurades, d'autres lui sont inconnus. Il marche mains dans les poches, sur le sol de carrelage mouillé, entre cha-lands aux paniers d'osier, mères de famille accompagnées de leurs fillettes et cuisiniers de restaurants suivis de leurs commis tirant carrioles ou poussant brouettes. Dans un coin, des pyramides de caisses dégouttent. Certaines portent l'inscription « San Francisco Bay Oysters », d'autres des noms de bateaux ou celui de leurs pro-priétaires. Plus loin, adossés à des sacs de jute débordant de moules grosses comme des mains, des Chinois en costumes traditionnels, chapeaux coniques et longues tresses dans le dos, cassent au marteau des coquillages inconnus, semblables à des cailloux.

Un drapeau italien a été cloué derrière un stand d'huîtres et de crabes à côté de la gravure d'un port surmontée de l'inscription « Reggio di Calabria ». Il tend l'oreille, écoute une conversation entre deux vendeurs, reconnaît des intonations du dialecte calabrais.

– *Buongiorno.* Je suis pêcheur, j'arrive d'Italie. Savez-vous si on peut trouver du travail par ici ?

– Tu viens d'où, avec un accent pareil ? Tu ne serais pas de Palerme ?

– Trapani.

– C'est bien ce qui me semblait. Fous le camp ! Pas de *Siciliano di mierda* dans notre marché. Ici, nous sommes calabrais, *il mercato di* Townsend nous appartient, alors dégage et plus vite que ça, fulmine l'un des vendeurs en mettant la main sur le manche de son couteau à découper l'espadon.

– Okay, ne vous énervez pas. J'ai vu le drapeau et je me suis dit...

– Tu ne te dis rien du tout. Hors de ma vue !

Vittorio remarque sur plusieurs autres stands les signes, les insignes et les couleurs de la Calabre, la rivale ancestrale de la Sicile, perçoit des tournures de phrases et des expressions venues de la pointe de la botte italienne, reconnaît l'accent. Il tente sa chance auprès d'un autre marchand, dont le sourire s'efface à la deuxième phrase qu'il prononce, pourtant en anglais.

– Rien pour toi ici, mon gars. De l'air !

Un vendeur roux, armoire à glace au visage grêlé de taches de rousseur, aux avant-bras de lutteur, lui répond avec un accent écossais si marqué que Vittorio ne comprend qu'un mot sur quatre. Il désigne d'un signe de tête le ponton à l'autre bout du marché. Trois barques de pêche et un petit vapeur de transport y sont amarrés. Au bout du quai, une caisse basse remplie d'abats de poissons attire une meute de chats à demi sauvages qui, entre miaulements et coups de griffes, se disputent leur pitance. Une grosse femme en tablier dégoulinant, fichu sur la tête, bottes aux pieds, les éloigne à coups de balai, actionne un levier de bois qui ouvre une trappe et précipite le tout dans les eaux de la baie, attirant mouettes et goélands qui planaient au-dessus de la scène ou l'observaient de loin, perchés sur les poteaux goudronnés.

— Si tu viens de Sicile, tu perds ton temps ici, petit, dit un pêcheur à barbe blanche, bonnet rapiécé sur la tête, occupé à replier un filet dans l'une des barques. Trois familles calabraises ont fondé ce marché il y a longtemps, ils ne laissent personne en approcher, font venir des parents de Reggio quand il y a de l'embauche. Moi, je suis de Gallipoli, dans les Pouilles. Ils ne me tolèrent que parce que je suis arrivé avant la plupart d'entre eux. Mais un Sicilien, jamais. Il y a eu des histoires, il y a vingt ou trente ans, qui se sont réglées à coups de couteau. Ils pensent que s'ils te donnent du travail, dans trois mois tes oncles et tes cousins vont rappliquer et dans six, c'est bataille rangée dans les allées. Crois-moi, si tu viens de Trapani, c'est à Martinez ou à Pittsburg qu'il faut aller. Ce sont deux petits ports, des villages de pêcheurs siciliens et portugais, sur la rivière Sacramento, tout au fond de la baie, au nord. Je suis allé à Pittsburg au début de l'année, ils ont tous des noms siciliens. Et ils gagnent bien leur vie, surtout l'été avec les saumons. C'est là où la San Joaquin River se jette dans la Sacramento. Un bel endroit pour les pêcheurs. Ils tendent les filets et le courant les leur remplit. Pas de tempête, pas de brume, pas de vagues géantes pour te drosser sur les rochers. Si c'était à refaire, c'est là que j'irais m'installer.

— C'est loin d'ici ?

— Trois heures en vapeur, par le détroit de Carquinez. Il y a des bateaux tous les jours qui remontent jusqu'à Sacramento. C'est la plus ancienne ligne de Californie, celle qui emmenait les mineurs vers les montagnes et le pays de l'or, il y a cinquante ans. Si tu as de quoi payer ton passage, rien de plus simple. Les bateaux partent tous les matins, assez tôt, du quai dix-sept. Il n'y a pas vraiment d'arrêt à Pittsburg, mais pour deux dollars de plus, ils te déposeront.

— Merci, *signore*...

— Gualdi. Maintenant, ne reste pas ici, petit. Tu vas m'attirer des ennuis.

34

Pittsburg (Californie)

Septembre 1903

Vittorio loue depuis un mois une chambre sur une barge plate, conçue pour le transport du charbon de la mine voisine de Black Diamond. Quand la production a décliné, vers 1890, Giuseppe Bacigaluppo, l'un des premiers Italiens arrivés dans la région, l'a rachetée et y a posé une maison de bois. Ou plutôt une cabane – une pièce au rez-de-chaussée avec un poêle, trois petites chambres au premier, accessibles par une échelle de meunier. Pêcheur venu d'Isola delle Femmine, près de Palerme, il a vécu dessus une année, le temps de réunir le premier paiement d'une demeure sur Main Street. La barge amarrée près du port héberge désormais les cousins, amis et *paesani,* les « pays » venus de Sicile attirés par les récits de pêche miraculeuse dans les eaux poissonneuses des rivières Sacramento et San Joaquin, dans cette baie unique au monde et sur la côte du Pacifique, jusqu'au Canada. La fenêtre de sa chambre donne sur le fleuve et au loin sur les sommets de la sierra Nevada. Le repas du soir lui coûte quatre dollars par semaine, *pasta* et un morceau de poisson, préparé par les femmes du clan Bacigaluppo pour la famille et les pêcheurs.

Le vapeur pour Sacramento a fait un bref arrêt devant Pittsburg, à la mi-août. Parti de San Francisco, il a remonté la baie puis s'est engagé dans le large estuaire de la Sacramento River, là où le bleu laiteux de ses eaux, neige fondue de la sierra Nevada, se mélange au café-au-lait de celles de la San Joaquin. Entre les îles couvertes de roseaux, les maisons du village et les bâtiments des deux conserveries sont apparus, surmontés de deux châteaux d'eau et entourés de champs de piquets sur lesquels sèchent des filets. Vitto a sauté dans une chaloupe et a été déposé par un marin dans un port fluvial en pleine effervescence. Sur les pontons, pas un anneau de libre. Des barques, des baleinières, des embarcations de toutes tailles amarrées sur trois ou quatre rangs, avec des hommes qui, comme pris de frénésie, débarquaient en s'apostrophant en italien, en sicilien ou en anglais, des paniers et des caisses de saumons royaux, ce chinook de Californie qui, dans sa transhumance annuelle, pénètre vers la fin de juillet dans la baie de San Francisco et remonte les rivières vers ses lieux de ponte, sur les pentes de la sierra. Le premier été du vingtième siècle a vu un phénomène inédit de mémoire d'homme : une migration de saumons exceptionnelle, bien plus importante que les années précédentes. Pourquoi ? Personne ne sait. Une loi de la nature, des circonstances favorables dans le Pacifique, un simple hasard ? Un matin, des millions de saumons ont franchi la Porte d'Or, si nombreux qu'ils formaient des bancs compacts aux reflets argentés. Longeant l'île d'Alcatraz, ils ont emporté dans leur élan les filets posés par des pêcheurs stupéfaits devant un tel phénomène, que n'évoquaient que de vieilles légendes indiennes. La rumeur s'est répandue dans la baie comme une traînée de poudre : des chinooks par millions, une armée rose et gris dans sa marche ancestrale vers les torrents de montagne, pour s'y reproduire et mourir. Les cannes à pêche, les épuisettes, les nasses d'osier des Indiens Ohlone ont été tendues sur leur passage, mais nulle part communauté n'était mieux préparée à profiter de cette manne de la nature qu'à Pittsburg. C'est là que, un demi-siècle plus tôt, les pêcheurs italiens attirés en Californie par la ruée vers l'or de 1849 avaient repris leur activité séculaire après s'être épuisés en vain à la recherche d'un bon filon dans le *gold county,* le pays de l'or, au pied de la sierra Nevada. San Francisco n'est qu'à quelques heures de bateau ou de charrette de Pittsburg, et sa population étant friande de poissons frais et de coquillages, les pêcheurs s'installèrent rapidement, suivis par les charpentiers de marine. Les anciens racontent que les premières barques, calquées sur les pointus siciliens et agrandies à l'échelle du Nouveau Monde, ont été payées en pépites. Le village a prospéré, aux côtés de Black Diamond et sa communauté de mineurs venus du pays de Galles. Les eaux poissonneuses de la baie ont vite rapporté de quoi acheter des maisons, investir dans de nouvelles embarcations, bâtir des conserveries, faire venir famille et amis du vieux pays. Et tous les étés, à la fin de juillet, la remontée des saumons, le *salmon run*, ainsi que l'appellent les Américains, a donné corps aux légendes colportées sur les quais et dans les ruelles écrasées de soleil et de misère de Sicile : en Amérique, il y a tellement de poissons qu'ils entrent dans les maisons ! En quelques années, les techniques de pêche siciliennes croisées avec les traditions indiennes de pose des nasses sur la Sacramento River ont transformé Pittsburg en piège mortel pour les chinooks. Ces hommes dont les aïeux tendaient depuis l'Antiquité les filets-labyrinthes de la *mattanza* du thon rouge sur les côtes de Sicile capturaient en quelques semaines des tonnes de bars et de saumons. Les premiers étaient vendus le soir même à San Francisco, les autres cuits et mis en boîtes dans des conserveries rapidement établies sur les berges de la rivière. Leur production était exportée dans toute la Californie, et au-delà.

— Du travail ? Tu es pêcheur, de Trapani ? Tu te fous de moi ? Tu n'étais pas au courant ? Tu ne viens pas pour ça ?

— Pour quoi ? demande Vittorio.

— Regarde autour de toi, *paesano* ! Tu es tombé au milieu du plus grand *salmon run* de l'histoire de la Californie ! Les filets craquent de partout, on manque de bateaux, de caisses et surtout de bras. Nous sommes envahis par les saumons, ils vont bientôt remonter Main Street. Alors si tu es prêt à travailler, j'offre douze… non, quinze dollars la semaine, et un logement si tu n'en as pas un. Une seule condition : tu poses le sac que tu as sur l'épaule et tu commences tout de suite. J'en suis malade de voir ce qui nous échappe. C'est historique, *ti dico*. Ah oui, et aussi une prime de trente… de cinquante dollars si tu restes avec nous pendant tout le *run*, jusqu'à fin septembre. Comment t'appelles-tu ?

— Victor, Victor Water.

— *Scuzi ?*

— C'est mon nom américain. Ils l'ont changé à l'émigration, quand je suis arrivé à New York. Mon prénom, c'est Vittorio.

211

– Ah oui, ils font ça parfois. Vitto, bienvenue à Pittsburg, le village de Sicile le plus à l'ouest de la terre. Nous sommes si nombreux que nous avons vidé Isola delle Femmine, ou presque. Tout le pays est ici. J'ai dans l'idée de faire rebaptiser la ville Sicilia. Je vais proposer ça au conseil municipal. Je suis Giuseppe Bacigaluppo, mais appelle-moi Joe, comme tout le monde. Je suis le plus ancien. Si tu sais pêcher, ta place est parmi nous.

– J'ai participé à la *mattanza* de Favignana...

– Parfait. Tu vas voir, en comparaison, les chinooks sont dociles comme des agneaux qu'on mène à l'abattoir. Si tu as l'habitude de harponner les thons du pays, dans deux ans tu as ton bateau et ta maison. *È la California, il nuovo mundo !* Embarque, j'étais venu rapporter ces caisses, prendre de l'eau et le déjeuner. Nous sommes cinq sur les nasses, nous pourrions être dix. Surtout face à ces fumiers de Portugais de Martinez qui remontent jusque chez nous. La Sacramento est plus profonde ici, les prises sont meilleures. Nous nous bagarrons avec eux depuis longtemps, mais une année comme celle-là, ça rend les hommes fous. Si ça continue, on aura besoin des fusils. Vas-y, attrape les rames.

Vittorio prend place sur le banc, empoigne les longs avirons, retrouve instantanément les réflexes et les sensations de son enfance. Il sourit. Il est à nouveau sur l'eau. Les cahiers de comptes et les bons de commande, comme à La Nouvelle-Orléans, ce n'est pas pour lui. Il va rester ici, au moins quelque temps. Ils sont pêcheurs, siciliens, mais de Palerme. Avec un peu de chance, il n'y aura pas de *Trapanese* ni d'îliens des Égades. Victor. Vic. Il s'appelle Victor Water et ne donnera son nom italien à personne. Qui sait ce qu'ils peuvent écrire au pays, ces Palermitains ?

La barque sort du port et file, dans le sens du courant, vers l'emplacement des filets. Sur les berges, les pêcheurs amateurs et leurs cannes sont alignés comme à la parade. Des cris de joie saluent les prises. Pas un bouchon ne reste en surface plus de quelques secondes. Les saumons se jettent sur les appâts. Ils sont souvent trop lourds pour les lignes, qui cassent avec des sifflements de fouets. Les seaux ne suffisent pas à contenir les bêtes, qui sont lancées vivantes dans l'herbe. Des centaines de poissons, alignés dans les prés, que femmes et jeunes filles entassent dans des paniers d'osier, entre enfants hilares et chiens bondissants. Dans la section du fleuve réservée aux pêcheurs professionnels, les barques sont à touche-touche. Des bouées et des fanions de couleur marquent les emplacements des filets et des nasses. Ils sont tellement pleins que, là où trois hommes suffisaient l'an dernier pour les relever, cinq n'y parviennent pas. Ils s'entraident d'une embarcation à l'autre, s'y mettent à huit par moments, à d'autres relâchent une partie des prises pour pouvoir soulever une trentaine de saumons, certains pesant pas loin de dix kilos.

— Les gars, voici Vitto, il arrive de Trapani ! Il a fait la *mattanza* de Favignana.

— Bravo. On n'en peut plus, là. Regardez ça, dit un grand barbu aux épaules de percheron, une ancre tatouée sur le bras droit, une carte de Sicile sur l'autre, en montrant le fond de leur grande barque plate où les saumons s'empilent jusqu'à leurs genoux. Il faut encore vider, boss, ou nous allons chavirer.

— Luigi et toi, Vitto, vous jetez les plus gros dans ma barque. Balancez les petits. Pas de petits, j'ai dit ! Une année comme ça, les gros seulement.

— Giuseppe, regarde ! Le filet !

Sous la pression de centaines de poissons affolés, concentrés dans la partie la plus étroite de la nasse, le piège de cordages ploie puis se déchire, emportant dans le courant trois piquets de cyprès et libérant les proies. Le patron pêcheur se jette à l'eau, suivi par deux de ses hommes. Ettore, le géant barbu, leur lance un bout avec lequel ils s'arriment à la barque. Ils mettent trois heures à réparer le piège, jusqu'à la tombée de la nuit.

— Ça ira pour aujourd'hui, souffle Giuseppe en remontant à bord. Ils seront toujours là demain. J'ai laissé la nasse ouverte pour qu'ils ne cassent pas tout pendant la nuit. Alors, le nouveau, qu'est-ce que tu en dis ? C'est moins sanglant que la *mattanza*, mais au moins, ici, l'argent va dans notre poche, et pas dans celle de quelque famille noble ou au patron de la *tonnara* qui t'escroque avec ses balances truquées. Et cette année, crois-moi, ce sera beaucoup, beaucoup de dollars. Ils appellent ça l'or rose, ici. Tu comprends pourquoi.

213

35

Trapani (Sicile)

Octobre 1905

Quinze *carabinieri* venus de Syracuse pour la semaine, commandés par un capitaine napolitain, c'est ce qu'il a fallu au chef de la police de Trapani pour organiser l'opération. Tendre une embuscade au plus puissant des *fontanieri* de la région avec des gendarmes locaux, ou même de Palerme, était voué à l'échec, ou à la bataille rangée. Fontarossa et ses hommes sont trop influents dans cette ville pourrie et le commandant Corsini est persuadé que le parrain local soudoie la moitié des effectifs de la gendarmerie. Ce Toscan, né à Florence, est en poste en Sicile depuis un an. Il n'a pas demandé cette affectation, mais il n'a pas eu le choix : c'est désormais un passage obligatoire pour tout policier italien qui veut faire carrière à Rome ou dans le Nord. L'arrestation de don Salva, comme toute la ville l'appelle, il en rêvait depuis des mois. Alors, quand l'ordre secret est arrivé, il s'est frotté les mains et a proposé à son collègue de Syracuse d'échanger leurs hommes pour de courts séjours et des opérations ciblées. Ainsi, les policiers n'ont pas le temps de se laisser corrompre. Ils obéissent, agissent, repartent. Hébergement dans une caserne de l'armée, pas de sorties, pas de tavernes. Le lieu, la date de l'opération, Dario Corsini les avait déterminés depuis longtemps : un dimanche matin tôt, quand le *fontaniero* sort de chez l'une de ses maîtresses pour rentrer chez lui. C'est le seul moment où il n'est pas escorté. Le commandant a les adresses, qu'il a reconnues lui-même pour éviter les fuites. Elles vivent dans le même quartier.

215

C'est là que, ce matin avant l'aube, il s'est glissé avec huit hommes dans le rez-de-chaussée d'une maison abandonnée, après avoir cassé le cadenas de la porte vermoulue. Trois autres *carabinieri* sont cachés derrière une charrette de foin apportée à dessein. Fontarossa est entré chez dona Gigliola vers minuit. L'espion est un policier romain, le seul à qui Corsini pouvait confier cette mission sans craindre qu'il ne parle. Mais il faudra qu'il le fasse transférer en même temps que lui, sinon il est condamné à mort.

Un bref sifflement. Le *fontaniero* sort. Par habitude, il s'arrête sur le palier de la maison, regarde à gauche, à droite, pose la main sur la crosse du pistolet glissé dans sa ceinture. Tout est calme. Le sifflet ? Sans doute un muletier, se dit-il. Il s'engage dans la ruelle, pense au café qu'il va se préparer, dans la cuisine, avant d'aller se coucher et dormir jusqu'à midi, quand trois hommes en uniforme surgissent de derrière la charrette de foin et pointent vers lui leurs fusils, baïonnette au canon. Il se retourne et fait face à six policiers, commandés par un homme en civil qui le vise de son revolver.

– Fontarossa ! Si tu touches ton arme, tu es mort. Mains en l'air !

Le *mafioso* hésite, se tourne, voit les *carabinieri* approcher, les lames briller au bout des fusils. Il écarte les mains de sa ceinture, les lève lentement.

– Du calme. C'est sans doute un malentendu. Je suis un honnête citoyen, un simple ouvrier agricole. Ne tirez pas.

– Ouvrier agricole, mon cul, Fontarossa ! Deux ans que j'attends ce moment. Mains sur la tête, à genoux, pas de geste brusque !

Corsini bondit, frappe d'un coup sec, avec son arme, derrière une jambe pour le forcer à s'agenouiller, saisit le pistolet à sa ceinture, le menotte et l'emmène avec sa troupe par des rues désertes au point du jour. Des fenêtres sur la place s'allument. Dix minutes plus tard, ils pénètrent dans le commissariat central de Trapani. L'officier lit la surprise sur le visage du planton en faction devant la porte, sourit. Le clan Fontarossa va être alerté dans l'heure, mais cette fois, ce sera trop tard. Une fois que le préfet, Naples, et même Rome seront prévenus, don Salva sera envoyé sur le continent, et son réseau ne pourra plus rien pour lui

– Mettez-le dans la cellule trois, au fond. Deux hommes devant, en permanence. Interdiction de parler au prisonnier, interdiction de lui répondre s'il vous demande quoi que ce soit. Apportez-lui de l'eau et rien d'autre.

Dans la maison de son père où elle a passé la nuit, Ana est réveillée par une agitation inhabituelle. Giulia dort à côté d'elle, dans le grand lit à baldaquin. Une petite fille de deux ans et demi, belle comme un angelot dans un tableau Renaissance. Ana se lève, enfile une robe de chambre et descend pieds nus à la cuisine, où elle trouve Carla livide, en discussion avec Spada, l'homme de main de son père.

– Arrêté ? Comment est-ce possible ? demande Carla. Salvatore est comme chez lui chez les *carabinieri*, il les connaît tous et en paie la moitié. Ils n'auraient jamais osé...

– C'est ce nouveau commandant, Corsini. Don Salva se méfiait de lui, il vient du Nord, il ne comprend pas comment marchent les choses ici.

– Il suffit de prévenir le commissaire Augusta et il va régler ça, non ? Comme d'habitude.

– Augusta n'est plus là, il a été muté à Naples. C'est ça, le problème. Ce Corsini *di merda* le remplace.

– Alors le député Matéoli. Il pourra faire quelque chose, non ?

– Que se passe-t-il ? s'inquiète Ana.

– Ton père a été arrêté par les *carabinieri*. Ce n'est sans doute rien. Va t'habiller, nous allons au commissariat central.

– Et la petite ? Elle est dans mon lit.

– Laisse-la dormir. Léonarda s'en occupera quand elle se réveillera. Viens, c'est mieux si ce sont des femmes de la famille qui vont aux nouvelles.

Dans la salle d'attente du poste de police, un planton que Carla connaît de vue, fils d'une voisine, leur offre des chaises, monte en courant l'escalier de marbre blanc et redescend quelques minutes plus tard.

– Je suis désolé, dona Carla, don Salva est au secret. Visites interdites. Ordre du commandant Corsini, ajoute-t-il en baissant la voix.

J'ai entendu parler d'un transfert à Palerme. Ça semble sérieux, cette fois. Désolé, mais à mon niveau, je ne peux rien faire. Vous le direz à don Salva quand vous le verrez, hein ?

– Ils ont le droit de faire ça ?

– De nouvelles lois, venues de Rome, à ce qu'on dit. Si vous déposez une demande auprès du juge, peut-être…

– Viens, Ana. Sais-tu où est ton mari ?

– Comment veux-tu que je le sache ? Dans le lit d'une putain, ici ou à Palerme. Il est parti depuis trois jours sans dire où il allait. Le mois dernier, il a attrapé une maladie honteuse, tu te souviens, je t'en avais parlé.

– Et voilà ! Quand on a besoin de lui, il n'est pas là. Je vais demander à Spada de le prévenir, si ce n'est déjà fait.

– Laisse-le là où il est, ce misérable. Tu ne crois quand même pas que c'est lui qui va sortir papa de là ?

– Ana, ton mari…

– Arrête, avec ton mari ! Il ne sera jamais mon mari. Mon mari…

– Tu es mariée avec lui, que ça te plaise ou non. Fais-toi une raison. Et c'est le *primo capo* de ton père. C'est à lui de prendre les décisions.

– Il en est bien incapable, et tu le sais. C'est une brute et un assassin, qui ne sait qu'obéir aux ordres. Où est Antonino ?

– Je l'ai fait prévenir. Ton frère ne devrait pas tarder.

– Et Paolo ? Tu crois qu'il faut l'avertir, à Rome ?

– Attendons un peu. Pas la peine de l'inquiéter si ton père sort dans la journée, comme c'est probable. Nous pourrons toujours envoyer un télégramme plus tard. Le plus urgent est de faire intervenir le député Matéoli. C'est à ton frère de s'en charger.

Couché sur un bat-flanc de bois, les mains derrière la tête, dans la pénombre de sa cellule au sol de terre battue et aux murs suintants d'humidité, le *fontaniero* se redresse et s'assied en entendant des bruits de serrure et en voyant la lueur d'une lampe à pétrole approcher dans le couloir. Si c'est un *carabiniero* que je connais, je pourrai transmettre un message, se dit-il. Il faut que je passe par-dessus la tête de ce Toscan et que je fasse prévenir Matéoli ou le directeur régional, à Palerme. Il va falloir trouver un moyen de le corrompre ou de l'effrayer, celui-là. Il devient vraiment gênant.

– Alors, *fontaniero*, tu pensais qu'un des policiers que tu paies depuis des années allait t'apporter un poulet rôti et une bonne bouteille ? Eh bien tu vois, ce n'est que moi, avec une cruche d'eau et la même purée d'avoine que les autres prisonniers, que je ne donnerais pas à mon cheval.

– *Vaffanculo, Toscano di merda !* Je sortirai d'ici plus tôt que tu ne crois, et tu ne pourras rien y faire. Ici, c'est Trapani, c'est la Sicile. Vous, les jolis messieurs du Nord, vous ne saurez jamais comment marche notre monde, et vous ne parviendrez jamais à imposer vos volontés d'envahisseurs. Nous vous avons toujours résisté, nous continuerons.

Dario Corsini pose le plateau sur le sol, applaudit en souriant.

– Belle déclaration d'indépendance. Vive la Sicile libre, avec les *mafiosi* aux commandes et le *fontaniero* Fontarossa à la présidence. Ce serait du joli. Si j'en avais le pouvoir, je vous l'accorderais tout de suite, moi, l'indépendance. Vous resteriez croupir dans votre merde pour l'éternité, et nous autres Italiens n'aurions que faire de votre île de dégénérés. Mais c'est Rome qui décide, et qui envoie des fonctionnaires comme moi pour tenter de nettoyer ce cloaque. Alors, en attendant le grand jour de la libération, déguste ce déjeuner, parce que dans deux heures tu quittes la ville. Je te fais transférer. Inutile d'espérer que tes hommes prennent d'assaut notre commissariat.

– Transférer ? Où ?

– Tu penses vraiment que je vais te le dire ? Tu l'apprendras bien assez tôt. Quelque part où tes manigances n'ont pas cours et où tu ne pourras ni payer ni menacer pour te faire libérer. Tu es le premier de la liste, Fontarossa. Les *fontanieri* et les extorsions dans les vergers, ces parasites de la société dans votre île d'arriérés, c'est terminé. Rome s'est enfin décidé à passer à l'action.

– C'est ce que nous verrons. Ne te réjouis pas trop vite, Toscan.

Le soir, Salvatore Fontarossa est réveillé par le même bruit de clefs. Des *carabinieri* inconnus lui ordonnent de se lever, de tendre les poignets à travers les barreaux pour le menotter. Il s'exécute. Ses yeux sont bandés dès sa sortie de cellule, une main ferme le prend par le bras et le fait monter dans le fourgon pénitentiaire tiré par deux chevaux qu'il entend piaffer. Il reconnaît la voix de Corsini qui donne les ordres, monte à l'avant à côté du cocher. Il sent l'odeur du port avant d'y arriver, le sifflement du vent dans les cordages.

— Où m'emmenez-vous ? Vous n'avez pas le droit !

— Un *mafioso* qui parle de droit, elle est bonne. Allez, bon voyage, Fontarossa ! Tu ne vas pas aimer la surprise qui t'attend dans le prochain port, ça, je t'assure.

— Corsini ! Prends garde à toi !

— Des menaces ? Tu oses menacer un commandant des *carabinieri*, cul-terreux de Sicilien ! Faites-le monter à bord. Interdiction de lui ôter les menottes et son bandeau avant l'arrivée. Vous deux, vous êtes les seuls *Trapanesi* à bord. Vous ne l'approchez pas, vous ne lui parlez pas. L'équipage vous surveille. Compris ?

La goélette, un deux-mâts de la Poste italienne récemment équipé d'un moteur à vapeur, met moins de deux jours pour rallier Naples. La distance parcourue, la rumeur du grand port et les exclamations des dockers en dialecte napolitain font comprendre au *fontaniero*, qui pensait et espérait être conduit à Palerme, qu'il est arrivé sur le continent. Ça complique mes affaires. Nous avons des contacts avec des familles de la ville, mais ils passent par Palerme. Je n'ai jamais traité directement avec eux. J'ai sous-estimé ce commandant. Il va falloir jouer serré. Pourvu qu'on ne m'envoie pas à Rome. Mais avec ce nouveau gouvernement, il faut s'attendre à tout.

Il reste trois heures assis au pied d'un mât, menotté à une rampe, le bandeau toujours sur les yeux, sous la garde de deux hommes qui ne répondent à aucune de ses questions jusqu'à l'arrivée d'un peloton de *carabinieri*.

— Détachez-le, menottes dans le dos, ôtez-lui ce bandeau, dit l'officier.

— Merci, *comandante*.

— Pas un mot. Ne parlez à personne ou je vous fais bâillonner.

Salvatore Fontarossa suit le policier en civil jusqu'à une calèche fermée, sans insigne officiel. Le cocher sur le siège est accompagné d'un homme portant pistolet et mousquet.

Salvatore s'assied sur la banquette de velours mauve passé. Le policier prend dans la poche de son gilet les clefs des menottes, libère le *fontaniero*. C'est un homme corpulent, serré dans un costume de lin de bonne coupe. Des favoris broussailleux lui mangent les joues, son sourire révèle deux dents en or. Il porte des bottines de crocodile, un genre de chaussures que le Sicilien n'a jamais vues.

– Vous allez m'écouter attentivement. À partir de maintenant, vous allez faire ce que je dis. Vous ne savez pas qui je suis, vous ne connaissez pas mon nom et vous n'avez pas à le connaître. Pas de questions. Ma mission est de vous conduire quelque part où vous allez rencontrer quelqu'un. C'est tout.

Le policier tape deux fois sur le toit de la calèche, le fouet claque, les chevaux partent au trot. Les rideaux sont tirés. Les roues rebondissent sur les pavés du port puis de la ville, roulent sur des pistes de sable, puis de terre, puis entre les cailloux. Nous sommes sortis de Naples, se dit Salvatore. Il sent des odeurs de pinède, entend le vent dans les arbres, le chant des coqs et les bêlements de moutons. Un cri du cocher, un échange en napolitain, le bruit d'un portail de fer qui s'ouvre. Le policier écarte les rideaux. L'équipage remonte une allée de gravier clair entre des pins centenaires dans un parc. Salvatore interroge son escorte du regard, qui lui fait signe de ne poser aucune question. La calèche pénètre dans la cour d'une de ces villas vésuviennes de la campagne napolitaine, bâtisse de pierres ocre que le soleil de fin d'après-midi teinte d'or. La façade est décorée de niches garnies de statues d'albâtre, la porte principale entourée d'une fresque ciselée dans du marbre de Carrare, digne d'une cathédrale. L'équipage contourne une fontaine dans laquelle une Vénus est agenouillée dans un coquillage, passe derrière le bâtiment, s'arrête devant une entrée de service donnant sur les cuisines. Le policier ouvre la porte.

– Descendez.

Un homme de grande taille aux cheveux blancs tirés en catogan noué par une faveur rouge, en costume anglais à fines rayures, canne à pommeau d'ivoire dans la main droite, mince cicatrice sous l'œil gauche, l'attend, un lévrier de course à son côté.

– Excusez-moi de vous recevoir de façon si cavalière par la porte des domestiques, mais il est mieux pour tout le monde que notre rencontre reste discrète.

36

Ottaviano (Italie)

Octobre 1905

— Prenez place, dit l'homme en désignant un fauteuil de cuir dans un bureau au premier étage.

Bibliothèques aux murs, cheminées de marbre qu'un jeune homme en tenue de valet est en train d'allumer, bureau d'acajou, épées croisées, cartes enluminées, fanions militaires.

— C'est bon, Luigi, laisse-nous.

Le policier recule de trois pas, se tient debout, immobile près de la porte.

— Vous pouvez rester, commissaire. Vous connaissez tout de notre affaire, vous serez mon témoin.

Salvatore Fontarossa se cale contre le dossier, croise les jambes. « Notre affaire... », les choses ne sont peut-être pas si mal engagées, en fait. Qui est ce type avec ses manières de lord anglais ? Qu'est-ce que je fais ici ?

— Vous ne savez pas qui je suis. C'est normal, je n'ai jamais mis les pieds en Sicile. Et j'espère bien n'avoir jamais à m'y rendre. Je suis le duc Albano di Ciommo di Carlo. Ma famille est de la plus vieille noblesse italienne. Nous habitions dans les palais à Venise et traitions avec les rois d'Europe quand vos ancêtres vivaient encore dans des grottes. Nous avons négocié avec les Arabes, les Turcs, les Indiens, les Chinois et représenté les intérêts de nos provinces, puis de ce pays qui s'appelle désormais l'Italie, aux quatre coins du monde. Et c'est ce que je suis venu faire, ici, aujourd'hui. Voyez-vous, je suis en mission.

— Quel genre de mission ?

223

– Ne m'interrompez pas, je vous prie. Je suis mandaté par des gens très puissants, je dirais même par les personnes les plus puissantes de la Péninsule pour vous proposer un marché. Oui, à vous, petit *fontaniero* de Trapani – c'est bien ainsi qu'on vous appelle, n'est-ce pas, *fontaniero*, puisatier, en quelque sorte –, car vous pourriez nous rendre un service. Et comme tout service mérite une récompense, vous y trouverez votre compte.

– Qui vous envoie, au juste ?

– Ça, cher ami, ce n'est pas votre affaire. C'est la première et dernière fois que nous nous rencontrons, que vous acceptiez mon offre ou pas. Si vous la refusez, c'est simple : un cachot, au secret pendant les quinze prochaines années. À Naples ou ailleurs. Plutôt ailleurs, en fait. Dans une de nos vallées alpines, vous adorerez le climat. Pas de procès, pas de jugement, aucune nouvelle à votre famille, qui ne saura pas si vous êtes mort ou vivant.

– Et si j'accepte ?

Le duc sourit, caresse la tête de son chien.

– Dans ce cas, vous remontez demain dans le bateau qui vous a conduit à Naples, libre comme l'air, avec une jolie bourse pleine de pièces d'or et une mission à accomplir.

– Quel genre de mission ?

– J'y viens. Vous qui vivez dans les vergers de citronniers et d'orangers, et volez ou escroquez sans vergogne leurs propriétaires, parmi lesquels certains de mes amis, vous avez certainement noté la constitution récente, en Sicile mais cela se passe aussi ailleurs, hélas, de ce qu'on appelle des ligues agraires, sociétés de secours mutuel agricole ou autres noms ridicules ?

– Les Rouges ?

– Certains les appellent ainsi. Des activistes révolutionnaires qui sèment le désordre dans les campagnes et incitent les paysans, et surtout les journaliers et les ouvriers agricoles à se révolter, voire à s'emparer par la force de ce qui ne leur appartient pas.

– Pas à Trapani. Mais il y a eu des histoires de ce genre pas loin, depuis le début de l'année. Des gars que personne ne connaît, qui viennent de l'est de la Sicile ou du continent et qui montent des sortes de syndicats, appellent à la grève.

– Ils sont en mission, eux aussi. Ils arrivent du nord et du centre de l'Italie, où ils sèment le désordre depuis plusieurs années. Les gens que je représente tiennent à ce que cette peste ne gagne pas le sud de notre pays, et surtout pas votre Sicile et sa terre noire si fertile, ses champs de blé et ses vergers d'agrumes. Nous avons toléré si longtemps ces fauteurs de troubles que maintenant ils sont puissants dans nos provinces. Leurs grèves nous coûtent des fortunes, ils sont parvenus à extorquer des augmentations de salaire scandaleuses. Ils mettent en cause les principes mêmes sur lesquels est fondé ce pays : la propriété privée, le salariat, la libre entreprise. Il ne faut pas les laisser prendre pied en Sicile.

– Je commence à comprendre.

– Je savais que vous étiez un homme avisé. Votre réputation est arrivée aux oreilles de mes amis de Naples. Nous nous sommes récemment réunis et avons fait le compte des gens sur lesquels nous pourrions nous appuyer en Sicile. Votre nom était en haut de la liste. Ensuite, une petite intervention à Rome a suffi pour qu'un mandat d'arrêt secret soit envoyé à ce cher commandant Corsini.

– Vous voulez dire…

– Non, pas du tout. Le *comandante* est un parfait fonctionnaire, l'honneur de notre police nationale. Il avait pour mission de vous arrêter et de vous mettre sur un bateau pour Naples, il s'en est acquitté à la perfection. Il risque simplement d'être déçu en vous voyant revenir si vite. Mais il se fera une raison.

Un large sourire illumine le visage de Salvatore Fontarossa.

– Car vous allez accepter notre offre, n'est-ce pas ?

– Une bourse d'or ou quinze ans de cachot ? Vous voulez rire ? Je suis peut-être un paysan, mais je ne suis pas un imbécile. Que dois-je faire, exactement ?

– Notre ami le commissaire, ici présent, va vous donner une liste. Pour l'instant elle contient six noms, mais elle s'allongera certainement. Ce sont des *Rossi*, comme vous dites. Des personnages malfaisants, dans la région de Palerme et près de chez vous, à Trapani. Mes amis et moi aimerions qu'ils soient mis hors d'état de nuire. Nous vous laissons le choix des moyens.

– Pourquoi ne les faites-vous pas arrêter par les *carabinieri* ?

– Nous le faisons, régulièrement. Mais dans la magistrature les idées séditieuses se répandent aussi, et des juges trop libéraux, hélas, ordonnent leur libération après quelques semaines ou quelques mois de prison. Ils partent se mettre au vert en Suisse et reviennent fomenter leurs révoltes. Nous sommes à la recherche de solutions, disons… plus permanentes.

– Je vois. Mais si ces Rouges sont victimes d'accidents, ou pire, cela pourrait déclencher des enquêtes, non ?

– Certes, c'est la loi. Mais je peux vous rassurer sur ce point. Elles seront confiées à des policiers, disons… compréhensifs, qui ne feront pas preuve d'un zèle excessif.

– Pas du genre Corsini, par exemple.

– Ne vous inquiétez pas pour Corsini. Une jolie promotion à la direction de la police de Sienne l'attend pour le début de l'année prochaine. Il sera ravi de rentrer chez lui après s'être couvert de gloire en Sicile.

– Bonne nouvelle. Je pense que nous pouvons nous entendre. De toute façon, dans notre partie nous n'aimons pas beaucoup les Rouges, non plus. Ils sèment le désordre, et le désordre n'est pas bon pour les affaires. Il semble qu'ils aient mis les pieds dans le port de Palerme, chez certains dockers. Mais en plus de cette liste de six noms, pourrais-je avoir une confirmation écrite de notre accord, au cas où je tomberais sur un fonctionnaire qui n'aurait pas bien compris les consignes ?

– Vous plaisantez ? Je ne vous connais pas. Nous ne nous sommes jamais vus. Restez à votre place, *fontaniero*. Vous n'êtes qu'un *paesano* plus malin que les autres qui a trouvé un moyen de s'enrichir sur le dos de ses voisins, sans trop se fatiguer. Ne pensez pas que ça vous donne le droit de jouer dans une cour qui n'est pas la vôtre. Aujourd'hui, vous avez votre utilité, mais vous pouvez disparaître en un clin d'œil et nous vous remplacerons sans problème. Comprenez-moi bien. Nous sommes le véritable pouvoir de ce pays. Nous l'avons été avant son unification. Nous le serons toujours. Les gouvernements changent, nous restons. Travaillez avec nous, vous en profiterez. Dressez-vous contre nous, vous serez écrasé comme un moustique.

– Je comprends. J'ai déjà oublié votre nom.

– Nous savons où vous trouver et comment vous contacter. On ne veut pas avoir affaire à vous. En revanche, nous serons informés de chacun de vos gestes et de vos initiatives.

Le duc se lève, passe derrière son bureau, sort d'un des tiroirs une bourse de cuir rouge, fermée par un lacet.

– Il y a là vingt millions de lires, en pièces d'or de Napoléon. Vous en recevrez autant quand la liste ne comprendra plus que trois noms, et le double quand les six noms auront été barrés. Des messages vous seront laissés avec des instructions pour les récupérer. Nous aimerions que le premier nom soit rayé assez vite, disons avant Noël. Essayez, autant que faire se peut, de respecter l'ordre dans lequel ils ont été notés. C'est surtout le premier qui nous préoccupe.

– Il sera fait comme il vous plaira, Excellence.

– Monsieur le duc, s'il vous plaît. En fait, ne m'appelez pas du tout. Cette entrevue est terminée, nous ne nous reverrons jamais. M. le commissaire va vous ramener à Naples et, pour plus de discrétion, vous rentrerez sur votre île de sauvages par Syracuse. Et vous vous mettrez à la tâche sans tarder.

– Vous pouvez compter sur moi, ma famille et mes alliés. Ravi d'avoir fait votre connaissance.

– Je ne suis pas sûr que ce soit réciproque, mais enfin. Le diable et la longue cuillère…

– Pardon ?

– Rien. Partez, maintenant. Adieu, *fontaniero*.

Quatre jours plus tard, comme tous les soirs quand Ana est dans sa maison, une des servantes de Carla Fontarossa apporte le dîner préparé dans ses cuisines. Enzo est chez lui depuis trois jours consécutifs, ce qui ne lui était pas arrivé depuis des lustres. Les réunions de crise se succèdent depuis l'arrestation de don Salva, son transfert à Naples et sa disparition. Depuis le début de leur mariage, Ana refuse de faire cuire autre chose que des purées de légumes pour sa fille, prétend ne pas savoir accommoder les pâtes et met un point d'honneur à laisser Enzo dîner seul, et si possible froid, sur un coin de table quand il est là.

– Don Enzo, dit la servante en entrant dans la cuisine où il mange du fromage et boit du vin, il y a un homme étrange dans la rue. Il porte une sorte de cape avec une capuche et s'est tourné vers le mur quand il m'a entendue. Peut-être un espion…

– Où ça ? demande le *capo* en ouvrant un tiroir pour prendre un revolver.

– Au bout de la rue, vers la placette. Il regardait vers ici quand je suis sortie par la petite porte.

– Passe par le jardin, file prévenir un gars et dis-lui d'aller de l'autre côté, avec une *lupara*. On va le coincer. La rumeur de l'arrestation de don Salva s'est répandue. Ses ennemis viennent aux nouvelles. Ils vont être bien reçus.

– Qu'y a-t-il ? demande Ana en entrant dans la pièce.

– Toi, remonte là-haut. Reste avec ta fille. Ne bougez pas.

Il ouvre la porte sur la rue, jette un coup d'œil à droite, à gauche, cache son arme derrière sa cuisse. Il sort. Il fait presque nuit, la lampe à huile de la petite place crée des ombres dansantes sur les murs des maisons.

– Enzo !

– Qui est là ? Montre-toi ou je tire !

– Non, tu ne tires pas, *deficiente*. C'est moi. Baisse ce flingue.

– *Capo ?*

Une ombre sort d'une porte cochère, enlève à deux mains la capuche qui lui recouvrait le visage. Don Salva, tout sourire.

– Tu surveilles les abords de la maison de ma fille, c'est bien. Je suis passé par là pour rester discret, personne ne sait que je suis de retour, j'arrive de l'Ouest en charrette avec des paysans. Il vaut mieux que tout le monde me croie au diable pour le moment. Ça pourra être utile. Je vais traverser les jardins pour entrer. Ana est là ?

À cet instant, deux hommes armés, fusils à crosse et canons sciés en main, surgissent en courant.

– Calmez-vous, les gars ! C'est une bonne nouvelle.

– Don Salva, dit l'un d'eux. C'est bon de vous revoir, on commençait…

– Tais-toi. Tu ne m'as pas vu, ne dis rien à personne. Pas même aux autres. Et toi non plus.

Ils tournent les talons, Salvatore Fontarossa et son gendre entrent dans la maison. Enzo pose son arme sur la table.

— Ana ! Tu peux descendre.

La jeune femme pointe le bout de son nez en haut de l'escalier.

— *Papà !* Tu es revenu, ils t'ont libéré. Mais où étais-tu ?

— Un simple malentendu, un policier du Nord qui a fait du zèle en espérant une promotion. Rien de grave. Ils m'ont conduit à Naples, et là des gens raisonnables ont mieux compris la situation. Au bout du compte, c'est même une bonne chose. Notre famille en sortira renforcée. Tu n'as pas à en savoir davantage, ce ne sont pas des affaires de femmes. Comment va la petite ?

— Elle va bien. Elle dort.

— Ne la réveille pas, je la verrai demain. Je bois un verre de vin avec Enzo et je vais me coucher, le voyage m'a épuisé.

Autour d'une bouteille de marsala et d'un saucisson, Salvatore met son premier *capo* au courant de l'accord passé avec « des personnes très puissantes » qui l'ont fait libérer et l'ont grassement payé, avec promesse de beaucoup d'argent à venir, en échange de quelque chose que le *fontaniero* aurait fait de sa propre initiative.

— Tu comprends, *figlio*, c'est là que c'est drôle : nous allons gagner des fortunes pour lutter contre ces Rouges de malheur, que nous n'aurions jamais laissé approcher de nos terres. Nos terres à nous et celles des patrons qui nous paient le *pizzo*. C'est ce que je leur dis depuis des années : avec nous, vous êtes tranquilles. Trente pour cent de la récolte, ce n'est rien à côté de ce que veulent vous prendre les *Rossi*. Eux, ils veulent tout. Tout voler et redistribuer la terre à ces misérables, ces alcooliques et ces fainéants qui seraient incapables de la cultiver, de toute façon. Alors voilà, j'ai ici une liste de six noms, des Rouges dont nous allons nous débarrasser.

— Nous pourrions commencer par leur faire peur, comme d'habitude. C'est efficace, non ?

— Non, Enzo. J'ai passé un marché.

Il sort de sa poche la bourse de cuir, dénoue le lacet, verse sur la table une cinquantaine de pièces d'or frappées du profil de l'Empereur et de la mention « Napoleone Imperatore e Re – 1808 ».

– Il y en a d'autres comme ça à gagner. Beaucoup d'autres. Le premier nom sur la liste doit mourir avant Noël.

Il déplie une feuille de papier.

– Romeo Menichella. Ça te dit quelque chose ?

– Rien du tout. Ce n'est pas un nom sicilien.

– Ce sont des étrangers, des agitateurs du Nord que les Rouges envoient semer la merde chez nous. Tant mieux. Ça nous simplifie la tâche. Avec un Sicilien, il y a la famille, c'est toujours plus compliqué. Quand ce Menichella pourrira au fond d'un trou entre les citronniers, nous n'aurons pas à nous soucier de ses frères ni de ses cousins. Mets des hommes là-dessus. Je veux savoir où il est d'ici deux jours.

37

San Francisco (Californie)

Octobre 1905

US POST OFFICE – SAN FRANCISCO STATION
TÉLÉGRAMME INTERNATIONAL
EXPEDITEUR : Victor WATER – Poste restante – San Francisco
Central Post Office – San Francisco – Californie – USA.
DESTINATAIRE : Fulvio GRITTI – Gritti Gruppo – Importazione-
Exportazione – Porto di Napoli – Napoli – Italia
TEXTE : Parvenu à destination. STOP. Californie tient ses promesses.
STOP. Argent arrivé à famille ? STOP. Des nouvelles ? STOP.
Joignable à cette adresse STOP. Merci STOP. V. Water.

Voilà, se dit Vitto. Avec ce nom, cette adresse, impossible de remonter jusqu'à Vittorio Bevilacqua. Je voulais l'envoyer depuis un bon moment, j'ai enfin pris le temps d'aller à la poste après avoir livré, comme tous les jeudis, le marché italien du Presidio. Il va falloir combien de semaines pour que j'aie une réponse ? Fulvio n'est peut-être pas à Naples, il parlait de s'installer à Rome, de faire le tour des capitales européennes avec Véra. Je repasserai à la poste une fois par mois. J'espère qu'il pourra m'envoyer des nouvelles de *mamma* et des filles. Quel âge ont-elles maintenant ? Quatorze ans pour Amella, dix-sept pour Giovanna. Mon Dieu, dix-sept ans ! Est-elle mariée ? Comment s'appelait le fils des voisins avec lequel elle se promenait main dans la main quand elle avait dix ans ? Rocco ? Trois ans que je suis parti, et déjà les noms et les visages s'effacent. Et *mamma*, comment s'en sort-elle ? J'aurais dû être à ses côtés pour l'aider à élever les filles, pour conduire Giovanna à l'autel. Amella, bonne élève comme elle

231

est, a-t-elle pu aller à l'école à Trapani ? La seule chose qui me rassure, c'est la certitude que Fulvio a tenu sa promesse. Je suis sûr qu'il a pu leur faire apporter cet argent qu'il proposait de me donner à Saint-Louis. J'espère que ça n'aura pas éveillé des curiosités à Marettimo, que *mamma* aura été prudente en le dépensant. S'il a trouvé un bon intermédiaire, je pourrai lui demander de leur faire parvenir l'argent du bateau pour l'Amérique. Il faudra qu'elles quittent l'île discrètement, comme si elles allaient passer quelques jours dans la famille à Trapani. Fontarossa doit les faire surveiller, mais certainement pas vingt-quatre heures sur vingt-quatre. Il faudra qu'elles brouillent les pistes. Avec ce que je gagne, j'aurai bientôt assez pour payer ma part dans le bateau que Fabrizio Gentile et Tommy Lapaglia font construire chez Fratelli à Benicia. Une *felucca* de chez nous, rallongée pour affronter les vagues du Pacifique, en chêne de la sierra, indestructible. En février ou mars, nous serons à notre compte. Nous avons prévenu Joe. Je m'attendais à ce qu'il fasse la gueule à l'idée de perdre son équipage et de se retrouver avec des concurrents, mais il a rigolé et dit que c'est ainsi que vont les choses, en Amérique. *Il sogno americano, the American Dream.* Devenir indépendant, acheter un bateau et une maison. Un de ses cousins doit arriver bientôt du pays avec un ami pour nous remplacer. Je vais gagner bien plus que vingt dollars par semaine. Et surtout, en mai, nous partirons pêcher le saumon en Alaska. Un mois de navigation à l'aller, un mois dans la baie de Bristol, un mois pour rentrer : en août-septembre de l'an prochain, si ce que disent les gars de Pittsburg est vrai, j'aurai de quoi faire venir ma mère et mes sœurs. Cinq mille dollars en cinq semaines de pêche ! C'est ce que les deux voisins de Joe ont chacun gagné au mois de juin. Mieux qu'un filon dans les montagnes. Il y a tellement de conserveries en Alaska, qui expédient leurs boîtes dans tout le pays, qu'ils achètent les poissons à des prix ahurissants. Et les *salmon run*, là-haut, c'est la pêche miraculeuse tous les jours, à ce qu'ils racontent. Plus de saumons que l'année où je suis arrivé à Pittsburg, et surtout des rivières à l'infini, dans lesquelles ne pêchent que deux ou trois bateaux alors que des monstres presque aussi gros que des thons rouges de chez nous se bousculent dans leurs filets. Pas comme ici, où les eaux de la Sacramento sont de plus en plus sales, les poissons moins nombreux et où les disputes avec les Portugais se règlent à la Winchester. Il y a trop de pêcheurs, et la réglementation de l'État de Californie est de plus en plus sévère. Ils parlent d'interdire les filets l'an prochain, de n'autoriser que les lignes. Ce serait la fin. L'Alaska. Il faut vraiment aller dans le Grand Nord. D'abord, demander un permis, ça se fait à San Francisco. Et surtout il faut que le bateau soit terminé. Nous irons le voir sur le chantier samedi. Je n'en peux plus de cette chambre minuscule sur cette barge, mais j'ai ainsi pu économiser huit cents dollars et payer ma part du bateau. Quand ce sera fait, je pourrai m'installer dans la pension de Mme Cardinale en attendant la venue de *mamma* et des filles... Des filles ? Mais j'y pense, si Giovanna est mariée, elle ne voudra peut-être pas venir. Cela dépendra de ce que fait son mari. S'il est pêcheur, ce n'est pas le travail qui manque ici. Avec l'argent de l'Alaska, je pourrais lui avancer le prix de son voyage... Bon, arrête de rêver. Le télégramme est parti, Tommy m'attend à la jetée de Marine Drive, trois heures pour rentrer à Pittsburg si le vent d'ouest se maintient.

Le soleil plonge dans l'océan, de l'autre côté du mont Tamalpais, quand les deux hommes accostent sur Brown's Island, petite île face à l'entrée du port de Pittsburg où les Siciliens ont bâti deux pontons qui leur sont réservés. Leurs bateaux sortent plus vite sur la Sacramento River, ils sont à l'abri des vols et des dégradations, et surtout l'amarrage y est gratuit pour encore trois ans en échange de la construction des quais. Vitto et Tommy serrent les amarres, montent dans le canot et gagnent à la rame le débarcadère principal de la ville. Elle s'est d'abord appelée New York Landing, quand c'était une simple étape sur la rivière pour les chercheurs d'or qui remontaient vers Sacramento et le « pays de l'or », puis la bourgade qui ne vit que pour et par la pêche a été baptisée Pittsburg, personne ne sait plus par qui, certainement un nostalgique de sa Pennsylvanie natale. Les maisons de bois de deux étages sont alignées dans Main Street et quatre rues perpendiculaires, avec leurs commerces, ces General Store où se mélangent produits américains et

233

italiens et où par endroits on pourrait se croire à Naples, leurs ship-chandlers où les filets Paranzella et même certaines peintures pour bateaux sont importés de Palerme, leurs charrettes débordantes de tomates, de courgettes et de plants de basilic, dont les graines ont été si bien cachées dans les poches de pantalons qu'elles ont échappé aux contrôles à Ellis Island. La ville est surmontée des trois châteaux d'eau des conserveries, bâties sur les berges, dans lesquelles on cuit et met en boîtes, en fonction des saisons, des saumons, des harengs et des filets d'espadon. Un quai est réservé aux wagonnets à ciel ouvert qui transportent, par une voie ferrée depuis le pied des montagnes toutes proches, le charbon de la mine de Black Diamond. Des barges à fond plat le livrent à San Francisco ou vers le sud, jusqu'à Stockton. Mais le pouls de Pittsburg, c'est sur les quais, les môles, les berges, les pontons, les débarcadères, les docks, les cales, les ateliers, les appontements, qu'il bat. Une ville du fleuve, comme La Nouvelle-Orléans est fille du Mississippi, s'est dit Vittorio quelques jours après son arrivée. La fin de l'après-midi, c'est l'heure où les pêcheurs, les marins, les ouvriers des chantiers navals et des conserveries se retrouvent au Pittsburg Cafe, chalet de bois à un étage bâti sur la berge.

Ce soir-là, la plupart des clients sont rassemblés juste à côté, sur un ponton annexe dans un bras de la rivière, pour assister aux essais d'un nouvel appareil : un petit moteur à explosion, monté sur un arbre terminé par une hélice, installé à l'arrière d'une barque sicilienne. Le moteur est en hauteur, hors bord, l'hélice de laiton dans l'eau.

– Le gars qui l'a inventé affirme que c'est révolutionnaire, dit Pietro Ferrante, le patron du café, mais ça fait deux heures qu'il est dessus et il n'a toujours pas démarré son engin. Il paraît qu'il carbure au pétrole. Je n'y crois pas, moi, à son truc. Ce n'est pas près de remplacer nos voiles.

Vittorio et Tommy Lapaglia retrouvent leur patron, Giuseppe « Joe » Bacigaluppo, devant une pinte de Yosemite Lager. Dans ce bar de pêcheurs italiens, avec quelques Croates de la côte dalmate, on parle sicilien, anglais avec de forts accents, commente les cours des criées de San Francisco et de Sacramento, discute de l'arrivée des moteurs sur les barques, échange des tuyaux sur les prises le long de la côte Pacifique ou dans la baie de San Pablo, râle contre les réglementations que le Fish and Wildlife Service vient d'imposer, colporte les nouvelles apportées par les nouveaux immigrants arrivés en train du vieux pays ; moins de trois jours pour venir de New York par le Transcontinental Express, vous vous rendez compte ?

– J'attends mon frère et deux cousines au début du mois prochain, dit Tommy. Je supplie ma mère de venir, mais elle refuse. Elle a fait le vœu de mourir en Sicile et ne veut rien savoir de l'America.

– Pietro Ferrante m'a annoncé que F.E. Booth va ouvrir une conserverie de sardines dans la baie de Monterey, dit Joe Bacigaluppo.

– Le Booth de la Sacramento River Packers ? demande Tommy.

– Oui. Tout ce que ce gars touche se transforme en or. Il faudrait aller jeter un coup d'œil à cette baie de Monterey. Vous voyez où c'est ? Deux heures au sud de la Porte d'Or, sur l'océan. J'y suis passé deux ou trois fois, de nuit. Les bancs de sardines brillent là-dedans comme dans un aquarium, des reflets d'argent à perte de vue. Elle est très profonde, c'est un point de passage des baleines, ce qui est toujours bon signe.

– Mais qui mange des sardines dans ce pays ? demande Vittorio. J'ai grandi grâce aux sardines en Sicile, mais les Américains n'aiment pas ça. Ils préfèrent le saumon ou le bar, non ?

– C'est vrai qu'on rejette à l'eau les sardines prises dans nos filets, mais si Booth s'y intéresse, c'est qu'il a une idée derrière la tête. Ce gars est un génie du *business*.

– J'ai un copain contremaître dans sa conserverie. Je vais l'interroger pour savoir s'il est au courant de quelque chose. Quitte à lui filer un billet. Okay, patron ?

– Cinq dollars, si ça vaut le coup. Et votre *felucca* ? Elle avance ? Quand désertez-vous mon bord, traîtres ? Après tout ce que j'ai fait pour vous ? demande Joe en souriant.

– Nous allons voir le chantier à Benicia, dit Vittorio. On sait ce qu'on vous doit, *padrone*. Nous pensons monter en Alaska pour le *salmon run*. Ça vous dirait de venir avec nous ? Nous pourrions naviguer ensemble. Vous ne l'avez jamais fait, non ?

– Non, jamais. Et je ne vais pas commencer. Trois mois à manger des conserves et du poisson, j'ai passé l'âge. L'Alaska, c'est pour les jeunes. Avec mes deux bateaux, les saumons de la Sacramento River me suffisent. Je veux bien remonter la côte jusqu'à la Russian River, mais pas plus loin. Ils disent tous trois mois de voyage, mais ça dépend du temps et des vents. L'an dernier, c'était plutôt quatre. Je ne quitte pas ma femme et mes filles aussi longtemps. Au fait, Vitto, j'ai un service à te demander. Voudrais-tu accompagner ma Claudia à Antioch ? Elle doit déposer des papiers à l'administration de Californie et sa mère est trop occupée pour y aller avec elle en train. Je vous prête mon nouveau buggy avec les deux chevaux. Tu es un garçon sérieux, je ne t'ai jamais vu courir les filles ou te saouler, je sais que je peux te confier ma cadette. C'est la prunelle de mes yeux...

– Et la plus jolie fille à marier de la région, rigole Tommy.

– Toi, ta gueule. Je demande ce service à Victor, je me ferais couper un bras plutôt que de faire appel à toi, canaille ! On t'a encore vu sortir de chez la Veronica, au petit matin. Cette garce qui accepte même les mineurs de charbon, ces Gallois aux mains sales...

– C'est parce que j'ai des goûts simples, moi. Je préfère aller une fois par semaine chez la Veronica, dont les filles comprennent le patois de mon village, qu'une fois par mois chez les Françaises de San Francisco, comme certains, que je ne nommerai pas.

– De quoi tu parles ?

– De rien, *padrone*. Bon, faut que j'y aille. Une partie de *scopa* m'attend. Cinq heures demain matin au bateau, comme d'habitude ?

– Ne sois pas en retard.

38

San Francisco (Californie)

Décembre 1905

Il y a foule ce matin à la grande poste de San Francisco. Noël approche, tout le monde espère des nouvelles de la famille au pays, ou veut en donner. Vittorio prend sa place dans la file d'attente. Devant lui, des femmes portent des cartons à destination de la Pologne, du Portugal, de l'Allemagne. Un colis dont l'adresse est écrite avec des caractères chinois est refusé. En anglais ! lance le préposé à un vieil homme vêtu d'une longue robe traditionnelle, en lui faisant signe de dégager du comptoir. Ces deux-là, avec leurs beaux cheveux noirs, je parie qu'elles sont italiennes... Gagné, leur cadeau part pour Florence. Celle de droite est vraiment jolie. *Italiana*. Tiens, elle m'a souri...

Vittorio tend sa carte de résident au guichetier. Une lettre l'attend, il la retourne : Expéditeur Fulvio Gritti.

À l'intérieur, cinq billets neufs de cent dollars, enveloppés dans du papier de soie, et une lettre manuscrite.

Mon cher Vittorio,

J'attendais (et je dois dire redoutais) depuis longtemps d'avoir de tes nouvelles, de savoir que tu étais arrivé en Californie, au terme de notre aventureux périple. Redoutais car ce que j'ai à t'annoncer est terrible, je ne trouve pas les mots pour atténuer la peine infinie que cela va te causer. Mais tu dois savoir : comme promis, dès mon retour à Naples j'ai envoyé un émissaire à Marettimo. Un de nos vieux contremaîtres, originaire de Favignana, qui peut se rendre d'une île à l'autre sans éveiller l'attention. Sa mission était bien sûr de donner de tes nouvelles à ta mère et tes sœurs, et de leur apporter une somme d'argent, comme convenu, avec la gratitude de la famille Gritti. Mon émissaire, au service de notre famille depuis plus de trente ans, m'a raconté avoir perçu de la gêne, puis de la peur et de l'agressivité chez les personnes qu'il a interrogées à son arrivée sur l'île. Les portes se sont fermées, il a été presque jeté dehors des cafés dès qu'il a prononcé votre nom. Jusqu'à ce qu'une vieille dame lui murmure, dans un signe de croix, de se rendre au cimetière. Et là, je suis désolé de te l'apprendre, mon ami, mon frère, il a trouvé trois tombes aux noms d'Amella, Giovanna et Caterina Bevilacqua. Il n'est pas parvenu à connaître les circonstances de leur mort. Les pierres tombales, très simples, ne portaient pas de dates. Seulement ces trois noms. Il a compris qu'il ne devait pas s'attarder sur l'île. Il est reparti en pleine nuit, avant d'attirer l'attention et les questions. Je suis désolé d'être le messager d'une si terrible nouvelle. Si les circonstances de leur décès restent obscures (mais je l'apprendrai, tu sais comme moi que tout se sait dans les îles, et nous y avons de nombreux relais), le coupable de ces ignobles assassinats ne fait aucun doute. Mon père a évoqué l'affaire, ici à Naples, avec le juge Fregoli, un magistrat haut placé qui a des relations à Rome. Il a accepté d'ouvrir une enquête secrète. Les règlements de comptes au sein de la Mafia sont rarement élucidés par la justice en Sicile, mais là, c'est autre chose. Une femme et deux adolescentes, sans défense, tuées parce qu'elles étaient de ta famille, cela dépasse les bornes. Je te tiendrai au courant, maintenant que j'ai un moyen de te joindre, de l'avancement de l'enquête. Sois certain que la famille Gritti pèsera de tout son poids, qui n'est pas négligeable, pour que des coupables soient désignés.

Le commanditaire et seul vrai coupable, nous le connaissons tous, ce misérable fontaniero *Fontarossa, devra payer pour ce terrible méfait. Que ses mains soient tachées de sang ou qu'il ait envoyé des tueurs, c'est le responsable, et lui seul. La justice sicilienne ne s'est pas illustrée, pour l'instant, dans la lutte contre ce cancer de la société, mais ce triple assassinat pourrait être l'occasion pour l'État italien d'intervenir et de poser des limites. Nous ferons tout ce qui est en notre pouvoir pour l'y encourager.*

En attendant, cher Vitto, j'espère que ta nouvelle vie dans le Nouveau Monde te permettra de panser cette terrible blessure. Je sais, nous en avions parlé, que tu vivais dans l'attente de leur venue en Amérique. Cela m'inquiétait, d'ailleurs, j'avais peur que leur voyage ne fournisse à ce misérable une piste pour remonter jusqu'à toi. Ce triple assassinat montre que rien ne le fera renoncer à sa vengeance. Tu trouveras dans cette lettre la somme, convertie en dollars américains, que notre émissaire voulait remettre à ta mère. Un témoignage de ma reconnaissance et de mon amitié après ce que tu as fait pour nous à La Nouvelle-Orléans. Je peux t'en envoyer d'autres, si tu as un projet ou des besoins en Californie. Ne me donne jamais d'autre adresse que la poste restante de San Francisco. Je suis sûr de nos employés, je détruirai tes courriers après les avoir lus, mais c'est une précaution supplémentaire.

Je ne sais que dire pour atténuer ton chagrin, Vittorio, à part te renouveler mon éternelle amitié. La vie est parfois terrible. Courage. Ton ami, ton frère.

Fulvio.

Le visage de Vittorio se vide de son sang, ses mains tremblent. Les trois noms sur les tombes, dans ce cimetière au-dessus de la mer où il a si souvent joué, enfant... Il lâche l'enveloppe, s'adosse à un pilier en pierre et lentement, les yeux pleins de larmes, s'assied sur ses talons. L'une des deux jeunes Italiennes, qui lui avait souri une minute auparavant, s'approche, ramasse le pli, le lui tend.

– Vous avez fait tomber cela, *signore*. De mauvaises nouvelles du pays ?

Il ne l'entend pas, ne la voit pas. Des larmes coulent sur ses joues. Il ne respire pas pendant trente ou quarante secondes, reprend son souffle dans un hoquet, ouvre les yeux, les essuie avec les manches de sa chemise.

– Très mauvaises. Merci, mademoiselle.

– J'ai appris la mort de mon père ici, de la même manière, il y a six mois. Je suis désolée. Vous voulez quelque chose ? De l'eau ?

– Ça ira.

– Bon courage, monsieur.

Elle rejoint son amie, restée trois pas en arrière. Vitto plie en deux l'enveloppe contenant les dollars, la glisse dans une poche de son pantalon. Il relit la lettre.

Toutes les trois. Ils les ont tuées toutes les trois. Le maire devait les mettre à l'abri à Favignana. Que s'est-il passé ? Ont-ils attendu qu'elles reviennent à Marettimo ? Qui peut tuer une mère et ses enfants ? Quel monstre ? Toute l'île était terrorisée, comment ai-je pu penser que de pauvres pêcheurs allaient pouvoir protéger ma mère et mes sœurs contre des tueurs sanguinaires ? Comment ai-je pu les abandonner ? Un lâche. Voilà ce que je suis. J'ai fui en les laissant sans défense. Ils les ont peut-être violées, torturées pour leur faire dire où j'étais parti. Pendant que je me prélassais dans la cabine d'un paquebot, que je dînais à la table du commandant. J'aurais dû rester, mourir en les défendant. Ou les faire venir avec moi. Voilà ce qu'un homme d'honneur aurait fait. Mais moi, il va falloir que je vive avec ça jusqu'à la fin de mes jours. J'ai fait réparer chez l'armurier d'Antioch le revolver avec lequel le frère d'Ana m'a tiré dessus. Je prendrai le train pour New York, puis le bateau pour Palerme et en moins d'un mois, je peux être à Trapani. Et je tirerai deux balles dans la poitrine de ce *fontaniero* du diable. Tant pis si ses hommes m'abattent, je rejoindrai *mamma* et les filles, dans le cimetière au-dessus des vagues.

Et soudain le souvenir d'Ana le prend par surprise. Il suppose qu'elle a refait sa vie et qu'elle est peut-être au courant des exactions de son père. En fait, c'est elle la responsable de toute cette catastrophe. Elle n'aurait jamais dû l'ensorceler. Tout ça, c'est sa faute. C'est elle qui s'est offerte comme une vulgaire putain. C'est une Fontarossa. Maudite soit cette famille !

Vittorio relit la lettre. Refuse la main tendue d'un homme qui veut l'aider à se relever. Puis un postier en uniforme s'approche en tenant une chaise.

– Vous ne pouvez pas rester assis par terre, monsieur. C'est un lieu public. Asseyez-vous sur cette chaise. Nous avons l'habitude, à San Francisco. Les nouvelles du pays ne sont pas toujours bonnes. En fait, elles sont souvent mauvaises. Bon courage, monsieur…

– Water. Victor Water.

39

Trapani (Sicile)

Décembre 1905

Le premier, ce fut facile. Romeo Menichella ne se méfiait pas. Il allait de ferme en ferme, d'usine en atelier, tenait des réunions publiques sur des places de villages, dix personnes, vingt, parfois cent. Il réclamait des augmentations de salaire pour les ouvriers, de meilleures rémunérations pour les journaliers, des balances vérifiées pour la pesée des fruits lors des récoltes, le démantèlement des grands domaines laissés en jachère, des distributions de terres aux paysans. Il était parfois chassé à coups de bâton par les fils de propriétaires, parfois conduit pour la nuit en cellule par des *carabinieri*, parfois porté en triomphe, parfois battu comme plâtre, parfois invité à dormir dans une grange après un bon repas, voire attiré dans son lit par une ouvrière charmée par son éloquence et son profil de médaille. Il avait, caché dans un repli de sa veste, une liste de sympathisants de la cause révolutionnaire qui l'accueillaient, le guidaient, l'hébergeaient pour quelques heures ou quelques jours. Mais ce Milanais, ancien ouvrier soudeur devenu permanent de la Cause, se déplaçait seul, à l'arrière de charrettes de fourrage ou le plus souvent à pied, chapeau de paille, souliers ferrés et bâton d'olivier, par les chemins immémoriaux de la Sicile rurale.

Le clan Fontarossa l'a repéré début novembre à Mazara del Vallo, grâce à une famille alliée. Il y a passé une semaine avant de remonter vers le nord et les vignobles de Marsala, où il avait l'intention de s'adresser aux ouvriers agricoles à la saison de la taille de la vigne. Don Salva a désigné six hommes et ordonné à Enzo de prendre leur tête. Il a accompagné son gendre, mais l'a laissé agir seul pour voir s'il était digne de confiance. Ils ont attendu Menichella à l'entrée d'un bois de pins. Quatre tueurs cachés dans des fourrés, pour lui couper la route en cas de fuite, Enzo et Spada au bord du chemin, près d'un grand mulet dont ils faisaient semblant d'inspecter un fer à un sabot. Menichella s'est approché d'un pas de randonneur.

– Holà, l'ami. Tu t'y connais en chevaux ? Je crois que notre bête a un problème à la patte.

– Désolé, camarade. Je suis soudeur, pas maréchal-ferrant. Mais il y en a un dans le village que je viens de traverser.

– Camarade ? Tu ne serais pas le Romeo *il Rosso* dont parlent les paysans ?

– Romeo Menichella, pour vous servir. Et Rouge n'est pas une insulte. C'est un honneur.

Enzo saisit la *lupara* cachée dans la fonte de cuir accrochée à la selle, vise à bout de bras. Voilà pour toi, *Rosso* ! La décharge de chevrotine atteint Romeo en pleine poitrine. Il tombe sur le dos, bouche ouverte, les yeux exorbités par la surprise. Le *mafioso* approche à pas lents, tire la deuxième cartouche dans le cou. Il éjecte les douilles, qu'il ramasse pour ne pas laisser de trace, prend des cartouches dans sa poche, recharge l'arme, la remet dans la sacoche, aussi calme que s'il venait d'écraser une mouche. Les autres sortent des buissons. Salvatore Fontarossa, qui a observé la scène de loin, éperonne sa monture, arbore un air satisfait.

– Toi et toi, vous partez de chaque côté du bois, sifflez si quelqu'un arrive. Vous autres, portez le corps dans le trou. Attention à la tête, qu'elle ne se détache pas. Faites vite.

La fosse a été creusée la veille dans une clairière à l'écart du chemin. Le cadavre y est jeté, avec son sac de cuir, sa canne et son chapeau. Deux hommes le recouvrent de terre, tassent à coups de pelle, répandent une couche d'aiguilles de pin. En moins d'une demi-heure, toute trace de Romeo Menichella, militant révolutionnaire, a disparu.

– Parfait, on a eu le premier. Rentrez à Trapani par des chemins différents. Rendez-vous chez moi après le dîner, un *Napoleone* pour chacun. Enzo, tu viens avec moi. Nous devons parler.

Montés sur le cheval bai et un grand mulet, aussi sereins que s'ils revenaient d'une chasse au lapin, le *fontaniero* et son premier *capo* évoquent le deuxième nom sur la liste noire, un docker de La Spezia qui appelle à la grève dans les ports de l'île.

– Il ne devrait pas être difficile à repérer et cette fois nos gars ne se fatigueront pas à creuser une tombe, dit don Salva. Il pourrait se noyer dans un bassin. Tu sais comment ils sont, ces dockers, tous des ivrognes. Enzo, je voudrais te parler de quelque chose. Ne le prends pas mal, bien sûr, c'est ton foyer et ta famille. Mais c'est ma fille. Comment se passent les choses avec Ana ? Je n'ai pas l'impression qu'elles s'arrangent. Je pensais que cela allait demander un peu de temps, mais que vous alliez vous habituer l'un à l'autre.

– Ce n'est pas facile de parler de ça, *padrone*. Je ne voudrais pas trop critiquer Ana, c'est votre fille, bien sûr, mais, comment dire… Elle ne fait aucun effort. Depuis le premier jour, elle me rabâche qu'elle ne m'aime pas, que jamais elle ne sera ma femme. Elle dit des choses que je n'ose pas vous répéter. Elle me jette même au visage le nom de l'assassin d'Aldo.

– Elle est ta femme. C'est ma décision, vous êtes mariés devant Dieu. Elle doit l'accepter.

– Vous la connaissez, don Salva. Elle a son caractère…

Le *fontaniero* esquisse un sourire.

– Je sais. Je me dis parfois que j'aurais aimé que ses frères héritent un peu plus de mon caractère, et elle un peu moins. Mais c'est une femme. Une Fontarossa. Elle doit comprendre où est son devoir. Je vais demander à Carla de lui parler.

– Oh, Carla… Je crois que votre sœur ne m'apprécie pas beaucoup. Je ne compterais pas trop sur elle pour arranger les choses avec Ana. Elles sont souvent ensemble, elles baissent la voix quand j'entre dans la pièce. Mais les regards, ça en dit long.

– Enzo, tu es son mari. Fais-lui comprendre…

– J'ai essayé, don Salva. Mais je ne vais quand même pas…

– Non. Tu ne peux pas porter la main sur elle, si c'est ce que tu veux dire. Personne ne frappe Ana Fontarossa, pas même son mari.

– Je sais, *capo*.

– Et si tu étais plus souvent à la maison, auprès d'elle, et moins dans les bordels ?

– Mais, don Salva…

– Moi aussi je suis un homme. Et même avant la mort de ma sainte femme, Dieu protège sa mémoire, il m'arrivait d'aller voir les filles. Mais j'allais à Palerme, pour éviter les ragots. Et de temps en temps seulement. Il m'est revenu que tu passes parfois des semaines entières dans le lit de ces dames. Tu pourrais peut-être espacer un peu tes visites… Apporter des cadeaux, des choses comme ça. Et avec la petite ?

– Giulia ? Sa mère ne me laisse pas m'en approcher. Une fois, je suis rentré de Marsala avec un petit vêtement qu'une femme du village avait tricoté, elle l'a jeté à la poubelle.

– Bon, ce n'est pas simple, cet enfant. Tout le monde sait qui est son père. Y a-t-il des chances pour que j'aie un vrai petit-fils à moi bientôt ? Un Fontarossa, pour la lignée ?

– Eh bien, don Salva, là non plus…

– Je sais, c'est délicat de parler de ces choses. Mais quand même, vous…

– Si vous voulez savoir, pas souvent. Elle ne veut jamais. Je dois insister…

– Pas de détails, *prego*. Mais en la matière, tu es dans ton droit. C'est son devoir. J'ai hâte d'avoir un petit-fils, parce que du côté d'Antonino et de Paolo, ça n'avance pas vite. D'ailleurs, comment ça se passe avec Paolo ? A-t-il accepté ma décision de te nommer premier *capo* ?

– Nos relations sont bonnes. Je n'ai pas l'impression qu'il aspire à prendre ma place, si c'est ce que vous voulez savoir, don Salva. Antonino, en revanche, je ne sais pas…

– Crois-tu que c'est par hasard si je l'ai envoyé à Rome ? Pour l'instant, tu es mon bras droit. Je ne dis pas que dans quelques années je ne verrai pas les choses autrement, ce sont mes fils après tout. Mais si c'est le cas, tu n'auras pas à te plaindre, fais-moi confiance. Cet accord que nous avons passé avec les grands messieurs de Rome promet des perspectives immenses. Je ne crois pas que nous allons continuer longtemps à ouvrir et

244

fermer les robinets dans les vergers. Nous le ferons faire par d'autres. Notre famille va devenir plus riche, plus puissante. Il faudra que les autres clans, notamment ceux de Palerme, le comprennent et l'acceptent. S'ils ne le font pas, ils apprendront à nous craindre. J'ai de grandes idées, pour nous tous, Enzo. Ce nouveau siècle sera le nôtre. Des nouvelles de ce Bevilacqua de malheur ?

– Toujours rien, hélas. Il est malin, pour un pêcheur de Marettimo. Les amis de nos amis, à New York, ont mené l'enquête. Le bateau à bord duquel il se trouvait a continué vers Miami, mais il a pu en descendre discrètement, monter dans un autre, pour Boston ou n'importe où. Nos amis de Palerme m'assurent que les registres d'arrivée des ports sur la côte Est sont vérifiés, ils cherchent son nom. Mais il y a tellement d'émigrés italiens que ça risque de prendre du temps.

– Il n'y a pas un autre moyen ?

– Si un Vittorio Bevilacqua contacte un Sicilien, ça finira par venir à nos oreilles. Enfin, sur la côte Est. S'il s'est enfoncé dans le pays, dans le Sud ou dans l'Ouest, c'est une autre affaire. Nous n'avons pas beaucoup de relais dans ces endroits perdus.

– Offre des récompenses, quel que soit le prix. Il ne sera pas dit que Salvatore Fontarossa a laissé impuni le meurtre de son fils.

– Et ces messieurs puissants, avec lesquels vous êtes en contact ? Ils ne pourraient pas essayer, par d'autres canaux ? L'administration italienne en Amérique ? Ils ont peut-être des registres plus précis.

– Je n'y avais pas pensé. Pourquoi pas ? Je vais envoyer un message.

Dans les semaines qui suivent, Domenico Albano, syndicaliste docker, est au petit matin retrouvé noyé entre deux bateaux de pêche dans le port de Trapani. Trois jours plus tard, Roberto Gangemi, connu pour avoir organisé l'été précédent une grève dans les vergers de la région de Palerme, ce qui avait fait pourrir les fruits sur pied et coûté des millions de lires aux propriétaires, est tué à coups de couteau dans une ruelle, à la sortie d'une taverne. Légitime défense, conclut l'enquête de police. Au début de l'année 1906, les six noms sont rayés de la liste. Un soir, au crépuscule, un officier des *carabinieri* inconnu dans la région, accompagné de deux hommes en civil, frappe à la porte de Salvatore Fontarossa. Il lui remet une lettre cachetée à la cire rouge, avec des armoiries, et une bourse de cuir grenat.

40

Benicia (Californie)

Mars 1906

Ils sont partis à six bateaux, un samedi en fin de matinée, de Pittsburg jusqu'à Benicia, vingt-cinq kilomètres en aval, sur la Sacramento River. Les amis, la famille Bacigaluppo au grand complet, Pietro Ferrante et sa femme, une embarcation pour la fanfare Figli di Sicilia, Fabrizio Gentile, sa fiancée et ses futurs beaux-parents, Tommy Lapaglia et son jeune frère, arrivé en Californie avant Noël et Vitto Water.

Elles auraient dû être ici, avec moi, en robes du dimanche pour descendre la rivière et aller prendre livraison de notre *felucca*. Mamma aurait préparé le pique-nique, Giovanna aurait fait les yeux doux à son mari, Amella, aussi belle qu'un soleil, aurait fait tourner la tête des garçons. Mais non. Elles pourrissent dans la terre de cette île maudite, de ce pays de mort et de malheur. Je ne peux parler d'elles à personne. Comme si elles n'avaient jamais existé. Notre nom, Bevilacqua, a disparu. Quand Fratelli nous a dit que le bateau était terminé et que nous pouvions en prendre livraison, j'ai pris ma décision. Pendant des semaines, j'ai ruminé des projets de vengeance. Mais leur culte de la vendetta, tuer, inspirer la crainte ou le dégoût, ce n'est pas pour moi. Je porterai toujours la honte de ne pas avoir vengé ma famille, mais ma vie est désormais ici. Il n'y a plus rien pour moi, en Sicile. Le *fontaniero* tué serait remplacé par l'un de ses fils et rien ne changerait. J'ai tourné le dos à ce vieux monde, à sa cruauté, ses rites barbares. Ici, un bateau neuf m'attend, Claudia Bacigaluppo m'est promise par ses parents, avec ses yeux de biche, ses hanches parfaites et son sourire à se damner. L'hiver dans la baie et le long du Pacifique, l'été en Alaska à la recherche de l'or rose, une maison sur la rivière, bientôt des enfants, un fils à qui apprendre les secrets de la pêche, une fille belle comme sa mère, à faire sauter sur mes genoux. Amella, Giovanna et *mamma* vivront dans mon cœur, pour toujours. Ma vie d'homme libre dans ce pays d'hommes libres sera ma vengeance. J'ai tué ton fils et je t'ai échappé, *fontanierio* de malheur. Tu ne m'entraîneras pas dans ton univers de cendres.

– Victor ! Qu'est-ce que tu fous ? Tu rêves ? Magne-toi, on n'attend plus que toi.

– J'arrive.

Chez les Fratelli, les hommes construisent des bateaux de père en fils depuis l'Empire romain, dit la légende familiale. Alors, quand Ignacio Fratelli, au milieu du dix-neuvième siècle, a abandonné le chantier du port de Messine pour céder à la fièvre de l'or en Californie, les femmes ont pleuré. Mais Ignacio a eu de la chance. Alors que la plupart des mineurs de la sierra Nevada redescendaient dans la vallée épuisés et les mains vides, lui est tombé, dès son deuxième coup de pioche, sur un filon exceptionnel près de l'American River, à Sonoma. Ses talents de charpentier lui ont permis de creuser dans la montagne des galeries bien étayées, dont il a sorti, en quelques mois et avant de se faire chasser par des bandits, une quinzaine de kilos d'or. Ce n'est pas par hasard si le Cantiere Navale Fratelli, dans le détroit de Carquinez, là où le fleuve Sacramento se jette dans la baie de San Francisco, est le plus ancien, le mieux équipé et le plus réputé de la région. Ugo Fratelli, qui a grandi une herminette à la main, en a hérité à la mort de son père, dont le nom était connu des pêcheurs, pas seulement des Italiens, de Seattle à Los Angeles.

Pour lui, la mise à l'eau d'un nouveau bateau est toujours une occasion de festoyer. Mais quand il a été commandé par des amis et va grossir les rangs de la flotte sicilienne de la région, il ordonne à ses vingt-cinq employés de venir de bonne heure, un samedi, pour décorer de fanions, de drapeaux tricolores et de bannières étoilées le navire, les grues, les hangars, et veiller à ce que les invités ne manquent de rien. Il accueille, sur son ponton, les barques de Pittsburg d'un tonitruant « *Benvenuto a tutti !* », prend dans ses bras son ami Joe Bacigaluppo, frotte sa moustache aux joues, si fraîches, de ses filles, félicite et serre les mains de Fabrizio, Tommy et Vitto, les heureux propriétaires de cette merveille. « Regardez comme elle est belle. Elle ne demande qu'à prendre la mer, à passer la Porte d'Or et à vous rendre plus riches que vous ne l'avez jamais rêvé ! »

Les tables, recouvertes de nappes de lin brodées, sont dressées en U devant le hangar. Légumes grillés, salades, pizzas, saucisses et une énorme *cassata siciliana* en dessert, portée comme le saint sacrement pendant les deux heures de navigation par la famille Bacigaluppo : si ce n'était le goût du basilic, pas assez fort, des tomates, pas assez mûres, ou la consistance du *pecorino*, pas idéale avec ces brebis du Nouveau Monde, on se croirait au pays. Fratelli a sorti de sa cave quatre bouteilles de marsala et deux de prosecco, dont une à casser sur la proue du bateau. Pour le reste, bière californienne pour tout le monde. La fanfare – cuivres d'Italie, caisse claire, costumes sombres, chapeaux en arrière et moustaches conquérantes – s'installe sur l'estrade et attaque une tarentelle qui fait frapper des mains et taper des pieds. Elle s'interrompt pour laisser Ugo Fratelli prononcer les quelques phrases d'usage puis Joe Bacigaluppo, par rain du bateau, lui souhaiter bon vent et bonne pêche. Il donne à sa fille Claudia la bouteille de prosecco, qu'elle brise sur l'étrave au troisième essai.

– Nos ancêtres versaient le sang d'une victime sur la proue pour conjurer le mauvais sort, nous, nous versons du *spumante*. Je te baptise *Santa Caterina*, le joli nom choisi par tes nouveaux propriétaires ! clame Ugo. Nous t'avons fait de nos mains, sur les plans de nos anciens, avec du bois du Nouveau Monde, passion et *amore*. Prends soin de tes marins, ramène-les au port, la cale pleine. Bon vent, bonne mer et, surtout, bonne pêche !

Après les bravos, quand l'orchestre attaque une *pizzica* endiablée, Joe prend le bras de sa fille et la conduit à pas lents, l'air grave puis soudain hilare vers Vittorio. Il met la main de la jeune fille, aux joues rosies par l'émotion, dans celle du jeune homme, tétanisé à l'idée de danser la tarentelle. Mais il place sa main droite sur sa taille et entame des pas désordonnés. La perspective d'un mariage prochain réjouit les convives qui, aux cris de « Vive le bateau ! », « Vive les mariés ! » et « *Evviva la Sicilia ! Evviva l'America !* », se joignent à la farandole. À la fin du morceau, Ugo Fratelli monte sur l'estrade et, un porte-voix de cuivre martelé à la main, entonne d'une voix de ténor le premier couplet de sa chanson préférée : *Abballati, abballati fimmini schetti e maritati !* repris en chœur par l'assistance. Les hommes s'époumonent, les femmes tapent dans les mains, les enfants courent entre les jambes des danseurs. Les ouvriers du chantier ont convié leurs mères, leurs sœurs, leurs fiancées, qui entrent dans la ronde avec des cris de joie. À l'arrière du navire, les billets s'accumulent dans le seau destiné à recevoir les contributions à l'achat des avirons et d'un jeu de voiles. Vitto a annoncé à ses associés qu'une rentrée d'argent inattendue, dont il n'a pas expliqué la provenance, lui permettait de tout acquérir d'un coup, mais ils ont refusé. « C'est une jolie tradition, a rappelé Fabrizio. Si nous ne la respectons pas, ça porte malheur et les gens se poseraient des questions. Garde cet argent, il pourra nous être utile, si tu veux, pour le voyage en Alaska. Il faut prévoir pas mal de provisions si on ne veut pas manger du poisson à tous les repas. Et les filets qu'on trouve là-haut sont plus adaptés aux monstres que nous allons attraper par centaines de kilos. Ce sera bien de pouvoir en acheter un ou deux sur place. »

— Il est temps d'aller essayer votre bateau. La tradition est de faire le tour de la baie de San Pablo, dit Ugo Fratelli. Deux ou trois heures. J'attends ici en charmante compagnie, nous finissons les bouteilles et les plats. J'accepte les plaintes aujourd'hui, mais après, c'est terminé. Alors, ne perdez pas de temps.

— Je vous accompagne, dit Joe Bacigaluppo.

— Ho, *papà*, je peux venir avec vous ? demande sa fille Claudia.

— Non, ma chérie. Désolé. Pas de femme à bord d'un bateau de pêche, surtout pour son premier voyage. Tu veux leur porter le mauvais œil ? Quelque chose me dit que tu vas revoir l'un de ces marins. S'il te propose de t'emmener te promener sur les îles de la rivière, un de ces jours, pourquoi pas ? Mais pas aujourd'hui. Allez, va rejoindre ta mère. Amusez-vous. Si nous ne sommes pas de retour dans quatre heures, commencez à replier et rentrez à Pittsburg. On s'arrête ici au retour pour voir Ugo et emporter ce qui restera. *Ciao !*

41

Ils sont partis trois jours, le long de la côte Pacifique, au nord de la Porte d'Or. Objectif : la baie de Bodega, poissonneuse en cette saison. La pêche a été bonne, mais pour Vittorio, Fabrizio et Tommy le but était surtout de tester le bateau dans les rouleaux de l'océan, en prévision du périple vers l'Alaska, un mois plus tard. Le permis de pêche au saumon dans la baie de Bristol obtenu, tout est prêt pour l'aventure dans le Grand Nord. La date des noces n'est pas encore fixée, le mariage de Vitto et de Claudia Bacigaluppo attendra son retour, un samedi d'octobre, quand il fait si bon sous les tonnelles à Pittsburg. Et Victor Water reviendra à coup sûr assez riche pour louer, et peut-être même acheter, une maison dans Main Street ou près du port, pas loin du reste du clan Bacigaluppo.

Ils avaient prévu de rentrer d'une traite dans leur petit port de Pittsburg, de naviguer et passer la Porte d'Or à la clarté de la lune, mais la brume, exceptionnelle si tôt dans la saison, s'est levée. Ils ont jeté l'ancre au large de Willow Camp, se sont allongés sur des filets secs pour dormir quelques heures puis ont remis les voiles avant l'aube. Une brise d'ouest les pousse par l'arrière, ils passent entre les collines herbeuses de la Golden Gate, dont les ombres se détachent sur le ciel. Le phare de l'île d'Alcatraz est en vue quand soudain un grondement les enveloppe de toutes parts. Une rumeur tellurique descendue des montagnes, bien plus puissante qu'un roulement de tonnerre. Un bruit à nul autre pareil, à la fois sourd et rauque, qui fait vibrer l'air autour d'eux, semble émaner de la terre mais aussi de l'océan,

251

devant, derrière, partout à la fois. Les trois marins tournent sur eux-mêmes, en cherchent la cause, ne voient rien. Le jour n'est pas encore levé. Ils ne peuvent voir les collines ondoyer telle une mer sous le vent, les bâtiments de bois et de pierres de San Francisco s'abattre les uns après les autres comme des maquettes dans les mains d'un géant, les murs s'écrouler sur les habitants endormis. Des crevasses éventrent les rues pavées, des gouffres s'ouvrent sur les places, des pans de collines s'effondrent, des rochers se détachent et roulent comme des cailloux. Des chevaux pris sous les décombres hennissent de terreur, des châteaux d'eau s'affaissent dans un fracas de fin du monde, les enseignes et les panneaux se décrochent et tombent. Des maisons de trois étages bâties sur des rues en pente basculent dans le vide dans des craquements sinistres. Des ponts de bois s'écroulent, les wagons du tramway versent sur le côté et dévalent les collines, comme des jouets dans les mains d'un enfant en colère. Les rails, tordus par les secousses de la terre en furie, sont enchevêtrés et par endroits pointent vers le ciel.

Les trois pêcheurs sentent sous leurs pieds, pendant moins d'une minute, les eaux de la baie s'agiter d'un mouvement venu du fond des abîmes.

– *Terremoto !* Tremblement de terre ! hurle Tommy. Énorme ! Oh ! mon Dieu, la vague ! La vague géante !

– Quelle vague ? crie Vittorio, qui, à la barre, a mis en panne.

– Je l'ai lu, dans une revue en Italie. Quand un tremblement de terre se forme dans l'océan, il crée une vague géante qui emporte tout sur son passage ! Nous n'avons que quelques minutes, elle va se lever au large et entrer dans la baie !

– Qu'est-ce que je fais ? J'accoste ?

– Surtout pas. Si la vague nous prend, elle nous écrase contre la côte. Vire de bord ! Il faut s'éloigner.

– Comment ça ?

– Vire de bord, je te dis ! Il faut l'affronter et tenter de passer par-dessus avant qu'elle nous emporte vers la terre. À trois, tu libères l'écoute de grand-voile. Tommy, récupère l'autre côté. *Uno, due, tre !*

La *Santa Caterina* fait demi-tour, la proue face à la Porte d'Or qu'on distingue au loin. Rien. Les vagues régulières de la baie, le vent établi qu'ils ont maintenant de face et stabilise le bateau font faseyer les voiles. Le grondement de la terre en colère s'est tu mais, de là où ils sont, ils entendent à présent les bruits sinistres des maisons qui s'effondrent, les poutres qui craquent et se brisent, le roulement des murs de pierres qui s'écroulent. La cloche d'une église sonne trois fois avant que le bâtiment soit emporté. D'autres cloches, plus claires : les calèches de pompiers. Ils aperçoivent les lueurs de torches et de lampes-tempête qui se rassemblent au Presidio, le fort militaire de l'US Army au large duquel ils naviguent. Le ciel s'éclaircit et révèle un spectacle d'apocalypse : le long des jetées, dont certaines se sont enfoncées dans la vase, des navires, projetés les uns contre les autres, commencent à prendre l'eau et à gîter. Les rares entrepôts du port encore debout ont perdu leurs toits ou leurs façades. Dans la baie, la vague monstrueuse ne s'est pas levée.

– Tu es sûr de cette histoire de vague, Tom ?

– C'est ce que j'ai lu. Dans une revue, à Rome, l'année avant de partir pour New York. Mais ça n'arrive peut être pas à tous les coups.

– Il faut accoster.

– Attendons un peu. Tu me fais peur, avec ton histoire de raz-de-marée. Accoster, mais où ? Il n'y a pas un ponton intact. Combien de gens sont morts, écrasés là-dessous ? Regardez, là-bas !

Dans le jour qui se lève, ils distinguent des colonnes de fumée monter du quartier de Russian Hill, une colline escarpée qui domine le port. Une autre derrière, une autre à l'ouest, deux autres plus loin, vers l'est. Le séisme a détruit les canalisations de gaz de la ville, utilisées notamment pour éclairer les rues. La moindre étincelle enflamme les décombres. Une heure après le tremblement de terre, rassurés sur le danger d'un raz-de-marée, Vitto, Fabrizio et Tommy manœuvrent pour approcher d'un ponton, près du fort Mason. Les installations de l'US Navy semblent avoir moins souffert que le reste de la ville, trois navires de guerre sont amarrés, intacts. Les quais grouillent de soldats qui se regroupent au son du clairon, chargent du matériel sur de longues charrettes, font rouler

253

des tonneaux, empilent des caisses, rassemblent des chevaux. Les trois hommes affalent les voiles, sortent les avirons et approchent d'une jetée dont une partie s'est enfoncée dans la vase, mais deux barques de pêche sont amarrées de l'autre côté qui a l'air de tenir. Tommy saute dessus, en éprouve la solidité, fait signe à Fabrizio de lui lancer le bout qu'il tient à la main. La *Santa Caterina* est à peine immobilisée qu'un officier en uniforme, galons jaunes sur l'épaule, bottes cirées, sabre au côté, arrive à grands pas.

– Vous avez des blessés ?

– Non. Nous étions en mer, nous avons vu…

– Vous pouvez vous accrocher là, mais sachez que votre embarcation peut être réquisitionnée à tout moment pour transporter des victimes ou du matériel. Il faut qu'au moins l'un de vous reste à bord en permanence.

– Bien, monsieur.

– Sergent. Sergent Smith. 22e d'infanterie.

Ils conviennent que Fabrizio attendra sur le bateau et que Vitto et Tommy vont pénétrer dans la ville sinistrée. Une heure ou deux, pas plus.

Au bout de la jetée, Vitto et Tommy doivent escalader l'amas de poutres et de planches qui se sont détachées d'un entrepôt, dont seules deux parois tiennent encore debout. Plus loin, pour entrer dans Laguna Street, ils doivent grimper sur un amoncellement de briques, de pierres et de meubles, vestiges d'un bâtiment de quatre étages. De là, où qu'ils regardent, tout n'est que ruines et désolation. Des pâtés de maisons, des deux côtés de la voie, ne sont plus que décombres, du bois surtout, d'où s'élèvent des flammes et des colonnes de fumée.

– Vous deux, là-haut ! Descendez ! On n'est pas au spectacle. Venez par ici, on a besoin de bras pour faire la chaîne ! crie un homme en pantalon d'uniforme et tricot de corps, les mains en porte-voix, le visage noirci de cendres.

Les deux Siciliens rejoignent, au coin de deux rues qui ne sont désormais qu'un champ de bois brisé et de gravats, une file d'une trentaine d'hommes, quelques femmes, qui se passent de main en main des seaux d'eau remplis à une canalisation cassée.

– Les pompiers sont venus tout à l'heure, la seule chose qu'on puisse faire c'est de nous débrouiller avec ça, dit un barbu à Vittorio en lui tendant un seau. Ils se concentrent sur les gros feux, les bâtiments officiels. Ici, c'était une boulangerie. Il faut sauver ce qui peut l'être.

Les récipients montent pleins, descendent vides, peu à peu les flammes régressent.

– Venez vite ! J'ai entendu un cri !

Une femme, la robe en charpie, pieds nus, le visage noirci de suie, montre aux volontaires un amas de planches. Là-dessous, il y a quelqu'un de vivant, j'en suis sûre. Tommy et Vitto se précipitent, avec une douzaine d'autres, soulèvent des poutres, évacuent des morceaux de bois de toutes tailles, font levier avec des chevrons quand soudain, au fond d'un trou, ils voient un gamin.

– Tiens bon, petit. On va te sortir de là.

Vingt minutes plus tard, sous les hourras et les bravos, un garçon d'une dizaine d'années, blessé aux deux jambes mais conscient, est extrait d'une cavité creusée dans les décombres.

– Trouvez un chariot, il faut qu'il aille à l'hôpital !

– Quel hôpital ? Tu crois qu'il en reste un seul debout, dans cette ville ?

Vittorio suggère de l'emmener, sur son dos s'il le faut, au fort Mason où il y aura sans doute des médecins militaires. Un homme approche avec une brouette.

– Tiens bon, mon gars, tu vas bientôt voir un docteur. Tu sais où sont tes parents ? Ta maman ?

– Non, gémit le garçon entre deux sanglots. Nous dormions et tout s'est effondré. J'ai si mal aux jambes !

Deux hommes le déposent dans la brouette, il crie de douleur. Tommy attrape les poignées et ils se mettent en marche, slalomant entre les décombres, vers le fort. La sentinelle de l'entrée leur désigne un préau, le long du quai, transformé en hôpital de campagne. Des soldats alignent des brancards, des infirmières y installent les blessés, qui arrivent par dizaines.

– Ce petit est touché aux jambes, je crois qu'elles sont cassées, dit Vitto à un homme en blouse blanche sur des bottes de cavalerie.

255

– Conduisez-le là-bas, on va s'en occuper.

Deux soldats soulèvent l'enfant, qui continue de hurler, le posent sur un brancard. Vittorio et Tommy tentent de le rassurer avant de rejoindre, en traversant une palissade effondrée, le quai auquel est amarré leur bateau ainsi que plusieurs embarcations et des barques de pêche. Certaines venues de Sausalito, de l'autre côté de la baie, près de la Golden Gate, d'autres de plus loin. Elles transportent des volontaires, des pompiers en uniforme et leurs tuyaux, des malles frappées d'une croix rouge. Le clocher d'une église voisine, miraculeusement intact, sonne midi quand ils retrouvent Fabrizio.

– Alors ?

– Nous ne sommes pas allés bien loin, mais d'après ce que nous avons vu, San Francisco est rasée, répond Vittorio. Tout est détruit, à perte de vue. Sur les collines, c'est encore pire.

– Bon, Fabio, si tu veux aller voir et peut-être donner un coup de main, je garde le bateau, dit Tommy. Les soldats ne sont pas revenus ?

– Non. Tu vois le nombre de bateaux, et regarde sur la baie tout ce qui arrive, les voiles et les vapeurs. M'étonnerait qu'ils aient besoin de notre *Caterina*. Tu viens, Vitto ?

Tout l'après-midi, les deux pêcheurs dégagent des briques et des pierres, soulèvent des morceaux de poutres, déblaient des gravats à mains nues, creusent à la pelle et à la pioche, poussent des brouettes, tirent sur des poulies, cassent des planches à la masse, des poteaux à la hache, portent des seaux d'eau, vides ou pleins, frappent sur les flammes avec des couvertures humides, des tapis, reculent quand elles deviennent torches et dévorent des quartiers entiers. Les incendies mangent ce qu'il reste de la ville. Des charrettes de pompiers passent au galop, cloches au vent, mais leurs réservoirs sont vides, faute de points d'eau. Des cantines s'improvisent, où du pain et du corned-beef sont distribués aux sinistrés et aux volontaires. Des familles entières, baluchons sur l'épaule, enfants en file indienne, tirant des charrettes, poussant des chariots, prennent à pied le chemin du Presidio, la caserne et son immense place d'armes à la pointe de la ville, près de la Porte d'Or, où la rumeur dit que l'armée monte un camp de toile.

Dans un champ de décombres, caché entre deux ruines, un homme creuse frénétiquement, avec un morceau de planche, un trou dans le sol, de la taille d'une brouette.

– Il y a quelqu'un là-dessous, *mister* ? Vous voulez un coup de main ?

L'homme se relève, les fixe d'un regard fiévreux.

– Je vous en prie, ne dites rien à personne.

Il montre une malle d'osier aux fermetures de cuir.

– C'est tout ce qu'il me reste, notre maison a brûlé, les pompiers ne sont jamais venus. Mais je ne peux plus la porter, et même en y mettant le prix il est impossible de trouver un cheval, alors je vais cacher cette malle là, je reviendrai la prendre demain. Je vous en prie, faites comme si vous ne m'aviez pas vu. J'ai quatre enfants. Toute notre vie…

– Ne vous inquiétez pas, dit Fabrizio en posant sa main sur l'épaule de l'homme, qui sursaute. Où allez-vous ?

– Au Presidio, rejoindre les miens.

– Je sais où il y a une brouette. Je vais la chercher. Si vous laissez votre malle ici, vous ne la retrouverez jamais.

– Merci, dit-il, en prenant sa main dans les deux siennes. Vous me sauvez la vie.

En début de soirée, quand le soleil qui descend sur l'océan confond ses lueurs rouges avec ceux des incendies qui dévorent la capitale de l'Ouest, Vittorio et Fabrizio se reposent sur les marches en marbre d'une maison de maître dans Chestnut Street. Son propriétaire, en souvenir de sa fortune acquise aux premiers mois de la ruée vers l'or de 1849, a fait poser au-dessus de la porte d'entrée en chêne ouvragé sa battée et sa pioche, fixés par un énorme clou de bronze. C'est à peu près tout ce qui reste intact de cette demeure de quatre étages, qui a basculé en arrière à quarante-cinq degrés et dont les balcons pendent dans le vide, comme les paupières fermées d'un géant endormi. Les deux amis partagent une bouteille de bière, sauvée des décombres d'un restaurant. Ils voient arriver, d'un pas décidé, un couple dont les tenues de chasse immaculées, chapeaux neufs, chemises de lin, guêtres de daim, dénotent avec les vêtements poussiéreux des survivants et des sauveteurs. L'homme les regarde, soulève son feutre, qui dévoile une chevelure bouclée, des yeux clairs, un large sourire.

– Puis-je vous déranger quelques minutes ?

– Vous ne nous dérangez pas, dit Vittorio. Mais si c'est pour nous demander où nous avons trouvé la bière, c'est trop tard. Le saloon a brûlé il y a une heure.

– Ce ne serait pas de refus, mais je comprends. Je suis journaliste. Mon nom est Jack London, et voici ma femme, Charmian. Je suis envoyé par le magazine *Collier's*, de New York, vous connaissez, sans doute ?

– Pas du tout.

– Pas grave. Avez-vous assisté au tremblement de terre ? Vous étiez en ville ?

– Non, nous sommes pêcheurs, nous étions au large, dans la baie.

– Moi aussi, je suis marin. Alors ?

– Alors, rien du tout. C'était la nuit, nous n'avons pas vu grand-chose. Ressenti, surtout. Nous l'avons senti sous nos pieds, puis nous avons craint une vague géante.

– Oui, un tsunami.

– Un quoi ?

– Tsunami. C'est un mot japonais pour décrire la vague immense qu'un tremblement de terre peut soulever au fond de l'océan et qui, en frappant les côtes, peut faire des dégâts considérables. Et puis ?

– Rien. Pas de tsu… machin, comme vous dites. La baie est restée aussi plate qu'un lac. Nous avons accosté et depuis ce matin nous donnons un coup de main aux sauveteurs. Nous avons aidé à dégager un gamin des décombres, il avait les jambes brisées mais il devrait s'en sortir.

– Ah, formidable. Pouvez-vous me raconter ce sauvetage, en détail, je vous prie ?

– Vous n'étiez pas en ville ? Vous n'avez rien vu ?

– Notre ranch est à Glen Ellen, quarante miles au nord. La secousse nous a réveillés, nous avons chevauché jusqu'à Santa Rosa, où les destructions sont terribles aussi, mais où par chance la gare n'a pas été touchée et nous avons pris le premier train pour

San Francisco. Le rédacteur en chef de *Collier's* m'a commandé un article, pour une somme qui ne se refuse pas. Alors...

London sort de la poche de sa chemise un carnet et un crayon, s'assied sur les marches à leurs côtés.

— Je vais aller voir si je peux trouver un peu d'eau, dit Charmian.

— Je crois qu'il est plus difficile de trouver un verre d'eau ce soir dans cette ville qu'une bière fraîche, remarque Vitto. Les canalisations sont détruites, les réservoirs à sec. Les pompiers tournent en sonnant leur cloche mais ne peuvent rien faire. San Francisco va brûler jusqu'à la dernière planche, si vous voulez mon avis.

— Ah, c'est bon ça. Je le note. Comment vous appelez-vous, jeune homme ? demande Jack London.

— Water. Victor Water.

— Vous ne vous moquez pas de moi ? Vous vous appelez Water, comme... de l'eau ?

— C'est bien mon nom. J'en avais un autre, italien, un peu compliqué.

— Eh bien, *mister Water*, avec un nom comme ça je peux vous assurer que vous avez toutes les chances de figurer dans mon article. Il paraîtra dans quelques jours, peut-être une semaine ou deux. Dans *Collier's*, à New York. Je connaissais deux ou trois endroits où on pouvait le trouver à Frisco, mais il y a fort à parier qu'il n'en reste rien.

Soudain, une déflagration sourde retentit au pied de la colline, près du port.

— Qu'est-ce que c'est que ça ? demande l'écrivain.

— Dynamite, dit Vittorio. Faute d'eau, les pompiers et l'armée font sauter des maisons pour tenter de faire des coupe-feux. Ils ont commencé cet après-midi, mais à ce qu'on a vu, ça propage plus les flammes qu'autre chose. Je crois qu'ils font ça parce qu'ils ne peuvent pas faire grand-chose d'autre.

— Il faut que j'aille voir. Charmian, on y va ? Merci, messieurs, et bon courage.

— Bon courage à vous, monsieur le journaliste. Racontez comment San Francisco a disparu.

– Ah, ça fera un bon titre, ça ! s'exclame-t-il en griffonnant dans son carnet *San Francisco is gone*, avant de le glisser dans sa poche. Au revoir, et faites attention.

Fabrizio et Vittorio les regardent s'éloigner. La nuit tombe, ils décident de rejoindre Tommy sur le bateau. Au moins, là, nous serons à l'abri des flammes. Il faudra voir si on reste ici ou si on rentre à Pittsburg, se dit Vitto. Ils descendent Filbert Street, si pentue que ses trottoirs sont par endroits des escaliers, et parviennent à un bâtiment à demi enterré devant lequel sont alignées une dizaine de charrettes de pompiers. Elles portent des citernes et des pompes à bras, des rouleaux de tuyaux. Une seule a encore son équipage de trois chevaux. Des hommes en uniforme du SF Fire Department sont assis sur les sièges, mines défaites, bras ballants, casques sur les genoux.

– La citerne est vide. Toutes les canalisations ont pété, dit, avec un terrible accent irlandais, un petit pompier au visage noirci. On n'a même plus de dynamite, et de toute façon, ça ne sert à rien. Contre-feux, mon cul. Toute la ville va y passer, moi j'vous dis. *Bloody hell !*

Un homme en costume de ville bien coupé, bottines cirées, échevelé, accourt vers eux, une liasse de dollars à la main.

– Huit cents dollars ! Voici huit cents dollars.

Il jette un coup d'œil aux trois percherons gris pommelé attelés à la charrette-incendie.

– Non, mille. Mille dollars pour ces chevaux. Où est votre chef ? Je donne mille dollars si vous me détachez ces chevaux. De toute façon, ils ne vous servent plus à rien, il n'y a plus d'eau nulle part. J'ai besoin de ces bêtes.

L'homme explique qu'il a rassemblé les meubles et les tableaux de sa résidence, un peu plus haut dans la rue, dans deux carrioles, mais qu'au moment de partir quatre hommes, foulards sur le visage, l'ont braqué de leurs revolvers et ont volé ses chevaux.

– Où est votre chef ? J'exige de parler à votre chef !

– Ne vous fatiguez pas, et rangez votre argent avant d'attirer les voleurs, l'ami, dit l'Irlandais. Le capitaine est parti à une réunion à la mairie, enfin, si elle existe encore, mais un lieutenant du

22ᵉ d'infanterie est passé il y a une heure. Il a réquisitionné ces bêtes et nous a menacés du peloton d'exécution si elles n'étaient pas là quand ses hommes viendraient les chercher. Ils ne devraient pas tarder. Allez voir ailleurs. Mais je crois que même pour son poids en or, personne ne se séparera de son cheval cette nuit.

Vittorio et Fabrizio se remettent en marche vers le port. La rue par laquelle ils étaient montés est barrée par un mur de flammes que le vent pousse vers eux dans un ronflement de dragon. Sur le perron d'une maison de bois rouge, presque intacte, un homme les interpelle :

– Hé là, vous deux ! Approchez. N'ayez pas peur.

Il a posé à ses pieds, dans le porche, des dizaines de plats, d'assiettes, de petits meubles, de bibelots.

– Ma femme et mes enfants sont en sécurité. J'ai voulu rester défendre la maison, mais regardez, dans quinze minutes elle part en flammes. Tout va disparaître. Prenez quelque chose, n'importe quoi. Je vous donne tout ce que vous pouvez emporter. Au premier, j'ai une collection d'instruments de musique. Tout va brûler, c'est à pleurer. S'il vous plaît, sauvez quelque chose.

– Vous avez un bandonéon ? demande Fabrizio.

– Oui. Une merveille. Un Germania, leur plus beau modèle. Importé de Berlin. Vous le voulez ?

– C'est-à-dire que... s'il doit brûler...

– Ne bougez pas, je vais le chercher. Et vous, jeune homme, faites-moi plaisir, prenez quelque chose.

Quand il redescend, le bandonéon dans sa sacoche de cuir à la main, Vittorio tient dans ses mains une soupière de porcelaine décorée de roses.

– Porcelaine de Sèvres. Ma femme sera heureuse de savoir qu'une famille va s'en servir.

– Merci, monsieur...

– Thomson. Stewart Thomson. Je suis dans l'immobilier. Nous reviendrons et nous rebâtirons. Nous sommes des pionniers. Ce n'est pas le premier incendie dans l'histoire de San Francisco. Bon courage, jeunes gens. J'ai gardé mon cheval dans l'écurie derrière, mais il sent le feu arriver, il faut que j'y aille avant qu'il ne s'emballe. Adieu !

Il disparaît en courant derrière la maison, laissant la porte ouverte et le perron couvert d'objets. Dans la rue, la chaleur du brasier se rapproche.

— Viens, dit Vitto. Il faut filer d'ici.

Ils font un détour quand soudain une pluie de cendres s'abat sur eux. Ils trouvent refuge sous la porte cochère d'un immeuble dont il ne reste que la façade, attendent une dizaine de minutes qu'un coup de vent chasse le nuage de fumée vers les collines.

— Ah, vous voilà ! s'exclame Tommy en agitant les bras depuis le pont de la *Santa Caterina*. Je commençais à m'inquiéter. Les soldats sont venus, nous devons libérer ce ponton avant demain midi, des bateaux arrivent de toute la côte Ouest.

— Rentrons à Pittsburg. Ils ont la main-d'œuvre qu'il faut ici, c'est d'eau et de dynamite dont ils ont besoin maintenant. Allons voir si la terre a tremblé chez nous, dit Vitto. Qui sait ? C'est peut-être pire là-bas.

— Tu crois ? Oh, merde, je n'y avais pas pensé, s'affole Tommy.

— On part tout de suite ? demande Fabrizio.

— Regarde autour de toi, dit Tommy. Nous sommes coincés par au moins six barques. Les gars sont à terre. Nous larguerons les amarres demain à l'aube. Il y a trop de monde sur l'eau, cette nuit.

Vittorio laisse ses deux amis s'installer dans la cale, serrés l'un contre l'autre. Il plie en huit leur plus grand filet, à l'arrière, et s'allonge dessus. Il s'endort, épuisé, après un dernier regard au ciel rougeoyant au-dessus de la ville, comme avalée par la colère d'un volcan en éruption. Le Vésuve. C'est peut-être à ça que ressemblerait Naples si un jour le Vésuve se réveillait.

42

Trapani (Sicile)

Septembre 1907

Don Salvatore Fontarossa se sert un verre de limonade dans la roseraie de son domaine, aux portes de Trapani. La maison et le jardin dans le cœur historique de la ville étaient devenus trop petits et toute la province devait comprendre qu'il n'était plus un simple *fontaniero* – il avait interdit qu'on s'adresse à lui de la sorte, après avoir longtemps apprécié ce titre de maître de l'eau – mais désormais un *padrone* de haut rang, bénéficiant d'appuis politiques d'autant plus puissants qu'ils restaient mystérieux. Et quelle meilleure façon de le symboliser que de s'offrir, rubis sur l'ongle, la propriété d'un noble ruiné par de mauvaises affaires en Orient ? La villa Scillata, petit palais ocre et blanc du dix-huitième sur une presqu'île plantée de citronniers, entourée d'un parc de lauriers et de pins parasols, avec son escalier taillé dans la roche qui descend sur une plage aux eaux turquoise et son ponton privé, est sa nouvelle adresse. Son entrée dans le grand monde, lui qui a passé son enfance pieds nus, dans une masure sans eau courante au milieu des orangers. Il a transformé les dépendances en maisons luxueuses, dans lesquelles se sont installés Carla ainsi qu'Ana et son mari. Des dortoirs ont été bâtis pour les hommes de garde : plus de pouvoir, cela signifie plus de respect, plus de rentrées d'argent mais aussi davantage de jalousies et d'ennemis. Il a engagé une trentaine de « soldats » supplémentaires, débauchés de clans rivaux grâce à de meilleurs salaires, et a décrété qu'ils ne devraient jamais être moins de douze dans le domaine, l'arme à portée de main. Quant à Enzo, il est plus sûr d'avoir son *primo capo* sous la main en permanence. Cela lui permet aussi d'avoir un œil sur ses relations avec sa fille, qui ne s'arrangent pas.

– *Ciao*, Enzo ! Tu es bien matinal. Viens donc goûter cette *limonata*. Recette de ma grand-mère, avec les fruits du jardin. Tu n'en as jamais bu d'aussi bonne. Je pensais que les vergers de la Rigaletta donnaient les meilleurs citrons du monde, mais c'était avant d'avoir goûté ceux-ci. Mes arbres, sur ma terre. Ceux-là ne seront jamais vendus à quiconque. Qu'est-ce qui t'amène ?

– Une bonne nouvelle, *padrone*. Spada et les autres ont enfin mis la main sur ce maudit Di Martino. Trois mois qu'il nous filait entre les pattes. Ils sont au courant, pour la liste noire. Je ne sais pas comment ces *Rossi* de malheur l'ont appris, mais je suis sûr qu'ils savent.

– Enzo, réfléchis. Ils n'ont rien appris du tout. Ils ont simplement constaté que leurs agitateurs en Sicile disparaissaient régulièrement. La conclusion est facile à tirer, non ? Ils ne savent certainement pas qui est derrière, ils ont compris que ce n'est pas l'État ni ses services, mais comme ce ne sont pas des imbéciles, ils se doutent bien qu'une organisation est à l'œuvre. Alors, Di Martino ?

– On ne l'a pas lâché de tout le mois dernier. Il allait de ferme en domaine pendant les moissons, dans la région de Caltanissetta, pour tenter de soulever les paysans et les pousser à arrêter le travail alors que les blés sont mûrs. Mais il était accompagné d'une espèce de garde, des gars du coin, trois ou quatre, des costauds avec des fusils de chasse.

– Et puis ?

– Nous n'avons pas bougé, suivant vos ordres, *padrone*. Pas de victimes siciliennes. La semaine dernière, il est remonté vers le nord, avec une nouvelle escorte. Spada a remarqué qu'ils étaient moins vigilants, qu'ils le laissaient parfois seul pendant la nuit, dans les granges, pour aller à la taverne. Il y a trois jours, ils sont entrés par l'arrière, en démontant des planches, et l'ont trouvé endormi dans le foin. Spada l'a égorgé en silence. Apparemment, ils ne se sont aperçus de rien avant le matin. Nos gars étaient déjà loin.

– Bon travail. Tu féliciteras Spada. Je vais te donner deux pièces d'or pour lui. Mais, dis-moi, comment ça marche, leurs ligues agraires, à ces Rouges de malheur ? J'ai l'impression qu'il y en a de plus en plus, même si chez nous ça ne semble pas bien prendre dans les vergers. Il ne faudrait quand même pas qu'ils se présentent aux élections et commencent à gagner des mairies, ou pire…

– Ça dépend des endroits. Ici, ils savent que nous sommes puissants et que les propriétaires ne les laisseront pas faire. Quand ils ont essayé, ils ont été accueillis avec des pierres et des coups de bâton. Mais d'après ce qu'on dit, dans le centre et l'ouest de l'île, ils ont passé des accords et obtenu pas mal de choses pour ces pouilleux de paysans. Les politiques commencent à les craindre, à négocier avec eux, ils peuvent représenter des paquets de voix aux élections de l'an prochain.

– Raison de plus pour accélérer le travail.

Don Salvatore prend dans le tiroir de son bureau une enveloppe, en sort une feuille de papier qu'il déplie.

– Donc, Di Martino, *è fatto*. Il ne nous reste plus que Pignatelli. Et je peux te dire que la prime qui nous attend quand cette deuxième liste sera finie va faire sauter les hommes de joie. Et toi aussi, bien sûr.

– Justement, don Salva. C'est aussi pour ça que je vous dérange de si bonne heure ce matin. Vous m'aviez parlé de ce Pignatelli, je me suis renseigné. C'est un Sicilien, de la région de Catane. Une grande famille.

– Grande ? De Cosa Nostra ?

– Non. Mais nombreuse. Des paysans, des chasseurs, des militaires, dans plusieurs villages. Vous aviez dit, pas de Siciliens, non ?

– De Catane ? Merde. Ils m'avaient dit que ces *Rossi* étaient des agitateurs du Nord, des envahisseurs qui venaient se mêler de ce qui ne les regardait pas et semer la pagaille dans notre île. Mais s'il est de Catane, c'est ennuyeux.

– Oui. Et s'il a de la famille, ça peut ouvrir une vendetta. Les gens ne sont pas faciles, dans ce coin.

– Possible. Mais d'un autre côté, si ce sont de simples cultivateurs, ils comprendront vite à qui ils se frottent. Ceux qui établissent ces listes m'ont précisé que les noms n'étaient pas négociables. Et, je n'avais pas l'intention de le dire à quiconque, mais comme tu es mon premier *capo* et mon gendre, tu as le droit de savoir. J'ai reçu un message qui me précise que pour la prochaine liste, ce n'est pas vingt millions de lires que je toucherai, mais cinquante. Plus un passe-droit sur le port de Trapani, l'élimination de tous les contrôles douaniers en ce qui nous concerne. Tu vois ce que ça représente ? Combien ça peut nous rapporter ? Des fortunes, et pas seulement sur les cargaisons de fruits. Aucune famille n'a jamais obtenu ce privilège. Tu vas prendre l'affaire en main, personnellement. Tu vas t'occuper de ce Pignatelli. Il faudra jouer serré. Spada est un tueur hors pair, mais il n'est pas assez malin. Et quand ce *Rosso* sera sous terre, sur les cinquante millions il y en aura dix pour toi. Qu'en dis-tu ?

– Merci, *padrone*. Pour dix millions, je vous apporte la tête du pape.

– Pas de blasphème. Va. Choisis tes hommes, prends-en assez, pour montrer notre force. Pars pour Catane, ne précipite rien, observe ce Pignatelli, ses habitudes. Il faut que l'affaire soit terminée avant Noël, ça nous laisse du temps. L'idéal serait de faire croire à un accident.

– D'accord, don Salvatore. Mais pour cette autre liste, il faudrait se limiter à des *Nordisti*. Ce n'est jamais bon de multiplier ses ennemis sur l'île.

– Sage réflexion, qui t'honore. Je vois que tu fais des progrès. Je ferai passer le message. Ces messieurs de Rome vont devoir comprendre que nous ne sommes pas des larbins mais des partenaires qu'il faut écouter.

Enzo se lève du fauteuil en osier recouvert de coussins grenat, vide son verre de limonade, s'apprête à prendre congé quand il remarque un étrange attelage qui arrive en trottant vers la roseraie : une petite carriole de bambous tressés tirée par un énorme cane corso, dogue noir au poitrail blanc. À bord, hilare, Giulia, quatre ans, robe de dentelle rose et boucles anglaises attachées par des rubans assortis, aperçoit les deux hommes.

– *Nonno ! Nonno !* Regarde mon carrosse ! Je suis une princesse !

Un large sourire fend le visage de Salvatore Fontarossa, lui qui sourit rarement. Enzo pose d'un coup sec son verre sur la table, tourne les talons et se dirige à grands pas vers la maison. Le parrain lève la main pour saluer sa petite-fille quand soudain un chat, excité par les jappements du molosse, sort d'un massif de fleurs et file entre ses pattes. Le chien aboie et part en trombe. Dans la carriole, Giulia qui se tenait debout tombe en arrière, pousse un hurlement. Salvatore bondit, renverse tout sur son passage, court derrière l'attelage.

– Arrêtez ce putain de chien ! Giulia est dedans ! Tuez-le s'il le faut !

Alertés par le vacarme, deux gardes en poste à la guérite de l'entrée se précipitent. L'un sort son revolver.

– Range ça ! Tu pourrais toucher la petite, dit l'autre.

Le chat, hérissé en boule de poil rousse, s'enfuit dans un figuier. Le chien s'arrête, le harnais de cuir se plie en accordéon et la carriole bascule. Giulia, qui n'a cessé de crier, est éjectée contre un massif, sa tête heurte une pierre, elle est inconsciente. Le dogue, bave aux lèvres, aboie sans relâche et saute en l'air sous l'arbre, soulevant avec lui l'équipage à un mètre de hauteur. Don Salva arrive le premier, se jette à genoux, prend dans ses bras la fillette qui saigne légèrement à la tempe droite.

– Giulia, tu m'entends ? Allez me chercher de l'eau, vite ! Et que quelqu'un fasse taire ce *cano de merda* !

Le maître-chien du domaine, qui a dressé les six dogues qui défendent la maison, des molosses descendant des chiens de guerre des légions romaines, se précipite, fouet en main. Ce n'est qu'au cinquième coup que l'animal pousse un jappement de souffrance et se couche, les oreilles en arrière. L'homme sort son poignard, tranche le harnais et d'un coup de botte dans les côtes oblige le dogue à se relever et à marcher vers le chenil, tête basse, sous les claquements du fouet.

L'un des gardes se précipite vers une fontaine, y trempe son mouchoir et revient en courant vers don Salva. Dans ses bras, Giulia gémit doucement. Son grand-père essuie le sang à la racine de ses cheveux blond cendré, lui pose le linge humide sur le front. Elle ouvre les yeux.

267

– Là, ce n'est rien. Voilà, *bella mia.* Tu es tombée. Regarde-moi. Tu peux parler ? Dis-moi quelque chose.

– *Nonno...* Le chien, le gros chien...

– Oui, il est parti, ne t'inquiète pas.

Il se relève, elle place son menton sur son épaule, ses bras autour de son cou.

– Giulia ! Que s'est-il passé ?

Ana sort de la maison en courant par le jardin d'hiver, en robe de chambre, les cheveux en bataille, pieds nus.

– Rien de grave. Un petit bobo à la tête. Elle est tombée.

– Mais comment ?

– Elle était dans ce... machin, dit don Salva en désignant du menton la carriole en bambou qui gît sous le figuier, roues en l'air. Ça sort d'où, ça ?

– C'est Carla qui l'a acheté à Palerme. Elle disait que c'était son carrosse.

– Un abruti a eu l'idée d'atteler le carrosse de la petite princesse à l'un des chiens. Il est parti derrière un chat et elle s'est renversée. Mais ça va, hein, *cara mia* ? Tu n'as pas mal à la tête ?

– Un peu...

– Attelé à un chien ?

– Je vais trouver qui a fait ça, il va m'entendre, ne t'en fais pas. Fais appeler le docteur Fugatti. Je ne crois pas que ce soit grave, elle va avoir une bosse. Monte-la dans sa chambre.

– Merci, *papà.*

– Merci de quoi ? C'est ma petite-fille, non ?

43

Pittsburg (Californie)

Novembre 1907

– Vittorio chéri ! Viens vite, ils sont arrivés.

Victor Water a posé un pied sur l'un des pontons de Pittsburg. Il s'apprête à débarquer les caisses de poissons quand il voit Claudia courir vers lui, tout sourire.

– Les meubles ! Ils sont arrivés, M. Rosseti les a fait livrer ce matin.

Fabrizio Gentile fait un clin d'œil à son associé.

– Hé, Vitto, on ne refuse pas ce genre d'invitation. Vas-y, j'apporte les caisses au marché. On se retrouve tout à l'heure au café.

Vitto se relève, sa femme se jette dans ses bras. Il l'embrasse dans le cou, à la naissance des cheveux, s'enivre de son odeur de savon, d'orange et d'une légère note poivrée qu'il ne reconnaît pas. Six semaines depuis le mariage, il n'a jamais été aussi heureux. Elle est tendre, douce, brûlante de désir. Il rejoint parfois les autres sur le port avant l'aube sans avoir fermé l'œil, pique du nez à la barre, s'attire les quolibets de ses deux amis, qui l'envoient dormir une heure en fond de cale, « le temps qu'on arrive dans la baie ». Elle va nous le tuer, notre Vittorio… La *Santa Caterina* est une merveille de bateau de pêche, solide et nerveux, qui remonte au vent comme aucun autre. Il leur rapporte plus d'argent qu'ils ne l'avaient prévu dans leurs estimations les plus optimistes. Sans compter la campagne de pêche en Alaska : une grande année pour le saumon sockeye, selon les anciens. Jamais on n'en avait vu autant remonter les rivières. Ils sont rentrés de leur première virée dans le Grand

Nord avec près de six mille dollars chacun, et des caisses de filets de saumon fumé au feu de bois par les Indiens Yupik.

Joe Bacigaluppo a fièrement conduit vers l'autel de l'église San Pietro Martire sa fille de dix-neuf ans, belle comme une déesse de Botticelli, pour la marier à ce jeune pêcheur qu'il avait choisi pour elle juste après son arrivée dans la ville. Son passé ne semble pas très clair, il a dû avoir un problème en Sicile et il veut le cacher, avec son obstination à ne pas révéler son nom de naissance, mais c'est le cas de tellement d'hommes dans le Nouveau Monde. Une bêtise de jeunesse, une fille séduite et abandonnée, ou une dette, une querelle familiale à propos d'un héritage. Rien de grave, sans doute, un garçon tel que lui n'est pas du genre à se mêler d'affaires louches, se dit le chef du clan Bacigaluppo, qui se targue de s'y connaître en hommes et de les juger au premier regard.

La noce a duré deux jours. Tout ce qui porte un nom italien à Pittsburg, plus de la moitié de la population, avait été invité. Pour éviter que les Figli di Sicilia ne tombent d'épuisement, une autre fanfare sicilienne est venue d'Antioch leur prêter main-forte. De mémoire d'Italien, aucun mariage n'a été aussi réussi dans la ville depuis sa fondation cinquante ans plus tôt. Quatre mineurs gallois se sont même invités à la fête, vers trois heures du matin, et au lieu d'être chassés à coups de chaise, comme de coutume, ils ont été conviés à boire du vin de l'Etna et à reconnaître à haute voix, une fois saouls, que cela valait bien la bière de Bullmastiff. Sous les bravos, Vittorio a porté sa femme dans ses bras pour franchir le seuil de leur foyer. Au coin de la quatrième rue et de Railroad Avenue, c'est un ancien atelier de ferronnier que l'argent de l'Alaska transforme en jolie maison de trois étages. Les travaux sont en cours, mais la grande chambre au premier est terminée, et ils y ont passé leur première nuit, alors que des pétards crépitaient sous leurs fenêtres et qu'ils pouvaient entendre les échos de *La Bella Concettina* jouée sur la terrasse du Pittsburg Cafe. La maison est à bonne distance de celle des parents Bacigaluppo : pas trop loin, pour que Claudia y passe les matinées avec sa mère et ses sœurs et puisse en rapporter la *parmigiana* sans qu'elle refroidisse, mais pas trop près non plus, pour que le jeune couple puisse se retrouver seul, dans l'après-midi, quand les bateaux sont rentrés et la pêche livrée au marché ou aux conserveries.

La table en séquoia, les chaises de chêne clair, la commode et l'armoire occupent presque toute la pièce du rez-de-chaussée.

– Rosseti a apporté la facture, je lui ai dit que je passerai payer la deuxième moitié demain, je dois aller à Antioch faire des courses avec Rosa. Qu'en dis-tu, *amore* ?

– C'est parfait. Je te laisse un mot pour M. Cicionne, à la banque. Il te donnera ce qu'il faut. Ça fait combien ?

– Cinquante-huit dollars. Mon père a hurlé quand j'ai mentionné le prix, mais si on l'écoutait, nous ne vivrions que dans des meubles fabriqués sur le port, avec du bois de caisse. Vitto, *caro*, j'adore notre maison.

– Quand elle sera finie, ce sera la plus belle de la rue. Les menuisiers reviennent quand pour les chambres du haut ?

– Ils ont promis d'être là lundi matin. Je pensais leur demander de prévoir un petit cabinet de toilette, pour les enfants...

– Si tu veux.

Mon Dieu, ça fait au moins une semaine que je n'ai pas pensé aux filles, et à *mamma*. Quelle honte. Mais non, arrête. C'est normal. La vie l'emporte. C'est ton choix. Assume-le. Ou sacrifie tout, monte dans le bateau pour la Sicile, la vengeance et la mort. Mais je sais que je ne le ferai pas. Si Dieu le veut, Claudia attendra bientôt notre enfant. Il n'aura qu'une grand-mère, qu'un grand-père, mais sera fêté comme un roi chez les Bacigaluppo. Garçon ou fille, peu importe. Nous en aurons plusieurs. Ana ? Son souvenir s'efface. Ça fait des mois que je n'ai pas rêvé d'elle, alors qu'elle m'accompagnait toutes les nuits pendant mon voyage pour le Nouveau Monde. C'est sans doute mieux. Je n'ai jamais parlé d'elle à quiconque, en Amérique. Personne ne connaît son existence. Quatre ans. Elle aussi a dû oublier le pêcheur de Marettimo. Mais voilà, tout cela est de ma faute. En séduisant cette jolie fille, je suis devenu un assassin et c'est moi qui suis responsable de la mort de ma famille. Ce secret, je le garderai toute ma vie et je devrai vivre avec. La seule rédemption possible, ce sera d'être le meilleur mari et le meilleur père du monde. C'est ainsi que je me rachèterai.

Trois jours plus tard, une cousine de Claudia lui apprend qu'elle va commencer à mi-temps à la conserverie de poisson Booth, la plus grande de la ville. Un tiers de son personnel a déménagé pour Monterey, sur la côte au sud de San Francisco, où l'homme d'affaires a monté une usine de mise en boîtes de sardines qui offre de plus gros salaires. Il a passé un contrat de longue durée avec l'armée qui sera beaucoup plus rentable qu'à Pittsburg car les poissons variés rapportés par la flotte de pêche ne sont pas toujours du goût des consommateurs de Chicago ou des villes de l'Est.

– Douze dollars la semaine pour ne travailler que le matin. Qu'en dis-tu, chéri ? demande Claudia.

– Il nous reste plus de cinq cents dollars d'Alaska, et la pêche est bonne en ce moment. Nous retournons dans le Nord en mai. Nous n'avons pas vraiment besoin que tu travailles.

– Je sais, mais quand la maison sera achevée, que vais-je faire ? Quand je serai enceinte, ce sera différent, mais pour l'instant… Et puis je serai avec Maria. Elle dit que le travail n'est pas si dur et que les filles rigolent bien ensemble. Et je voudrais bien gagner un peu d'argent, moi aussi. Ce n'est pas le vieux pays, ici. Je veux devenir une vraie Américaine. Je n'avais que quatre ans quand nous sommes arrivés dans l'America. Je ne me souviens presque plus de la Sicile. Ici, les femmes travaillent, participent aux revenus de la famille et ont leur mot à dire. Moi, je trouve ça bien.

– Debout, les pieds dans l'eau, à manier le couteau pendant des heures…

– Seulement le matin, Vitto. Je me reposerai l'après-midi, et j'irai aider ma mère à la cuisine, comme d'habitude. Et dès que nous attendrons un bébé, j'arrête, c'est promis.

– Tu en as parlé à tes parents ?

– Mon père pense un peu comme toi, c'est un Sicilien, mais ma mère trouve que c'est une bonne idée. Qu'elle aurait bien aimé travailler, elle aussi, et qu'ici c'est la Californie. Nous ne sommes plus en Italie. C'est le vingtième siècle.

– Tu peux faire un essai pendant une semaine, voir si ce n'est pas trop dur.

– Je ne suis pas en sucre, Vittorio. Si ma cousine Maria, haute comme trois pommes, peut le faire, moi aussi. Ici, les femmes de pêcheurs sont employées dans les conserveries. Tu vas voir, je suis sûre que tout va bien se passer.

44

Granatello (Sicile)

Janvier 1908

Sur les hauteurs entre Marsala et Trapani, les chemins traversent d'abord les vignes qui donnent ce vin doux dont les Anglais raffolent, puis des forêts de pins, avant de serpenter vers la plaine et ses vergers d'orangers et de citronniers. Au passage d'un col, entre des rochers où s'accrochent des bouquets de thym et des plants de romarin, un éboulement provoqué par les pluies de décembre force les trois cavaliers à descendre de leurs mulets et à continuer à pied, sur cinq cents mètres. Enzo Fontarossa s'engage le premier. Il est morose, préoccupé. La réunion avec la famille Matarocco ne s'est pas bien déroulée. Il leur apportait pourtant un message de don Salva, assorti d'une menace à peine voilée, mais le vieux Matarocco a tout refusé en bloc. Pour être si sûr de lui, il a dû conclure un accord avec un autre clan, se dit le premier *capo* du roi de Trapani, comme on commence à appeler Salvatore Fontarossa. C'est à don Salva d'éclaircir la chose. Je me demande bien pourquoi il veut mettre la main sur les vignobles. Les vignes, ce n'est pas chez nous. Les citronniers rapportent plus que jamais, les orangers aussi, et surtout, nos opérations contre les *Rossi* nous ont enrichis au-delà de tout ce que nous aurions pu imaginer. Une autre liste va arriver, on va faire fortune. C'est facile, il n'y a pratiquement pas de risques. Sans parler du trafic sur le port. Toutes les familles jalousent notre accord avec les douaniers...

Il marche lentement entre les éboulis, perdu dans ses pensées, quand tout à coup le pin sur sa droite craque et s'effondre devant lui. Deux secondes plus tard, un autre arbre s'abat derrière eux.

Les mulets braient et se cabrent, ils sont enveloppés d'un nuage de poussière. Elle n'est pas retombée que les premiers coups de feu éclatent. Des fusils de chasse, au moins un mousquet. Les deux hommes de sa garde sont touchés aux jambes en même temps, par des plombs de chevrotine, avant d'avoir pu saisir leurs armes. Enzo prend le revolver à sa ceinture, vise devant lui, à l'aveuglette. Un coup de fusil retentit près de lui : l'agresseur est caché derrière un rocher. Enzo tire au jugé, une fois, deux fois, se retourne, cherche une cible. Ses balles font éclater les pierres. Soudain, une volée de plomb lui arrache la main qui tient l'arme. Il hurle de douleur, s'agenouille au sol, tente d'arrêter le sang qui gicle à gros bouillons du moignon.

– Cessez le feu ! crie une voix grave derrière eux.

D'un coup, une vingtaine d'hommes en tenues de chasse ou de travail, bottés, armés de fusils, sortent des rochers, surgissent entre les pins. Ils se précipitent sur les deux acolytes d'Enzo et les désarment.

– Enzo Fontarossa, c'est qui ? demande la voix qui donne les ordres, un homme grand et fort, moustache blanche, en veste d'uniforme de la Marina militare, bottes lacées, holster de cuir fauve à la ceinture d'un côté, baïonnette de l'autre.

– C'est lui, le premier ! crie quelqu'un. Je le reconnais.

Enzo sort en grognant son mouchoir de sa poche, l'enroule autour de son moignon. Sa main, en charpie, gît à ses pieds.

– Ne te fatigue pas à faire un pansement, Enzo Fontarossa. Tu vas mourir. Si nous ne t'avons pas abattu tout de suite, c'est pour que tu saches qui te tue. Pourquoi, ce n'est pas la peine, tu le sais déjà, non ?

– Vous êtes fous. Vous allez tous mourir. Tous ! Autant que vous êtes ! On ne s'attaque pas aux Fontarossa.

L'homme s'approche à pas lents, remet dans son étui son revolver d'ordonnance, renfonce son chapeau à ruban rouge décoré d'une plume de perdrix.

– Mon nom est Ettore Pignatelli. Ancien major dans le Genio navale. Je suis l'oncle de Giovanni Pignatelli. Cela te dit quelque chose, n'est-ce pas ?

– Allez au diable !

– Un de ces jours, peut-être, mais pas tout de suite. Le diable, c'est toi qui t'apprêtes à le rencontrer, *assessino*. Salue-le de notre part. Vous pensez que vous pouvez tuer n'importe qui sur cette île, que vous pouvez faire régner la terreur et que personne n'osera se dresser contre vous ? Je ne partage pas les idées politiques de mon neveu, mais c'était le fils de ma sœur. Chez nous, à Catane, les liens du sang sont sacrés. Alors, prépare-toi à mourir. Vous deux, dit-il en s'adressant aux deux hommes gisant à terre, blessés aux jambes, nous n'avons rien contre vous. Si vous pouvez remonter sur vos mules, filez. Et dites au chef de votre famille de mafieux que s'il veut affronter les Pignatelli et leurs alliés, qu'il sache que nous sommes cinq cents à porter des fusils et à savoir s'en servir. Celui-ci a tué Giovanni, il est tué. Ça peut s'arrêter là, ou ça peut continuer pendant des années. Nous sommes prêts. Nous n'avons pas peur.

Ses hommes aident les deux blessés à monter, en gémissant, sur les mulets et écartent leurs rangs pour les laisser passer et s'éloigner sur le chemin qui descend vers la plaine. L'officier à la retraite s'approche d'Enzo, qui s'est traîné jusqu'à la souche d'un pin contre laquelle il s'est adossé. Le mouchoir autour de son bras dégouline de sang. Il relève la tête, voit le canon du revolver pointé sur son front. Ferme les yeux. Le coup part. Il s'affaisse. Ettore Pignatelli pousse le cadavre de la pointe de sa botte.

– Laissez-le là. Il faut filer au bateau avant que les deux autres arrivent à Trapani et donnent l'alerte. Une fois sur l'eau, nous ne risquons plus rien. Notre sang est vengé.

L'un des deux hommes d'Enzo, touché à l'artère fémorale, tombe de son mulet après quelques minutes, se traîne dans un fossé où il se vide de son sang et meurt en râlant, mais l'autre, plus légèrement atteint, parvient deux heures plus tard à la porte de la villa Scillata. Les gardes l'aident à descendre de sa monture, le portent dans le réfectoire et l'allongent sur une table. Une cuisinière découpe son pantalon avec des ciseaux, lave ses plaies, commence à extraire de la pointe d'un couteau les plombs les plus visibles en attendant le docteur qu'un commis est parti chercher. Salvatore Fontarossa pénètre dans la pièce.

– Que s'est-il passé ? Où est Enzo ?

— Une embuscade, don Salva. Ils étaient trente, cinquante, je ne sais pas, avec des fusils.

— Où ?

— Granatello. Ils avaient bien préparé leur coup, ont abattu des arbres pour nous boucher le passage. Nous n'avons rien…

— Enzo ?

— Ils nous ont laissés partir, Marco et moi. Enzo était blessé à la main. Mais…

— Mais quoi ? Parle ! Et où est l'autre ?

— Il est tombé de sa mule, il faut aller le chercher, près de Rilievo. Leur chef a dit qu'il allait tuer Enzo. Que c'est une vendetta de la famille Pignatelli, les *Catanese*. Pignatelli, celui…

Enzo avait raison, j'aurais dû refuser de tuer des Siciliens. On aurait dû s'en tenir aux Rouges du Nord. Une vendetta avec les *Catanese*, je n'avais pas besoin de ça. Je dois trouver des alliés. Il faut que j'aille à Palerme. Mon premier *capo*. Je ne peux pas laisser passer ça, ou plus personne ne respectera notre famille. Il faut que je fasse rentrer Antonino de Rome, c'est mon fils aîné à présent, c'est lui qui prendra la suite. J'espère qu'il sera à la hauteur. Il n'a jamais vraiment accepté que je choisisse Enzo, mais il était trop jeune. Maintenant, il a l'âge. Ana ? Elle le détestait tellement qu'elle sera plus soulagée qu'autre chose. Mais plus personne ne l'épousera, c'est fini pour elle. Elle restera là avec Carla. Giulia va grandir. Un de mes fils me donnera bien un héritier pour la famille, un de ces jours. Mais d'abord il faut courir après ces maudits *Catanese*.

— Rameutez tout le monde ! Doublez la garde de la maison, au cas où ils seraient assez fous pour nous attaquer ici. Tu peux marcher ?

— Non, dit la cuisinière tout en nettoyant ses plaies. Il perd du sang, des plombs ont pénétré profondément dans la cuisse, le docteur va arriver.

— Nous ne pourrons pas rassembler assez d'hommes avant la nuit. Dino, prends trois gars et allez reconnaître les lieux. Laissez les chevaux à Rattaloro, continuez à pied. Vérifiez que ce n'est pas un piège, qu'ils n'ont pas tendu une autre embuscade, trouvez le corps d'Enzo. S'ils sont si nombreux, il va nous falloir de l'aide.

Ana et Carla, accompagnées de Giulia, arrivent à la porte de la villa après une promenade dans le quartier. Elles portent des bouquets de fleurs commandés la veille au meilleur fleuriste de Trapani, un panier de fruits confits et de miel. Intriguées par l'attroupement devant le réfectoire, elles approchent. Voyant l'homme allongé sur la table, les jambes en sang, Ana cache de sa main les yeux de sa fille, l'éloigne, la confie à une domestique en lui demandant de l'emmener dans sa chambre. Quand elle revient, Carla l'attend sur le seuil.

– Ton mari est mort.

45

Trapani (Sicile)

Février 1908

Il ne faut rien dire, pas même à Carla. Personne ne doit savoir, je ne peux compter sur personne. J'ai pris le deuil, habillée de noir. Je suis entrée dans l'église, suis restée de marbre pendant l'office, puis j'ai lancé une poignée de terre sur le cercueil. Je n'ai pas versé de larmes, j'ai laissé les femmes pousser leurs lamentations, mais j'ai joué le rôle que mon père voulait me voir jouer. La veuve d'Enzo. Visage grave, voilette, traits tirés. Seule Carla savait à quel point je jubilais. Elle connaît ma haine pour cette brute, cet assassin qui nous terrorisait, Giulia et moi. Une balle en plein front. La main droite, celle avec laquelle il avait tant tué et torturé, coupée net. C'est tout ce qu'il méritait, cet animal. Si je le pouvais, j'embrasserais ce Pignatelli, un ancien commandant de l'armée, à ce qu'on raconte. Il a vengé les siens et mis fin à mon calvaire. Il était temps. J'avais souvent pensé le tuer moi-même, du poison ou un couteau dans le cœur pendant son sommeil, mais mon père ne me l'aurait jamais pardonné. Giulia n'a pas vraiment compris ce qui s'est passé, bien sûr, même si elle a assisté à l'enterrement, mais elle sera soulagée de ne plus avoir à supporter cette présence hostile. Il lui faisait peur, même si elle ne l'a jamais exprimé. Maintenant, que va faire mon père ? Je ne pense pas qu'il essaiera de me remarier, cela ne se fait pas dans une famille comme la nôtre. Toute la ville sait qu'Enzo n'était pas le père de mon enfant. Il voudra nous garder près de lui, il s'est tellement attaché à Giulia depuis qu'elle parle et est devenue une jolie petite fille. Si je veux avoir une chance de mettre mon plan à exécution, il faut commencer par endormir sa méfiance. Il doit penser que je suis d'accord pour me transformer en une deuxième Carla, fidèle au clan, à la vie confortable qu'il nous fait mener dans son beau domaine, en feignant d'ignorer qu'elle repose sur le meurtre, la violence et la peur. Il parle déjà d'envoyer Giulia dans la meilleure école de Naples, puis dans une université anglaise. Comme si j'allais accepter de laisser partir ma fille en pension… Dans les semaines et les mois à venir, il faut que je donne le change, il ne doit rien soupçonner. Un an, deux au maximum. Quand Giulia aura six ans, ce sera bien. Pour l'argent, j'ai les bijoux de maman que j'ai reçus le jour du mariage, mais cela ne suffira sans doute pas pour payer le voyage. C'est Carla qui gère l'argent de la cuisine et de l'entretien de la maison, je vais lui proposer de me charger de certaines choses, je pourrai détourner quelques pièces. Il faut que je me renseigne sur le prix des billets pour l'Amérique, pour une femme et un enfant. Le problème, c'est où aller ? Dans quelle ville est Vittorio ? Comment le trouver ? J'ai bien étudié la carte : c'est un pays immense, une côte sur l'océan Atlantique, une sur le Pacifique. Il est forcément dans un port, mais lequel ? Je ne peux pas m'embarquer pour New York sans savoir où aller ensuite. C'est le principal problème. Il faudra aussi trouver un moyen d'échapper à mon père. Il fait la pluie et le beau temps dans le port de Trapani, les douaniers lui mangent dans la main, comme il dit sans cesse. Impossible de partir de là, ils m'arrêteraient et me ramèneraient à lui dans l'heure. Palerme ? Naples ? Peut-être, mais là aussi, son organisation, cette Mafia, est puissante. Je vais me renseigner, tout noter dans mon cahier secret. Et un jour, je prendrai ma fille et nous irons retrouver son père.

46

San Francisco (Californie)

Mai 1908

Depuis la lettre de Fulvio, Vittorio n'était pas revenu à la poste centrale de San Francisco. À quoi bon ? Quelle autre nouvelle pouvait lui parvenir du vieux pays ? Les circonstances de leur décès ? Il craignait de les apprendre. L'impunité accordée à leurs assassins ? Elle coulait de source. L'abandon de l'enquête, pour peu qu'elle eût jamais commencé ? Évident. Qu'importe la suite. Sa mère et ses sœurs reposent pour l'éternité sur la colline face à la mer. Le souvenir de leurs rires, de leurs chants, de leur tendresse, c'est tout ce qu'il veut garder. Le reste s'efface peu à peu, comme une cicatrice. Il pense à elles parfois, de moins en moins souvent. La maison est achevée, à Pittsburg, la pêche a été bonne tout l'hiver, et dans quelques jours, c'est le grand départ pour la campagne de pêche au saumon en Alaska. C'est pour cela, pour acheter au meilleur fabricant de la région un nouveau jeu de cordages, que ce matin Vitto passe, dans une carriole louée pour la journée, devant l'imposant bâtiment de pierres blanches. Dans un quartier ravagé il y a deux ans par le séisme et les incendies qui retentit, ainsi que toute la ville, du bruit des scies et des marteaux, le Central Post Office dresse ses trois étages intacts comme un défi aux éléments. Sa structure massive a résisté aux secousses et pendant les jours qui ont suivi, alors que ce qu'il restait de la ville était dévoré par le feu, il a été sauvé par une douzaine de postiers et d'employés qui, munis de seaux et de couvertures humides, ont repoussé les flammes. C'est l'une des premières administrations à s'être remise en marche dans San Francisco sinistrée, permettant aux habitants de donner des nouvelles, de recevoir de l'aide et de l'argent du reste du pays et de l'étranger. Vittorio donne dix *cents* à un jeune garçon et lui demande de tenir son attelage par la bride, le temps de pénétrer dans le bâtiment.

– Water… W… Voilà. Il y a une lettre pour vous, dit le postier. Assez récente, arrivée il y a six jours.

L'enveloppe, timbrée en Italie, porte au dos le nom de son expéditeur : Fulvio Gritti. Elle est datée du 21 mars 1908. À l'intérieur, le même papier de soie que la fois précédente protège des billets de cinquante dollars.

Mon cher Vittorio,

J'ai longtemps attendu, avant de t'écrire à nouveau, d'avoir de bonnes nouvelles à t'annoncer concernant l'enquête sur l'assassinat de ta famille. Je suis hélas dans l'obligation de reconnaître que ce n'est pas le cas. Les interventions de mon père à Rome ont semblé, dans un premier temps, porter leurs fruits : un juge napolitain, avec une réputation d'intégrité, a d'abord été nommé. Il se serait même rendu à Marettimo et à Favignana, d'après ce qu'on m'a rapporté. Mais il a été dessaisi de l'affaire quelques mois plus tard, pour une raison inexplicable. Nous avons en vain attendu la nomination d'un autre magistrat. Une chape de plomb est tombée sur cette affaire, que nos contacts dans les sphères politiques refusent d'évoquer, même à voix basse. Je suis désolé d'avoir à te l'écrire, mais je crains que la justice italienne ne poursuive jamais les tueurs de ta mère et de tes sœurs. Tout le monde connaît leurs noms, mais il semble que ce maudit fontaniero *Fontarossa dispose de soutiens puissants. Il est passé, au cours des dernières années, du rang de petit voleur des vergers de Trapani à celui de parrain de leur Mano Nera pour l'ouest de l'île. Je suis persuadé, sans pouvoir le prouver, qu'il a conclu un accord avec des personnages haut placés de notre État si faible, et qu'il leur rend, en échange de l'impunité, des services occultes. Je suis donc au regret de n'avoir aucune bonne nouvelle à t'annoncer en la matière. Sauf une, peut-être. Le* primo capo, *le bras droit de Fontarossa, son neveu Enzo a été tué en janvier, dans une embuscade tendue par la famille d'une de ses victimes. Sa mort a entraîné une série de règlements de comptes et de meurtres qui se poursuit à ce jour, dans la tradition des vendettas siciliennes. Ce sinistre personnage était aussi le gendre du* fontaniero, *le mari de sa fille dont toute la ville raconte, et cela nous est bien sûr parvenu à Naples, que tu l'avais connue à Marettimo. Et que c'est même pour cela (j'ignore les détails, et peu m'importe) que Fontarossa aurait envoyé son aîné tenter de te tuer. J'ai pensé que la nouvelle de sa mort te serait agréable. Il y a fort à parier qu'il a trempé, d'une façon ou d'une autre, dans l'assassinat des tiens. Ce* fontaniero *de malheur pourrait bien finir ainsi un de ces jours, j'ai plus confiance dans un clan rival pour nous débarrasser de lui que dans la police et la justice. Encore qu'il prenne, d'après nos informateurs à Trapani, un grand luxe de précautions et, se sachant menacé, qu'il ne sorte que sous bonne escorte du domaine qu'il a acheté sur la côte, avec l'argent de ses crimes. Il continue, régulièrement, ses tentatives pour rançonner notre* tonnara *de Favignana. L'un de nos contremaîtres a été poignardé et le mois dernier une chaudière a explosé de façon suspecte, mais nous ne cédons pas et ne céderons jamais. Cela a toujours été la volonté de mon père et c'est la mienne, maintenant que je prends les rênes des entreprises familiales. La santé de mon cher* papà *s'est détériorée, il ne peut plus descendre au bureau, sur le port, qu'une ou deux fois par semaine, pour quelques heures. Il m'a donc transmis ses fonctions, mais reste présent pour m'assister, surtout pour la gestion de notre flotte de navires, qu'il a fait construire et qu'il considère comme ses enfants. En parlant d'enfant, j'ai le bonheur de t'annoncer que nous avons désormais un fils, l'héritier des Gritti, né il y a plus d'un an. Véra (qui te salue chaleureusement) est à nouveau enceinte. Elle s'est merveilleusement adaptée à la vie à Naples, même si elle regrette parfois la scène, les lumières et les applaudissements. Nous parlons souvent de toi et avons suivi dans les gazettes le terrible tremblement de terre qui a ravagé San Francisco. J'ai lu tout ce que je pouvais trouver sur les dommages infligés au port et à la flotte de pêche, qui ne semblent pas avoir été les plus atteints. Je ne sais pas si tu vis dans la ville même ou dans un port de la région, et il vaut mieux, pour ta sécurité, que je l'ignore. Ce* fontaniero *du diable est au cœur de nombreux affrontements mafieux depuis ton départ, mais sa volonté de venger la mort de son fils demeure intacte. Continue donc de prendre toutes les précautions possibles, ne divulgue ton nom italien à personne et surveille les nouveaux arrivants, je sais que nos compatriotes, surtout ceux du Sud, s'embarquent par milliers pour le Nouveau Monde.*

285

Voilà, mon cher ami. Je regrette de ne pouvoir t'annoncer de meilleures nouvelles. Ci-joint une somme en dollars qui t'aidera j'espère dans tes entreprises (je l'imagine transformée en filets de pêche neufs, et j'aime cette idée), modeste témoignage de ma reconnaissance éternelle pour nous avoir, Véra et moi, sortis du guêpier de La Nouvelle-Orléans.
Prends soin de toi. Je te souhaite d'avoir rencontré une femme pour partager ta vie et fonder une famille américaine.
Ton ami, à jamais.

Fulvio.

Enzo Fontarossa. Le cousin. Celui qui était venu la chercher sur l'île, dans ce canot à vapeur digne d'un évêque. Il m'avait menacé. Le *fontaniero* a marié sa fille à son propre cousin, pour couvrir le scandale. Cela se fait, dans certaines familles siciliennes, mais nous, dans les îles, nous avons toujours su que ce n'est pas bon. Il faut couper le sang, comme le disait ma mère. Ana était mariée, et maintenant veuve. Ont-ils eu un enfant, deux ? Fulvio ne le précise pas. Probable. A-t-elle consenti à ce mariage ou son père lui a-t-il forcé la main ? Qu'importe. Cela doit faire longtemps qu'elle ne pense plus à moi, à ce soir de la Sant'Alberto à Trapani. Veuve… Sa famille va sans doute arranger un remariage avec un membre du clan, ou d'un autre, pour sceller une alliance. Mais tout ça, c'est du passé. Dans trois ou quatre jours, je repars pour l'Alaska. Un mois de navigation le long de cette côte, avec ses paysages beaux à en pleurer, un mois de pêche au trésor, de l'or rose à profusion, le retour en septembre, la cale pleine de saumons fumés, des milliers de dollars chacun. Avant Noël, Claudia sera enceinte. Enzo tué ? Bonne nouvelle. Avec un peu de chance, la prochaine lettre m'annoncera la mort du *fontaniero*. Je n'ai pas le temps de lui répondre avant de partir, mais à l'automne je lui écrirai pour le remercier et lui dire que tout va bien, sans donner de détails qui pourraient me trahir. Cent, deux cents, trois cents dollars ! J'imagine la tête de Fabio et de Tommy quand ils vont me voir revenir avec un jeu de voiles neuves, en plus des meilleurs cordages que je pourrai trouver. Cap sur le golfe d'Alaska !

47

Trapani (Sicile)

Décembre 1908

— Un déjeuner du dimanche avec mes enfants, des pintades rôties dans la cheminée, de bonnes bouteilles : rien ne peut me faire plus plaisir, lance don Salvatore en se levant de table. Je suis béni des dieux. Surtout depuis ton installation à Palerme, Antonino, les occasions de vous avoir tous les trois à la maison sont rares. Ana, s'il te plaît, peux-tu aller à la cuisine demander qu'on nous prépare le café ? Les garçons et moi le prendrons dans mon bureau, nous avons des affaires à régler.

— Oui, *papà*.

— J'ai une bonne nouvelle, dit Paolo, le plus jeune des deux fils du *padrone*, envoyé dans la capitale de la Sicile pour faire la liaison avec les familles mafieuses de la ville. J'ai peut-être retrouvé la trace de ce maudit pêcheur de Marettimo.

Quand elle entend ces mots, Ana s'est déjà levée et tourne le dos à son père et ses frères. Elle blêmit. Ses mains tremblent, son ventre se noue, son cœur cesse de battre. Elle inspire lentement, baisse les épaules et sort de la pièce. Elle demande à la cuisinière de préparer trois cafés et de les servir dans le bureau de don Salva. Au pied de l'escalier central, elle se déchausse et, ses chaussures à la main, monte en courant au premier étage. Personne ne la voit ouvrir la porte de la bibliothèque. Elle se précipite vers le fond de la pièce, s'agenouille devant la cheminée, écarte sans bruit son couvercle de cuivre repoussé. Tend l'oreille. De là, juste au-dessus de l'âtre du bureau de son père encore éteint à cette heure, elle capte les conversations qui lui parviennent par le conduit.

– Parle. Qu'as-tu appris ? Où se terre ce Bevilacqua de malheur ? Où se cache l'assassin de votre frère ?

– Je ne sais pas exactement, père. Mais voilà : nous payons depuis des années deux domestiques de la famille Gritti, qui les espionnent pour notre compte. Le mois dernier à Palerme, la femme qui travaille pour nous et fait le ménage dans la salle de bains de l'épouse du fils Gritti, Fulvio, a surpris une conversation : il annonçait à sa femme qu'il avait enfin reçu des nouvelles de « notre ami Vittorio », comme il l'a appelé. Il est en Californie, sur la côte Ouest de l'Amérique. Il s'est interrompu quand il s'est aperçu qu'ils n'étaient pas seuls, mais la fille, qui est maligne et nous a déjà rapporté de bonnes informations, a fouillé dans son bureau, sous prétexte de faire la poussière.

– Et alors ?

– Elle n'a pas trouvé la lettre, mais son enveloppe, dans la corbeille. Elle portait au dos une adresse. Attends, elle me l'a notée. Voilà : Victor Water. Poste restante. San Francisco. California.

– Victor comment ?

– Water, *papà*. C'est un nom américain. En anglais, ça signifie eau. Bevilacqua, buveur d'eau. Il a pris une nouvelle identité.

– Qu'est-ce qui te fait dire que c'est notre homme ?

– Les émigrants italiens changent souvent de nom en arrivant en Amérique. Parfois ils y sont forcés, ou c'est pour oublier leur passé, brouiller les pistes, devenir quelqu'un d'autre. Le fils Gritti n'a pas parlé à sa femme de Victor, mais de « notre ami Vittorio », il a dit « j'ai enfin des nouvelles ». Nous nous doutions que les Gritti l'avaient aidé dans sa fuite. Tu te souviens, le bateau pour Gênes, le capitaine qui l'a fait libérer alors que nous le **tenions** ? Tout cela porte la marque des Gritti. Vittorio, en Californie, ça ne peut être que lui.

– San Francisco ?

– C'est le grand port sur la côte Ouest, de l'autre côté du pays, sur l'océan Pacifique.

– Et poste restante, qu'est-ce que ça veut dire ?

– Ce n'est pas une adresse. Ça veut dire que la lettre qui arrive reste à la poste et que le destinataire vient la prendre, en donnant son nom et montrant ses papiers.

– Donc, si c'est bien lui, nous n'avons pas son adresse ?
– Non. Mais nous avons la ville. Ce n'est pas rien. Je te rappelle que nous payons des gars pour le chercher à New York, à Boston et à Philadelphie depuis des années.
– Bon, admettons que ce soit lui. Nous avons des contacts à San Francisco ?
– Je me suis renseigné. Aucune de nos familles alliées n'a envoyé des gens là-bas, c'est trop loin. Nous avons des émissaires dans les ports de la côte Est, mais dans l'Ouest, personne. Et ils n'ont pas de correspondants, en tout cas pas pour le moment.

Agenouillée sur le parquet, Ana se mord la main. Ses yeux s'embuent de larmes. C'est lui. Je suis sûre que c'est lui. Vittorio – Victor. Bevilacqua – Water. Poste restante. San Francisco. Un port. J'en étais sûre. Il ne pouvait s'être installé qu'au bord de la mer. Il faut que je regarde dans mon atlas.

– Mais cette histoire de poste restante, c'est un problème, non ? Je ne vais quand même pas envoyer des gars à l'autre bout du monde en leur disant de se planquer dans une poste et d'attendre qu'il vienne chercher son courrier ? C'est une grande ville ?
– Oui. Rasée par un tremblement de terre il y a deux ans, mais déjà reconstruite, m'a dit un capitaine de vapeur qui y a fait escale cet été. On n'a pas l'adresse, mais la ville, c'est déjà pas mal. On peut réfléchir au moyen de lui tendre un piège...
– Bon travail. Je vais te donner une prime pour cette domestique. Qu'elle essaie d'en savoir davantage. Si le fils Gritti lui répond, par exemple. Nous avons une carte d'Amérique quelque part ? J'ai besoin de voir où c'est.
– Il y a un atlas dans la bibliothèque du premier, dit Antonino, l'autre fils du *fontaniero*.

Ana se lève d'un bond, attrape ses chaussures et sort de la pièce sur la pointe des pieds. Elle referme la porte et file vers la chambre de sa fille, au bout du couloir. Giulia est couchée sur un épais tapis, entourée de ses poupées, dont l'une lui sert d'oreiller. Vêtue d'une robe de coton mauve et d'un gilet de laine, le sommeil l'a saisie en plein jeu. Elle ouvre un œil, sourit en reconnaissant sa mère qui la porte dans son lit. Dors, mon bébé. Ana la couvre, caresse sa joue douce comme du velours et recule de trois pas pour s'asseoir dans le fauteuil d'osier tressé. Elle se prend la tête dans les mains. San Francisco, la Californie. Victor Water. Son nom, sa ville. Et si je lui écrivais ? Avec une photo de Giulia ? Non. Trop risqué. Carla m'a toujours dit qu'il surveillait tout ce qui entrait et sortait de la maison, qu'il payait des postiers pour détourner le courrier, voler des lettres officielles et privées, que c'était une des raisons pour lesquelles il connaissait tous les secrets de la ville. Si jamais il intercepte une enveloppe pour la Californie, c'est fini. Je ne pourrai plus jamais endormir sa méfiance. Je serai enfermée dans ce domaine pour le restant de mes jours. Donc j'ai intérêt à ne pas me trahir jusqu'au jour du départ. Le port de pêche de San Francisco. Même s'il est grand, les pêcheurs se connaissent tous. Je le trouverai.

Elle ferme les yeux, imagine la scène. Il saute sur le quai, une caisse de poissons entre les mains. Il n'a pas changé, les cheveux un peu plus longs, peut-être. Il voit une jeune femme qui le regarde, une petite fille à la main. Leurs yeux se croisent. Elle sourit. Sa bouche s'ouvre, il lâche la caisse qui se renverse à ses pieds. Il fait un pas, glisse sur les poissons, se rattrape, court vers elle en criant : Ana ! Il la prend dans ses bras, écrase ses lèvres sur les siennes, la soulève du sol, la serre à lui broyer les épaules. Ma chérie, voici ton papa. Vitto, c'est ton enfant. Elle s'appelle Giulia.

Ana se redresse dans le fauteuil, essuie ses yeux d'un revers de main. C'est bientôt Noël. Je n'ai pu détourner qu'environ cent mille lires de l'argent que me confie Carla pour les courses. À ce rythme, j'en ai pour des années. Plus de six ans qu'il est parti. Se souviendra-t-il de moi ? Et s'il était fiancé, ou marié ? Arrête de penser à ça. Il est seul, il ne t'a pas oubliée, il t'attend. Il t'ouvrira les bras et sera fou de bonheur en voyant sa fille. Vous vivrez ensemble et vous aurez d'autres enfants. C'est ainsi que cela va se passer. Maintenant, il faut trouver un moyen de vendre discrètement les bijoux de maman. Et surtout de quitter la maison, d'embarquer pour l'Amérique sans que les chiens de garde et les espions du terrible don Salva, roi de Trapani, ne l'alertent. Pas facile.

Quelques jours plus tard, Ana, Carla et Salvatore, sa petite-fille sur ses genoux, terminent de dîner sur la grande table de la cuisine. Il pleut et il vente dehors et parfois, au cœur de l'hiver, le *padrone*, qui prend chaque jour davantage des manières de châtelain, se fait servir dans cette pièce, entre la cheminée qui ronfle, les cuisinières à bois et les casseroles fumantes, dans les odeurs d'oignons rissolés et de gibier rôti. Il se ressert un verre de vin du Vésuve.

– Alors, tout est prêt pour le repas de Noël, Carla ? Menu habituel ?

– Oui, Salvatore. As-tu vérifié avec Paolo qu'il sera bien des nôtres ?

– Tout à fait. Il va profiter de l'occasion pour nous présenter enfin sa nouvelle fiancée. L'une des filles de don Reggio, une beauté à ce qu'on raconte. Et une bonne alliance, s'il se décide à l'épouser. Ana, tu ne m'as toujours pas répondu. Qu'est-ce qui te ferait plaisir comme cadeau de Noël ? Mes espions auprès du père Noël me disent qu'il va apporter quelque chose d'extraordinaire pour Mlle Giulia, mais pour toi...

– Tu as des espions chez le père Noël, *nonno* ?

– Ton grand-père a des espions partout, ma chérie. Il sait tout ce qui se passe en Sicile, et au-delà, jusque chez le père Noël, dans le Grand Nord, ajoute Carla en souriant.

– J'ai peut-être une idée, dit Ana, en affectant un air détaché. Tu te souviens de mon rêve d'aller étudier à Paris ? D'aller au Louvre, de voir Notre-Dame ?

– Tu ne vas pas recommencer avec ça !

– Non, bien sûr, il n'est pas question de devenir étudiante. Mais après la mort d'Enzo, tout ce qui s'est passé, cette année terrible, un voyage à Paris me ferait plaisir. Quelques jours, pas plus. Comme c'est un long trajet, nous pourrions faire escale à Gênes, voir mon amie Rosalia. Tu te souviens, nous étions à l'école ensemble. Elle a suivi son mari qui est devenu capitaine de navire.

– Mais tu ne veux pas aller en France en bateau, tout de même ?

– Non, en train. Je me suis renseignée à la gare, Paris est à moins de deux jours de Gênes. Et Giulia est assez grande, elle a l'âge de profiter d'un tel voyage. Oh, je t'en prie, *papà*, dis oui ! Pas plus de deux semaines, au printemps.

– Il est vrai que ça te changerait les idées après la mort de ton cher Enzo. Pourquoi pas… Mais il faudrait que quelqu'un t'accompagne. Carla, tu serais d'accord ?

– Avec plaisir. Ana me tarabuste depuis si longtemps avec son Esmeralda et son bossu de Notre-Dame que je serais curieuse de voir à quoi elle ressemble, cette plus belle église du monde. Et de goûter à la cuisine des Français.

– Eh bien, c'est parfait. Je connais un bureau de voyages qui prendra les billets de train, en première classe, et pourra télégraphier pour réserver l'hôtel. Un bel établissement, qu'importe la dépense. Les Fontarossa ne descendent pas n'importe où.

48

Trapani (Sicile)

Juin 1909

La bijouterie Ponza est une institution à Trapani, la plus ancienne et la plus réputée de la ville, à deux pas de la cathédrale San Lorenzo. Un matin de marché, dix jours avant son départ pour Paris, Ana en pousse la porte. Images enluminées de sainte Rosalie aux murs, vitrines d'acajou, balances de laiton, bouquets de fleurs séchées.

– Je souhaite vendre des bijoux de famille. De l'or et un diamant. Cela vous intéresse ?

– Pouvez-vous me montrer ? demande le vendeur, sourire mielleux, cheveux gominés en arrière.

Ana prend dans son sac à main une bourse en tissu, l'ouvre, pose sur le sous-main de cuir fauve un collier en or massif, trois paires de boucles d'oreilles, un pendentif orné d'un diamant de trois carats.

– Pour ce genre de bijoux, je préfère en référer à M. Ponza.

Le vendeur se lève, se dirige vers l'escalier menant aux bureaux du premier étage quand une employée l'attrape par le bras.

– Tu as vu qui c'est ? lui chuchote-t-elle. Ana Fontarossa. La fille de don Salvatore, le *fontaniero*. Je la connais, nous étions en classe ensemble. Cours prévenir le patron, je vais la saluer.

Ana reconnaît à peine son ancienne camarade d'école, qui a beaucoup grossi. Elles s'échangent des banalités jusqu'à l'arrivée du bijoutier, bel homme d'une soixantaine d'années en costume de lin, cheveux teints et nœud papillon, qui s'assied de l'autre côté de la table après l'avoir saluée. Il sort de sa poche intérieure sa loupe oculaire, examine un à un les bijoux, s'attarde sur le diamant.

– Magnifiques pièces, madame. Vous pouvez compter sur la discrétion de notre maison. Hélas, le marché n'est pas très bon depuis quelques mois. Toutes ces incertitudes politiques, vous savez…

Sur un petit carnet de cuir, il griffonne des chiffres, fait une addition.

– Je peux vous en proposer… Pour le tout, nous sommes bien d'accord ?

– Tout à fait. Le tout.

– Trois millions huit cent mille lires.

– Pas davantage ? Je pensais…

– Je suis désolé, chère madame. Pour vous, je peux aller jusqu'à quatre millions. Mais pas plus.

– Quatre millions, tout de suite ?

– Je n'ai pas cette somme ici. Si vous voulez passer demain vers onze heures.

– Quatre millions de lires, demain onze heures. C'est entendu. Merci.

Ana rassemble les bijoux, referme la bourse, ajuste son chapeau de paille et quitte la boutique. Une heure plus tard, à l'heure du déjeuner, Massimo Ponza pénètre dans la grande salle de la trattoria Di Gio. D'un signe de tête, le patron lui désigne l'arrière-salle, dont la porte est gardée par un homme, regard aux aguets, revolver sur le ventre. À l'intérieur, don Salvatore est attablé devant un plat de pâtes au côté d'un de ses lieutenants, qui se lève à l'arrivée du visiteur et lui cède sa chaise.

– Don Massimo ! Quel plaisir de vous voir. Asseyez-vous. Avez-vous déjeuné ? Riccardo, va chercher une assiette et un verre propres. Que me vaut cet honneur ? Nous ne sommes pas le début du mois. Ne me dites pas que vous allez faire comme tous les autres et vous lamenter pour obtenir une réduction de votre contribution à la sécurité ! Pas vous ! *Il signore Ponza*, une institution sicilienne…

– Non, don Salva. Les affaires marchent bien. Je vous remercie encore pour votre protection.

– À la bonne heure ! C'est un plaisir de voir des gens qui apprécient nos services. Vous savez que notre association est la garantie de ne jamais voir pénétrer chez vous un peigne-cul armé qui va tenter de vous voler, n'est-ce pas ?

– Bien sûr, don Salvatore. Vous savez à quel point je suis heureux de notre collaboration. Justement, je viens vous voir pour une affaire délicate.

Le bijoutier lui rapporte en quelques mots la visite de sa fille.

– Je voulais m'assurer que vous étiez au courant, et d'accord avec cette transaction.

– Massimo, nous nous connaissons depuis toujours. Je ne vais pas vous mentir. Ce sont les bijoux de ma défunte femme, et ma fille ne m'a rien dit. C'est regrettable. Elle ne manque pourtant de rien.

– Dans ce cas, je vais refuser, bien entendu.

– Non. Donnez-lui ce qu'elle demande. Et rapportez-moi les bijoux. Pas un mot à quiconque. Je vous rembourserai. Et pour vous montrer à quel point j'apprécie votre geste et votre loyauté, je divise par deux votre contribution du mois prochain.

Il remplit à ras bord le verre que son homme de main vient de poser sur la table.

– Goûtez-moi ce nero d'Avola, première récolte du siècle, une merveille. *Salute*, don Massimo.

Baie de Nushagak (Alaska)

Juillet 1909

Ils ont jeté l'ancre devant Clark's Point, à l'entrée de la baie de Nushagak. Autour d'eux, l'immensité de l'Alaska. Des plaines, des lacs, des collines, la toundra à perte de vue, avec pour horizon des chaînes de montagnes aux sommets encore enneigés en ce début d'été. Trente-trois jours de mer depuis leur départ de Pittsburg, à ne toucher terre que pour refaire le plein d'eau douce et acheter de la farine et de la viande séchée dans les villages indiens de la côte canadienne. C'est leur quatrième voyage dans le Grand Nord. Vittorio, Fabrizio et Tommy se sont relayés à la barre, jour et nuit, pour perdre le moins de temps possible et arriver à Nushagak, où la pêche avait été fructueuse l'année précédente, quelques jours avant le début de la migration des saumons, quand ils reviennent en masse dans les rivières où ils sont nés, cinq ou six ans auparavant. Bien équipés, instruits par l'expérience, ils ont quitté Pittsburg avec deux autres bateaux et leurs équipages siciliens mais, comme l'an dernier, les ont vite perdus dans les immensités du Pacifique. La taille de leur *Santa Caterina* et la peur des colères de l'océan, même en été, les ont contraints au cabotage, toujours en vue des côtes de l'Oregon, de l'État de Washington et de la Colombie-Britannique. Ils auraient pu gagner quatre ou cinq jours en coupant plein ouest dans le golfe d'Alaska, pour rallier et longer les îles Aléoutiennes, mais y ont renoncé, par sécurité. Sous ces latitudes, les tempêtes sont trop soudaines, trop violentes pour s'aventurer en plein océan avec une embarcation de cette taille. Comme l'an dernier, ils ont ensuite tenté de traverser le chapelet d'îles par la False Pass, un goulet de huit cents mètres de large mais, là encore, les vents contraires et la force phénoménale d'un courant descendu de la mer de Béring les a contraints à contourner l'île d'Unimak, plus à l'ouest, pour pénétrer dans la baie de Bristol.

— Il me semble qu'il y a deux ou trois maisons de plus que l'an dernier, à Clark's Point, remarque Tommy en baissant la longue-vue avec laquelle il observe la terre. Et là, regardez, ils posent des pilotis.

— Sans doute une nouvelle conserverie. J'ai entendu dire à San Francisco que des hommes d'affaires californiens et canadiens investissaient dans la mise en boîtes du saumon d'Alaska, dit Vittorio. Tant mieux. Plus il y aura d'acheteurs, plus les prix monteront. Ils se font déjà concurrence, souvenez-vous l'an dernier. Et le trois-mâts à quai, là, tu peux voir son nom ?

— *Star of Finland.*

— Les Alaska Packers, l'association des conserveries. Il est à eux, tous leurs trois-mâts s'appellent Star of quelque chose. Ils les utilisent pour descendre les boîtes de conserve en Californie et à Vancouver. C'est à eux que nous avons vendu les trois quarts de la pêche l'an dernier, dit Vitto.

— Vous êtes sûrs de ne pas vouloir accoster ? Ils ont peut-être de la bière, dans le *trading post.* Je rêve d'un steak d'élan, soupire Fabrizio. J'en ai déjà marre du poisson à tous les repas.

— Nous avons plusieurs jours de retard à cause de cette maudite passe. Nous sommes le 3 juillet, le *salmon run* a dû commencer depuis au moins une semaine, et la pêche est ouverte depuis le 1er, dit Vittorio. Si nous ne prenons pas position dans un estuaire et ne marquons pas notre place, nous serons paumés dans un coin sans poissons. Partons demain à l'aube pour l'embouchure de la Nushagak River, jetons les filets, implantons-nous et dans deux jours, promis, nous passons la soirée à Kanakanak. Ne me dis pas que tu as oublié leur saloon ?

— Victor a raison, Fab'. Dernier soir à bord. À partir de demain, nous pourrons dormir à terre toutes les nuits et nous empiffrer de viande d'ours. Le plus urgent est de récupérer notre place. En espérant qu'elle n'est pas déjà prise. Viens m'aider à sortir le filet de sa caisse pendant qu'il fait encore jour.

Ils se serrent dans la cabine, emmitouflés dans leurs couvertures humides, se réveillent à l'aube et hissent les voiles. Ils aperçoivent, dans cette étrange lumière du Grand Nord où la nuit se couche à peine en cette saison, les lampes à huile de plusieurs autres bateaux de pêche qui remontent dans la baie. La carte marine des côtes d'Alaska, achetée à San Francisco deux ans plus tôt, s'étant révélée approximative, voire carrément fausse par endroits, Vittorio a noté dans un cahier des points de repère, dessiné des croquis, rapporté des calculs qui lui permettent de retrouver l'embouchure de la Nushagak. C'est une rivière large et peu profonde, entourée de marais, dont les eaux couleur de terre bouillonnent autour du bateau. Les saumons se pressent par milliers pour la remonter, leurs dos sortent de l'eau, leurs queues battent les flots dans leur course à contre-courant. Les trois pêcheurs sourient, repensent à leurs pêches de l'an dernier, quand le filet était si lourd qu'ils devaient parfois l'alléger afin qu'il ne se rompe pas. Fabrizio s'empare d'une épuisette, la plonge et en ressort aussitôt un beau saumon qu'il attrape, fait mine de mordre à pleines dents puis le rejette à l'eau en riant. Le vent d'est leur est favorable, la journée va être belle, ils reconnaissent les berges, replient le filet pour qu'il soit prêt à être largué quand Tommy aperçoit une chose étrange droit devant : une cabane, comme posée sur l'eau, flottant au milieu de la rivière.

– Les gars, regardez ça ! dit Tommy en levant sa longue-vue.

Ils affalent une voile, tirent trois bords pour approcher. Arrivés à cent mètres de la petite construction, ils discernent d'immenses cadres de bois fixés sur des tonneaux, qui ferment presque le lit de la rivière. La cabane repose sur un radeau géant, une plateforme de planches et de flotteurs à laquelle sont attachés des filets lestés de pierres qui plongent dans le courant. Un homme se tient debout, Winchester braquée sur eux.

– Foutez le camp ! leur crie-t-il. Propriété de l'Alaska Packers Association ! N'approchez pas, vous allez endommager le piège !

– Un piège à saumons, dit Vittorio. Il y en avait des fixes, sur les rives un peu plus au nord. Souvenez-vous, des gars nous avaient parlé de pièges flottants qui barraient des rivières entières. En voilà un.

Tommy se poste à l'avant, les mains en porte-voix.

– Nous avons une autorisation ! De l'office fédéral des pêches, à San Francisco ! Nous avons pêché ici l'an dernier ! Vous n'avez pas le droit…

Le gardien du piège tire en l'air, recharge son arme d'un air menaçant.

– Rien à foutre de votre papier de San Francisco ! Ici, c'est pas la Californie. En Alaska, c'est l'Alaska Packers Association qui choisit où elle pose ses pièges. La Nushagak est à nous, désormais. Alors, fichez le camp avant que la patrouille arrive, c'est un conseil si vous tenez à votre barcasse !

Il conclut d'un autre coup de feu, puis braque son arme vers la *Santa Caterina*. Tommy se couche derrière la proue.

– Vire de bord ! Ce cinglé va tirer !

Vittorio pousse la barre à gauche, Fabrizio se baisse pour laisser passer la baume au-dessus de sa tête, récupère l'écoute de l'autre côté, la grand-voile se gonfle, le voilier s'éloigne vers la rive nord de l'estuaire.

– Allons à Kanakanak, dit Vittorio. Il faut se renseigner sur cette histoire de pièges flottants. Si ça se trouve, ils en ont installé partout.

– Vous avez vu leur taille ? s'inquiète Fabrizio. Les filets bouchent la rivière. S'ils capturent tous les saumons de l'année, que restera-t-il l'an prochain ?

– Ils changeront de rivière. Ce n'est pas ce qui manque, sur la côte. Ces conserveries coûtent des fortunes à mettre en place, pas question pour elles d'être à court de poisson, je suppose. Les Indiens de Kanakanak sont aux premières loges dans cette histoire, allons les voir.

– Comment fais-tu pour te souvenir du nom de ce bled ? demande Tommy. Je ne me souviens que de l'enseigne du bar, du sourire édenté de la serveuse et des séchoirs à saumon le long des rues.

– Regarde.

Il ouvre son livre de bord de l'année précédente et montre, sur une demi-page, un schéma de la baie et le nom des villages, avec des croix marquant les emplacements de leurs meilleures pêches.

– Kanakanak, c'est là que nous avons mouillé le plus souvent. Le General Store où nous avons racheté un filet. La conserverie qui achetait au plus haut prix l'an dernier est deux miles au nord, sur la même rive.

Ils s'amarrent trois heures plus tard sur l'unique ponton de ce village du bout du monde. Une centaine d'habitants en hiver, presque tous des Indiens Yupik, plus du double en été, avec des pêcheurs venus de toute la côte Ouest des États-Unis et du Canada. La réputation de la baie de Nushagak, et ses millions de saumons kings et sockeyes, attire chaque année davantage de navires, qui alimentent une dizaine de conserveries installées sur ses berges.

– La Packers Association en a fait construire une énorme en face de Clark's Point. Vous ne l'avez pas vue au passage ? s'étonne Joe, le tenancier de l'unique saloon, crâne rasé, yeux bridés et tatouages tribaux dans le cou, après avoir fait mine de les reconnaître. Elle est à peine terminée et doit engloutir je ne sais combien de tonnes de poissons par jour. C'est pour ça qu'ils ont multiplié les pièges, ces fumiers. Ne vous en approchez pas. Un des hommes de mon clan a été blessé à l'épaule, le mois dernier, parce qu'il était monté dessus pour voir comment ils étaient faits. Ils ont tiré sans sommation. Cet été, il va y avoir des morts, c'est certain.

– Ils ont le droit de fermer les rivières ? demande Fabrizio après sa première gorgée de bière canadienne.

– Bien sûr que non. Nous, les Yupik, nous pêchons le saumon dans la Nushagak depuis la nuit des temps. Mais que voulez-vous faire contre des Winchester ? Nous n'allons pas partir en guerre. Le conseil de tribu a porté plainte, une délégation s'est même rendue le mois dernier à Anchorage, elle n'a pas été reçue par le gouverneur. Les Packers, avec leur fortune et leurs appuis politiques, font la pluie et le beau temps. On dit même qu'ils ont des représentants à Washington, chargés d'empêcher le passage de toute loi restreignant la pêche. Le résultat, c'est qu'après les pièges fixes, ils ont inventé les flottants, qui capturent quasiment tous les saumons. Dans deux ou trois ans, ce ne sera plus la peine de monter jusqu'ici en juin. Et nous, nous crèverons de faim. Vous venez d'où ?

– San Francisco.

– Sacrée virée. Mais vous n'êtes pas les premiers. D'après ce que j'ai entendu dire, ils n'ont pas encore posé de pièges sur la Snake River.

– Elle est où ? demande Vittorio.

– Sur cette rive de la baie, une dizaine de miles au sud. Nous n'avons jamais aimé cette rivière, mais personne, pas même les anciens, n'a pu m'expliquer pourquoi. Une histoire de femme noyée, il y a longtemps, entraînée au fond par un serpent géant. Mais je me souviens y être allé quand j'étais jeune et que je pêchais avec mon père, il y a autant de sockeyes qu'ailleurs en cette saison. Si j'étais vous, c'est là que j'irais.

– Merci du conseil. Il y a déjà du monde, pour la saison ? Vous avez vu passer des Italiens ?

– Les premiers sont arrivés il y a au moins deux semaines. Vous n'êtes pas en avance.

– Finissez vos bières. On part maintenant, intervient Vitto.

– Tu rigoles ? Sans manger ?

– Fabio, tu l'as entendu ? Nous sommes en retard et s'il ne reste qu'une rivière libre de pièges dans le coin, il n'est même pas sûr que nous pourrons y pêcher. Nous avons perdu du temps en route. Tu veux rentrer à Pittsburg les mains vides ? Tu sais combien ça nous a coûté de monter jusqu'ici ?

– Victor a raison, Fabrizio, dit Tommy. Allons voir cette rivière, marquer notre coin de pêche. Dix miles, c'est rien. Nous pourrons revenir dîner ici dans deux ou trois jours, promis.

Il faisait beau quand ils sont arrivés à Kanakanak ; le ciel se charge, au nord, de nuages noirs alors qu'ils en repartent, hissent les voiles et mettent cap au sud, en longeant la rive de la baie. Une heure plus tard, les premières gouttes d'une pluie froide, aussi lourdes que des pièces de un dollar, s'écrasent sur le pont. Vittorio et Fabrizio se précipitent dans la cabine. Tommy, à la barre, enfile une veste de coton enduit de graisse, en remonte le col, se coiffe d'un chapeau à large bord de la même matière, rentre la tête dans les épaules. Il tient une demi-heure, sous un déluge qui submerge tout, fait disparaître l'horizon, frappe le bateau comme un roulement de batterie puis, d'un coup sec, libère la drisse de grand-voile et affale tout.

– Venez m'aider à jeter l'ancre ! Impossible d'aller plus loin, je ne vois rien, je risque de nous échouer ou de toucher un rocher !

La *Santa Caterina* s'immobilise sous l'orage. Ils se serrent dans la cabine. Tommy, mouillé jusqu'aux os, se déshabille, attrape dans son sac un pantalon de toile et un chandail de laine, se drape dans une couverture en grelottant.

– Tu parles d'un grain. Celui-là, il descend direct du pôle Nord.

Au bout d'une heure, les gouttes frappent moins fort sur le bois, une brise d'ouest se lève qui forme de courtes vagues et dégage le ciel. Vittorio sort de la cabine, s'empare d'une écope et commence à vider le fond du bateau, où vingt centimètres d'eau se sont accumulés.

– C'est bon, on va pouvoir repartir. Ce doit être l'embouchure de la Snake River.

Ils pénètrent peu après dans le lit de la rivière. L'eau boueuse est plus sombre que celle de la baie, mais agitée par des milliers de saumons. Ils saluent de loin le bateau de pêche, un peu plus grand que le leur, à bord duquel les hommes remontent un filet bien rempli.

– Vire à bâbord, dit Vittorio à Fabrizio, qui tient la barre. Tommy, avec moi. On va s'installer là. Regarde le courant. On largue ici et on tourne autour, comme d'habitude.

Ils s'emparent des premiers flotteurs de liège et des poids plombant le fond du filet. Fabio, commence à tourner. En quelques minutes, le piège de cordes tressées est tendu sur le passage des poissons. Il pourrait être plus grand, mais, étant donné la taille des saumons kings et des sockeyes, en cette saison, ils risqueraient de ne pas pouvoir le relever, malgré la démultiplication des poulies. La main sur les cordages, les pêcheurs sentent les prises s'accumuler. Ils mettent en panne, tirent de toutes leurs forces sur les filins. Puis ils agrippent les mailles du filet, les saumons sortent de l'eau. Des monstres ! Ils font plus d'un mètre de long, pèsent une dizaine de dix kilos, expirent en se débattant dans le fond du bateau. Ils remontent en vingt minutes plus de poissons que ne peuvent en contenir leurs caisses. Le soleil est encore haut, mais il est plus de vingt heures quand ils rangent le filet et mettent le cap sur la conserverie Roberts. Trois bateaux, deux américains et un battant pavillon canadien, attendent devant son ponton pour décharger leur cargaison. Vittorio saute dans l'un d'eux, passe d'un bord à l'autre, grimpe sur le quai. Dans le bureau, Mme Roberts, choucroute bouclée sur la tête, la même quinquagénaire avenante que les années précédentes, le reconnaît et ouvre une page au nom de la *Santa Caterina* dans son livre de comptes.

Gênes (Italie)

Juillet 1909

Le Grand Hôtel Savoia, bel immeuble de six étages couleur vieux rose, avec ses colonnades blanches et son entrée de marbre, est l'un des plus anciens palaces de Gênes. Deux chambres spacieuses au quatrième étage, bouquets de fleurs et vue plongeante sur le port, attendent Ana, Carla et Giulia à leur descente du bateau. Deux jours et une nuit depuis Palerme, des conditions de voyage parfaites, beau temps et belle mer, sur les chaises longues du pont de la première classe. Leur train pour la France ne part que dans trois jours, ce qui va leur permettre de se reposer et surtout de retrouver Rosalia Salvadori. Ana l'a rencontrée sur les bancs de l'école, à Trapani. Elles sont restées proches pendant l'adolescence puis, à dix-huit ans, la jeune fille est tombée amoureuse d'un Génois, commandant en second à bord d'une goélette, qu'elle a épousé peu après et suivi dans ce port du nord de l'Italie. Quand elles se retrouvent, le lendemain de leur arrivée, à la terrasse du grand café de la Piazza Principe, cela fait cinq ans qu'elles s'étaient quittées.

– Ana, ma chérie ! Quel bonheur de te revoir ! Bonjour, Carla. Bienvenue à Gênes. Et toi, tu es Giulia. Quelle ravissante petite fille !

– Rosalia ! Cela fait si longtemps…

– Pourquoi n'es-tu pas venue plus tôt ?

– La naissance de Giulia, la famille. Mon mari qui…

– J'ai appris, pour Enzo. Quelle horreur !

Ana baisse la voix pour que sa fille ne puisse l'entendre.

– Arrête. Tu étais là. Tu sais pourquoi mon père a arrangé ce mariage et comment ça s'est passé. Sa mort fut une libération. C'était le pire des hommes. Un crétin, une brute et un assassin. Il a eu la mort qu'il méritait. Maintenant, je suis libre. Écoute, j'ai un service à te demander. Mais pas ici. Peut-on se retrouver demain, toutes les deux ? Carla gardera la petite.

– Oui, si tu veux. Tu te souviens, quand j'ai rencontré Carlo ? Tu m'as servi d'alibi pendant des semaines, alors si je peux t'être utile…

Elles passent la journée à visiter la ville, la Strada Nuova, la rue des princes et son alignement de palais du seizième siècle, essaient des chaussures chez un bottier français, achètent une tenue de bain pour Giulia, déjeunent sur la terrasse de la maison de Rosalia, bâtie sur une colline d'où la vue embrasse toute la baie, ne se séparent qu'à la tombée du jour. Elles conviennent de se retrouver le lendemain matin seules, pour se rendre chez la couturière de Rosalia et lui commander deux robes qu'Ana récupérera à son retour de Paris. Elles dînent légèrement, dans la grande salle de l'hôtel Savoia. Les yeux de Giulia brillent d'excitation devant l'éclat des lustres de cristal, les couleurs des tableaux aux murs, les uniformes des serveurs.

– Nous allons à Paris, lui dit Carla. Dans une semaine, je parie que nous nous souviendrons de Gênes comme d'un port de pêche.

Elles montent dans leurs chambres mitoyennes. Ana souhaite une bonne nuit à sa tante en fermant la porte intérieure qui relie les deux pièces. Elle aide sa fille à enfiler sa chemise de nuit, l'embrasse sur le front en la couchant puis ouvre la porte-fenêtre sur le balcon. Elle s'assied sur l'une des chaises en rotin. À ses pieds, dans le grand bassin, quatre paquebots illuminés sont amarrés au quai d'honneur. Leurs cheminées crachent des escarbilles dans le ciel d'été, leurs ponts sont éclairés d'alignements de lampes à huile, leurs gréements décorés de guirlandes d'ampoules électriques. L'un de ces bateaux va nous conduire en Amérique pour retrouver Vittorio. Nous allons échapper à ce pays, à cette violence, à cette famille de voleurs et d'assassins. C'est ma seule chance. Si ça ne marche pas, si mon père est prévenu de notre départ, s'il parvient à nous empêcher d'embarquer ou à alerter ses contacts à New York pendant la traversée, il m'enfermera pour le restant de mes jours. J'espère que Rosalia pourra m'aider. En attendant, il faut que je prépare le sac.

Elle soulève le couvercle de la malle d'osier contenant leurs affaires. Sous des couches de vêtements, elle a caché une sacoche de cuir qu'elle ouvre sur le parquet. Elle y range trois tenues de rechange pour sa fille, une robe et un gilet pour elle, une paire de chaussures pour chacune. C'est peu, mais nous pourrons sans doute faire la lessive à bord. Il faut être légères, rapides. J'espère que Giulia n'aura pas trop peur. À six ans, ce sera difficile de lui expliquer. Elle comprendra plus tard.

Le lendemain matin, à neuf heures, Ana retrouve son amie dans le hall de l'hôtel.

– Voilà. Je ne vais pas à Paris. Le voyage en France est le prétexte que j'ai trouvé pour quitter Trapani sans autre escorte que Carla. Il faut que j'embarque sur un de ces paquebots pour l'Amérique. Personne ne le sait. C'est pour cela que j'ai besoin de ton aide. Je dois monter à bord clandestinement.

– Quoi ? Mais tu es folle !

– Te souviens-tu de Vittorio, le pêcheur de Marettimo ?

– Bien sûr. Ton premier amoureux. Tu en étais dingue. Il a tué ton frère, pris la fuite. Comment veux-tu que j'oublie une histoire pareille ?

– C'est le père de Giulia.

– Mon Dieu ! Je m'en doutais.

– Mon père, Carla, toute la famille, toute la ville le sait, fait semblant de l'ignorer ou de l'avoir oublié. Vittorio est parti en Amérique. Il est à San Francisco, sur la côte Ouest.

– Ana, tu es sûre ? As-tu bien réfléchi ?

– Cela fait six ans que je passe mes nuits à chercher un moyen d'échapper à cet homme, à cette famille. Tu ne vis plus en Sicile, ce n'est plus la peine de prétendre que tu ne sais pas ce que fait le fameux don Salvatore pour gagner tout cet argent, pour nous faire vivre dans un palais. La Mafia, la Mano Nera. Tu le sais, comme tout le monde à Trapani. Mais tu es restée mon amie, et je t'aimerai toujours pour ça. Je ne veux pas seulement retrouver le père de ma fille, je veux qu'elle grandisse dans une famille normale. Je veux pouvoir entendre frapper à la porte sans avoir peur des *carabinieri* ou de la vengeance d'autres *mafiosi*. Enzo a été abattu comme un sanglier, à coups de fusil dans la montagne. Mon père finira de la même façon, un jour ou l'autre. Je ne veux pas être là quand ça arrivera. Sais-tu si des bateaux partent de Gênes pour la Californie ?

– Je ne crois pas, ou alors pas souvent. Carlo fait la ligne avec New York, depuis deux ans, il n'a jamais parlé d'une autre destination en Amérique.

– Mais c'est formidable ! Il pourrait nous prendre à bord sans nous enregistrer sur la liste des passagers ?

– Peut-être, mais son prochain voyage est pour l'Afrique. Il part dans une semaine, pour remplacer un capitaine qui a eu un accident. Et Carla ?

– Elle ne sait rien et ne doit rien savoir. Nous devons partir demain soir, en pleine nuit.

– Demain soir ? Si tôt ? Comment veux-tu...

– Le train pour Paris est après-demain. Je ne le prendrai pas. Si tu ne peux pas m'aider, je trouverai un moyen. J'irai ce soir chercher sur le port, demander aux marins.

– Mais tu es folle. Même si tu parviens à New York, San Francisco est de l'autre côté du pays. Comment comptes-tu...

– En train, tout simplement. J'ai étudié la carte. Trois jours, pas davantage, pour traverser le pays. Quatre ou cinq jours après avoir débarqué à New York, je peux être à San Francisco. J'irai au port de pêche me renseigner sur Victor Water. C'est Vitto. Il a changé son nom en arrivant en Amérique. Alors, peux-tu m'aider ?

– J'ai peut-être une idée. Tu as de l'argent ?

– Un peu plus de quatre millions. J'ai vendu les bijoux de ma mère, je n'ai gardé que ça, dit-elle en montrant une médaille de la Vierge sur une chaîne en or autour de son cou.

– Le fils d'une voisine est un ancien marin à bord des transatlantiques, il a fait une traversée avec Carlo, quand il était second. Il est allé quelques mois en prison, l'an dernier, pour avoir fait monter des passagers clandestins dans un paquebot pour New York. Il est interdit de bord, et est devenu docker. C'est un voyou, mais un gentil garçon, je connais bien sa mère. Elle m'a fait comprendre, la dernière fois que nous en avons parlé, qu'il continue ses magouilles sur le port. Je peux poser la question. Mais demain soir, c'est vraiment très court.

— Oh, je t'en supplie ! Je n'aurai pas de seconde chance. Le plus important est qu'il tienne sa langue. Les amis de mon père, surtout ceux de Palerme, ont des complices et des relais dans tous les ports du pays, je l'ai souvent entendu s'en vanter. Le nom de Fontarossa ne doit apparaître sur aucun registre, mon père serait averti dans la journée. Il a des contacts dans le port de New York. Ils pourraient envoyer des hommes pour nous attendre et nous faire rentrer au pays de force.

— Une femme et sa fille de six ans… Et une fois arrivée en Amérique, comment est-ce que tu débarques ? Il paraît qu'ils contrôlent tout le monde, sur une île au large de New York.

— Je sais. Des familles siciliennes ont été refoulées et renvoyées à Palerme. Leurs histoires font le tour de l'île, elles effraient tout le monde. Mais d'après ce qu'on raconte, c'est pour des raisons de santé. Je sais que je prends un risque, mais je trouverai un moyen d'entrer en Amérique. Il le faut.

— Excuse-moi de te demander ça, mais ton Vittorio, depuis combien de temps est-il parti ?

— Tu le sais bien. Sept ans.

— Tu as eu des nouvelles ? Il t'a écrit ?

— Non. Il ne peut pas prendre le risque que mon père apprenne où il vit.

— Alors comment sais-tu…

— Les espions de mon père. J'ai surpris une conversation de ses hommes qui lui ont appris qu'il vivait à San Francisco.

— Ana, ma chérie, un homme seul au Nouveau Monde, si longtemps, qu'est-ce que tu crois ? Et s'il est marié, avec femme et enfants ? S'il t'a oubliée ? S'il ne veut plus jamais entendre parler de la Sicile et de ce qui s'est passé à Trapani ?

– Tu crois que je ne me pose pas la question ? J'en fais des cauchemars. Mais je suis sûre que non. Il m'aime, il ne m'a pas oubliée.

– Mais… Il ne pouvait pas savoir que tu étais enceinte de Giulia quand il est parti, non ?

– Non. Il a fui en pleine nuit. Je sais, c'est de la folie. Mais j'ai pris ma décision. Je veux fuir cette ville, ce pays. S'il m'a attendue et me prend dans ses bras, je serai la plus heureuse des femmes. Si ce n'est pas le cas… Eh bien, je resterai en Amérique, avec ma fille. Nous deviendrons américaines et nous trouverons une solution. Alors, ce docker ?

– Je sais où il habite, il rentre du port dans l'après-midi. J'irai le voir tout à l'heure. Nous avons de la chance, Carlo est à La Spezia ce soir, une inspection de bateau, il ne reviendra que demain. Je pourrai sortir sans avoir à lui dire où je vais. Je vais t'indiquer une *osteria*. Je t'y attends ce soir vers dix heures, avec ce docker.

– Merci, Rosalia. Tu es ma seule amie. Quand je serai en Amérique, je t'enverrai mon adresse et un jour nous nous retrouverons à New York. Tu prendras le bateau de ton mari. Je serai sur le quai avec Vittorio et nos quatre enfants.

Le soir, Ana prétexte une migraine pour dîner tôt. L'oreille collée à la porte mitoyenne, elle entend sa tante tourner, dans son lit, les pages d'un livre puis voit, sous la porte, le rai de lumière s'éteindre. Elle enfile un gilet de coton, quitte la chambre à pas de loup, descend les quatre étages sur l'épais tapis rouge, sourit au concierge. Une voiture, *signora* ? Non merci, je ne vais pas loin. Soyez prudente. Évitez les rues sombres vers le port. C'est précisément par ces ruelles, indiquées sur le plan tracé par Rosalia, qu'elle parvient à L'Ancora, une taverne à marins proche du grand bassin. Elle repère son amie, assise dans le fond de la salle enfumée en compagnie d'un jeune homme aux cheveux noirs tombant sur les épaules. Il porte une boucle en or à l'oreille gauche, une marinière défraîchie aux manches coupées au couteau. Il se lève, tend une chaise à Ana, qui s'installe avec un sourire crispé.

– Monter à bord d'un paquebot pour New York, demain soir, sans passer par les contrôles ou l'immigration ? Impossible demain soir, mais peut-être après-demain. Le *Roma* part jeudi soir, j'ai un

310

cousin à bord qui pourrait ouvrir une porte donnant sur les soutes. Si vous pouvez payer. Cher. Ils ont renforcé les contrôles. Beaucoup de pattes à graisser. Mon cousin risque sa place. Cinq millions de lires.

Ana se tourne vers Rosalia qui lui fait comprendre, d'un signe de tête, qu'elle lui donnera la somme qui lui manque.

— En troisième classe, dans le fond du bateau, avec les *emigranti*. Une couchette pour vous deux. Si ce n'est pas assez bien pour votre altesse, allez donc voir ailleurs.

— Non, ça me va, mais jusqu'à après-demain…

— Ne t'inquiète pas, dit Rosalia. Je sais où te cacher. Nous avons une cabane près de la mer, à la sortie de la ville. Personne ne la connaît.

Ana ouvre son sac pour prendre une liasse.

— Pas ici, s'emporte le docker. Vous voulez nous faire égorger ? Deux millions demain matin, les trois autres à l'embarquement. Madame Rosalia, pouvez-vous apporter l'argent chez ma mère ? Je vous donnerai le lieu du rendez-vous. Notez-moi le nom de la passagère et de sa fille sur ce morceau de papier.

Ils sortent de l'*osteria*, se séparent. Les deux jeunes femmes prennent d'un pas décidé le chemin de l'hôtel. Le docker les regarde s'éloigner. Il attend quelques minutes puis tourne au coin d'une ruelle, pénètre dans un autre bar. Un géant roux est attablé dans le fond de la salle, dos au mur. Un couteau à découper les thons lui sert de presse-papiers. Il compte des billets, coche des listes. Le docker s'approche, deux hommes lui barrent le chemin, le roux fait un signe de tête pour qu'on le laisse passer.

— J'ai peut-être quelque chose. Une certaine Ana Fontarossa, une Sicilienne avec son enfant, une fillette, qui veut embarquer pour New York en évitant les contrôles, ça t'intéresse ?

À bord du paquebot Roma,
en Méditerranée

Juillet 1909

Elles sont assises sur des caisses, entre bouées et vieux cordages, dans une cale aveugle de deux mètres sur deux, près de la salle des machines. Les moteurs grondent et vibrent de l'autre côté de la cloison. Chaleur de four, odeurs de graisse chaude, de pétrole, de sel et d'algues en décomposition. Le marin qui les y a conduites, en pleine nuit, leur a donné une lampe à huile, une bouteille d'eau, quelques biscuits durs comme des cailloux.

– Entrez là. Pas un bruit. Je viendrai vous chercher quand nous serons en haute mer. Demain, ou après-demain, quand j'aurai trouvé une couchette. Le bateau est plein, ça ne va pas être simple. Alors taisez-vous. Je suis le seul à avoir cette clef. Vous ne risquez rien. Pissez dans le seau.

Giulia a posé sa tête sur les genoux de sa mère, pleure en silence. Ana caresse sa nuque et chuchote la comptine napolitaine que sa nounou lui fredonnait pour l'endormir.

– Maman, pourquoi nous sommes ici ? Il fait noir, ça sent mauvais, j'ai peur. Je veux retourner à l'hôtel.

– Je sais, ma chérie. Parle moins fort, c'est une cachette, il ne faut pas qu'on nous trouve. C'est comme un jeu, une partie de cache-cache.

– Mais pourquoi faut-il se cacher ? Qui nous cherche ? Et où est *zia* Carla ?

– Nous sommes sur un bateau, mon ange, un bateau qui nous emmène en Amérique. Nous allons vivre dans un nouveau pays.

– Mais tu disais qu'on allait à Paris, qu'on allait prendre le train, manger les meilleurs gâteaux du monde, voir la grande tour de fer et Notre-Dame, le bossu…

– Les choses ont changé. C'est difficile de t'expliquer. Ne t'inquiète pas. Je suis désolée pour ce placard tout noir. Ça ne va pas durer. Le monsieur qui nous a fait monter dans le bateau, tu te souviens, celui avec le drôle de petit chapeau ? Il va nous sortir de là. Nous allons bientôt avoir un lit. Tout va bien se passer, je suis là, je veille sur toi.

– Et Carla ?

– Tatie ne pouvait pas venir avec nous en Amérique, ma chérie. Elle voulait rester à Trapani.

– Mais moi aussi, je veux rester à Trapani. Je veux retourner à la maison. Et j'ai envie de faire pipi.

La nuit suivante, elles sont recroquevillées, en sous-vêtements, sur des rouleaux de cordages quand le bruit de la clef dans la serrure réveille Ana. Le marin est venu avec une lampe-tempête, regarde Ana remonter sa robe avec un sourire poisseux.

– Venez avec moi, je n'ai pas beaucoup de temps.

– Vous voyez bien que ma fille est en chemise. Fermez cette porte. Fermez ou je hurle.

– Si tu hurles, ma belle, c'est le cachot pendant trois semaines, jusqu'à New York. Ils sont déjà deux, des clandestins sardes qui se sont fait attraper avant qu'on ne lève l'ancre. Tu veux leur tenir compagnie, avec la petite ?

Ana rassemble leurs affaires, les fourre dans la sacoche, rassure comme elle le peut sa fille, effrayée par les ombres portées de la lampe, la bouche édentée du marin. Elles le suivent dans un dédale de coursives puis de couloirs à peine éclairés. Le ronflement des moteurs s'éloigne. Il fait moins chaud. Premier escalier sur la droite. Elle s'engage dans une échelle de coupée presque verticale. Elle sent soudain les deux mains du marin passer sous sa robe, lui attraper les fesses, tenter d'écarter son jupon.

– Arrêtez. Arrêtez ça tout de suite.

L'homme continue, dans un grognement de satisfaction. Ana lance sa jambe en arrière, touche en plein visage l'homme qui tombe de trois marches, se rattrape à la rampe, s'essuie la lèvre.

– Ça, ma belle, tu le regretteras. Arrêtez-vous à cet étage, je passe devant. Suivez-moi sans un bruit.

Ils débouchent sur une grande pièce basse de plafond éclairée d'une veilleuse, sentant le chou et le rance, meublée de tables de bois et de bancs de fer fixés au sol : le réfectoire. L'homme pénètre dans la cuisine, revient avec deux gamelles cabossées, profondes comme des casseroles, et deux cuillères en fer-blanc.

– Ne les perdez pas, je ne pourrai pas en avoir d'autres. Suivez-moi.

Au bout d'un long couloir, un autre escalier descend à fond de cale, sous la ligne de flottaison. C'est l'odeur qu'elles sentent d'abord. Celle de corps humains entassés, de vêtements sales, de pieds pas lavés, de respirations nocturnes, de crasse et de sueur. Le dortoir des femmes. Une pièce tout en longueur, si basse qu'en levant le bras on en touche le plafond. Des assemblages de tubes métalliques rouillés supportent des lits superposés serrés les uns contre les autres, matelas élimés d'où s'échappent des touffes de paille. Les passagères, femmes, filles et enfants de tous âges, ont tendu châles et draps pour fermer leurs couchettes aux regards. Elles sont des centaines à chuchoter, respirer, tousser, ronfler, renifler, rêver à la terre promise dans les entrailles du navire, bercées par le roulis et le ronronnement des machines. Relents aigres de pauvres gens privés de toilettes, remugles de laine et de coton humides, effluves de corps fatigués avant même l'embarquement, épuisés par la misère et la promiscuité. Les couchettes et le sol sont encombrés de baluchons, de valises, de sacs de toutes tailles. Pour gagner de la place, les lits sont petits, étroits. Des pieds dépassent, des femmes sont recroquevillées en chiens de fusil, d'autres se serrent les unes contre les autres malgré la chaleur.

– Maman ! C'est quoi cet endroit ?

Ana met la main sur la bouche de sa fille.

– Giulia, pas de bruit. Tu vois bien que ces dames dorment. Sois sage.

Elle retire sa main. La fillette la regarde avec de grands yeux effrayés, remplis de larmes.

– Qu'est-ce que vous foutez ? murmure le marin. Avancez. Vous allez nous faire repérer, je n'ai pas le droit de pénétrer dans les dortoirs des femmes.

Une dormeuse se réveille et écarte son rideau, l'aperçoit.

– *Fuori !* Dehors, dégueulasse ! Sors d'ici de suite ou j'appelle.

– C'est bon, j'accompagne madame et la petite à leur couchette, pas de problème. Rendors-toi.

Ils longent la paroi de métal, enjambent des ballots de linge. Le marin compte les rangées de lits. S'arrête devant l'un d'eux, la couchette supérieure, sur laquelle une jeune femme en chemise de nuit, longs cheveux défaits, est en train de s'installer.

– Dégage d'ici. Cette couchette est réservée pour madame et sa fille.

– Réservée, mon cul. Elle est libre depuis une heure, je la prends.

– Elle ne l'est plus, chuchote le marin en approchant son visage du sien. Alors, de l'air, ou ça va mal tourner.

– Continue et je hurle. Et tu files au cachot. Un de tes semblables s'est fait choper hier à tripoter une fille endormie, il a pris une raclée.

Un couteau jaillit du fourreau. Il saisit la femme par les cheveux, lui pose la lame sur la gorge.

– Si tu cries, c'est le dernier bruit que tu feras. Descends de là. J'ai payé cinq dollars pour ce lit, j'y mets qui je veux.

– C'est bon, du calme. S'il vous plaît, ne me tuez pas.

Elle attrape ses vêtements, se glisse jusqu'au plancher, s'éloigne sur la pointe des pieds vers une couchette voisine.

– C'est là. Le sac à vos pieds, et je vous conseille de le surveiller, il y a des vols. Voilà, moi j'ai fait mon boulot, dit le marin. Je ne veux plus vous voir. Si on se croise, vous ne me connaissez pas. Maintenant, tu te démerdes, princesse.

– Mais comment vais-je pouvoir débarquer, sans papiers ? On m'avait dit…

– Pas mon problème. Tu es montée à bord, tu as une couchette. La suite ne me regarde pas.

Il s'approche d'Ana, lui murmure à l'oreille.

316

– À moins que tu ne veuilles gagner deux ou trois dollars avec ce joli petit cul… On pourrait s'arranger…

Ana le repousse de toutes ses forces. Il se retourne, s'éloigne en sifflotant tout bas entre ses dents.

Ana prend Giulia sous les aisselles, l'assied sur la couchette.

– Voilà, c'est notre lit. Tu vois, c'est rigolo. Comme dans la maison de poupées que *nonno* t'a offerte, tu t'en souviens ? Nous sommes des poupées dans leur maison, au milieu de plein d'autres poupées. Nous allons dormir comme des reines. Lève les bras, je t'enlève ta robe.

– Maman, il me fait peur, le monsieur. Je ne veux plus jamais le voir.

– Ne t'inquiète pas.

Elle couvre Giulia avec le drap rapiécé, pose la sacoche à ses pieds. Elle hésite à se mettre en sous-vêtements, mais malgré la chaleur préfère s'allonger habillée à côté d'elle. L'oreiller de crin sent la vieille sueur, elle le retourne. C'est pire. Elle sort du sac de cuir un grand mouchoir de lin blanc, brodé à ses initiales. Puis une bouteille de cristal ouvragé marquée Guerlain-Paris, cadeau de son père pour ses dix-huit ans. Elle verse quelques gouttes sur le coussin, pose sa tête dessus. Giulia se serre contre elle. Bercées par le roulis et le bruit des vagues sur la coque, elles s'endorment pour la première fois depuis le départ.

Des cris stridents les réveillent deux heures plus tard. Dans la rangée d'à côté, deux jeunes femmes se sont jetées l'une sur l'autre, se tirent les cheveux, se griffent.

– Elle a fouillé dans mon sac, cette salope ! Je l'ai vue ! Elle pensait que je dormais, mais je l'ai vue !

– Je croyais que c'était le mien ! Ils se ressemblent, je n'ai rien volé, c'est une erreur !

Une dizaine de bras les séparent.

– Calmez-vous. Nous en avons pour trois semaines, peut-être un mois, souvenez-vous de ce qu'ils ont dit hier. Alors pas de bagarres. Toi, tu remontes dans ta couchette. Toi, soulève ton jupon, prouve que tu n'as rien pris.

Giulia se frotte les yeux, se blottit contre sa mère.

317

– Maman, pourquoi elles crient, les dames ?

– Une petite dispute, c'est fini.

Ana ouvre la sacoche, en sort un châle de soie pour leur servir de paravent et une brosse à cheveux.

– Approche, mon ange, je vais te peigner.

Derrière elle, sur la couchette du haut, une jeune fille brune d'une vingtaine d'années touche l'épaule d'Ana, qui se retourne. Elle est en chemise de nuit, porte autour du cou un collier de gousses d'ail.

– Ce n'était pas vous qui étiez là hier. Elle est passée où, la vieille dame de Vérone ?

– Je ne sais pas. Il y avait eu une erreur, sans doute. Un membre de l'équipage nous a placées là hier soir. C'est tout ce que je sais. C'est souvent comme ça, ici ?

– Des bagarres ? Tout le temps.

– Et il fait toujours aussi chaud ?

– Vous trouvez ça chaud ? Attendez cet après-midi. C'est une fournaise. C'est pour ça qu'il faut rester sur le pont le plus possible.

Elle décroche une gousse d'ail d'un geste sec, la tend à Ana.

– Vous en voulez ? C'est bon pour la santé, ça éloigne les maladies.

– Non, merci.

Elle croque dedans, dévoile une bouche aux dents noircies, sans canines supérieures, une haleine chargée.

– Je m'appelle Albana. Je viens des Pouilles. Et vous ? C'est votre fille ?

– Moi, c'est Ana, et voici Giulia.

– Vous venez d'où ?

– De Sicile.

Ana déplie son châle, cherche un moyen de le fixer sur l'un des tubes verticaux. La jeune femme de la veille, robe de paysanne et foulard noir sur la tête, bouscule tout sur son passage pour s'approcher de leur couchette. Elle est suivie d'un membre de l'équipage en uniforme, casquette sur les yeux, galons sur l'épaule.

– C'est celle-là, monsieur l'officier. J'étais tranquillement installée là quand hier soir un marin m'a chassée en me menaçant d'un couteau. J'ai payé mon billet pour l'Amérique. J'ai le droit d'avoir un lit. J'ai passé la nuit assise sur le pont. Ce n'est pas juste. Qui c'est, celle-là ? Pourquoi elle m'a pris ma couchette ?

– Ne vous énervez pas, dit l'homme en uniforme. C'est sans doute un malentendu. *Signora*, pouvez-vous me montrer vos billets, s'il vous plaît ?

– Bonjour, capitaine.

Il sourit.

– Je ne suis pas le capitaine, loin de là. Vous avez vos billets, n'est-ce pas ? Troisième classe ?

Ana ouvre sa sacoche, fait mine de les chercher à l'intérieur.

– Ils sont quelque part là-dedans… C'est idiot, je ne remets pas la main dessus.

– Videz votre sac sur le lit, dit l'homme, sur un ton moins amène.

La sacoche retournée, Ana tente de le convaincre qu'elle les a perdus, dans la bousculade du départ. Giulia se rapproche d'elle, s'accroche à son bras. Ses yeux s'embuent de larmes.

– Vous allez venir avec moi, sans faire d'histoire. Nous allons vérifier sur la liste des passagers. Prenez votre fille avec vous. Faites vite, je vous attends devant la porte.

Ana sort de la couchette, remet leurs affaires dans la sacoche. Elle rajuste la robe de sa fille et la fait descendre, sous le regard sévère de la jeune femme qui jure en vénitien entre ses dents et pose un gros baluchon à leur place. Elles rejoignent l'officier qui leur désigne un escalier, puis un autre, une longue coursive, une échelle de coupée. Il ouvre une lourde porte de fer donnant sur l'un des ponts. Le soleil vient de se lever sur l'horizon, à l'est. L'autre moitié du ciel a encore les couleurs de la nuit, que les lueurs de l'aube teintent de rose et d'orangé. L'homme en uniforme marche à grands pas devant elles. Ils passent une autre porte marquée « Réservé aux membres d'équipage », l'homme pénètre dans un bureau, se rend derrière la table, ouvre un registre relié de cuir.

– Alors… Votre carnet d'identité, s'il vous plaît. Je suppose que votre fille y figure.

– Le voici.

L'homme tourne les pages du registre des passagers, arrive à la lettre *F*, descend la liste manuscrite du bout de son index.

— Fontarossa… Fontarossa, Ana. J'ai deux Fontieri, un Furla, mais aucun Fontarossa. Vous avez bien été enregistrée lors de l'embarquement, n'est-ce pas ?

Le ton est glacial. Il referme le registre, tape du poing sur la couverture.

— C'est ce que je pensais. Vous mentez. Si vous aviez été enregistrée, vous seriez sur cette liste. Vous n'êtes pas passée par la passerelle de coupée. Tous les passagers sont enregistrés, sans exception. Je pense que vous et votre fille êtes des passagers clandestins. C'est assez fréquent, sur cette ligne. Nous avons l'habitude. C'est un petit jeu assez rentable pour certains membres de notre équipage. Encore qu'avec un enfant… Quel âge a-t-elle ?

— Six ans.

— C'est la première fois que je vois ça. Les règles du bord sont claires : les passagers clandestins sont placés au cachot, dans la soute, pour la durée de la traversée et remis aux autorités américaines à l'arrivée. Ce sont eux qui décident de les accepter ou pas, et s'ils acceptent ils nous paient la moitié du prix du passage.

— Maman, c'est quoi, le cachot ?

— Giulia, tais-toi.

— Certains le feraient, mais pas moi. Je ne vais pas enfermer une fillette de six ans. Et j'ai déjà sous clef deux Sardes qui puent le bouc… Bon, de toute façon vous ne pourrez pas vous échapper. En arrivant à Ellis Island, je vous escorterai pour vous remettre à l'Émigration. Votre but est bien d'émigrer en Amérique, n'est-ce pas ? Ce n'est pas un simple voyage ?

— Tout à fait. Merci, pour le cachot.

— Ne me remerciez pas. Clandestine avec une enfant de six ans… Vous êtes inconsciente. Attendez-moi ici. Je vais chercher un endroit où vous installer. Mais vous n'aurez qu'une couchette simple, je vous préviens.

La clef tourne dans la serrure quand Giulia éclate en sanglots. Ana la prend dans ses bras.

– N'aie pas peur. C'est un gentil monsieur, tout va bien se passer. Nous changeons seulement de lit.

La porte s'ouvre dix minutes plus tard.

– Une couchette était cassée, tout au fond du dernier dortoir, près de la soute à charbon. J'ai envoyé un mécanicien la réparer. Vous pouvez sortir sur le pont en attendant, ne vous éloignez pas, restez près de ce canot de sauvetage. Je vous y accompagnerai avant midi.

– Nous n'avons rien mangé depuis deux jours. Ma fille est affamée. Et moi aussi.

– Suivez-moi.

52

Kanakanak (Alaska)

Août 1909

– C'est vrai, dit Vittorio, nous pourrions rester quelques jours
de plus, pourquoi pas une semaine ? Mais tu sais à quoi ressemble
l'océan dans le golfe d'Alaska à partir de la mi-août. Tu te souviens du coup de tabac de l'an dernier, quand on a écopé pendant
deux jours pour éviter de couler ? Les déferlantes qui passaient
par-dessus le bateau ? La voile déchirée ? On quitte la zone après-
demain au plus tard.

– Mais tu as vu les prises d'hier ? On ne savait plus où les mettre.
Deux cents ou trois cents dollars de saumon en quatre coups de filet.

– Victor a raison, Fab', dit Tommy, accoudé avec ses deux amis
au comptoir du saloon de Kanakanak. Cela a encore mieux marché
que l'an dernier. Ne prenons pas le risque de tout perdre en restant
trois jours de trop. La moitié des gars sont déjà repartis. Ceux de
Vancouver lèvent l'ancre demain matin. On a gagné… Combien
on a gagné, Vic ?

– Il faut que je regarde dans mon cahier, mais plus de six mille,
c'est sûr. Peut-être huit.

– Huit mille dollars ! En un mois !

– Pas tout à fait, il faudra déduire les frais du retour, on va
s'arrêter davantage au Canada, et sans doute à Seattle, non ?

– Moi, je suis d'accord avec Victor, demain on fait les comptes,
on va chercher le fric chez Roberts, on range le bateau et après-
demain, cap au sud !

– Il faudra se souvenir l'an prochain de quitter Pittsburg une
semaine plus tôt, si l'État d'Alaska ou les Fédéraux ne décident pas

d'imposer des dates limites pour la pêche pendant le *salmon run*. Il paraît que le projet est sur le bureau du gouverneur, à Anchorage.

– Pour quoi faire ?

– Pour limiter les prises. Ils feraient mieux d'interdire ces saloperies de pièges, fixes ou flottants. Ce sont eux qui vident les rivières et risquent de faire disparaître les saumons.

Ils passent la nuit dans le dortoir bâti pour les pêcheurs à l'arrière du saloon – cinquante *cents* le lit, un dollar avec deux seaux d'eau chaude –, engloutissent de belles portions de steaks d'élan et d'œufs brouillés au petit-déjeuner et se présentent, à l'ouverture, aux bureaux de la conserverie Roberts. Ils ont laissé la *Santa Caterina* à l'ancre dans le port et loué une carriole tirée par un cheval de trait fatigué pour parcourir les trois kilomètres, sur la piste qui longe la rive. Quand ils entrent dans le bureau de Mme Roberts, à l'étage de la grande bâtisse de bois brûlé par l'hiver et ses tempêtes, elle les accueille avec un large sourire. Un colosse, casquette de capitaine et fusil à canon scié dans le creux du bras, se tient debout derrière elle, leur jette un regard noir.

– Ah, mes Siciliens préférés. Je me doutais bien que vous alliez venir. J'ai préparé votre compte, attendez… C'est comment déjà, le nom du bateau ?

– *Santa Caterina*.

– Voilà. Sept mille huit cent douze dollars canadiens. Moins les mille d'avance payés le 12 juillet : six mille huit cent douze. Pas mal ! Et même très bien, les gars, pour un équipage de trois hommes. Vous êtes bien trois ?

– Les trois beaux garçons devant vous, répond Tommy. La fine fleur de la Sicile californienne.

– Belle saison, bravo ! Comme quoi il y en a pour tout le monde, des saumons, vous voyez. Ils nous emmerdent, ces bureaucrates d'Anchorage, avec leurs réglementations. Ils vont bientôt venir mesurer la taille de vos bites, moi je vous le dis ! Vous voulez des billets ou des pièces d'or ? J'ai les deux. Vous avez eu raison d'arriver tôt dans la saison.

– Nous avons un mois de mer pour rentrer à San Francisco, dit Vittorio.

Mme Roberts sort d'un de ses tiroirs une petite boîte en bois. Sur le couvercle, marqué au fer, la silhouette d'un saumon bondissant, entouré du sigle de la conserverie Roberts Cannery-Kanakanak-Alaska.

– J'ai fait faire ces boîtes par l'Indien qui nous fabrique les caisses à poisson. Pas mal, non ? Cadeau de la maison. Joe, le coffre.

Le géant arme le chien de son fusil, glisse le doigt sur la gâchette. De l'autre main, il écarte un rideau derrière lui, découvre un coffre-fort de la taille d'un petit meuble. Mme Roberts fait passer au-dessus de son chignon la chaîne en or à laquelle est suspendue une clef plate. Elle l'introduit dans la serrure, tourne une fois à droite, deux fois à gauche, met ses deux mains sur une poignée en forme de croix qui débloque le mécanisme. Les étagères intérieures sont remplies de liasses de billets, de rouleaux de pièces. Elle met un genou à terre, pose à ses pieds un Colt à canon court, compte en murmurant entre ses lèvres, remet l'arme à sa place sur la première étagère intérieure, se relève, referme.

– Voilà six mille cinq cents dollars en or, le reste en billets. Recomptez.

Elle pousse sur la table la petite boîte vers Vittorio. Il empile les pièces, compte les billets. Six mille huit cents.

– Douze dollars pour l'escorte. À moins que vous ne vouliez vous en dispenser ?

– Non, bien sûr, répond Vitto en se levant et tendant la caissette à Fabrizio. Merci, madame Roberts. Et à l'année prochaine.

– Nous serons là. Avec sans doute une nouvelle machine à vapeur, et un nouveau four. Bon voyage vers la Californie, messieurs. J'espère que vous passerez entre les tempêtes. Ne tardez pas à lever l'ancre.

Le gorille se penche à une fenêtre, siffle entre ses dents. Trois hommes sortent de l'écurie, détachent leurs chevaux, se mettent en selle. L'un porte dans le dos un fusil de chasse à l'ours, les deux autres ont des Winchester dans leurs housses de selle. Tous des revolvers au côté. Celui qui semble donner les instructions aux deux autres enlève son chapeau. Son œil gauche est recouvert d'un bandeau noir. Il lève la tête, fait signe qu'ils sont prêts. Trois ans plus tôt, une bande de malfrats canadiens était montée du Yukon et s'était spécialisée dans l'attaque des conserveries et des pêcheurs de saumons à la fin de la saison, quand les coffres sont pleins. En Alaska, en dehors d'Anchorage, il faut parcourir des centaines de kilomètres pour trouver un shérif, encore davantage pour un poste militaire. L'association des conserveries a monté une milice, composée de chasseurs de la région ou d'hommes de main recrutés pour escorter ses transferts de fonds. Les attaques ont diminué, mais le risque demeure. Douze dollars pour être accompagnés sur trois kilomètres, le long de la rivière, c'est cher mais nécessaire.

Vittorio, Tommy et Fabrizio descendent à pas lents les marches de bois du bureau. Tommy, qui a glissé un revolver à sa ceinture, a coincé le coffret sous son bras. Ils saluent de la tête les trois hommes sur leurs chevaux, se serrent à l'avant de la carriole, posent leur petite fortune entre leurs jambes, Vitto met un pied dessus. Une demi-heure plus tard, ils arrivent sans encombre à la jetée de Kanakanak. L'escorte ne met pas pied à terre, les regarde monter à bord de la *Santa Caterina*. Le borgne salue de la main, ils tournent bride. Vittorio cache le coffret dans les tréfonds du bateau, sous la voile de rechange, dans la soute avant.

– Deux à bord toute la journée, un en veille sur le pont avec le flingue. Pas question de se faire agresser maintenant, dit-il. Je prends le premier quart. Fab', tu vas acheter de la viande séchée et remplir les tonneaux d'eau douce. Tu peux t'arrêter boire une bière, si tu veux. La dernière avant Seattle.

La veille de leur retour de la saison en Alaska se passe en navettes entre le bateau, le General Store et le saloon. Ils dînent à bord, viande d'élan grillée sur un petit barbecue, et se couchent alors que le ciel est encore clair. Vitto réveille ses deux amis à quatre heures du matin. Ils avalent une tasse de café, larguent l'amarre, hissent les voiles.

– Avant la fin du mois à la maison ! lance Fabrizio. On va enfin avoir ce maudit vent du nord dans le dos.

Ils sortent de l'embouchure de la rivière, cap à l'ouest vers la baie de Bristol, quand Tommy, à la barre, se retourne et aperçoit le panache noir d'un canot à vapeur qui quitte le port.

– Vic', regarde. Tu as déjà vu ce canot ?

– Jamais. Prends ma place, je vais chercher la longue-vue.

L'embarcation à moteur fonce dans leur sillage. Elle se rapproche. Dix minutes plus tard, elle est assez près pour que Tommy distingue, à l'avant, trois hommes avec des armes longues et dont le visage est masqué avec des foulards.

– *Fuck !* C'est pour nous. Ils nous attendaient.

Il passe la longue-vue à Fabrizio, se précipite dans la cabine. À la barre, Vittorio se retourne toutes les dix secondes.

– On met le cap sur la rive ? demande Fabrizio.

– Ce serait pire, ils seraient sur nous en dix minutes. Putain, mais c'est pas vrai ! Qu'est-ce qu'on va faire ?

Tommy sort de la cabine. Il a dans une main une Winchester 30-30, dans l'autre deux boîtes de balles.

– Je l'avais emportée pour les ours et les élans, mais ça fera l'affaire.

Il ouvre une boîte, prend une poignée de balles et, avec la dextérité de celui qui a passé six ans dans la Garde nationale du Montana, les introduit dans la culasse du fusil. Il attrape une caisse à saumon, la pose à l'envers à l'arrière du bateau, s'agenouille derrière, canon calé sur le bois.

– Vic', planque-toi.

– Tu crois que…, demande Fabrizio.

– Ils ont des foulards sur la figure, des fusils… Tu veux un dessin ?

Il tire une première balle, recharge en actionnant à la volée le levier, enchaîne neuf coups en quelques secondes, pose la Winchester fumante sur ses genoux, recharge. Le bruit des détonations, à moins d'un mètre de sa tête, assourdit Vittorio, qui se bouche les oreilles. Le canot vire légèrement à bâbord. Ils voient les éclairs et les fumées crachés par leurs fusils avant de les entendre. Ils se jettent à plat ventre derrière les flancs de bois. Pas un impact sur la *Santa Caterina*. Comme s'ils tiraient avec des munitions à blanc.

– *Porchiddio !* crie Tommy. Ils n'ont que des fusils de chasse et des cartouches à plomb. Nous sommes hors de portée. Ils sont cuits. Fab', prépare-moi les balles, des séries de douze. Canadiens de merde !

Il se relève, cale son canon sur la caisse, vide la Winchester dans un tir de barrage. Sur le canot, les impacts font éclater le bois, trouent la cheminée, cassent une vitre. Le seul tireur resté debout à l'avant s'effondre en hurlant.

– J'en ai eu un !

Tommy s'assied dans le fond du bateau, attrape la poignée de balles que lui tend Fabrizio quand Vittorio leur crie :

– Regardez !

Le canot vire de bord, la fumée double de volume, comme lorsque le pilote pousse sa chaudière à fond. En moins de deux minutes, il a fait demi-tour, cap vers Kanakanak. Tommy vide son fusil dans sa direction, en visant à peine, se relève, brandit l'arme.

– Prends ça, *curnutu* ! Tu as le bonjour des Siciliens !

Il pointe la longue-vue vers le canot. À l'arrière, l'homme de barre est bien visible. Il porte un bandeau noir sur l'œil droit.

53

À bord du paquebot Roma,
dans l'Atlantique Nord

Août 1909

Cela a commencé au cœur de la nuit, après un beau mais étrange coucher de soleil, avec des lueurs sur l'horizon qui avaient fait pointer les doigts des passagers et chuchoter les marins. Dans le poste de pilotage, l'aiguille du baromètre a chuté. Le commandant et son second se sont regardés. L'un a froncé les sourcils, l'autre a soupiré. Ils ont ordonné de faire vérifier les arrimages, ranger le mobilier de pont dans les caisses, verrouiller les hublots. Pendant le dîner, dans le réfectoire, les écuelles tanguent sur les tables. Rien de grave, se dit Ana. Un peu plus de roulis que d'habitude. Dans leur nouveau dortoir, elle avait remarqué que si elles parvenaient à s'endormir avant que ne se couche la grosse voisine napolitaine, qui ronflait comme une locomotive, elles pouvaient passer une nuit à peu près complète, réveillées deux ou trois fois seulement par des quintes de toux, des éclats de rire ou des bagarres. Mais si les ronflements de forge débutaient avant leur endormissement, c'était plus difficile. Peu à peu, en début de nuit, le roulis augmente. La proue se lève davantage, descend plus brusquement, plus longtemps. Le choc de l'étrave sur une vague fait sursauter Ana. Elle serre sa fille contre elle, rajuste sous sa tête le coussin puant, lui caresse le front, murmure un mot doux. Soudain, un craquement sinistre parcourt le navire, réveille les passagers. Dans leurs dortoirs sans hublots, elles ne peuvent comprendre qu'un éclair vient de déchirer le ciel et frapper le paratonnerre. Le bateau file droit sur une tempête, fille d'un ouragan tropical qui a ravagé les Caraïbes et envoie ses rejetons vers le nord. Le capitaine l'avait devinée, vue se former sur l'horizon. Il sait que la cathédrale de nuages gris et mauves devant eux annonce le gros temps, qu'il serait plus sage de le contourner. Mais les consignes de la compagnie sont formelles : au plus court, pour économiser le charbon, et tant pis pour les hordes de pouilleux de troisième classe entassés dans les soutes. Les vagues se creusent. Le roulis vient s'ajouter au tangage, les paquets d'eau frappent la coque de métal qui renvoie dans toutes les structures du navire ses ondes de choc et ses craquements sinistres. Un creux plus profond que les autres réveille Giulia.

– Maman, qu'est-ce qu'il se passe ? Pourquoi le bateau bouge ? Pourquoi les dames crient ?

– Ne t'inquiète pas, mon ange. Tu as vu le bateau, il est très gros, il ne peut rien nous arriver. Essaie de te rendormir. Viens contre moi.

– Mais j'ai mal au ventre. Je me sens bizarre.

Ana pose la main sur son front, un peu chaud. Le *Roma* fend des creux de six mètres, sur un océan blanchi d'écume, au sud des Açores. Il est noyé sous des trombes d'eau, ballotté de toutes parts. Dans les cuisines, les cuistots ont renoncé à préparer le petit-déjeuner, se contentent de faire chauffer du café, en se tenant d'une main aux montants et aux poignées. Personne dans la salle de restaurant de première classe. Les passagers se terrent dans leurs cabines capitonnées. Les rares membres de l'équipage obligés de se déplacer s'accrochent aux mains courantes, progressent par bonds entre les parois mouvantes. Dans le dortoir des femmes, chaque plongée dans un creux de vague est accompagnée de cris et de gémissements. La grosse Napolitaine est la première à vomir dans le pot de chambre collectif qu'elle est parvenue à attraper de justesse. L'odeur fétide emplit la pièce.

– Maman...

Giulia se redresse sur son coude, jette à sa mère un regard affolé et se met à vomir, en partie sur la voisine. Bientôt, c'est l'ouverture d'un concert de cris, de râles, de borborygmes. Les femmes se disputent les seaux, s'insultent, se battent. Les plus vaillantes parviennent à se lever, monter l'escalier pour tenter de sortir sur le pont. Mais les paquets d'eau qui y déferlent les en dissuadent. Un marin en ciré et chapeau de tempête, dégoulinant, crie dans un porte-voix, en italien et en anglais, qu'ordre est donné à tous les passagers de troisième de rester allongés sur leurs couchettes. Chaque travée doit désigner deux volontaires chargés de vider les seaux, par la seule écoutille qui restera ouverte. Il la montre, personne ne comprend où elle est. Il tourne les talons, verrouille la porte derrière lui. La Napolitaine tend le bras, arrache d'un coup sec le châle qu'Ana avait attaché en guise de paravent, s'en sert pour s'essuyer les cheveux, le jette au sol d'un geste rageur, dans un torrent d'insultes. Ana ne bronche pas. Elle caresse la joue de sa fille, fredonne une berceuse dont les paroles sont couvertes par le mugissement des vents, les grincements des parois de métal, les cris, les pleurs, les imprécations et les prières à la Madone. Ana sent son ventre se nouer, réprime un haut-le-cœur. Elle s'allonge davantage sur la couchette, ferme les yeux, tente de se caler sur le rythme du navire. Il faut dormir. Giulia se cale dans le creux de son bras, elle recouvre leurs têtes d'un pan de couverture. Le chahut du dortoir s'éloigne, les gémissements du bateau s'estompent.

Quand elles se réveillent, plusieurs heures plus tard, le *Roma* sort de la tempête. L'océan est encore houleux, mais le vent a faibli, les vagues ne sont plus coiffées d'écume, les nuages se déchirent, découvrent un soleil à son zénith. Un marin ouvre une à une les portes des dortoirs en se pinçant le nez. Quelques passagers de troisième à la démarche de zombies sortent sur le pont en se tenant aux parois, émaciés, livides, sales. Le dortoir des femmes a des allures de champ de bataille. Les valises, les sacs, les malles, les couvertures, les vêtements sont tombés des couchettes. L'odeur est insoutenable. Des passagères gisent, à demi conscientes, dans les travées luisantes de déjections. D'autres sanglotent dans leurs chemises de nuit trempées de sueur. Des mères essuient avec des pans de robe le visage de leurs filles, murmurent des mots rassurants. La porte donnant sur le pont s'ouvre soudain.

– Que celles qui en ont la force viennent chercher des seaux d'eau savonneuse et des balais ! Vous allez me nettoyer cette porcherie ! crie un marin avec une moue dégoûtée. C'est toujours la même chose avec vous autres, pouilleux de Ritals. Trois vagues et vous dégueulez comme des porcs. Pouah !

La voisine, dans la couchette du bas, continue de ronfler. Ana prend sa fille dans ses bras. Le couloir menant aux toilettes est encombré d'une dizaine de femmes et de jeunes filles décoiffées, hagardes. Certaines esquissent le pâle sourire des survivantes, d'autres la moue des estomacs retournés. Elles attendent longtemps de pouvoir approcher d'un lavabo surmonté d'une réserve d'eau reliée à un petit robinet de cuivre. Pas un miroir dans la pièce. Au soulagement d'Ana qui suppose qu'elle a aussi mauvaise mine que ses voisines. Elle débarbouille sa fille, se passe de l'eau sur le visage.

– Maman, j'ai soif…

Ana prend un peu d'eau dans le creux de sa main, la goûte. Un goût de métal et de pourriture. Elle la crache.

– On ne peut pas boire ça, ma puce. Lève les bras, je change ta robe et nous allons à la cantine. Tu pourras même manger de la bouillie.

– Elle n'est pas bonne, leur bouillie. Je veux celle de Carla.

– Ça, ce n'est pas possible. Arrête tes caprices, Giulia. Nous sommes dans le bateau pour l'America.

– Eh bien moi, je ne veux pas y aller, dans ton America. Je veux retourner à la maison.

– Ça suffit. À ton âge, on suit sa maman. Ce n'est pas à toi de décider où nous allons. Je t'expliquerai mieux pourquoi quand tu seras grande.

– Grande comment ?

– Grande comme… la voisine Giuleta. Tu te souviens d'elle ?

– Oui, bien sûr. Elle m'a donné sa poupée. Mais je serai grande comme elle dans très longtemps… Oh, la poupée, je ne l'ai pas prise.

Son menton se fronce, ses yeux s'embuent de larmes.

– Ce n'est pas grave, ma chérie. Il y a des poupées magnifiques, en Amérique. Les plus belles du monde.

– Bon, vous avez fini vos parlotes, toutes les deux ? Où vous vous croyez ? On attend pour les lavabos, nous !

– Viens. Allons au réfectoire. Il faut que tu manges quelque chose.

Les cuisinières à charbon sont rallumées, le personnel a repris sa place derrière les marmites. Dans l'une cuit une bouillie d'avoine claire, dans l'autre une poignée de café moulu et quatre d'orge grillée bouillonnent, pour faire un brouet amer servi à la louche dans les écuelles. Quelques chanceuses ont apporté des verres ou des quarts de métal. Vous auriez un peu de lait pour la petite ? Du lait ? et puis quoi encore ? Des brioches pour votre altesse ? Donnez-lui du jus d'avoine.

Elles prennent place au bout d'une table occupée par des paysannes aux mains de travailleuses, robes tachées et foulards fleuris sur la tête. Elles parlent une langue qu'Ana ne reconnaît pas, turc ou albanais, se dit-elle. La plus âgée croise son regard, sourit à Giulia. Elle pousse du coude sa voisine qui lui passe un morceau de pain gris enveloppé dans un torchon. Elle sort un couteau pliant de sa poche, l'ouvre, coupe en deux une large tranche qu'elle offre à Ana.

– *Grazie mille*. Dis merci à la dame, Giulia. Tiens, goûte ça.

Ana trempe le pain dans l'ersatz de café, l'approche de la bouche de sa fille.

– Mais, maman, je n'ai pas faim.

– Il faut que tu manges un peu. Après, nous irons sur le pont guetter les poissons volants.

Elles tentent ensuite de retourner dans le dortoir pour se changer, mais un marin les en empêche. Nettoyage de la porcherie, dit-il. Allez prendre l'air. Ana voit derrière lui des femmes, jupons retroussés, jeter des seaux d'eau savonneuse sur le sol, le frotter avec des balais. Sur le pont de la troisième, des caisses servent de sièges, entre les canots de sauvetage bâchés, les malles trop grosses pour être stockées à l'intérieur, les cordages enroulés et les paniers d'osier trempés par la tempête. Ana s'assied sur l'une d'elles, place Giulia debout entre ses jambes, prend dans son petit sac de toile une brosse en poil de sanglier et lui peigne les cheveux en fredonnant. L'horizon s'est dégagé, les rayons du soleil sèchent le pont et les vêtements suspendus aux rambardes, une longue houle a remplacé la succession de vagues déchaînées. Les familles se retrouvent après la séparation de la nuit. Les jeux de cartes et de dés sortent des poches. Un moustachu à casquette de cheminot attrape son bandonéon, qui ressemble à un jouet entre ses mains immenses, et entonne en dialecte bergamasque un chant dont ses compagnons de voyage, moustachus comme lui, reprennent en chœur le refrain. Le dortoir, d'où monte une odeur de savon noir, est rouvert avant le déjeuner. Ana et Giulia changent de robes et de sous-vêtements puis attendent deux heures pour pouvoir accéder à l'un des bacs de bois remplis d'une eau sale mais légèrement savonneuse dans laquelle Ana lave leurs affaires. En cherchant où les étendre, elles approchent à l'arrière du navire du pont de la première classe. Il est situé un étage plus haut, sans escalier pour y conduire. Elles aperçoivent des femmes en chapeaux à voilette assises autour de guéridons où un garçon en livrée leur sert le thé, d'autres jouent au croquet avec leurs enfants. Quatre barbus coiffés de panamas tirent sur leurs cigares en écoutant un cinquième leur lire un article de journal. Un homme en bras de chemise joue au badminton avec un adolescent d'une douzaine d'années. Le volant monte de plus en plus haut et soudain, dans un coup de vent, il est emporté vers le pont inférieur. Giulia se précipite, attrape entre ses doigts l'objet de liège et de plumes, le tend à sa mère. Ana lève la tête. Le joueur, raquette à la main, s'incline pour la saluer. Ana s'avance, jette de toutes ses forces le volant qui, rabattu par le vent, lui revient dans les pieds.

— Ne vous fatiguez pas, lance l'homme dans un italien teinté d'accent milanais. Je vous envoie mon valet. Merci mille fois.

Un adolescent en pantalon noir, chaussures cirées et chemise d'un blanc immaculé, arrive en courant trois minutes plus tard.

— *Il signore* Marchesi vous remercie, madame. Il vous prie de bien vouloir accepter son invitation à boire un verre de *spumante* dans le grand salon, ce soir ou quelque autre soir, afin de faire votre connaissance.

— Dites au *signore* Marchesi que je suis touchée par son attention, mais comme vous le voyez, je voyage avec ma fille de six ans, et ces salons ne sont pas des endroits fréquentables pour une enfant de cet âge. Au plaisir, jeune homme.

Vingt minutes plus tard, Ana porte Giulia dans ses bras pour tenter d'apercevoir le banc de dauphins qui fait s'élever des cris à l'arrière quand le valet revient avec une note manuscrite.

Chère Madame,
Je comprends vos réticences à emmener votre charmante petite fille dans la salle des cocktails, elles vous honorent. Accepteriez-vous que la gouvernante qui voyage avec moi et mon fils Sergio s'occupe d'elle dans la salle des jeux d'enfants pendant que nous faisons connaissance autour d'une coupe de prosecco ? Je suis veuf depuis quelques mois et pars rejoindre mon oncle à Boston.
Respectueusement.

Ugo Marchesi.

– Veuillez dire à M. Marchesi que je le remercie pour son invitation, mais que je suis en chemin pour retrouver mon mari et père de ma fille en Amérique, et qu'il ne serait pas convenable que je boive seule avec un inconnu. Bonne soirée.

54

À bord du paquebot Roma,
dans l'Atlantique Nord

Août 1909

Ana le reconnaît au premier coup d'œil et son sang se glace. Le marin qui les a fait monter à bord. Il lui fait face, immobile dans ce couloir du pont de la troisième classe, au cœur de la nuit, un sourire mauvais sur le visage, les yeux brillants d'alcool. Elle voulait échapper à la chaleur, monter sur le pont pour respirer et regarder l'océan, phosphorescent sous la lune pleine. Quelle malchance de tomber sur lui, dans ces coursives désertes. Elle hésite, puis s'avance d'un pas décidé.

– Laissez-moi passer, je vous prie.

– Comme elle est polie, la clandestine. Tu me reconnais ?

– Oui. Poussez-vous.

– Comment es-tu parvenue à éviter le cachot, salope ? Tu t'es fait sauter par qui pour avoir une couchette ? Le commandant ? Le capitaine d'armes ?

– Arrêtez, vous êtes ignoble.

– Nous avons un compte à régler, toi et moi.

Ana tente de faire demi-tour. Il l'attrape par le poignet, l'attire contre lui. Il pue l'oignon cru, la sueur et le mauvais alcool.

– Je t'avais dit que je me vengerais. Allez, à la casserole. C'est le petit supplément pour les clandestines quand elles sont assez jolies. On ne t'a pas prévenue, à Gênes ?

– Lâchez-moi ou je hurle !

Il la bâillonne de sa main, lui passe le bras autour de la taille, l'entraîne dans le couloir. Il ouvre la porte d'un placard sombre, plaque Ana contre la paroi. Il sort un court poignard du fourreau à sa ceinture, le lui met sous la gorge.

— Je vais enlever ma main, princesse. Si tu cries, je t'égorge et te jette par-dessus bord. Tu es une passagère fantôme, ton nom n'est sur aucun registre, on ne remarquera rien. Seule ta fille te cherchera. Des gens comme toi disparaissent à chaque traversée et ça ne dérange personne. Compris ?

Il appuie la lame contre son cou. Elle approuve de la tête.

— Allez, soulève ta robe.

Il tient le couteau de la main droite, de la gauche lui tripote la poitrine, la glisse dans son caleçon puis déboucle sa ceinture. Il tente d'embrasser Ana sur la bouche, elle tourne la tête dans un hoquet de dégoût quand soudain la porte s'ouvre à la volée. La silhouette d'un homme trapu apparaît en contre-jour dans l'embrasure. Le marin se retourne, n'a pas le temps de lever son poignard qu'une matraque de bois s'abat sur son crâne. Il pousse un gémissement. Un deuxième coup tombe, plus fort. Il s'effondre. Ana se dégage, baisse sa robe.

— Ça va, mademoiselle ? Vous n'êtes pas blessée ? demande l'inconnu avec un accent de Palerme.

— Je n'ai rien, je saigne un peu dans le cou, je crois. Qui êtes-vous ? Comment…

— J'étais dans le couloir et j'ai vu cet animal vous entraîner dans le placard. J'avais ce morceau de bois sous la main, ça tombe bien.

Ana enjambe le corps inanimé, résiste à la tentation de lui donner un coup de pied. L'homme est à peine plus grand qu'elle, avec des sourcils proéminents qui se rejoignent et une impressionnante balafre qui part de son œil droit, passe sur son nez et divise en deux sa joue gauche et sa barbe noire. Il glisse la matraque dans sa ceinture.

— Retournez au dortoir, mademoiselle. Je m'occupe de ce drôle. Il ne vous importunera plus.

— Merci… Comment vous remercier ?

— Vous êtes sicilienne, non ?

— Oui, de Trapani.

– Et moi de Palerme. Il faut s'entraider, entre gens de l'île. Ces Génois se croient tout permis, *porchiddio* !

Il se penche sur le corps et d'un coup de bassin, comme si c'était un sac de grain, le jette sur son épaule. Ana se rajuste, recule.

– Qu'allez-vous faire ?

– Le mettre dans un coin pour qu'il se réveille doucement. Il a compris la leçon, je crois. Allez-y, rejoignez votre fille.

– Mais, comment savez-vous...

– Filez, je vous dis.

Ana atteint le bout du couloir, mais au lieu de descendre les marches elle s'arrête, attend quelques secondes, revient sur ses pas. Elle aperçoit l'homme sortir sur le pont, le corps inanimé sur l'épaule, s'approcher du bastingage, lancer un coup d'œil à gauche, à droite, et d'une flexion de jambes propulser son fardeau par-dessus bord. Ana se mord la main pour éviter de crier, se colle contre la paroi. Il l'a jeté à l'eau ! Ne dis rien. Deux minutes de plus et cette brute me violait. Et m'égorgeait peut-être ensuite. C'est moi qui serais passée à la mer. Giulia se serait retrouvée seule. Ce Palermitain m'a sauvée, c'est tout ce qui compte. Je le cherche-rai demain pour le remercier. C'est étrange, je ne l'ai jamais vu à bord avant ce soir. Un visage comme celui là, cette cicatrice, je m'en serais souvenue. Il ne doit pas beaucoup quitter le dortoir des hommes. Certains dorment le plus possible pour éviter le mal de mer. Nous arrivons bientôt à New York, d'après ce que disaient les femmes hier soir au dîner. Je le trouverai sans doute au réfectoire. Mon Dieu, New York... Que va-t-il se passer ? Nous allons être remises à la police de l'émigration, aucun moyen de s'y déro-ber. Si j'étais seule, j'aurais pu tenter de m'échapper, quitte à sau-ter à l'eau dans le port, je suis bonne nageuse. Mais avec Giulia... Elle est assez effrayée comme ça. Et s'ils ne nous acceptaient pas en Amérique ? S'ils nous remettaient dans un bateau pour l'Ita-lie ? Ah non, pas ça. Pas la Sicile, je ne veux plus jamais voir cette île, ces gens, mon père. Il faudra que je trouve un moyen de les convaincre. Pour ça, il faut que je progresse en anglais. Une heure par jour, dans le manuel pour débutant que j'ai acheté en cachette avant de partir, ce n'est pas assez. Je vais en faire deux heures. *Hello, my name is Ann, nice to meet you.*

Le lendemain, quand les voyageurs de troisième classe sont rassemblés dans le réfectoire pour la distribution du menu immuable, des pommes de terre accompagnées d'un morceau de hareng, Ana confie Giulia à la garde de ses voisines de banc et part à la recherche du balafré. Elle passe dans les travées, scrute les visages. Tu cherches quelqu'un, ma jolie ? Viens donc t'asseoir avec nous. Mais qu'est-ce qu'elle veut, celle-là ? Pourquoi elle regarde mon homme comme ça ? Fous le camp, *putana* ! Pas de balafré, il n'est nulle part dans la grande pièce sans hublot, mal éclairée, où les émigrants venus de toutes les régions italiennes se serrent les uns contre les autres dans un brouhaha de cuillères et de gamelles de fer. L'alcool est interdit à bord, mais la fouille des bagages à l'embarquement est sommaire. Des bouteilles de vin ou de gnôle recouvertes de toile ou de paille passent de main en main à certaines tables, avant de replonger dans les sacs. Viens trinquer avec nous, *bella* !

Après le dîner, comme tous les soirs quand le temps le permet, ils se rassemblent sur le pont pour voir le disque rouge disparaître derrière l'horizon.

– C'est là que nous allons, tu vois ma chérie, l'Amérique c'est là-bas, à l'ouest, dit un jeune homme en posant la main sur le ventre de sa femme enceinte. Le soleil y brille aussi fort que chez nous. Mais la terre est immense. Il y en a pour tout le monde, et si bonne qu'on peut faire deux récoltes par an. Les épis de maïs sont plus longs qu'un bras, les pommes ont la taille de nos melons. Et il n'y a pas de nobles, de seigneurs ni de propriétaires qui possèdent tout et laissent les gens comme nous crever de faim. C'est ce qu'écrit le cousin Massimo. Tu vas voir, tout va bien se passer. De New York, nous prendrons le train pour une ville qui s'appelle Chicago et il viendra nous chercher à la gare. Il faudra le prévenir par télégraphe, mais je crois que c'est plus facile que par chez nous.

Ana a pris sa fille par la main et parcourt les coursives encombrées de colis et de bagages. Elle lève les yeux vers le pont supérieur, celui de la première et seconde classe et le voit. Le balafré les regarde. Il est accompagné d'un homme en costume sombre, grand et maigre. Il soulève sa casquette, incline la tête vers elles, leur sourit puis tourne les talons et se dirige vers l'un des salons de la salle à manger. Ana s'en approche le plus possible, un air de valse joué par l'orchestre du bord descend jusqu'à elles.

– Oh, maman, quelle jolie musique. On peut y aller ? Je voudrais les voir...

– Non, ma puce. Nous n'avons pas le droit de nous rendre là-haut.

– Pourquoi ?

– C'est l'étage des gens riches, qui paient très cher pour être sur ce bateau.

– Mais nous aussi nous sommes riches, non ? *Nonno* dit que la maison est un palais, qu'il est le roi de Trapani et que je suis une princesse. Pourquoi nous ne sommes pas là-haut ? Pourquoi nous dormons dans ces petits lits affreux, où tout sent mauvais, à côté de cette grosse dame méchante ? Je veux voir les musiciens...

– Giulia, ce n'est pas possible. Arrête avec tes caprices et tes questions. Viens, le soleil va toucher la mer. On le regarde jusqu'à ce qu'il disparaisse, puis tu vas te coucher. Nous arrivons bientôt.

Trois jours plus tard, par une chaude soirée d'août, le second attend que tous soient rassemblés sur le pont, après le dîner, pour s'adresser à la foule des fichus et des casquettes avec un porte-voix de cuivre, depuis la passerelle.

– Écoutez-moi bien ! Nous atteindrons demain matin, à midi au plus tard, le port de New York. Le commandant vous demande de commencer à ranger vos affaires, boucler vos malles. En vous levant, empilez les couvertures et les coussins à l'endroit indiqué. N'oubliez rien à bord, il sera impossible de remonter ensuite. Enfin, le plus important, fixez le document qui vous a été remis lors de l'enregistrement, à Gênes, au revers de votre vêtement, côté droit. Un panier contenant des épingles va passer parmi vous. Vous descendrez les uns après les autres, dans l'ordre des numéros inscrits sur les documents d'enregistrement. Cela prendra un certain temps, pas de bousculades, pas de disputes, pas de bagarres. Le premier qui tentera de doubler les autres sera arrêté et débarquera en dernier. Ne vous inquiétez pas des formalités de l'émigration américaines, elles sont longues et contraignantes, mais des interprètes parlant l'italien et même le bergamasque et le sicilien seront présents. Suivez bien les consignes. Les Américains sont très stricts sur cela. Ils n'hésitent pas à mettre en prison et à renvoyer en Italie ceux qui n'obéissent pas à leurs ordres ou n'en font qu'à leur tête. Si vous ne voulez pas que ça vous arrive, tenez-vous à carreau. Y a-t-il des personnes souffrantes parmi vous ? Levez la main, le médecin du bord passera vous voir. N'essayez pas de dissimuler votre état si vous êtes atteints d'une maladie, croyez-moi, mieux vaut avoir affaire à nos docteurs italiens, qui vous comprennent et peuvent vous soigner, qu'aux américains qui vous interdiront d'entrer en Amérique. Dernier point, le plus important : dites strictement la vérité aux inspecteurs qui vont vous interroger. Tous ceux qui seront pris à mentir, et les Américains ont des méthodes infaillibles pour les détecter, seront renvoyés. Ne jouez pas au plus malin, nous ramenons à chaque voyage de retour des couillons qui ont cru pouvoir mentir aux fonctionnaires de l'émigration. Si vous avez eu des ennuis avec la police en Italie, dites-le-leur. Ce n'est pas forcément grave. Ils ne vous refuseront pas à cause de ça, à part bien sûr si vous êtes anarchiste. C'est votre dernière nuit à bord, les amis. Dormez bien.

Une vague d'excitation parcourt la foule de la troisième classe, observée avec amusement par les passagers du pont supérieur. Pour eux, dîner de gala, homard et champagne, discours du capitaine et au matin formalités d'émigration et visite médicale simplifiée effectuées sur le *Roma* par des inspecteurs qui montent à bord en même temps que le pilote du port de New York. Ils débarqueront ensuite sur des canots à moteur qui passeront devant le centre d'inspection d'Ellis Island sans s'y arrêter, direction le terminal de la compagnie de navigation.

– Tu as entendu, ma Giulia ? Demain matin, nous arrivons en Amérique. J'ai lu dans un livre que la première chose que l'on verra, c'est l'immense statue d'une dame tenant une torche, installée sur une île dans le port pour nous souhaiter la bienvenue.

– Tu crois que *nonno* et Carla pourront venir nous voir un jour ? Ils me manquent.

– Je ne sais pas, je l'espère. Ils me manquent à moi aussi.

Ana sourit, dépose un baiser sur les cheveux de sa fille.

Le capitaine d'armes, chargé de la police et de la discipline du bord, s'est posté à l'entrée du couloir menant aux dortoirs. Ana le reconnaît, c'est lui qui les a interpellées et leur a trouvé la couchette. Elle ne l'a revu que de loin, pendant la traversée, mais il n'a jamais cessé de les surveiller discrètement.

– Madame Fontarossa, c'est bien ça ? Ana et Giulia Fontarossa. Vous vous souvenez de notre accord ? Je vous attends demain matin ici même, devant ce canot de sauvetage. Je vous remettrai en personne aux services de l'émigration, vous ne débarquez pas avec les autres. De toute façon, vous ne pourriez pas monter dans les canots, vous n'avez pas le document nécessaire. Rendez-vous ici à huit heures. Soyez à l'heure. Et pas d'entourloupe.

Les regards des voisins se tournent vers elle. Ana rougit, acquiesce.

Les lampes à huile et les ampoules électriques sont restées allumées tard, cette nuit-là, dans le dortoir des femmes. Les travées disparaissent sous les malles ouvertes, les valises que l'on peine à fermer, les couvertures roulées en baluchons, les tresses d'ail et d'oignons qui n'ont aucune chance de passer les contrôles, les vêtements qu'on donne, revend ou s'échange. Celles qui savent écrire notent leurs noms et celui de leur ville de destination, quand elles la connaissent, sur des morceaux de papier, avec des promesses de se revoir, si c'est possible et si ce n'est pas trop loin. Une carte sommaire des États-Unis, découpée dans une revue italienne et froissée comme un torchon à force d'avoir été consultée, passe de main en main. Saint-Louis, quelqu'un peut me dire où c'est, Saint-Louis ? Et Boston, c'est près de la mer, Boston ? La Californie, ça fait partie de l'Amérique ou c'est un autre pays ? Les sourires de Giulia ont fini par amadouer leur voisine napolitaine, qui confie à Ana qu'elle part rejoindre ses trois frères en Floride, après la mort, à deux mois d'intervalle, de leurs parents dont elle s'occupait, dans un village sur les pentes du Vésuve.

– Je n'ai jamais eu envie d'y aller, moi, à leur Merica, mais maintenant que je suis seule, que puis-je faire d'autre ? Mon frère aîné assure qu'il m'a trouvé un mari, mais sur la photo qu'il m'a

envoyée, on dirait un gringalet de seize ans, alors je me méfie...
Et toi, ma jolie, tu vas où ?

– Nous allons rejoindre le père de la petite à San Francisco, en
Californie.

– Ah, c'est bien, ça.

Elle jette par-dessus l'épaule d'Ana un coup d'œil au portrait
qu'elle esquisse sur une feuille de cahier, celui de l'homme à la
balafre qui l'a sauvée du viol.

– C'est lui, le père ?

Ana retourne le dessin, range le crayon.

– Non, il s'agit d'un passager que j'ai vu tout à l'heure, c'est
juste pour m'exercer.

L'excitation de l'arrivée n'est retombée qu'au milieu de la nuit.
Peu à peu, les conversations sont devenues murmures, puis soupirs,
puis ronflements. Aux premières lueurs de l'aube, le cri d'un adolescent réveille le bateau : *America ! America !* Perché sur un rouleau de cordages, il s'époumone en pointant du doigt, droit devant
sur l'horizon, la ligne dessinée par les gratte-ciel de New York.
De l'autre main, il agite sa casquette au-dessus de sa tête, comme
si quelqu'un pouvait le voir ou l'attendait sur un quai du Nouveau
Monde. Les hommes, qui dormaient tout habillés, sont les premiers
à se précipiter sur le pont, pieds nus, hirsutes, émerveillés. Ils se
pressent contre les balustrades, font de grands signes à la ville, qui
émerge tel un mirage dans la brume du matin. Les femmes, cheveux
défaits, corsages à moitié boutonnés, les rejoignent, leur tendent
les enfants qu'ils hissent sur leurs épaules. Des larmes sont écrasées sur des visages brûlés par le soleil des Pouilles ou de Toscane.
Des mains se cherchent et se trouvent, des cœurs battent plus fort,
des baisers claquent sur des joues rougies par l'émotion. Le rythme
sourd des moteurs ralentit, l'homme de barre manœuvre en direction de l'entrée du port. Ana a pris sa fille dans ses bras.

– Tu vois ces immenses maisons, très hautes ? C'est New York,
la porte de l'America. Nous sommes arrivées.

– Et la grande dame ? La statue ?

– Elle est dans le port, je crois. On ne la voit pas encore.

– C'est la deuxième fois que je fais le voyage, lui dit un homme à côté d'elle. Elle est par là, dans le brouillard, il faut que nous approchions un peu. Vous n'avez jamais rien vu de tel. La plus grande statue du monde. Et la plus belle. Les Américains l'appellent *Miss Liberty*.

Une heure plus tard, c'est d'abord la torche de verre et d'or qui déchire la brume. Un cri, un autre. *La statua della Libertà !* L'énorme tête au profil grec, ceinte de son diadème d'étoiles, accroche les premiers rayons du soleil. En quelques minutes, telle une apparition, la statue de la Liberté éclairant le monde, drapée dans sa robe de cuivre, sur son socle de pierre taillée, semble saluer de sa main tendue les passagers du *Roma*. Ils lui répondent par des *Evviva l'America !*, des chants, des rires, des larmes. Des casquettes sont jetées en l'air, emportées par la brise de mer. On s'embrasse, se congratule, se piétine les orteils. Trois semaines et demie après leur départ de Gênes, la quarantaine de voyageurs et le millier d'émigrants frappent à la porte de l'Amérique. Un fracas de chaînes, à l'arrière, annonce le lancement de l'ancre. Un canot marqué US Immigration Office approche à grande vitesse. Une échelle de coupée descend à bâbord, un matelot attrape son amarre. Deux officiers en uniforme et trois médecins en blouse blanche montent à bord. Ils inspectent les documents de voyage et vérifient sommairement, un coup d'œil et trois questions, l'état de santé des passagers des ponts supérieurs. Le raffut de la chaîne d'ancre donne le signal du départ. La statue est à nouveau saluée de moulinets de bras et de baisers jetés dans le vent. Ana demande l'heure à un voisin. Huit heures. Elles retrouvent, à l'endroit convenu, le capitaine d'armes qui sourit à leur approche.

– Ne vous inquiétez pas trop, madame. Votre petite fille va plaider en votre faveur. Ce pays a besoin de femmes. Quelqu'un vous attend, à New York ?

– Non. Son père vit à San Francisco. Nous allons le rejoindre.

– C'est bien, ça. Dites-le à l'inspecteur qui va vous interroger. J'en connais certains, avec un peu de chance, je pourrai leur glisser un mot. Restez là. Je vais surveiller l'embarquement des premiers. Je reviens vous chercher. Nous débarquerons à part, sur Ellis Island.

345

– C'est quoi, Ellis Island ?

– Vous voyez ce grand bâtiment rose et blanc là-bas, avec les quatre tourelles ? C'est le centre d'inspection de l'Emigration Service. C'est là que vous serez interrogée. Comme l'a conseillé hier le second, dites-leur la vérité. Votre cas est simple, ça va s'arranger. Ils ne devraient vous garder que deux ou trois jours.

– Deux ou trois jours ! Mon Dieu, mais pourquoi ?

– Le temps de prendre la décision de vous accepter ou pas. Vous ne connaissez vraiment personne à New York, un parent, un voisin qui pourrait se porter garant ?

– Non, personne. Seulement en Californie.

– Ce n'est pas grave.

Il revient une heure plus tard, accompagné d'un marin qui, fusil à l'épaule, escorte les deux clandestins sardes qui n'ont pas quitté le cachot de toute la traversée. Ils portent encore leurs gilets sans manches en peau de mouton, plissent les yeux, regardent autour d'eux comme s'ils tombaient de la lune.

– Pour eux, par exemple, ce sera moins simple. Nous avons reçu un télégramme il y a deux jours, ils sont recherchés pour meurtre à Cagliari. Je vous fiche mon billet que quand nous repartirons, dans une semaine, ils seront à bord. Ils ne vont pas en voir grand-chose, de l'Amérique. Prenez votre fille dans vos bras et allons-y.

Pittsburg (Californie)

Août 1909

Les échos de la fanfare leur parviennent alors qu'ils passent devant Brown's Island et affalent les voiles, à la mi-journée, pour entrer dans le port de Pittsburg. Vittorio, Fabrizio et Tommy s'aperçoivent que deux autres bateaux de la flottille italienne partie en Alaska les ont précédés : c'est pour fêter leur retour que les Figli di Sicilia, en demi-cercle sur un ponton, enchaînent les airs du vieux pays. Sur le quai, des doigts se tendent vers les pêcheurs au moment où ils plient le foc et sortent les avirons. Trois mois de navigation, de froid, de pluie, de grand soleil, de pêche miraculeuse et d'aventures dans le Grand Nord s'achèvent au son des tambourins, des flûtes et des accordéons. Un adolescent qui a reconnu la *Santa Caterina* part en courant vers la maison de la famille Bacigaluppo, à deux rues de là. Un autre attrape l'amarre que lui jette Fabrizio. *Binvinutu, ragazzi !* Vous êtes les troisièmes aujourd'hui, et le *Levanzo* ne devrait pas tarder. On n'a pas fini de boire, ce soir. Pippo, joue-nous *La Pasturala* ! Les trois amis mettent pied à terre, sont presque portés par une trentaine d'hommes et de femmes en liesse jusqu'à l'entrée du Pittsburg Cafe où les équipages des bateaux qui ont accosté quelques heures plus tôt racontent l'Alaska, ses horreurs et ses merveilles en enchaînant les tournées générales. Vittorio est sur les marches, le petit coffre contenant leur fortune calé sous le bras, quand il voit sa femme Claudia arriver en courant, pieds nus, cheveux en bataille, robe retroussée à deux mains. Il donne un coup de coude à Tommy, lui confie le coffret et se précipite à sa rencontre. Il ouvre les bras, elle se jette dedans en criant, riant, pleurant presque. Il enfouit sa tête dans son cou, l'embrasse, la soulève sous le regard attendri des passants et d'un livreur de charbon gallois roux comme un renard sous sa casquette de mineur qui a arrêté au carrefour son attelage de chevaux noirs.

– Vitto, mon Vitto ! Nous avons passé l'après-midi de dimanche à la Porte d'Or, sur une colline, à observer à la longue-vue les bateaux de pêche entrer dans la baie. Quand les premiers ont commencé à rentrer d'Alaska, j'ai su que tu serais bientôt là. Mon chéri ! Pas trop fatigué ?

– Je n'ai pas fermé l'œil depuis trois jours. Un coup de vent du nord nous a poussés le long de la côte, et nous avons craint qu'il se transforme en tempête. Nous avons barré sans arrêt pour éviter qu'il ne nous rattrape. Tu ne peux pas savoir combien c'est bon d'entrer dans la baie et de se sentir à l'abri.

Elle se détache de lui, baisse les yeux et pose la main sur son petit ventre rond qui tend le tissu de sa robe.

– Non ?

– Si. Quatre mois, d'après le docteur. J'avais des doutes quand tu es parti, mais j'attendais d'être sûre.

– Ma chérie, c'est merveilleux. Un bébé ! Juste au moment où je rentre avec assez d'argent pour terminer la maison et acheter tout ce dont il pourra avoir besoin. Un enfant, mon fils…

– Ton fils, ou ta fille, non ?

– Oh oui, belle comme sa mère ! Une fille ou un fils, ce que le Bon Dieu nous enverra. Je te préviens, j'en veux au moins trois autres.

Il prend Claudia dans ses bras, la fait tournoyer en pleine rue. Veut annoncer ça aux amis. Ils partent en courant vers le saloon d'où montent des rires, des éclats de voix et de musique. Vitto pose sur le bar, en la faisant claquer, une pièce d'or frappée de la feuille d'érable canadienne et crie : « Tournée générale ! » Il embrasse Claudia, baisse les yeux sur son ventre, l'étreint à nouveau. Tommy fait de même, puis glisse à l'oreille de Vittorio qu'il s'absente dix minutes, le temps d'aller mettre leur fortune à l'abri dans le coffre de la Banca d'Italia, plus bas dans la rue. Un de ses cousins l'attend près de la porte, fusil à canon scié à l'épaule.

– Autant éviter les tentations, chuchote Tommy. Fabrizio a fait le malin et ouvert notre boîte en bois devant tout le monde. On est entre Siciliens, on se connaît tous ici, mais on ne sait jamais.

Il lui glisse deux pièces dans la main.

– Deux dollars-or chacun, pour commencer, ça va ?

– Bien sûr. On fera le partage demain. Il faudra compter au moins trente dollars pour remettre le bateau en état avant de repartir pêcher avec, tu ne crois pas ? Nous pourrions l'apporter au chantier naval.

– Bonne idée. Je vais passer une semaine à San Francisco. Il est temps que je fasse ma demande en mariage à Antonella, tu sais, la fille du grossiste de North Beach. En espérant qu'elle ne m'a pas trouvé un remplaçant pendant l'été.

Un rugissement de joie leur fait tourner la tête : Giuseppe Bacigaluppo, le patriarche du clan, copropriétaire du Pittsburg Cafe, vient d'entrer dans la salle. Le barman lui tend une pinte de Yosemite Lager avec laquelle il trinque à la ronde.

– Vittorio ! Mon fils ! Bienvenue à la maison. Alors, ces saumons ?

– Des monstres ! Il y en avait tellement que par moments on avait l'impression qu'il n'y avait plus d'eau dans les rivières. Ils ont déchiré trois fois le filet. Certains étaient si lourds qu'on devait s'y mettre à deux pour les porter. Joe, vous n'avez jamais rien vu de pareil. Il faudra venir avec nous, l'an prochain.

– Ah ah ! Ce genre de virée n'est plus de mon âge, fiston. Je laisse ça aux jeunes. La baie de San Francisco me suffit. D'autant que je vais être bientôt grand-père...

– Oui. Ce sera pour janvier. Un petit de 1909. Je suis le plus heureux des hommes, dit Vitto en serrant Claudia contre lui.

– Si c'est un garçon, il vous faudra l'appeler Joe. Vous n'avez pas le choix, c'est une tradition familiale chez les Bacigaluppo depuis l'occupation de la Sicile par les Normands.

– Ce n'est pas encore d'actualité, tranche Vittorio. Mais Joe Water, pourquoi pas ?

Ils commandent des steaks et des pommes de terre, s'installent à la meilleure table. La moitié des Italiens de Pittsburg vient leur rendre visite, trinque à leur santé, écoute leurs récits, salue les exploits. Tommy raconte sans fin l'embuscade à la sortie du port de Kanakanak. L'aventure se fait plus héroïque à mesure que l'alcool fait son effet.

– J'attrape la Winchester et là, bang ! bang ! bang ! Vous les auriez vus détaler, les brigands canadiens. Ils ont viré de bord et poussé leur chaudière à fond comme s'ils avaient le diable à leurs trousses !

Claudia fait les gros yeux. Vittorio lui affirme qu'ils n'ont jamais été en danger et que l'an prochain la fameuse police montée canadienne, avec ses beaux uniformes rouges, surveillera les ports de pêche au saumon. Il n'en est pas sûr, c'est une rumeur qui courait dans la baie de Bristol, mais si ça peut la rassurer… Un adolescent d'une quinzaine d'années, cousin par alliance de Fabrizio, s'est calé contre le mur décoré de publicités de bière et de trophées de pêche et boit leurs paroles.

– Je pourrais venir avec vous en Alaska, l'été prochain ? Comme simple mousse. S'il vous plaît, je veux être pêcheur et un jour acheter mon bateau.

– On verra, petit, mais tu sais il n'y a pas beaucoup de place à bord de la *Santa Caterina*. Mais si nous faisons construire un plus grand bateau, l'an prochain ou celui d'après, pourquoi pas ? lui dit Vittorio.

La nuit est tombée depuis longtemps quand il prend Claudia par la taille et qu'ils rentrent à la maison. Ils saluent l'assistance au moment où les quatre pêcheurs du *Levanzo*, le plus grand cotre de pêche de Pittsburg qui vient de s'amarrer à la jetée, font une entrée triomphale dans le saloon. Ils remontent à pas lents la 6e Rue, font signe aux voisins qui prennent le frais sous leurs porches. Claudia sort la clef d'une poche de sa robe, lui ouvre la porte.

– Bienvenue dans ta maison, *amore mio*.

56

Ellis Island – Dans le port de New York

Août 1909

De loin, c'est une pâtisserie, un gâteau vanille-framboise, un château de contes de fées. Alors que les navettes de débarquement de l'administration fédérale approchent du bâtiment de briques rouges et pierres blanches, le Centre fédéral de réception des émigrants dévoile ses tours et ses coupoles, un édifice comme peu de passagers en ont vu dans leurs pays d'origine. Il trône sur un banc de sable dans le port de New York, à l'embouchure de la rivière Hudson, agrandi vingt ans plus tôt par l'apport de terre extraite lors du creusement du métro. Celle que les Algonquins appelaient l'île aux Mouettes, qui fut ensuite baptisée par les premiers colons hollandais l'île aux Huîtres, avant d'être nommée Ellis du nom de l'aubergiste auquel le gouvernement fédéral l'a rachetée, devint en 1892 la Porte d'Or de l'Amérique, le verrou de son rêve. Les premières constructions, en bois, ouvrent en 1892, brûlent peu après, ensevelissant dans leurs cendres les noms des premiers millions d'arrivants. En 1900, près de la statue offerte par la France qui brille des feux de son bronze neuf, deux architectes s'inspirent de la Renaissance française pour dessiner cette bâtisse aux dimensions de gare où cinq mille personnes peuvent être accueillies, nourries, interrogées, triées, auscultées avant d'entendre la formule magique « *Welcome to America* ». La première chose que voit Ana, en posant le pied sur l'île, est un banc où se serrent une vingtaine d'hommes et de femmes, jeunes et vieux, casquettes ou tête nue, surveillés par deux gardiens en uniforme. En sanglotant ou s'essuyant discrètement les yeux, ils pleurent. *Isola delle lagrime.* L'île aux larmes.

351

Je comprends pourquoi la vieille de Catane marmonnait ça entre ses dents quand le bateau s'est amarré. Ce n'est pas parce qu'ils nous maltraitent là-dedans. Ceux-là, ce sont ceux qu'ils renvoient chez eux. Mais ils n'ont plus de chez-eux. Ils ont tout vendu pour rassembler l'argent du passage. Des familles se sont endettées, des bijoux ont été fondus, des femmes se sont prostituées, des maisons, des lopins de terre, du bétail ont été cédés. Leurs vies sont dans des malles et des paniers, tous leurs espoirs dans ce voyage. Mon Dieu, les pauvres. La traversée que nous venons de faire est éprouvante, dans ces dortoirs puants, mais au bout de l'horizon il y a l'Amérique. Chaque vague nous en a rapprochés. Dans l'autre sens ? Revenir au village pour dire : Ils n'ont pas voulu de moi. Puis-je reprendre mon travail de journalier, payé une misère ? Les railleries des voisins, les reproches des parents ? Quelle horreur ! Voilà pourquoi ils pleurent, même ce barbu avec son drôle de chapeau, qui se tourne contre le mur pour cacher ses larmes.

Les passagers du *Roma* sont répartis en groupes d'une centaine de personnes. Ils attendent sur le quai pour pénétrer, suivant les ordres donnés par gestes par des employés en casquettes, dans une salle immense, carrelée de blanc, divisée en travées par des barrières métalliques scellées au sol. Une lumière d'église tombe de verrières en demi-cercle nichées dans ses arches. Un gigantesque drapeau américain pend d'un balcon, face à l'entrée.

– Vous quatre, restez avec moi, dit le capitaine d'armes à Ana et aux clandestins sardes. Vous ne passez pas avec les autres, je vous remets à un inspecteur de l'Office de l'immigration qui va vous interroger. Souvenez-vous : la vérité.

Valises et paniers d'osier en main, baluchons sur l'épaule, enfants dans les bras, inquiétude dans le regard, espérance dans le cœur, les premiers émigrants entrent deux par deux dans ce bâtiment aux dimensions de cathédrale. Comme un troupeau d'animaux apeurés, ils suivent des ordres lancés dans une langue qu'ils ne comprennent pas, obéissent à des consignes dictées dans un anglais à l'accent irlandais par des géants en uniforme sombre et au sourire rare. Les bancs sont réservés aux vieux et aux femmes avec enfants ! Ceux qui connaissent quelques mots les traduisent. Issus de lignées persécutées, exploitées, houspillées, maltraitées, méprisées sur leurs terres de Sicile, des Pouilles, de Westmanie ou des ghettos d'Ukraine ou de Bessarabie, ils baissent la tête, avancent à petits pas, collés les uns aux autres, épaules basses, chuchotent des mots simples pour se rassurer, terrorisés à l'idée de se faire remarquer et expulser du rang. Ils ont mis leurs meilleurs habits, gardés pliés au fond des malles pendant la traversée, sorti leurs plus beaux foulards, parfois les colliers traditionnels, défroissé les casquettes et les robes, jettent des coups d'œil furtifs autour d'eux, comme s'ils pouvaient être chassés pour avoir regardé de trop près le portail de la Terre promise ou croisé les yeux de l'un de ses cerbères. Les premiers s'écrasent contre des portiques fermés, les autres se bousculent derrière, effrayés à l'idée de ne plus suivre la consigne, de s'arrêter sur le chemin du Nouveau Monde.

Le capitaine d'armes, qui à force d'allers-retours entre Gênes et New York a appris des rudiments d'anglais, serre la main de l'inspecteur avec qui il a lié connaissance, salue le fonctionnaire de l'Office de l'immigration venu, en compagnie d'un policier, prendre livraison de l'habituel contingent de passagers clandestins.

Quatre, seulement ? Elle aussi, avec une fillette ? Ce n'est pas fréquent. Qu'est-ce que nous avons là ? Un mandat d'arrêt italien pour ces deux-là ? Très bien, ça ira vite. Direct en prison. Et elle ? Clandestine, pas de billet, va rejoindre son mari en Californie ? Okay, on va regarder ça.

Le capitaine serre la main d'Ana, lui dit de suivre l'officier et de ne pas s'inquiéter, un interprète va bientôt venir. Bonne chance, *signora*. Ils entrent dans le grand hall et longent la file d'attente par un étroit couloir, entre des barres de fer. Arrivés devant la porte d'un bureau, l'officier de l'Immigration désigne à Ana, d'un geste, un banc sur lequel s'asseoir. Un membre du New York Police Department a rejoint son collègue et l'aide à passer les menottes aux deux Sardes, qui tendent les poignets. L'un d'eux adresse à Giulia un triste sourire aux dents gâtées. Ils quittent la pièce entre les deux policiers. Elle ne les reverra plus.

– Attendez ici. Ne bougez pas de ce banc. Vous comprenez ce que je dis ?

– Un peu. Attendre.

– C'est ça. L'inspecteur n'est pas encore arrivé. Il ne va pas tarder.

La file toute proche, de l'autre côté des barrières métalliques, s'anime à l'arrivée de deux hommes en blouses blanches, stéthoscopes autour du cou. Ils appellent les premiers. L'interprète leur enjoint, dans un italien aux accents calabrais, d'enlever casquettes et foulards. Les médecins commencent par les yeux, soulèvent les paupières, puis baissent les lèvres pour observer les dents, tâtent les cous à la recherche de ganglions. Ils demandent à un vieillard appuyé sur une canne de faire deux pas sans elle. Il boite bas. L'un des médecins sort une craie de sa poche, trace la lettre *L* sur le revers de sa veste de toile. Cette lettre signifie que l'homme claudique et présente donc une déficience, d'autres symbolisent différentes affections. Le vieux fronce les sourcils, tente de la main d'effacer cette inscription.

– Il ne faut pas y toucher, dit l'interprète. Ils vont venir vous chercher pour un examen médical. C'est normal, ne vous inquiétez pas.

Les hommes en blouse remontent la file à pas lents. Des inspecteurs prennent place à trois tables, les *legal desks*, ouvrent des registres, sollicitent chacun un traducteur et font approcher les premiers. Ceux qui ont passé l'examen médical sans attirer l'attention ni avoir été signalés par une lettre inscrite à la craie font deux pas en avant. Le premier est seul, large d'épaules, casquette en arrière sur le crâne. Il paraît sûr de lui, se dit Ana.

– Comment vous appelez-vous ?

– *Come ti chiami ?*

L'homme parle à voix basse, Ana n'entend pas la réponse. Elle semble satisfaire le fonctionnaire, qui trempe sa plume dans un encrier, lisse la page de la main gauche et inscrit le nom.

– D'où venez-vous ?

– *Da dove vieni ?*

– *Italia.*

– Oui, mais d'où en Italie ?

– *Dove in Italia ?*

– Borgoricco.

– *Dove ?*

– *Borgoricco, è vicino a Padova.*

– Padoue, c'est dans le nord de l'Italie.

– Quel âge avez-vous ?

– Êtes-vous marié, célibataire, veuf, divorcé ?

– Quel est votre métier ?

– Savez-vous lire et écrire ?

– Avez-vous de la famille ici, des amis ? Quelqu'un peut-il se porter garant pour vous ?

– Êtes-vous anarchiste ?

– Avez-vous été en prison, dans un asile d'aliénés ?

– Êtes-vous polygame ? Ça veut dire avez-vous plusieurs épouses ?

– Êtes-vous en bonne santé ?

– Quelle est votre taille ? Votre couleur de peau ?

– Venez-vous en Amérique pour travailler ? Si oui, pour faire quoi et où ?

L'inspecteur semble apprécier les réponses de ce jeune homme aux cheveux en bataille et aux habits de menuisier. Il porte un pantalon de grosse toile, une chemise beige, de larges bretelles noires. Il a posé à ses pieds une sacoche taillée dans un morceau de tapis et une petite caisse à outils de bois clair aux poignées de cuir. Le fonctionnaire termine sa ligne d'écriture, sèche l'encre avec un buvard en demi-cercle, lui demande son titre de transport sur lequel il appose, en souriant et de façon théâtrale, un coup de tampon. *Welcome to America, Sir. Next !*

Les suivants, un couple et leur jeune garçon, portent des vêtements trop chauds pour la saison, parlent une langue inconnue. L'inspecteur réclame un autre interprète. Nous ne sommes pas les seuls à avoir débarqué ce matin, se dit Ana. Il y a le monde entier ici, pas seulement des Italiens. L'interrogatoire est plus long, l'homme répond pour sa femme, qui n'ose lever les yeux et fixe ses pieds en caressant les cheveux de son petit garçon. Il doit avoir un an de moins que Giulia. Apparemment, l'interprète lui demande trois fois de prononcer leur nom de famille, puis de l'épeler. Le fonctionnaire essaie de le noter, y renonce, barre d'un trait de plume.

– Dites-lui qu'en Amérique, il vaut mieux avoir un nom bien américain, facile à comprendre et à écrire. Je leur propose Smith. Cela leur convient ? Parfait. Pour les prénoms, son truc là, Baroch ou Baruch, je n'ai rien compris, on va dire Bob, donc Robert. Et elle, Betsa… quelque chose, ça fera Betty. Pour le petit, on ne change rien. Jonathan, ça fait John, facile. *Mr and Mrs Smith, welcome to America.*

Ana observe les interrogatoires, tente de deviner, à leur allure de dos, d'où viennent les émigrants. Les Italiens, c'est simple, ils portent tous à peu près les mêmes vêtements. Elle reconnaît certains pour les avoir croisés au réfectoire ou sur le pont. Leur grosse voisine de dortoir tourne la tête vers elle, détourne le regard comme si elle avait vu un objet interdit, de peur d'être elle aussi sortie de la file et assise sur un banc à part, antichambre du refus et de l'expulsion. Giulia gigote sur ses genoux. De nouveaux arrivants se mettent en rang. Les hommes portent des bottes de feutre montant jusqu'à mi-mollet, des casaques boutonnées sur le côté, d'étranges toques de peau ou de fourrure. Les femmes sont drapées dans des écharpes colorées aux motifs fleuris qui semblent plaire à Giulia. Oh, maman, regarde comme c'est joli ! Ana remarque que le bureau marqué Special Inquiries près duquel elles sont assises est maintenant ouvert. Un homme en costume à fines rayures, cheveux gominés et raie sur le côté, les attend devant, leur demande, en italien, d'entrer et de prendre place.

– *Buongiorno*, je suis Pasquale Costa, votre interprète. D'après ce qu'on me dit, vous avez voyagé sans billet, avec votre fille. Cela change de ma clientèle habituelle, je dois le reconnaître. Je vais vous assister auprès de l'inspecteur, qui ne va pas tarder. La première chose que je dois savoir, la plus importante, c'est voulez-vous immigrer en Amérique ou êtes-vous venues, pour une raison ou une autre, avec l'intention de retourner en Italie ?

– Nous venons habiter en Amérique. Nous voulons rejoindre le père de ma fille, qui est pêcheur en Californie.

– C'est bien, ça. Vous semblez bien habillée, pour une clandestine, et votre fille aussi. Pourquoi ne pas avoir payé votre passage ?

– Nous devions partir en cachette de ma famille. Si j'avais pris un billet, mon père aurait été prévenu et aurait pu nous empêcher d'embarquer. C'est un homme puissant. J'ai donné tout ce que j'avais à un marin du port de Gênes pour nous faire monter à bord sans formalités. Nous avons vite été repérées.

– Qu'est-ce que vous pensiez ? Que vous alliez pouvoir débarquer comme ça ? Bon… Votre mari, en Californie…

– Ce n'est pas mon mari. Enfin, pas encore. Il est parti avant la naissance de ma fille. J'ai été mariée de force à un autre, mais c'est fini maintenant. C'est pour cela que je veux le rejoindre. Il est à San Francisco.

– Et il est au courant de votre venue ? Il peut vous envoyer de l'argent ?

– Non. Il ne le sait pas. Il est pêcheur à San Francisco, mais je n'ai pas son adresse, et aucun moyen de le prévenir. Mon but est d'aller là-bas et de le trouver. Les pêcheurs se connaissent tous, en Californie comme ailleurs. Ça ne devrait pas être trop difficile.

Un petit homme en uniforme, chaussures vernies et barbe grise bien taillée, pénètre dans la pièce par la porte vitrée du fond. C'est l'inspecteur Moore, du bureau de l'Immigration, chargé des passagers clandestins.

– *Hello*, Costa, alors, qu'avons-nous ce matin ?

– Bonjour, inspecteur.

L'interprète se tourne vers Ana, lui fait un clin d'œil.

– J'ai compris votre situation. Souriez et laissez-moi faire.

Les deux hommes engagent une discussion en anglais à laquelle Ana ne saisit que quelques mots. Puis le fonctionnaire chausse des lunettes, ouvre un cahier, prend quatre lignes de notes.

– Okay, faisons comme ça.

– Chère madame, dit Pasquale Costa. Voilà ce qui va se passer. Vous allez dormir ici cette nuit, il y a pour votre fille et vous des dortoirs tout à fait convenables, rien à voir avec ce que vous venez de vivre sur le bateau, d'après ce que je sais. L'inspecteur exige, pour vous laisser entrer dans le pays, qu'une personne se porte garante et rembourse à la compagnie les frais de votre transport. Vous êtes deux, avec une enfant de cet âge, ce n'est pas beaucoup plus cher. Je pense avoir la solution. Mais il y a des gens à qui je dois parler en ville. Nous avons rendez-vous avec l'inspecteur demain à midi, ici même.

– C'est quoi, votre solution ?

– Je connais des entrepreneurs italiens, à Manhattan, qui recherchent de la main-d'œuvre. Je vais leur proposer de régler votre dette, et en échange vous travaillerez pour eux quelque temps pour les rembourser. J'ai eu recours à ce système plusieurs fois, ça marche bien. Entre compatriotes, il faut s'entraider...

– Vous avez dit quelque temps, mais combien de temps ? Et ma fille ?

– Elle sera dans une garderie pendant la journée. Il y a des milliers d'Italiennes à New York, tout est bien rodé. Combien de temps ? Je ne peux vous le dire maintenant. Nous en reparlerons demain, d'accord ?

– Je suppose que je n'ai pas d'autre choix ?

– Si vous voulez rester dans ce pays et partir pour San Francisco, c'est la seule option. L'inspecteur me connaît et me fait confiance. Faites-en autant, vous ne le regretterez pas.

Une fonctionnaire de l'Office de l'immigration en uniforme pénètre dans la pièce, demande à Ana et Giulia, dans un mauvais italien, de la suivre. Elle les accompagne, par des couloirs sentant le détergent, jusqu'à un dortoir d'une trentaine de lits, draps blancs et couvertures sombres, presque vide. Elle leur conseille de s'installer près de la fenêtre et va revenir les chercher pour qu'elles puissent prendre une douche. En montant sur une chaise, on aperçoit Manhattan à travers les barreaux.

L'eau chaude et abondante tombant du plafond sur leur corps est une bénédiction. Presque un mois depuis la dernière toilette convenable, dans la salle de bains en marbre du palace de Gênes. Ana frotte sa fille avec un savon blanc.

– Oui, je sais, Giulia, il y a d'autres dames toutes nues avec nous, mais ce n'est pas grave. Regarde, il n'y a pas d'hommes ni de garçons. Nous sommes entre femmes. Penche la tête en arrière, je vais te laver les cheveux, ils sont sales comme des poils de chien. Ce n'est pas agréable de se sentir propre, après tous ces jours dans le bateau ? J'ai apporté ta plus belle robe, et ce soir nous dormirons dans des lits confortables.

– Maman, combien de temps on va rester ici ? C'est ça, une prison ?

– Pas du tout, ma chérie. Nous allons sortir très vite, demain ou après-demain. Il y a juste des papiers à signer, rien de grave.

Le soleil est encore haut dans le ciel quand elles sont appelées au réfectoire des femmes. Bien astiqué, avec une odeur d'oignons et de viande en conserve. Les plateaux de fer contiennent des aliments inconnus, tranches de pain de mie blanc comme neige, ketchup rouge sang, corned-beef, compote de pommes. Leurs voisines ont le cheveu brillant, des habits propres, mais la même inquiétude dans le regard. Elles mangent en silence, séparées de leurs familles, de leurs hommes, de leurs enfants parfois. Certaines se chuchotent des conseils sur les réponses à donner aux inspecteurs, d'autres murmurent que leur présence ici est due à une erreur, qui sera demain corrigée bien vite. La lueur dorée du soleil se couchant sur les collines du New Jersey illumine le dortoir quand elles y retournent. Ana approche une chaise de la fenêtre, prend Giulia dans ses bras, la soulève.

– Oh, *mamma*, que c'est beau. C'est là-bas, l'Amérique ?

– Oui, ma chérie. C'est un très grand pays, et ton papa est de l'autre côté. Il nous attend.

– Comment on va y aller, de l'autre côté ?

– On prendra le train. Et deux ou trois jours plus tard, nous arriverons en Californie.

– Mais comment fera-t-il pour me reconnaître ? Je ne l'ai jamais vu.

– Ne t'en fais pas, moi, je le reconnaîtrai.

Le lendemain matin, Pasquale Costa les attend devant la porte du même bureau, tout sourire.

– Bonne nouvelle, tout va s'arranger. J'ai avec moi une offre d'emploi d'un homme d'affaires italien qui propose de se porter garant pour vous en échange de quelques mois de travail dans ses ateliers. Il paiera vos frais de passage et la petite enveloppe de vingt dollars que je remettrai à l'inspecteur pour faciliter les choses.

— Quel genre de travail ? Et pour combien de temps ?

— Le *signore* Tutti possède des filatures et des ateliers de couture à Manhattan, dans lesquelles il se fait un devoir d'engager des compatriotes dans le besoin, pour les aider à mettre le pied en Amérique. C'est un travail sur des métiers à tisser ou des machines à coudre, facile à apprendre, en compagnie d'autres Italiennes qui se feront une joie de vous expliquer. Le logement est prévu. Je vous donnerai les détails plus tard. Le plus important, pour l'instant, est d'obtenir l'aval de l'inspecteur Moore. Vous êtes d'accord ?

— Combien de temps, s'il vous plaît ? Je ne veux pas m'engager à rester à New York pendant des années.

— Quatre à cinq mois, six au plus. Le temps pour vous de rembourser les cinquante-cinq dollars que j'ai là, dans la poche de ma veste. Nous verrons ça en détail une fois arrivés à Manhattan. Le plus urgent est de quitter Ellis Island, vous ne pensez pas ?

— Si je dois signer un papier, je veux qu'il soit en italien, pas en anglais. Je ne signe pas n'importe quoi. On m'a prévenue de ces contrats qui font de vous une esclave.

— Vous êtes une jeune femme avisée, je vous félicite. Ce pays est fait pour vous. J'ose même dire qu'il vous attendait.

Deux heures plus tard, après une poignée de main, deux coups de tampon et la formule magique, Ana et Giulia, accompagnées de Pasquale Costa, montent à bord de la navette, direction Battery Park, la pointe sud de Manhattan. L'interprète s'assied près d'elle, un peu trop à son goût, et lui chuchote à l'oreille.

— *Signora*, belle comme vous êtes, si vous voulez passer moins de temps à New York et partir plus vite pour la Californie, je connais un autre genre d'emploi qui rapporte beaucoup plus d'argent que les machines à coudre, sans trop vous fatiguer… Vous voyez ce que je veux dire ?

— Tout à fait, monsieur Costa, mais les machines à coudre, ça ira très bien.

57

Pittsburg (Californie)

Janvier 1910

— Des tonnes de sardines, chaque nuit. Les bateaux débordent. Ils appellent ça *Silver harvests,* les Moissons d'argent. Il y a du fric à se faire, dans la baie de Monterey. Et de gros paquets.

En cette matinée pluvieuse, les deux pêcheurs sont accoudés au comptoir du Pittsburg Cafe. Quelques bateaux sont sortis, pour remonter la Sacramento River ou descendre vers la baie, mais la plupart sont restés à quai. C'est une de ces journées grises où le port tourne au ralenti, entre travaux de cordage dans les entrepôts et verres de bière dans les saloons.

— Mais qu'est-ce que tu veux faire avec des sardines ? Tu sais combien ils les achètent, à la criée de San Francisco ? Autant les donner aux chats. D'ailleurs, c'est ce qu'ils font, je les ai vus.

— Booth, le patron de la Sacramento River Packers, a ouvert une conserverie de sardines à Montercy il y a trois ans. Maintenant, sur les jetées du port, il y a quatre usines côte à côte et deux ou trois autres en construction. Et tu sais pourquoi, gros malin ? Parce qu'ils n'ont pas à chercher de clients. L'armée leur achète toute leur production, à l'avance, et en prendrait même davantage s'ils pouvaient en fournir plus. Les rations de combat des soldats, mon gars, voilà le secret. Les boîtes de sardines partent dans les paquetages de tous les troufions de l'US Army. Tu vois le marché ? Ils ne discutent pas le prix, il leur en faut toujours plus. Pete Ferrante, l'ancien patron ici, a déménagé à Monterey il y a deux ans. C'est lui qui m'a raconté ça. Il est en train de rassembler de l'argent pour monter la première conserverie italienne. Et il a besoin de pêcheurs,

361

et il veut des Siciliens. La pêche à la sardine, on a ça dans le sang depuis l'Empire romain. Alors moi, je crois bien que je vais aller y faire un tour, à Monterey.

– Et ils vont les chercher loin, les bancs de sardines ? Ils remontent la côte ou ils descendent vers Los Angeles ?

– Ils n'ont même pas à sortir de la baie de Monterey. La zone de pêche a la forme d'un croissant de lune, quatre heures au sud de la Golden Gate. Elle commence à Santa Cruz et se termine par Point Pinos. Ne me dis pas que tu n'as jamais navigué dans le coin. Les fonds sont incroyablement profonds, des fosses sous-marines. C'est leur habitat naturel, aux sardines. Il y en a tellement, entre l'automne et la fin février, qu'on voit les reflets d'argent des bancs briller dans l'eau, la nuit, il n'y a plus qu'à lancer les filets. Le bateau fait un cercle, ils ferment le filet par le fond et le tour est joué. À tous les coups on gagne. Ils remplissent les bateaux à ras bord, parfois jusque sur le pont où ils peuvent à peine marcher, et filent aux conserveries où tout est acheté à bon prix. Ferrante dit qu'on peut faire deux fois le plein de poisson en une nuit. Plus la peine de partir une semaine se geler les miches sur les côtes de l'Oregon ou jusqu'à Vancouver. Franchement, moi, je veux essayer.

– Et vous auriez bien raison, l'ami, si je peux me permettre.

Un homme se lève d'une table voisine, où il était assis avec les deux équipiers de son sloop de neuf mètres, le *Roamer*, amarré à une jetée de Brown's Island.

– Excusez-moi de me mêler de votre conversation, dit-il, mais il se trouve que j'ai passé une nuit à Monterey, en revenant de Big Sur la semaine dernière. J'ai été réveillé quatre ou cinq fois par des coups de sirène à trois heures du matin. J'ai demandé ce que c'était, j'avais peur que ce ne soit un incendie. On m'a expliqué que c'est le signal des conserveries pour avertir leur personnel qu'un bateau plein de sardines est rentré et qu'il faut venir les mettre en boîtes sans attendre. Et là, vous avez des femmes qui accourent dans les rues jusqu'aux usines sur les jetées. Il y en a tellement, près du port, qu'ils appellent ça Cannery Row, la rue de la Sardine. Sacré business qu'ils ont monté là, les gens de Monterey. Et il y a pas mal d'Italiens, comme ici je crois.

362

– Nous sommes siciliens. Il y a même un projet pour rebaptiser la ville Sicilia, si nous parvenons à convaincre ces têtes dures de mineurs gallois, dit l'un des pêcheurs accoudés au bar. Et vous, vous êtes qui, si je peux me permettre ?

– Je m'appelle Jack London et je suis écrivain, journaliste, mais surtout marin. Mes amis et moi rentrons d'une virée de deux ans dans le Pacifique Sud, jusqu'aux îles Salomon, par Hawaï, les Fidji et les Nouvelles-Hébrides. Sacrée balade. Pas toujours facile, mais sacrée balade.

– Avec votre petit bateau, là, celui qui est sur la jetée ?

London sourit.

– Non. Celui-là, c'est pour naviguer dans la baie. Je l'ai acheté à l'automne et je pousse parfois jusqu'à Big Sur voir des amis, mais pas plus. Pour le Grand Sud, nous avions une goélette, le *Snark*. Vingt et un mètres, une splendeur, que j'ai fait construire sur mesure chez Cryer et Anderson, à San Francisco, je ne sais pas si vous connaissez ce chantier.

– Ils sont à Hunter's Point, c'est ça ?

– Tout à fait.

– Trop loin, trop cher pour nous ce genre de maison. Nous avons nos spécialistes, sur la rivière. Et votre goélette ?

– Le voyage ne s'est pas très bien passé. Nous avons eu des tas de problèmes de moteur et de santé, nous avons dû la laisser en Australie, où je l'ai revendue une bouchée de pain. Je la regretterai toute ma vie, c'était une merveille de navire. Enfin, sous voile, parce que le reste n'était pas très au point.

L'écrivain offre une tournée à la dizaine de clients qui approchent peu à peu du bar pour écouter le récit de son odyssée dans le Pacifique Sud : îles envoûtantes, paysages sublimes, femmes aux seins nus, coupeurs de têtes, maladies tropicales et ennuis mécaniques. Vittorio, qui vient de ranger des filets sur la *Santa Caterina,* pénètre dans le saloon. Il s'assied à sa table habituelle, à gauche près de la fenêtre, où il sait que ses amis le rejoindront. Il reconnaît d'abord la voix, puis les cheveux en bataille.

C'est le journaliste que nous avons rencontré au lendemain du tremblement de terre, il y a quatre ans. J'ai rangé son article dans un tiroir. La mère de Claudia me l'avait rapporté de Sacramento, j'ai oublié le nom du magazine, mais pas le titre : « Un témoin raconte l'histoire du séisme. » Signé « Jack London, envoyé spécial ». J'ai cherché s'il parlait de Fabrizio et moi, assis sur les marches de cette maison, et s'il avait repris les histoires que nous lui avions racontées. Mais non. Dommage. En tout cas, la description des dégâts subis par la ville est saisissante. Je l'ai gardé pour pouvoir le montrer à nos enfants, plus tard, et leur dire « Votre papa y était ». Quand je pense à la vitesse avec laquelle ils ont reconstruit la ville, c'est incroyable. Je suis allé au marché aux poissons la semaine dernière, c'est à peine s'il reste des immeubles, des entrepôts ou des maisons en chantier près du port. Et sur les collines, de nouveaux quartiers poussent chaque jour. Comme si le feu avait fait de la place pour l'expansion de la capitale de l'Ouest, ainsi qu'ils l'appellent. Je vais aller lui parler, à ce London, voir s'il se souvient de moi.

– Mais oui, maintenant que vous le dites, mais vous étiez noirs comme des charbonniers, je ne vous aurais pas reconnu. Victor Water, bien sûr ! J'aimais tellement cette histoire, M. Water dans une ville sans eau, que j'en avais fait un long paragraphe. Mais ces crétins à New York ont coupé mon papier. Ils avaient dit deux mille cinq cents mots, j'en avais fait plus de trois mille, comme d'habitude. Mais le mot leur coûtant cinq *cents,* ils ont voulu faire des économies. Il leur a quand même coûté une fortune, cet article, et il m'a bien aidé à payer ma goélette. Ravi de vous revoir, monsieur Water. Vous habitez ici ?

– Oui. Pittsburg. La petite Sicile sur la rive de la Sacramento River.

– Vous êtes toujours pêcheur ?

– Plus que jamais. L'hiver ici, dans la baie, et l'été en Alaska, pour le *salmon run* dans la baie de Bristol.

– L'Alaska… J'ai passé un hiver dans le Klondike à la recherche de l'or, il y a quelques années. Je suis rentré bredouille, mais ce voyage m'a fourni la matière de mes meilleurs livres. Cette pêche aux saumons qui remontent les fleuves, là-haut, j'en ai entendu parler. Il faudra que j'aille voir ça, un de ces jours. Je suis sûr qu'il y a des histoires à raconter. L'or rose ?

– Oui, c'est ça, *pink gold*, comme ils disent ici. Un travail de chien, dans des eaux glacées, mais nous gagnons là-haut en un mois autant que le reste de l'année ici. Et si vous voulez des histoires, ce n'est pas ce qui manque. Il y a des baleines, des brigands canadiens, des Indiens furieux car les conserveries ferment les rivières avec des pièges à saumon. L'Alaska, c'est quelque chose ! Au mois de juillet, si ça vous tente…

– Cet été, je n'aurai pas le temps, je lance les travaux de la maison que nous faisons construire dans la vallée de la Lune, près de la Sonoma Creek. Mais l'an prochain, pourquoi pas ? La ruée vers l'or rose, voilà un sujet que je pourrais vendre aux magazines de la côte Est. Les pêcheurs de Californie dans la nature sauvage du Grand Nord, des Siciliens aux confins de l'Alaska, c'est pour moi, ça. Qu'est-ce que vous avez dans votre verre ? C'est moi qui régale, en souvenir de notre rencontre dans les décombres de Frisco.

– Yosemite Lager.

L'écrivain invite Vittorio à rejoindre à leur table ses compagnons de voyage, Charley Le Grant, un ancien collègue de la patrouille de pêche qui faisait la chasse aux pilleurs de parc à huîtres dans la baie de San Francisco, et French Frank, l'un de ses complices quand, à peine sorti de l'enfance, il volait des coquillages au large d'Oakland. Ils commandent des filets de loup de mer et des pommes de terre en échangeant des histoires d'Alaska contre des anecdotes tahitiennes, saumon king contre mahi-mahi, phoque contre poisson volant, Indiens Yupik contre tribus mélanésiennes. En fin d'après-midi, Charmian London fait une entrée théâtrale : en robe de daim brodée, foulard écarlate dans les cheveux, elle descend d'un attelage de deux chevaux blancs qui l'a conduite à bride abattue de San Francisco. Elle rejoint son mari à Pittsburg pour continuer jusqu'à Sacramento et même au-delà dans le « pays de l'or », le plus loin possible sur la rivière puis à pied dans la sierra Nevada, pour un reportage ou peut-être un livre. Ils louent une chambre au premier étage, leurs deux compagnons dormiront sur le bateau. Après une dizaine de bières et deux whiskies, Jack London se lève, les yeux brillants, lance un sonore « Bonsoir, la compagnie » et, s'appuyant sur l'épaule de sa femme, monte se coucher. Demain à l'aube, ils larguent les amarres mais prévoient de faire halte à Pittsburg, chez ces sympathiques pêcheurs siciliens, sur le chemin du retour, dans quelques jours ou quelques semaines.

58

New York City

Janvier 1910

L'atelier occupe le premier étage. C'est une grande pièce, avec trois fenêtres sur Elizabeth Street, mais qui semble minuscule une fois les vingt-six couturières installées devant leurs machines à coudre. Plancher noirci, plafond bas, papier journal aux fenêtres – Ana ne comprend pas pourquoi –, lumière électrique de jour comme de nuit. Dans un coin de la pièce, le conduit du poêle à charbon fuit, elles l'allument rarement, car mieux vaut avoir froid que s'asphyxier avec sa fumée nauséabonde. Un gilet de laine sur la robe et la chaleur des machines et des corps, qui se touchent presque dans cet espace réduit, suffisent à se réchauffer.

Au soir du premier jour, les doigts en sang, la tête prête à exploser à cause du bruit, paniquée, insultée par la chef d'atelier qui n'avait jamais vu, disait-elle, une ouvrière aussi lente, méprisée par ses voisines de table qui avaient compris, en regardant ses mains, qu'elle ne venait pas du même monde, Ana a cru qu'elle n'y arriverait pas. Une pause de trente minutes à la mi-journée, il faut lever le bras pour demander l'autorisation de descendre aux toilettes, dans l'arrière-cour. Deux fois par jour, pas davantage. Des lés de tissus entassés dans une caisse sur la gauche, un rouleau de ruban sur la table, la machine à coudre Singer et son mécanisme à balancier actionné avec les pieds, et à droite la pile des robes terminées. Salaire : trois *cents* la pièce. Les plus anciennes en cousent une quarantaine par jour. Le premier jour, Ana en a confectionné deux, qui ont été refusées. Elle a dû les démonter elle-même, vers vingt et une heures, avant d'être autorisée à quitter l'atelier.

– Toi, avec tes mains de baronne, tu as intérêt à t'y mettre si tu ne veux pas être jetée à la rue. Par la Madone, jamais vu une empotée pareille.

Le *signore* Tutti possède quatre immeubles dans la rue, en lisière de Litte Italy. Les New-Yorkais les appellent *tenement houses*, partout ailleurs ce serait des taudis. Dans les pires quartiers de Palerme, Ana n'a jamais vu une telle promiscuité, des conditions d'hygiène aussi déplorables, une misère aussi obscène. C'est ça, le Nouveau Monde ? Cinq ou six étages de briques rouges, mal assemblées au milieu du dix-neuvième siècle. Un atelier (couture, fabrication de cigares, de petits appareils, menuiserie, chiffonnier) au premier. Au-dessus, quatre ou cinq appartements par niveau, desservis par un long couloir dans lequel s'entassent des dizaines de personnes. Lits superposés, à touche-touche, cuisines minuscules, trois toilettes, simples trous dans la terre cachés par des planches dans l'arrière-cour, qui sert aussi de décharge, d'aire de jeu pour les enfants et de repères pour les gangs.

– Vous avez de la chance, leur avait dit l'interprète Pasquale Costa pendant qu'il les conduisait du port à leur nouvelle adresse, M. Tutti est respecté dans le Lower East Side. Pas de bandits dans la cour, et l'immeuble est beaucoup mieux tenu que les autres. Je vous confie à la concierge, Mme Salvatore, je repasserai voir si tout va bien. Travaillez votre anglais, il n'est déjà pas si mal. Pour la petite, ne vous en faites pas, à cet âge, ils apprennent sans s'en rendre compte. Enfin, à condition qu'ils voient autre chose que des Italiens, ce qui dans un premier temps ne sera pas évident.

Elles ont suivi la *signora* Salvatore, matrone de cent kilos à la moustache noire, au cheveu rare et au regard asymétrique, jusqu'au quatrième étage. Elle chasse à coups de pied, jurant entre ses dents, les chats, un chien, trois enfants qui jouent à quatre pattes sur le palier. Des portes ouvertes s'échappent des bruits de disputes, des rires, des conversations en dialecte sicilien ou napolitain et des odeurs d'oignons frits dans l'huile d'olive. Des têtes sortent pour voir celle de la nouvelle, son sac dans une main, sa fille dans l'autre.

– C'est là, dernière porte à droite. Je vous ai mise avec une veuve qui n'a que trois enfants. Son mari est mort dans un accident, en creusant les tunnels du métro. Du coup, il y a une place. Pour votre fille, il faudra la garder avec vous dans le lit, mais elle est encore petite. On avisera plus tard. Vous partagez la cuisine avec les autres, là. Ils sont corrects, vous verrez.

– Mais...

– Écoute, ma belle. Vu ce que Tutti paie les filles de l'atelier, estime-toi heureuse d'avoir un toit sur la tête. Moi, j'obéis aux consignes. Les débutantes, quand elles n'ont pas d'homme, c'est comme ça qu'il les loge. Si tu veux passer dans les bras du *padrone*, comme font les jolies poules dans ton genre pour améliorer leur sort, libre à toi. Mais en attendant, ton lit, c'est celui-là. Demain matin, sept heures en bas. La petite, elle reste d'abord ici, et à huit heures elle descend au deuxième, avec les autres enfants. On les regroupe dans une pièce et je les surveille, enfin, quand j'ai le temps. Elle est assez grande pour se débrouiller toute seule. Il faudra juste lui expliquer où aller, demande aux autres.

Une voisine de machine à coudre a reconnu son accent sicilien, lui a souri et lui a montré comment assembler, en une journée, une dizaine de pièces. Aujourd'hui, cinq mois après leur arrivée, Ana tient le rythme. Ses doigts, entourés de fins rubans, se sont musclés. Elle enchaîne les gestes sans temps mort, retourne les pièces de tissu dans un sens puis dans l'autre, copie les trucs des autres, avec lesquelles elle trouve quelques minutes pour parler, et même pour plaisanter. Un dollar par jour, parfois un peu plus. En fin de journée, le contremaître compte les robes, note la somme dans un carnet, lui en donne la moitié. Le reste rembourse la dette contractée auprès de Tutti. Ana ne l'a vu qu'une fois, peu après son arrivée. Costume trois-pièces et chapeau blanc, canne à pommeau d'ivoire et moustache en guidon de vélo, il a pénétré dans l'atelier d'une démarche de monarque. Une à une, les machines se sont arrêtées. Les femmes se sont levées. Il les a saluées, certaines ont esquissé de maladroites révérences, comme quand le seigneur propriétaire des terres que

369

travaillaient leurs parents, dans les Pouilles, faisait le tour du domaine. Il les a reprises.

– Nous sommes en Amérique. Pas de génuflexion. Je suis votre patron, pas votre seigneur. Bravo, bon boulot, continuez. Souvenez-vous de la prime de fin d'année que vous avez touchée en décembre. Cette année, elle pourra être plus importante si vous augmentez la production. Allez, reprenez le travail, j'aime le chant de vos machines. *La canzone di dollari !*

Quand, deux semaines après leur arrivée, Ana a demandé si Giulia pourrait aller à l'école, Virginia, la veuve avec laquelle elle partage l'appartement au bout du couloir, a souri tristement.

– Il n'y a que deux écoles dans le quartier. Ils n'en ouvrent pas pour les *guidos*, comme ils nous appellent. En plus de ça, y a un an d'attente et l'inscription coûte vingt dollars. Tu les as ?

– Bien sûr que non. Mais Giulia sait déjà lire et un peu écrire, je lui ai appris. Il n'est pas question qu'elle n'aille pas à l'école. On disait qu'en Amérique elle était obligatoire et gratuite.

– On dit tant de choses, au pays, sur l'Amérique. Tu les as vues, toi, les rues pavées d'or ? Et les tomates si grosses qu'elles n'entrent pas dans les paniers, les courges géantes, les arbres à dollars ? Tout ça, ce sont des mensonges pour faire venir du monde entier des pauvres gens tels que nous et les exploiter jusqu'à les tuer. Mon Umberto est mort comme un rat, dans un trou en creusant leur métro de merde, moins d'un an après notre arrivée dans ce pays de malheur. Si j'avais l'argent, je rentrerais en Sicile. Cela étant, pour l'école, j'envoie mon aîné chez Mme Orlando, dans l'immeuble à côté. Elle leur apprend l'italien et l'anglais, cinquante *cents* la semaine. Tu veux que je demande si elle a une place ? Elle a quel âge, ta fille ?

– Sept ans en mai. Elle lit déjà les affiches dans la rue. Oui, je veux bien que tu demandes. Et elle ira à l'école en Californie.

– Tu pars quand, en Californie ?

– Quand j'aurai fini de payer ma dette, et gagné de quoi acheter les billets de train.

– Mais le père de la petite, le pêcheur de San Francisco dont tu parles, il ne peut pas te l'envoyer, l'argent du voyage ?

– Il le ferait s'il savait où nous sommes. Et je n'ai pas son adresse.

– Tu ne l'as pas prévenu ?

– Non. Ce sera une surprise.

– J'espère que ce ne sera pas toi qui l'auras, la surprise, ma fille.

– Qu'est-ce que tu veux dire ?

– Rien. Je te souhaite le meilleur. Et surtout de quitter cette ville maudite le plus vite possible.

Un dimanche matin, juste après l'aube, un froid inhabituel réveille Ana. Giulia se serre contre elle, sous la couverture. Elle se lève et la borde, enfile son gilet, part à la recherche de boulets de charbon pour rallumer le poêle. Arrivée au bout du couloir, elle frotte avec son coude la fenêtre sale et givrée : tout est blanc. Un rideau de flocons l'empêche de voir l'autre côté de la rue, les trottoirs ont disparu. Les étals des marchands ambulants, recouverts de leurs bâches de nuit, ressemblent à des rochers, des animaux endormis. Ana, fille du Sud, n'a jamais vu la neige. Il est trop tôt pour réveiller sa fille, mais c'est décidé : pour la première fois depuis leur arrivée à New York, elle ne travaillera pas. Les autres dimanches, elle passe l'après-midi chez une voisine qui lui prête une machine pour coudre des pantalons de travail et gagner deux ou trois dollars. Aujourd'hui, nous allons nous habiller chaudement, je vais emprunter ses chaussures de cuir à Virginia et nous allons marcher jusqu'à ce jardin dont tout le monde parle, Central Park. Nous sommes arrivées en août et, à part une promenade sur le port, en octobre, nous ne sommes allées nulle part. Nous sommes aussi prisonnières qu'on l'était dans le bateau, le mal de mer en moins. Giulia a besoin de sortir, de courir, de jouer comme une petite fille.

Deux heures plus tard, elles sont dans la rue. La première bataille de boules de neige entre gamins du quartier a commencé. Giulia, emmitouflée dans un châle de laine, pousse un cri de joie et de surprise en touchant la matière froide qui fond dans sa main et veut se joindre à eux.

– Non, reste ici. Nous allons voir le grand jardin de New York, mais c'est assez loin, il faut marcher. J'ai pris des sous pour acheter des hot-dogs et peut-être des marrons grillés, si ce n'est pas trop cher.

Elles se mettent en route, écoutent en souriant le bruit de leurs pas dans la neige fraîche. Dix, quinze centimètres ont tout recouvert. Les ordures, la saleté des rues de ce faubourg misérable, où s'entassent surtout des Italiens, des Grecs et quelques Irlandais, ont disparu sous le grand manteau blanc. Quelques marchands déblaient leurs bâches, tentent d'ouvrir leurs étals, renoncent. Les calèches et les carrioles, qui d'habitude foncent sur les pavés et terrorisent les piétons, sont restées à l'écurie. Elles marchent au milieu de la rue, évitent en riant les boules lancées par des adolescents depuis les escaliers de fer sur les façades. Elles prennent à gauche et débouchent sur Broadway, le grand boulevard, la frontière, l'entrée d'une ville inconnue. Une automobile beige à capote noire et grandes roues bleues, conduite par une jeune femme en chapeau cloche, traverse le carrefour en dérapant des quatre roues, s'immobilise dans un choc contre un trottoir. Trois hommes hilares en descendent, la poussent pour la remettre dans le sens de la marche. Maman, quand je serai grande, je pourrai conduire une automobile, moi aussi ? Bien sûr, ma chérie. Tu n'as pas froid ? Elles marchent sur des trottoirs d'une largeur incroyable, regardent les immeubles qui ressemblent de moins en moins aux *tenements* de leur quartier. Ils sont de plus en plus hauts, le sommet de certains disparaît dans les nuages. Les flocons sont plus petits, ils dansent dans le vent du matin. Ces bâtiments d'un luxe inouï ont des halls d'entrée, des dorures et des cuivres, parfois un concierge en uniforme qui soulève sur leur passage sa casquette à galons dorés.

– Central Park ? C'est bien par là, tout droit, mais c'est sacrément loin, surtout avec la petite. Prenez donc un tramway, j'en ai vu passer deux, ils fonctionnent. Vous y serez en une demi-heure. Bonne idée d'aller au parc par ce beau jour de neige. Cher ? Non, deux *cents* la course. Vous n'avez jamais pris le tram sur Broadway ? Vous êtes sûre que vous habitez New York ? Je vous donne un tuyau : un dimanche de neige, comme aujourd'hui, montez sans payer. Il n'y a pas de contrôle. Je le sais, mon beau-frère y travaille. L'arrêt est juste un peu plus haut.

Elles attendent quelques minutes et voient un wagon sur rails, relié par de grandes antennes aux câbles électriques qui courent le long de l'avenue, approcher et faire sonner sa cloche. En ce dimanche d'hiver, la voiture est presque vide. Elles prennent place sur la banquette de bois, près d'une vitre. Le tramway remonte Broadway, traverse Times Square et ses immeubles toujours plus hauts, couverts d'affiches publicitaires ou pour des pièces de théâtre. Le trafic automobile se fait plus dense, la neige tient moins sur la chaussée. Des cantonniers et des domestiques en uniforme déblaient les trottoirs avec de grandes pelles. Oh, regarde, maman ! La dame s'est enveloppée d'une peau d'ours ! C'est une fourrure, ma puce, un manteau taillé dans la peau d'un animal. Central Park South ! annonce le conducteur dans son porte-voix. Elles descendent. Les immeubles donnant sur le parc sont plus luxueux encore. Lobbies de marbre et d'or, lampadaires sculptés, dais de velours que des employés replient ou vident de leur couche de neige avec des balais. Ana et Giulia observent une famille sortir de la plus grande automobile qu'elles aient jamais vue. Monsieur en costume de tweed, Madame en long manteau, les deux enfants en tenues de montagnards tyroliens, avec culottes de peau, chaussettes montantes et brodequins de cuir. Elles pénètrent dans le parc par une porte monumentale de pierre noire. Un couple les croise, glissant sur des skis recourbés à l'avant. Les vastes prairies sont des champs de neige, les arbres ploient sous le poids. Aussi loin que porte le regard, vers le nord, ce ne sont que forêts et collines. Deux chiens se courent après, se roulent dans la poudreuse sous les yeux amusés de leurs maîtres. Virginia disait vrai, c'est immense. Il est midi. Elles sentent, avant de le voir, un stand de bois où une Allemande en costume, réchauffée par un brasero, vend des saucisses entourées d'un morceau de pain blanc. Dix *cents* pièce. Ana en achète deux. Nulle part où s'asseoir, les bancs sont recouverts de neige. Elles mangent en marchant. Maman, c'est la meilleure saucisse que j'aie jamais mangée ! Ana compte ses pièces. Elle a de quoi acheter, une heure plus tard, un cornet de marrons grillés à un Noir qui tape des pieds près d'une autre porte du parc. Elles trouvent un muret de pierres qu'un visiteur a dégagé. La neige a cessé de tomber, un pâle soleil paraît au-dessus des arbres.

– Nous allons reprendre le tramway et rentrer à la maison, je ne veux pas que tu attrapes froid.

– Maman, c'est la plus belle journée depuis que nous sommes arrivées en Amérique ! On reviendra, dis ? Je n'aurais jamais cru que la ville était si grande.

– Moi non plus, ma fille. Oui, nous reviendrons. Mais maintenant, rentrons nous réchauffer.

– S'il te plaît, demain, je pourrai descendre à l'atelier et rester avec toi pendant que tu travailles ? Je serai sage. Je m'ennuie avec les autres enfants. Et Mme Salvatore n'est pas gentille.

– Non, ce n'est pas possible. Mais dans quelques jours tu vas aller apprendre à lire chez une dame, tous les après-midi. Qu'en dis-tu ?

– Oh oui !

Elles achètent, en rentrant dans le Lower East Side, des boulets de charbon que le vendeur enveloppe dans un journal, et passent la soirée assises près du poêle.

– Ça m'a coûté un peu cher, mais ça le valait bien, dit Ana à sa voisine.

– Tu as de la chance. Je suis à New York depuis trois ans et je ne suis jamais sortie du quartier, soupire Virginia. Ils ont donné quatre-vingts dollars pour la mort d'Umberto. J'ai eu à peine de quoi ren-voyer son corps au village. C'était peut-être une bêtise, j'aurais dû le faire enterrer ici et garder l'argent pour les enfants.

– Si j'y retourne, je peux emmener tes deux grands, si tu veux.

Le lendemain, en milieu de matinée, Ana termine une robe, lisse le galon de coton du décolleté avec le pouce, la pose sur la pile. Elle lève le bras pour demander la permission de descendre aux toilettes. Le contremaître ne peut la voir, il reçoit un visiteur dans son bureau à demi vitré. Les consignes sont strictes : interdiction de quitter sa chaise sans en avoir obtenu l'autorisation. Elle attend quelques secondes, saisit deux pièces de tissu pour commencer une autre robe. Elle lève les yeux. Le chef est debout, il serre la main de l'homme qui se tourne vers la porte pour sortir. Ces sourcils, cette cicatrice qui lui barre la joue. C'est lui. L'homme du *Roma*, le bala-fré qui lui a évité d'être violée, qui a passé le marin par-dessus bord.

59

Pittsburg (Californie)

Mars 1910

Pittsburg avait déjà vu circuler des automobiles. Depuis deux ans, de riches familles de San Francisco empruntaient parfois sa grand-rue, en route pour Sacramento et les hôtels de la sierra Nevada, luxueuses cabanes en rondins, pour y passer le week-end. Les enfants les entendaient pétarader de loin, couraient s'aligner sur les trottoirs de bois, saluaient en espérant qu'elles s'arrêtent. Une Packard rouge feu l'avait fait, une fois. Un chauffeur en uniforme en était descendu, avait pénétré dans le Pittsburg Cafe, demandé une carafe d'eau qu'il avait versée sur le radiateur fumant, puis avait redémarré le moteur d'un coup de manivelle. Le couple à l'arrière, chapeau de feutre et voilette légère, n'avait pas bronché. Mais ce matin, c'est différent. La Ford T noire, capote baissée, klaxon bloqué, qui entre dans la ville et s'arrête devant le bar dans un nuage de poussière n'est pas conduite par un inconnu. Pietro Ferrante est de retour en ville et veut que ça se sache. C'est la première voiture pilotée par un Sicilien, un enfant de Pittsburg (né quarante-deux ans plus tôt près de Palerme) parti chercher fortune sur la côte du Pacifique. Même si M. Ford répète à l'envi que sa Tin Lizzie doit être accessible au plus grand nombre, n'importe qui ne peut pas allonger huit cent cinquante dollars pour s'en offrir une.

— Eh bien, avec les sardines de la baie de Monterey, j'aurais pu m'en acheter deux si j'avais voulu, lance Pete Ferrante en entrant dans le café. Tournée générale !

Il laisse en souriant les grappes d'enfants grimper sur les marchepieds. Les pêcheurs arrivent en courant. Leurs femmes, qui ravaudaient les filets tendus sur des chevalets alignés dans un champ près du port, posent les navettes et vont les retrouver. Vittorio est assis sur le rocking-chair sous le porche de leur maison, sa fille Caterina, née à la fin du mois de janvier, dans les bras. Il a vu passer l'automobile, se demande la raison de ces cris de joie, de cet attroupement. Claudia, qui étendait du linge dans l'arrière-cour, le rejoint et ils décident d'aller voir.

Pietro Ferrante, ancien propriétaire du Pittsburg Cafe, a repris sa place habituelle, derrière le bar. Il s'est tiré une pinte de bière puis est monté sur une caisse de bouteilles. Avec sa moustache de morse, son chapeau à galon posé haut sur la tête, son costume trois-pièces et sa chaîne de montre en or, il ressemble à un politicien en campagne. Il pose un regard brillant sur l'assistance, écarte les bras pour demander le silence.

– Mes amis ! Je m'étais promis que la première destination de cette automobile, avant même San Francisco, ce serait Pittsburg, la ville qui a accueilli le gamin chétif arrivé à douze ans d'Isola delle Femmine et en a fait celui qui se tient devant vous.

– Tu te présentes au Congrès, ou quoi ? crie une voix rocailleuse à l'arrière de la salle, qui éclate de rire.

– La Madone m'en préserve ! Pêcheur je suis né, pêcheur je mourrai, comme vous tous. Si je suis venu aujourd'hui, en plus du plaisir de voir mes vieux amis et de conduire cette merveille sur les routes de Californie, c'est parce que j'ai besoin d'aide.

Il raconte qu'installé depuis trois ans à Monterey, il s'est mis au service de l'entrepreneur F.E. Booth, que tout le monde connaît dans la région pour ses conserveries de saumon. M. Booth a construit à grands frais, sur une jetée près du port de Monterey, une usine pour mettre en boîtes les sardines qui pullulent dans la baie. Il a passé d'avantageux contrats avec l'US Army mais a un problème : les pêcheurs locaux, japonais et chinois pour la plupart, ne rapportent pas, avec leurs filets traditionnels, assez de poissons pour rentabiliser les chaînes.

– J'ai vite vu que leurs machins n'allaient pas. Qu'est-ce qu'ils y connaissent aux sardines, ces yeux bridés ? Ils n'aiment que les poulpes et les ormeaux. La Sicile ne s'appelait pas encore Sicile que nos aïeux vivaient du thon et de la sardine. Alors j'ai écrit à un oncle au pays, et je lui ai dit de se ramener au plus vite, avec dans ses bagages deux filets, que nos ancêtres utilisent depuis toujours. J'ai glissé dans l'enveloppe une centaine de dollars. Deux mois plus tard, il était là. Nous sommes sortis une nuit : des sardines à ne plus savoir qu'en faire, quatre ou cinq tonnes, le pont de la *felucca* disparaissait sous les poissons. Vous auriez vu la tête de Booth ! Il a pris mon deuxième filet, l'a fait copier. Maintenant, il en a douze. Des bateaux, ce n'est pas ce qui manque, dans la baie de Monterey. Mais nous avons besoin de bras. Des bras de pêcheurs siciliens qui savent s'en servir et de nos *lamparas*. Nous sortons toutes les nuits, à part la semaine de pleine lune, bien sûr, parce que le reflet sur l'eau nous empêche de repérer les bancs de sardines, et malgré ça les chaînes de la Crescent Brand, la marque de Booth, tournent à la moitié de leurs capacités. Il enrage. Alors voilà : dix dollars. Cash. C'est ce que M. Booth m'a donné pour chacun des trois premiers qui partiront avec moi, demain matin, pour aller voir à Monterey de quoi il retourne. Et pour ceux qui accepteront de s'installer là-bas, pour au moins une saison de pêche, une prime de cinquante dollars. Plus un coup de main pour trouver une maison, ce n'est pas la place qui manque. Alors, des amateurs ?

Vittorio, qui a toujours le bébé dans les bras, tend leur fille à Claudia, l'interroge du regard. Elle saisit l'enfant, lui signifie oui, pourquoi pas ? d'un mouvement de paupières. Il lève le bras.

– Vitto Water ! Bonne nouvelle ! Voici ton billet de dix, mon gars. Allez, deux autres, faites comme lui, qu'avez-vous à perdre ? Si ça ne vous plaît pas, vous serez de retour après-demain, avec une halte à San Francisco pour boire un coup avec vos copains du marché.

Le lendemain matin, Vittorio s'installe à l'avant de la Ford, à côté de Pete Ferrante qui promet de revenir bientôt. Deux autres pêcheurs, Gianni, un jeune à peine sorti de l'adolescence et un lointain cousin de Fabrizio, arrivé de Palerme il y a deux semaines et qui comprend à peine l'anglais, prennent place à l'arrière. Vitto pensait depuis quelques mois quitter Pittsburg. Il en avait parlé à Claudia, qui lui avait demandé d'attendre la naissance du bébé. Elle était d'accord sur le principe, à condition de ne pas trop s'éloigner de sa famille. Monterey, sur l'océan au sud de la Golden Gate, pourquoi pas ? Il s'était récemment passé des choses étranges et, à vrai dire un peu inquiétantes, sur le port. Deux bateaux avaient pris feu, sans raison apparente, en pleine nuit. Les bagarres avec les mineurs gallois étaient devenues plus fréquentes. Des inconnus en costumes noirs, venus de San Francisco, posaient des questions indiscrètes. Il y avait des rumeurs d'extorsion sur une conserverie de saumon. La succursale de la Bank of Italy avait été attaquée deux fois en trois mois. Mais le plus alarmant, c'était la pollution des eaux du fleuve. La semaine dernière, une nappe de substance gluante, sentant le pétrole, avait descendu le courant pendant une matinée. Des milliers de poissons s'étaient retrouvés le ventre en l'air. De plus, il y a des projets d'usines chimiques ou d'aciéries en amont, et en aval, les eaux de la baie sont chaque jour plus polluées. Au rythme où les villes grandissent dans la région, avec les rivières transformées en tout-à-l'égout, dans dix ans on ne pourra plus rien pêcher, se disait Vittorio. L'an dernier, le *salmon run* a été catastrophique. C'est logique, comment veux-tu que les poissons aient envie de remonter le cours de fleuves aussi sales ? Alors, s'installer sur l'océan, pourquoi pas ? C'est le Pacifique, au moins ses eaux sont propres. Si la pêche à la sardine est aussi miraculeuse que Ferrante le dit… Le *lampara*, ça me connaît. Je me souviens avoir aidé mon père à tirer le sien, avant sa mort. Je ne devais pas avoir dix ans. Et ce sera plus simple pour monter vers l'Alaska en été. La famille Bacigaluppo est chaleureuse mais envahissante. La mère de Claudia et ses sœurs ne peuvent pas passer une journée sans venir nous voir, et son père a toujours de meilleures idées sur la façon dont je devrais pêcher, les coins où il faut aller, le matériel qu'il faut emporter au Grand Nord, où il n'a jamais mis les pieds. Mettre un peu de distance entre eux et nous ne serait pas désagréable.

C'est la première fois que Vitto monte dans une automobile. Leur départ est salué de cris de joie, auxquels Pete Ferrante répond à coups de klaxon. Ils prennent la piste qui serpente entre les collines, passent devant l'entrée de la mine de charbon qui a valu pendant des années à Pittsburg le nom de Black Diamond. À l'arrière, le jeune pêcheur, blanc de peur, se tient à deux mains à la portière. Ferrante tente d'expliquer à ses passagers les rudiments de la conduite, mais le bruit du moteur et des roues sautant sur la piste, rebondissant sur les cailloux, couvre tout. Deux heures plus tard, ils atteignent le sommet d'un petit col. Pete Ferrante arrête la voiture.

– Messieurs, la baie, comme vous ne l'avez jamais vue. Regardez là-bas, sur la gauche, c'est San Francisco. Ils parlent de construire un pont entre Oakland et la ville, et aussi pour franchir la Porte d'Or, mais à mon avis ce n'est pas pour demain. Vous voyez le trafic des ferries ? Nous allons prendre cette piste, qui part vers le sud, contourner la baie et récupérer la Route 1, qui longe l'océan. Vous allez voir, c'est splendide. Dans deux heures, trois au plus, nous serons en vue de Monterey.

Ils arrivent quatre heures plus tard, à cause de travaux sur la Pacific Coast Highway, la route qui s'étend le long de la côte de Californie, au sommet d'une montagne surplombant la baie de Monterey. La circulation est régulièrement arrêtée pour que manœuvrent camions et ouvriers. Quand ils ne sont pas pris dans les nuages de poussière, ils admirent, du haut des falaises, la vue sur le Pacifique avec ses larges rouleaux brisant sur les rochers, les cyprès tordus par le vent, les plages de sable noir ici, de galets gris plus loin. Vittorio connaît cette côte, pour l'avoir longée, mais c'est la première fois qu'il la découvre depuis la terre. La route la plus extrême d'Amérique. Devant lui, de l'autre côté, l'Asie. Derrière lui, tout le pays. Saint-Louis, La Nouvelle-Orléans, New York. Il a acheté, l'an dernier à San Francisco, une carte du pays qu'il a dépliée sur la table de la cuisine. Il a suivi, du doigt, son périple des côtes de Nouvelle-Angleterre jusqu'à la pointe de la Floride, le golfe du Mexique, La Nouvelle-Orléans, le Mississippi, Saint-Louis, le train jusqu'à son terminus. L'autre bout de la terre. Je devrais me procurer une carte du monde. Retracer le voyage en bateau, mettre une épingle sur Marettimo. Elle n'y figurera peut-être pas, mon île natale, où sont enterrées maman et les filles. Mais la Sicile oui, pour sûr. C'est loin d'ici, mais en deux mois, Ferrante a fait venir son oncle avec des filets. Deux mois, pas plus. Le *fontaniero* n'abandonnera pas sa vendetta contre le meurtrier de son fils. Ce n'est pas prudent de vivre entouré de Siciliens et d'Italiens. Nous sommes trop nombreux à Pittsburg. À Monterey, il y a des Portugais, venus chasser la baleine, des Chinois et des Japonais, des Serbes et des Croates, d'après ce que raconte Ferrante. C'est mieux. Je ne peux pas parler de Fontarossa à Claudia, encore moins à sa famille, mais s'il y a moyen de gagner sa vie ici, ce serait une bonne idée de s'y installer.

La piste serpente entre les pins, dans un maquis aux odeurs de Méditerranée. Ferrante s'arrête à Point Pinos, le sommet d'une colline qui surplombe la baie en forme de croissant de lune. Sans les longs rouleaux de l'océan et ses plages immenses, on se croirait dans une région italienne.

– Vous comprenez pourquoi je me sens bien ici ? demande-t-il. Vous voyez ces paysages ? Ces forêts de pins, ce soleil ? Les tomates et les aubergines poussent aussi bien qu'à Palerme. Et attendez de goûter la cuisine ! Il y a une auberge tenue par un Napolitain, on s'y croirait. Il a fait venir un four à pizza du pays, arrivé en caisse la semaine dernière. Il est en train de l'installer. Et dans cette baie, il n'y a pas que des sardines. Tous les poissons du Bon Dieu s'y sont donné rendez-vous. Et vous allez voir les baleines ! C'est la saison des grises, en ce moment. Parfois, elles remontent près du bateau et te regardent avec leurs gros yeux de vache. Un jour, vous me remercierez d'être venu vous chercher. Et dire qu'on vous paie ! Ce devrait être l'inverse !

– Quel est ce grand bâtiment qu'on voit là-bas, entouré du parc avec tous ces arbres ? demande Vitto.

– L'hôtel Del Monte. Vous n'en avez jamais entendu parler ? Le plus beau palace au sud de San Francisco. Il a été construit par un baron du rail, le patron de la Southern Pacific pour accueillir les milliardaires et les princes du monde entier. Et ça marche ! Ils ont des piscines intérieures chauffées, un terrain de polo et une salle à manger digne du roi d'Italie. Je peux vous emmener le visiter, si vous voulez, mais pas habillé comme vous l'êtes. Un de leurs clients a loué mon bateau pour pêcher dans la baie, l'an dernier, mais ce n'était pas assez chic pour lui. Ils ont acheté un canot à moteur. Les richards de Frisco y descendent pour le week-end. Ils parlent de construire un terrain de golf immense sur le plus beau coin au-dessus de l'océan, vers Pebble Beach.

La première chose qu'ils remarquent, en entrant dans Monterey, ce sont les pontons. Le premier, Fisherman's Wharf, le quai du pêcheur, le plus long et le plus ancien, date des premiers occupants de la région, les colons mexicains. D'autres s'alignent le long de la côte, certains en travaux. C'est sur ces assemblages de bois de cyprès que sont bâties les conserveries. Quatre sont terminées, deux en construction. Le village s'étale dans la plaine, entre oliviers, orangers et citronniers, selon le plan traditionnel de la rue principale coupée par les autres à angle droit. Une vingtaine de bateaux sont à l'ancre : des *feluccas*, copies des barques siciliennes, des cotres un peu plus longs, et deux navires à cabines fermées et moteur, sans mâts, récemment sortis des chantiers navals de San Francisco, le futur des embarcations de pêche. Pete Ferrante emprunte la piste de sable qui longe la baie, passe sans un regard devant le « campement chinois », assemblage de baraques brinquebalantes construites sur des rochers, entourées de claies de bois sur lesquelles sèchent des poulpes et des ormeaux. Il s'arrête devant le portail d'un grand bâtiment en cèdre portant en lettres blanches, sur son toit sombre, l'inscription Crescent Brand Sardines. Deux coups de klaxon, un adolescent ouvre les deux battants. Il se gare dans la cour pavée et leur demande de l'attendre. Il va voir si Booth est dans son bureau. Il revient cinq minutes plus tard.

– Il est à San Francisco pour trois jours. Venez, je vais vous montrer la chaîne, vous n'avez rien d'aussi moderne sur la Sacramento River. Ici, c'est le vingtième siècle.

En cette fin d'après-midi, un seul des trois tapis roulants est en action dans le hangar principal, bâti sur pilotis au-dessus de l'eau. Il fait monter du sous-sol des sardines en vrac, les entraîne sur des tables où des femmes en tabliers et coiffes de coton, assises de chaque côté, ont quelques secondes pour attraper les poissons, couper la tête et la queue de ceux qui sont trop longs et en disposer six, tête-bêche, dans les boîtes en fer-blanc. Le tapis emporte ensuite sa cargaison au premier étage où les boîtes sont serties à la machine puis placées pendant une heure et demie dans des fours à vapeur pour les stériliser.

– Vous voyez : une seule chaîne en action, six ouvrières. Elles devraient être quarante, c'est la pleine saison de la sardine. Mais je n'étais pas là hier soir, deux ou trois bateaux seulement sont sortis, résultat : pas assez de poisson. C'est votre chance, les gars. Booth devient dingue à cause du pognon qu'il a investi. J'ai déjà obtenu une augmentation du prix des sardines, j'attends un peu et j'en demande une autre. Si j'étais vous, je n'hésiterais pas. Le futur est ici, pas sur votre pauvre Sacramento River en train de crever. Vous avez vu la couleur de ses eaux ? Le Pacifique, y a que ça de vrai. Il y a du poisson jusqu'à la fin des temps. Plus on en pêche, plus il en vient. Mais c'est l'heure de dîner et on lève l'ancre vers neuf heures. Pas de lune ce soir, ça va être du gâteau.

Il les conduit à l'auberge dont il leur a parlé, mi-trattoria, mi-saloon.

– Je vous laisse, je passe à la maison, je reviens dans une heure et nous allons au port. Faites marquer ce que vous prenez sur le compte de la conserverie, mais seulement les plats, pas les boissons. Et restez raisonnables, vous ne voulez pas faire mauvaise impression, n'est-ce pas ?

Salvatore Nucci, vingt-deux ans, le cousin de Fabrizio, est déjà convaincu et tente de le dire dans un mélange d'italien et de dialecte napolitain que les deux autres comprennent mal :

– Vous avez vu ces collines ? On dirait le pays. Pittsburg, j'aime pas. J'aime la mer, pas les rivières. Vous avez vu cette baie ? Presque aussi belle que celle de Naples. Et chez vous, il y a de foutus mineurs anglais. Ils m'ont chassé d'un bar à coups de pied, l'autre jour, quand ils ont entendu mon accent.

– Ils sont gallois, pas anglais, le reprend Vitto.

– C'est la même chose, non ? Je ne sais pas où c'est, ton pays de Gallia. Et je m'en fiche. Si Ferrante dit qu'il y a du boulot pour les pêcheurs italiens, moi je reste ici. J'ai appris avec mon père. Les sardines, ça me connaît.

– Vous avez vu leur taille ? demande Gianni, né à Pittsburg il y a dix-sept ans, mais qui voit le Pacifique pour la première fois. Elles sont énormes.

– Ils appellent ça « pilchard ». Les sardines du Pacifique. Nous en avons pris d'encore plus grosses au filet, quand nous sommes montés en Alaska l'été dernier, dit Vittorio.

Leurs assiettes de pâtes terminées, ils sortent fumer sur le porche. Le soleil se couche sur l'océan. Le ciel, orange et rose, baigne la ville d'une lumière irréelle, réfractée par les milliards de gouttes d'eau en suspension dans l'air. Le faisceau du phare de Point Pinos se perd dans l'immensité de la baie. Les pêcheurs descendent vers le port, leurs lampes à pétrole dansent sur l'eau, une dizaine de bateaux se préparent pour une nouvelle nuit de pêche à la sardine. Pete Ferrante, qui habite tout près, arrive à pied, en tenue de travail, vêtements de grosse toile et bottes en caoutchouc.

– Prêts à embrasser la déesse Fortune, les garçons ? Et j'avais oublié de vous dire, il y a des sirènes, aussi, dans notre baie. Victor et toi, petit, avec moi. Salvatore, tu vas embarquer avec un de mes amis. On pêche ensemble. De toute façon, en cette saison les bancs sont toujours dans les mêmes coins.

Ils montent dans de petits canots et, à la rame, gagnent le bateau de Ferrante, une *felucca* à deux mâts et voiles trapèze, construite en bois de séquoia et de cyprès de Californie sur des plans emportés de Sicile par les premiers émigrants italiens de la région. Pete, Vittorio et Gianni, dont les yeux brillent d'excitation, rejoignent à bord deux pêcheurs siciliens qui les saluent à peine, attachent l'annexe à l'arrière, lèvent l'ancre et hissent les voiles. Une brise de terre chargée d'effluves de pin les gonfle, le barreur met le cap sur Pacific Grove, une montagne boisée qui tombe dans l'océan et dont ils devinent les contours, au sud de la baie.

– Dino, prends la barre ! crie le patron pêcheur. Maintiens ce cap. Petit, Gianni, viens avec Vitto, venez à l'avant. Je vais vous montrer comment on les repère, nos moissons d'argent.

Ils s'avancent à la proue. La *felucca* fend les vagues en douceur, navigue entre des forêts de kelp, ces algues géantes qui forment des forêts sous-marines.

– Attention, caillou à tribord, tu le vois ?

– *Si*, pas de problème.

– Sors-nous de ces algues, on ne voit rien. Tire à bâbord.

Le navire ralentit d'un coup, comme freiné par une main sous-marine. Deux laminaires se sont prises dans le gouvernail. L'autre pêcheur sort un long couteau de son fourreau, plonge les bras dans l'eau, sectionne les algues. Entre deux eaux, certaines presque en surface, les milliers de sardines brillent dans la nuit d'une lueur fluorescente, presque verte. Le banc s'étale sur au moins cent mètres, dans toutes les directions, semble doté d'une vie propre, comme un monstre marin aux dimensions inconnues. Pete dénoue la drisse de la voile avant, l'affale à toute vitesse.

– Dino, tu gardes ce cap, bien en ligne. Les autres, avec moi, au filet.

Il s'empare du *lampara*, le largue à grandes brassées, en commençant par les morceaux de granit percés qui servent de lest. En moins d'une minute, il est à l'eau. Trois cordages sont restés noués sur le bateau : les deux extrémités du filet, et celui permettant de fermer la nasse par-dessous. D'un bond, Pete saute dans le canot, demande à Vitto de lui passer l'un des cordages, sur lequel est attachée une bouée de liège peinte en rouge. Il l'arrime à ses pieds, s'empare des rames.

– Tenez ce cap, en douceur, ralentissez au maximum, jetez l'ancre s'il le faut. Regardez ce que je fais : j'encercle le banc.

Il se laisse dériver par l'arrière, rame de toutes ses forces en décrivant un cercle. Vingt minutes plus tard, il rejoint le bord, tend la bouée à Vittorio.

– Attache ça en vitesse. Maintenant, avec moi, on ferme la nasse.

Ils s'emparent du troisième cordage et les quatre hommes, tirant de toutes leurs forces, referment par en dessous le fond du filet, piégeant dans les mailles des milliers de sardines. Les voiles sont affalées, l'ancre jetée même si, dans une baie aussi profonde, elle a peu de chances de toucher le fond. Le plus dur reste à faire :

ramener le filet. Le cordage est passé dans une grosse poulie, à l'arrière, et les cinq pêcheurs unissent leurs forces pour, mètre après mètre, remonter leur prise. Il ne faut pas avoir les yeux plus gros que le ventre, faire attention à ne pas en attraper trop, leur explique Pete Ferrante alors qu'ils font une pause pour reprendre leur souffle.

— On a vu des *feluccas* plus petites que celle-là chavirer sous le poids d'un filet trop plein. Ou les gars être incapables de le soulever. Mais le nôtre a les bonnes dimensions. C'est pour ça que certaines nuits nous parvenons à le remplir deux fois, quand on ne s'éloigne pas trop. Allez, à trois !

La nasse gonflée de sardines apparaît à la surface. Un dernier effort et elle est suspendue au-dessus du pont. Les trappes de la cale ont été ouvertes. Ferrante libère le bout qui fermait le filet : une avalanche aux reflets d'argent s'effondre sur le pont. Ils s'emparent de pelles, de perches, d'épuisettes pour envoyer au bout du bateau les sardines tombées à côté de la trappe. En une prise, le fond de la felouque déborde presque. Ils marchent sur les poissons, les repoussent en riant à coups de pied, à pleines mains.

— Je disais vrai, ou pas ? demande Pete Ferrante une fois l'ancre relevée, les voiles hissées et le cap mis sur Monterey. Vous avez vu le temps qu'il nous a fallu pour remplir le bateau ? Dans moins d'une heure, nous sommes devant la conserverie. Vous allez voir le système inventé par Hovden, un Norvégien ingénieur en chef de Booth, pour débarquer la cargaison.

Ils arrivent avant minuit devant le ponton. L'un des hommes du bord s'empare d'une corne de brume à manivelle, la fait sonner pour prévenir le veilleur. Des lampadaires, à l'intérieur du bâtiment et sur son quai, s'allument. Ils s'amarrent à un ponton flottant relié à la conserverie par les câbles d'un téléphérique sur lequel sont suspendus d'énormes godets de métal. Un homme, sur le quai, agite une lampe-tempête. Le premier seau descend, arrive à leur portée. Ils l'attrapent.

— Donne du mou ! crie Ferrante.

Le godet plonge dans la cale, les deux pêcheurs le remplissent à la pelle. Un long coup de sirène retentit dans la nuit.

– L'appel de la sardine ! rigole Pete. Chaque conserverie a son code. Celui-là, celui de Booth, on l'entend souvent. C'est le signal pour les femmes : Sortez du lit, enfilez vos bottes et venez bosser, une cargaison est arrivée, les chaînes vont être mises en marche. Allez, on se magne, il est encore tôt. On vide, et on repart. Double paie pour tout le monde, cette nuit !

60

New York City

Avril 1910

La fumée a dérangé Ana dans son sommeil, le premier cri l'a réveillée. Le feu. Le cauchemar du Lower East Side, la hantise de ses habitants. Son tueur numéro un, avant la violence et la tuberculose. Pas un jour depuis qu'elles sont arrivées à New York, il y a huit mois, sans un début d'incendie dans le quartier, une famille décimée, un drame évité de justesse, une recommandation du contremaître ou de la logeuse pour le prévenir. Elle ouvre les yeux. Sa fille est blottie contre elle. Elle actionne l'interrupteur de l'unique lampe électrique de la pièce : rien.

– Giulia ! Réveille-toi. Il faut se lever. Il y a le feu.

– Maman, j'ai peur !

– Reste calme. Habille-toi. Fais vite.

Ana enfile sa robe de travail, allume la lampe à pétrole. Les cris redoublent. *Fire ! Fire !* L'odeur de bois brûlé monte vers elles, le ronflement des flammes, les hurlements des voisins. De l'autre côté du rideau, Virginia dort encore, malgré les pleurs de son fils de quatre ans. Ana la prend par les épaules, la secoue.

– Virginia ! Lève-toi ! Il y a le feu dans l'immeuble. Vite, les enfants !

Elle se souvient du conseil donné par une camarade de machine à coudre qui a échappé à la mort quelques mois plus tôt : s'envelopper de linges mouillés et calfeutrer le dessous des portes. Giulia est debout près du lit, en larmes. Ana prend la couverture, la pose sur le plancher, l'arrose avec l'eau contenue dans un broc de fer et en couvre sa fille.

389

– Maman, c'est froid !

– Giulia, maintenant, tu te tais et tu fais ce que je dis.

Elle approche de la porte de leur chambre, pose la main dessus. Elle est chaude. L'ouvre. Une colonne de fumée monte dans le couloir, elle aperçoit la lueur des flammes deux ou trois étages plus bas qui bondit vers elle, attirée par l'appel d'air. Elle referme d'un coup sec, le visage rougi par la chaleur. Elle arrache le drap du lit, en fait un bourrelet qu'elle cale sous la porte.

– Aux fenêtres, vite, les escaliers extérieurs !

Cinq ans plus tôt, après une hécatombe, le règlement municipal a exigé que les façades des immeubles soient équipées de balcons de fer reliés par des échelles pour donner une chance de survie aux habitants qui s'entassent dans les *tenement houses*. Virginia soulève le cadre de bois de la fenêtre à baïonnette, tente de calmer les hurlements de ses enfants.

– Giulia, va avec eux, j'en ai pour une minute, je dois prendre quelque chose dans la chambre.

– Non ! Maman, ne me laisse pas !

– Reste avec Virginia, j'arrive.

Ana attrape un foulard, l'attache derrière sa nuque pour se couvrir la bouche. La fumée s'insinue dans la pièce, lui pique les yeux, la fait tousser. Elle se jette à genoux près de son lit, cherche à tâtons une encoche dans le plancher disjoint. Elle frappe d'un coup sec, soulève une lame, glisse ses doigts dessous. Elle sort de sa cachette une boîte de fer dont elle extrait des billets qu'elle range dans la poche intérieure de sa robe. Elle rejoint Giulia, l'aide à passer sous la fenêtre. L'air frais leur fait du bien. Sous leurs pieds, les plateformes sont bondées de voisins en tenues de nuit, paniqués, qui se bousculent, se disputent pour être les premiers à descendre à l'étage en dessous. Soudain, les trois fenêtres du deuxième étage explosent. Des langues de flammes en sortent, dans un ronflement de dragon. Les hurlements redoublent. Ceux qui s'étaient réfugiés sur les balcons de fer du troisième se ruent vers les échelles pour monter et échapper à la chaleur. Un homme, comme un animal affolé, fait tomber un enfant et lui marche dessus, sans un regard. Un autre grimpe, aussi leste qu'un singe, par l'extérieur des structures, saute d'un bond sur celles du bâtiment voisin, court sur les toits. Ana serre la main de sa fille, regarde en dessous, voit la cohue et la violence, à droite, à gauche. Là, à leur niveau, sur la façade de l'immeuble voisin, une fenêtre s'ouvre. Un homme en pantalon et tricot de corps en sort.

– Par ici ! Vite ! Donnez-moi les petits.

Ana prend sous les bras le plus jeune fils de Virginia et le fait passer sur le balcon de fer. Elle enlève la couverture qui emmaillotait Giulia et soulève sa fille, la tend à l'homme qui a mis un foulard sur sa bouche, puis elle fait de même avec les deux autres enfants. Elle aide sa voisine de chambre à enjamber la rambarde, la franchit à son tour. L'inconnu les fait entrer dans l'appartement désert.

– Descendez en vitesse. Il y a un mur de briques entre nous et le feu, mais il ne va pas résister longtemps. Donnez-vous la main. Courez !

Elles se précipitent dans les escaliers, suivent une famille qui tente d'emporter de lourds bagages mais les abandonne sur un palier. En quelques minutes, elles sont dans la rue et courent vers le carrefour. Des hommes ont formé une chaîne et jettent sur le brasier des seaux d'eau dérisoires. Elles croisent deux charrettes à bras tirées par des pompiers, cloches au vent. L'immeuble est dévoré par les flammes qui montent jusqu'au dernier étage et menacent les bâtiments voisins. Elles voient une femme, vêtements et cheveux en feu, se jeter dans le vide et s'écraser sur le pavé dans un bruit atroce. Ana met la main devant les yeux de sa fille.

– Par ici ! Venez par là ! lance aux évacués de l'immeuble un curé en soutane. J'ai ouvert l'église de la Sainte-Trinité, mettez-vous à l'abri. On va vous donner des couvertures, du café et du pain.

Elles se dirigent au pas de course vers le portail de bois sculpté, montent les marches de granit, s'effondrent sur les bancs. Des paroissiennes apportent des pots de café clair, des miches de pain, un panier de bagels. D'autres arrivent avec des vêtements pour ceux qui ont fui en tenues de nuit. Ana récupère un chandail de laine trop grand, l'enfile à Giulia. Le prêtre annonce que des dortoirs vont être installés dans la salle communautaire du

220 Broome Street et que ceux qui n'ont pas de toit pour la nuit doivent s'inscrire auprès de Mme Parker. De toute façon, personne ne restera dans la rue ce soir.

Giulia s'est endormie sur un banc, la tête sur un châle. Ana demande à Virginia de garder l'œil sur elle, prend sa place dans la file d'attente pour les toilettes. Une fois à l'intérieur, elle sort les billets et les pièces de sa poche. Quinze, seize, dix-sept dollars cinquante. Avec ce que me doit Virginia, ça fait presque vingt. C'est décidé, je vais à la gare cet après-midi. Elle a plusieurs fois, à l'atelier, cherché à savoir si quelqu'un connaissait le prix du billet de train pour la Californie, et n'a jamais eu deux fois la même réponse. Pennsylvania Station. C'est de là que partent les trains pour l'Ouest. Voilà dix jours que j'ai fini de rembourser ma dette à cette ordure de Tutti. Il a encore tenté de me mettre la main aux fesses la dernière fois qu'il est venu à l'atelier, mais a confirmé que j'étais libre de partir. Il m'a donné un papier plein de tampons officiels, avec lequel je vais pouvoir demander la nationalité américaine, pour moi et Giulia. Vingt dollars, ce n'est sans doute pas assez. Elle porte sa main à son cou, touche la médaille en or de la Vierge, le seul souvenir de sa mère. S'il le faut, je la vendrai. L'atelier a brûlé, l'immeuble a brûlé. Plus de travail, plus de maison. Il est temps de quitter cette ville, de partir pour San Francisco, de retrouver Vittorio. Sainte mère, faites qu'il y soit toujours, qu'il travaille sur le port, qu'il ne se soit pas marié avec une autre. Faites qu'il m'ait attendue, qu'il pense encore à moi, comme je pense à lui chaque minute de chaque jour. Qu'il soit heureux de voir Giulia.

Trois heures plus tard, elle est au guichet de l'Union Pacific.

— Quel est le prix de deux billets pour San Francisco, s'il vous plaît ? Je voyage avec ma fille, elle n'a pas sept ans.

— Deuxième classe ?

— La moins chère.

— Trente et un dollars, *miss*.

— Je reviendrai avec l'argent, je ne l'ai pas sur moi.

Sur la 33ᵉ Rue, elle entre chez un bijoutier, qui lui donne quinze dollars pour la médaille et sa chaîne. Deux jours plus tard, avec pour tout bagage un sac taillé dans un morceau de tapis, Ana et

Giulia montent dans un wagon, prennent place sur les banquettes de bois, entre une famille d'émigrants allemands et des soldats rentrant de permission. Trois jours et deux nuits, terminus San Francisco.

61

Monterey (Californie)

Mai 1910

En attendant de vendre la maison de Pittsburg, Vittorio et Claudia louent trois pièces au deuxième étage d'une bâtisse neuve, à deux rues du port. Elle appartient à Howard Johnston, chef mécanicien chez Crescent Sardines. Pete Ferrante a tenu parole : leur installation à Monterey n'a pris que trois jours. Un camion bâché de la conserverie a transporté leurs meubles. La prime de cinquante dollars a été versée en liquide, plus vingt d'avance, accordés en un clin d'œil. Mme Johnston, qui allaite son deuxième enfant, a proposé de garder Caterina quand Claudia, comme toutes les femmes de pêcheurs de la baie, répondrait à l'appel de la sirène.

– Tu vas voir, ma belle, les premiers jours à la chaîne ne sont pas faciles, il faut prendre le coup de main, mais tu t'y feras vite. Les filles te montreront, surtout toi qui es italienne. J'y ai travaillé trois ans, avant la naissance du petit, c'était mon premier travail et j'en garde un bon souvenir. On bosse dur, il fait froid et ça ne sent pas la rose, mais on rigole ! Rien ne dit que je n'y retournerai pas, d'ailleurs, dans quelque temps. En attendant, tu me descends la petite quand la sirène Crescent résonne, à n'importe quelle heure. De toute façon, je serai réveillée : Howard est chargé des chaînes et des machines à vapeur de M. Booth. Il sautera dans ses bottes en même temps que toi.

Vittorio va d'abord embarquer avec Pete Ferrante, pour compléter son équipage de sardinier, avant, si tout se passe comme prévu, d'investir dans l'achat d'un bateau. Il a revendu – trois cents dollars, payables sur un an – à Fabrizio et Tommy ses parts dans la

Santa Caterina, mais qui ont eu une exigence : qu'il les accompagne à la pêche estivale au saumon en Alaska. Ils ont maintenant leurs habitudes dans la baie de Bristol et la ruée vers l'or rose du mois de juillet est trop rentable pour la négliger.

– Victor, on compte sur toi, départ début juin, comme l'an dernier, a dit Tommy. On a trouvé un gamin de Catane tout juste descendu du train pour te remplacer au quotidien, mais on ne va pas en Alaska sans toi. Tu as les cartes et tu connais les coins. Je ne serais pas foutu de reconnaître l'embouchure de notre rivière, là-haut.

Vittorio avait pensé dans un premier temps leur racheter le navire, qui porte le nom de sa mère et de sa fille, et l'ancrer dans le port de Monterey, mais sa transformation en sardinier aurait coûté trop cher. Dans un an, j'aurai assez d'argent pour acheter la moitié des parts d'un bateau. Ensuite, nous trouverons ou ferons construire une maison près de Cannery Row, la rue des conserveries. Et dans deux ans, Caterina aura un petit frère. Cette baie en croissant de lune sur le Pacifique, ce port de pêche où les Siciliens se mêlent aux Japonais, aux Croates et aux Portugais, ces collines qui rappellent la Sicile, c'est le bout de ma route… L'autre extrémité de l'Amérique, aussi loin que possible de Trapani. Fini de fuir. Le *fontaniero* est peut-être le maître de l'eau dans les montagnes du vieux pays, mais ici il n'est rien. Leurs Cosa Nostra, Mano Nera, ces sociétés secrètes qu'ils ont fondées pour sucer le sang du peuple de Sicile n'ont rien à faire ici. Mais il faut que je reste sur mes gardes, ne raconte rien de mon passé, ne pense plus jamais à Ana, et peu à peu tout s'effacera. Quand j'ai vu la baie pour la première fois, entre les pins au détour d'un virage, j'ai su que j'étais chez moi. C'est ici que nous allions vivre. Claudia a été embauchée à la conserverie le lendemain de notre arrivée. Ils manquent de main-d'œuvre maintenant que les filets siciliens approvisionnent les chaînes en sardines. Elle n'est pas très bien payée, mais ça aidera pour le loyer et c'est régulier, pas comme la pêche. Quand j'aurai gagné de quoi racheter un bateau, et si elle est enceinte de notre fils, elle pourra toujours arrêter, s'occuper de la maison et des enfants.

Il fait doux, ce soir de mai. À la tombée du jour, Garlic Hill, la colline de l'ail comme ils appellent ce quartier où vivent les Italiens, s'anime. Les hommes enfilent leurs vêtements de pêche, les femmes prennent les enfants dans les bras ou leur donnent la main et ils descendent à pas lents vers le port et ses pontons. On s'apostrophe en sicilien, se lance des défis, demande des nouvelles de la famille, présente le dernier débarqué, un neveu de quatorze ans arrivé au Nouveau Monde avant que le reste de la famille ne quitte Isola delle Femmine et vienne le rejoindre à Monterey, la colline des rois, ainsi que la nommèrent les premiers conquistadores espagnols, qui y bâtirent une mission. Tous attendent que l'obscurité tombe sur la baie pour que la lueur pâle des étoiles révèle, entre deux eaux, les reflets verts et argent des bancs de sardines. C'est l'heure où la baie résonne du cliquetis des chaînes d'ancre, où se lèvent les voiles en trapèze des *feluccas*, où des dizaines de mains tirent sur les écoutes, où les filets sont roulés à l'arrière avant d'être jetés, où les femmes se posent sur les bancs de bois et regardent les hommes prendre la mer, avant de rentrer coucher les enfants. Elles savent qu'avant l'aube l'appel des sirènes les réveillera et qu'il faudra rejoindre la conserverie pour, pendant des heures, ranger tête-bêche, dans les boîtes de fer-blanc, le fruit du travail des frères, des oncles et des maris. Quand elles reviennent à la maison, pieds mouillés, mains rougies, ils ronflent dans la chambre. Ils s'éveillent en fin d'après-midi, s'installent sous le porche, ouvrent une bouteille de bière, posent la main sur la tête des enfants et les yeux sur l'immensité du Pacifique, cette baie miraculeuse où passent les baleines.

— J'ai eu Fabrizio hier au téléphone, depuis le café à Pittsburg, dit Vittorio à Claudia. La date est arrêtée : ils descendent ici à la fin du mois et nous partons pour l'Alaska début juin, comme l'an dernier. Ils s'occupent de tout, approvisionnent le bateau, je n'aurai qu'à monter à bord avec mes cartes.

— Retour fin août, comme l'an dernier ?

— Oui. Et comme l'an prochain, sans doute. La sardine, c'est bien, j'ai gagné près de cent dollars depuis que nous sommes arrivés, mais rien ne vaut l'or rose des saumons. Tu vas être veuve pendant trois mois tous les étés, ma chérie.

— Tu crois que je ne l'ai pas compris ?

— Ça va aller ? Tu te sens bien, ici ?

– Bien sûr, ne t'inquiète pas. Ma sœur Roberta va venir s'installer à la maison, je lui ai trouvé du travail à la conserverie. Elle a besoin de quitter Pittsburg. Mon père veut la marier à un garçon qu'elle n'aime pas.

– Qui est-ce ?

– Je ne me souviens plus de son nom. Je ne crois pas que tu le connaisses, il travaille dans l'épicerie des Rogers, d'après ce que dit ma mère. Elle m'a demandé de prendre Roberta avec nous le temps de faire oublier à mon père cette idée idiote. Je ne serai donc pas seule à la maison, à me ronger les sangs en redoutant les tempêtes et les brigands canadiens.

– Ces histoires de voleurs, c'est de l'histoire ancienne. La police montée s'est installée dans la région, l'an dernier nous n'en avons pas entendu parler. Le problème est plutôt qu'il y a de plus en plus de monde là-haut. Ils ferment les rivières, construisent des barrages, il va peut-être falloir que nous changions de coin, que nous allions plus au nord. C'est bien que ta sœur vienne à Monterey. Caterina adore sa tante. Cet été, commence à demander aux voisins, aux filles de la conserverie, s'ils connaissent une maison à vendre. Ou même un terrain. Avec l'argent des saumons, nous aurons sans doute de quoi faire les premiers versements. Nous emprunterons le reste à la Bank of Italy.

– Mais tu ne parlais pas de prendre d'abord des parts dans un bateau ?

– J'attendrai l'an prochain. Je n'en peux plus d'habiter dans ces trois pièces à l'étage, de Johnston qui ronfle comme une locomotive, de leurs odeurs de cuisine. Je veux que nous ayons notre maison.

La sirène de la conserverie Booth lâche ses trois coups.

– Ils nous ont prévenues ce matin, il faut refaire certaines caisses de boîtes, il y en a pour une heure ou deux. J'y vais.

– La petite dort, je t'accompagne.

Claudia enfile sa blouse de travail sur sa robe, chausse ses bottes. Ils sortent par l'escalier extérieur, demandent à Mme Johnston de tendre l'oreille et de monter rassurer Caterina si elle se réveille. Les rues de terre battue descendent en pente douce vers le port. Arrivés devant le ponton des pêcheurs, ils tournent à gauche dans Cannery

Row. Un mélange de cabanes brinquebalantes datant des premiers habitants de la baie, colons mexicains et ramasseurs de coquillages chinois, d'entrepôts menaçant ruine, de pontons avançant sur les rochers frappés par l'océan et de grandes bâtisses neuves aux enseignes en forme de poissons colorés. Elle est encombrée d'automobiles, de camions de livraison, de charrettes à bras et à chevaux sur lesquelles des hommes en chemises et casquettes empilent des caisses de boîtes de poisson. Le sifflet strident d'une locomotive à vapeur se confond avec les sirènes des conserveries. L'air, chargé d'une fine brume de mer soulevée par les rouleaux du Pacifique, a des relents d'algues, de graisse à engrenages, de sardines cuites et de poisson avarié. Une puanteur qui prend à la gorge les nouveaux venus mais à laquelle les habitants, qui vivent grâce au port et à ses richesses, sont habitués. Les conserveries, construites sur la berge rocheuse et sur pilotis au-dessus des flots, se succèdent. Atlantic Coast Fisheries, Del Mar Canning, Aeneas Sardine Products. Des charpentiers ajustent les poutres d'une nouvelle usine bâtie, selon la rumeur, pour des propriétaires japonais. Une autre est en projet un peu plus loin, les poteaux du quai de débarquement ont été plantés. Tant mieux, se dit Vittorio. Plus il y a d'acheteurs, plus le prix du poisson augmente. Ferrante parle de collecter de l'argent dans la communauté sicilienne, et même jusqu'au pays, pour monter la première conserverie sicilienne de Californie. Bonne idée, mais entre le bateau et la maison, nous n'aurons pas un sou à mettre là-dedans. Ils passent sous une passerelle qui enjambe la rue et relie le bâtiment d'une conserverie à ses hangars de stockage, ouverts sur les rails de la voie ferrée qui monte vers le nord et conduit les wagons de boîtes de sardines vers San Francisco. Un peintre assis sur une balançoire, les jambes dans le vide, termine d'y inscrire en lettres d'un mètre de haut MONTEREY CANNING CO. Un nouveau venu dans la ville, famille enrichie pendant la ruée vers l'or de 1849, à ce qu'on raconte dans les saloons de la baie. Il ne reste dans la rue qu'un espace ouvert sur l'océan, petite anse entre les rochers d'où partaient, au siècle dernier, les barques des Portugais chasseurs de baleines et où ils dépeçaient leurs proies quand ils avaient eu de la chance. Un artiste local leur a rendu hommage en scellant dans la pierre, avec du ciment, l'un de leurs harpons. Les grands mammifères ne sont plus assez nombreux dans la baie pour être chassés depuis la terre : la flotte baleinière de Californie est basée à San Francisco et ses navires traquent les cétacés dans les eaux de l'Arctique et de l'Alaska. Vitto, Tommy et Fabrizio croisent leurs deux-mâts en été, le long des côtes du Canada.

Un nuage de vapeur empestant le poisson cuit monte au-dessus des toits, redescend dans la rue, enveloppe Vittorio et Claudia. L'odeur de Monterey, l'odeur de l'argent, disent ses habitants. Une puanteur insupportable, se plaignent ceux, plus riches, de Pacific Grove. Parmi eux, en guerre permanente contre ces effluves rabattus par le vent, le patron de l'hôtel Del Monte, qui tente à chaque conseil municipal de faire adopter des arrêtés limitant les lâchers de vapeur, sans succès.

– Pour Noël, je t'invite à déjeuner ou même dîner dans la grande salle à manger du Del Monte, dit Vitto. Je mettrai vingt dollars de côté cet été. Ferrante y est allé avec sa femme, il paraît que c'est extraordinaire.

– Vingt dollars ? Un dîner ? Je fais les courses pendant un mois avec ça. Hors de question.

– Claudia chérie, si l'Alaska rapporte autant que l'an dernier, nous pourrons le payer. Et si ça me fait plaisir, à moi, d'inviter ma femme dans le plus bel hôtel de la région ?

– Si tu veux vraiment jeter autant d'argent par la fenêtre, emmène-moi plutôt à San Francisco. Je n'y suis allée que deux fois, avec mes parents, et j'étais trop jeune.

– D'accord. Avant Noël, une soirée dans la grande ville.

Ils arrivent au portail de la conserverie Booth, saluent le gardien, un Napolitain qui les reconnaît. Les femmes s'assemblent devant l'entrée. Robes de toile, tabliers tachés, coiffes de coton. Elles parlent et rient dans un mélange d'italien, de sicilien, de serbe, de portugais, d'anglais avec celles qui ne sont pas de leur communauté. Claudia présente son mari à celles qui ne le connaissent pas. La plupart sont femmes de pêcheurs, croisées dans leur quartier, sur les quais ou les pontons. Quand le portail s'ouvre, Vitto aperçoit Howard Johnston. Il actionne des leviers, tourne des manivelles pour mettre la chaîne en marche, surveille sur des manomètres la pression de la vapeur.

– Hello, Victor, tu accompagnes madame ?

– D'habitude, je dors quand elle vient bosser. J'avais envie de voir comment tout cela fonctionne. Dis-moi, tu pourrais me montrer où arrivent nos sardines ?

Par un escalier de bois à peine plus large qu'une échelle, ils descendent un étage pour atteindre une plateforme sur pilotis, ouverte sur l'océan. Au centre, la grande roue d'un système de téléphérique dont les câbles, qui portent trois godets de métal de deux mètres sur un, plongent, trente mètres plus bas, vers une plateforme de bois flottant dans le port, arrimée sur le fond rocheux.

– Tu vois, c'est simple mais efficace : vous chargez les bennes dans le bateau, on actionne ce levier et huit cents livres de sardines arrivent ici en dix secondes. Encore une invention d'Hovden. Ce type est un génie de la mécanique. Il n'y a pas plus d'un an, les bateaux accostaient là-dessous et tout se faisait à la main, avec des seaux. La rumeur veut qu'il ne s'entende plus très bien avec le patron. Si jamais il le quitte pour monter sa conserverie, c'est la catastrophe pour Booth. Mais si c'est le cas, je le suis. C'est la garantie d'avoir les meilleurs équipements. Viens, je vais te montrer les nouvelles chaudières. Arrivées le mois dernier de Chicago, des merveilles…

Ils retournent dans la pièce principale, où le tapis roulant fonctionne en marche arrière. Les ouvrières doivent récupérer des boîtes de sardines conditionnées et les ranger dans des caisses de bois posées à leurs pieds. Une tâche plus simple et moins prenante que de les remplir de poissons et qui leur permet de bavarder.

– Dis donc, il est joli garçon, ton Victor, Claudia. Ne le laisse pas trop traîner, j'en ferais bien mon quatre-heures, lance en riant une brune à la carrure de forgeron, aux mains couturées de cicatrices.

– Tu vois ce couteau ? lui réplique Claudia en faisant un clin d'œil à son mari.

– Je vais vérifier le nombre de caisses que nous avons à refaire et je te retrouve chez Ben pour boire une bière, ça te dit ? demande Howard.

– Non, une autre fois. La petite est seule à la maison. Je vais rentrer. Il faut que je dorme une heure ou deux. C'est la meilleure nuit de la semaine ce soir, pas de lune. Il faut bien que quelqu'un aille les pêcher, vos sardines. *Ciao* et merci, Howard.

62

San Francisco (Californie)

Juin 1910

La pension de famille tenue par un couple français, quatre chambres au premier étage d'une maison de briques et bois, ne paie pas de mine mais ne coûte que trois dollars la semaine, à deux rues du port de San Francisco. Ana et Giulia y pénètrent en fin d'après-midi, après avoir erré sur les quais sans trouver un pêcheur italien.

– Le dîner et le petit-déjeuner sont compris, mais pour le déjeuner il faudra vous débrouiller, je ne passe pas ma journée en cuisine, leur dit la patronne, Françoise Gomard, chignon blond, sourire édenté et tablier noir. Les serviettes sont dans la chambre, le cabinet de toilette au bout du couloir. Quel âge as-tu, ma jolie ? Sept ans ! Si vous souhaitez l'inscrire à l'école du quartier, la directrice est une amie.

– Pourquoi pas, merci. Je ne sais pas encore si nous allons rester. Nous cherchons quelqu'un.

– Il devait vous attendre à la gare mais il n'y avait personne. Si vous saviez combien de fois j'ai entendu cette histoire. La Californie, l'or dans les rivières et la fortune facile, San Francisco la merveilleuse... Ça les rend fous, les hommes.

– Non, ce n'est pas ça. Il ne devait pas nous attendre. Il ne sait pas que nous sommes là, il n'a jamais vu sa fille. C'est une longue histoire. D'ailleurs je ne suis pas sûre qu'il soit ici. Il est pêcheur, sicilien. Je sais qu'il est passé par San Francisco, mais maintenant, il faut que je le retrouve. Il est peut-être parti ailleurs.

– Je vois. Vous avez de quoi payer ?

Ana vide sa poche sur la table de la salle à manger. Un peu plus de trois dollars.

– Bon. Pour vous, ce sera deux dollars la semaine, si vous m'aidez à laver les tasses et les assiettes après le petit-déjeuner. D'accord ?

– Bien sûr. Merci.

– S'il est pêcheur, il faudra aller voir sur Embarcadero, le quai trente-cinq. Ils étaient là, juste au bout de cette rue avant le tremblement de terre, mais avec la reconstruction ils ont déménagé vers l'est, je ne sais pas pourquoi. Sans doute pour se rapprocher du grand marché.

Le lendemain matin, Ana se lève à l'aube, borde sa fille endormie dans un lit d'enfant que la logeuse a apporté. C'est la première fois depuis l'Italie qu'elle ne dort pas avec moi, se dit-elle. Elle a pleuré hier soir. Mon Dieu, ce que je fais subir à cet enfant. Elle est passée de princesse en son royaume, avec robes de soie et jouets anglais, à émigrante misérable entassée à fond de cale, dans les odeurs de vomi et de charbon. Et maintenant ici, dans une ville étrange à l'autre bout de ce pays immense, où je ne connais personne et où je ne peux pas la rassurer, lui promettre que nous allons retrouver son père. Il faut qu'elle aille à l'école. Elle a appris l'anglais en quelques mois, c'est étonnant, mais il faut à présent qu'elle l'écrive. Comment faire ? *Santa Madonna*, faites que Vittorio soit ici, sur un quai de San Francisco, qu'il me reconnaisse, me sourie et m'ouvre les bras.

Elle descend sur la pointe des pieds. Françoise prépare le café dans la cuisine.

– Je vais sur les quais. Au pays, c'est à cette heure qu'ils partent pêcher. Giulia dort encore.

La rue, qui dévale la colline en direction du port, est si pentue que par endroits des escaliers de bois ont été construits sur les trottoirs. Des ouvriers pavent la voie, éventrée lors du tremblement de terre il y a quatre ans. D'autres achèvent de tirer, sur des poteaux de cyprès, des lignes électriques. Les maisons alignées, reconstruites après le séisme, sentent le cèdre fraîchement coupé, la peinture et le goudron. Une bicoque à demi effondrée, dernier vestige de la catastrophe, est en cours de démontage. Les charpentiers scient certaines poutres, en mettent d'autres de côté, entassent les planches qui pourront être réutilisées, brûlent les autres. Une charrette tirée par quatre bœufs leur apporte des matériaux. L'un des ouvriers indique à Ana l'itinéraire pour gagner Embarcadero, le boulevard qui longe le port sur lequel courent les rails et les câbles du tramway. Elle passe devant le mur d'enceinte du fort Mason, base de la Marine sur laquelle flotte la bannière étoilée. Le quai trente-quatre disparaît sous les caisses et les ballots de marchandises débarqués de navires à vapeur amarrés sur plusieurs rangs. Elle devine le suivant avant de le voir : odeur de marée et de cordages mouillés. Quelques bateaux à cabines et moteurs, des barques à voile, conçues pour ne naviguer que dans la baie. Des pêcheurs rentrent d'une nuit de pêche et posent les caisses de poissons brillants sur les planches des pontons ; d'autres partent au petit jour, vers Alcatraz et la Porte d'Or. Ils plient les filets, lèvent le nez pour saisir la direction du vent, larguent les voiles.

– Vittorio Bevilacqua ? C'est sicilien ça, non ? Connais pas, dit l'un d'eux. Il y avait un Bevilacqua avec nous à Gênes dans le bateau, mais il était de Naples et devait aller à Boston, ou Philadelphie. Demandez au grand, là-bas, c'est l'un des plus anciens. Il en a vu passer, des gars du pays.

Ana arpente les quais du port de pêche, interroge les hommes bruns. Les Portugais lui sourient et répondent en anglais. Un Albanais lui indique par gestes qu'il ne comprend pas, un autre, sourd peut-être, lui fait signe de s'adresser plus loin. Un équipage de Siciliens, venus ensemble de Messine il y a moins d'un an, lui fait croire en se poussant du coude qu'ils connaissent un Vitto Bevilacqua, mais exigent qu'elle parte pêcher avec eux pour lui dire où il habite. Les poissonniers et grossistes, installés sous la halle, n'en savent pas plus.

– Vous trouverez des Italiens à Pittsburg, sur la Sacramento River, et maintenant à Monterey, pour la sardine, dit un gros homme chauve en tablier de cuir, couteau à la main, drapeau vert-blanc-rouge cloué à la paroi de son stand.

405

Quand les caisses pleines sont empilées dans le marché et la dernière barque partie, Ana retourne en longeant la berge vers le Marina District, passe devant une bâtisse en brique rouge et pierre blanche surmontée d'une immense enseigne Bernardelli, enveloppée d'une délicieuse odeur de chocolat. Des clients portant des boîtes de carton blanc poussent une double porte sur laquelle elle remarque une affichette, en anglais et italien, proposant un emploi de vendeuse.

– Bernardelli, c'est votre compatriote le plus fameux de la ville, dit Françoise. Il est arrivé avec ceux de 49, les hordes de chercheurs d'or venus du monde entier, et il a vite compris qu'en redevenant chocolatier il gagnerait plus d'argent qu'en se cassant le dos dans la sierra. Nous sommes ici depuis neuf ans et avons vu la deuxième génération prendre les commandes et transformer le café et l'atelier du père en empire du chocolat. Même le tremblement de terre ne les a pas affectés, ils ont profité de la reconstruction pour bâtir la manufacture que vous avez vue. Ils cherchent une vendeuse parlant italien ? Vous devriez vous présenter. Jolie comme vous êtes, vous attirerez la clientèle. Dieu sait combien de temps il faudra pour mettre la main sur votre pêcheur de mari.

– Pourquoi pas ? Dans quelques jours, peut-être. Je veux retourner sur le port demain. Avec un peu de chance, je tomberai sur quelqu'un qui connaît Vittorio.

Une semaine plus tard, elle enfile un tablier et pose sur sa queue-de-cheval la coiffe blanche des employés du chocolatier. La paie est bonne, huit dollars par semaine. Le magasin ferme le dimanche, offre une plaque de chocolat noir à ses vendeurs un samedi sur deux. Françoise, qui ne peut avoir d'enfant, traite Giulia comme sa fille. Elle l'a fait inscrire à l'école du quartier, ne laisse à personne le soin de préparer sa *lunch box*, petit panier d'osier dans lequel elle glisse son déjeuner et une madeleine sortie du four, que la fillette dévore en chemin. Ana se lève avec le jour, passe tous les matins une heure sur les quais. Les pêcheurs la reconnaissent, certains viennent lui parler, lui disent avoir posé

SAN FRANCISCO (CALIFORNIE)

en vain la question à la famille et aux amis, d'autres lui conseillent d'oublier ce mari fantôme, proposent de le remplacer, à l'essai.

– Mais à quoi ressemble-t-il, au juste, ce Bevilacqua ? demande le poissonnier chauve du marché. Vous n'avez pas une photographie, un portrait, quelque chose ?

– Il est grand, fort, brun aux cheveux courts, les yeux clairs, entre bleu et gris, et le plus beau des sourires.

– C'est tout moi, ça. Ma belle, des gars bruns, il n'y a que ça ici, à part quelques Allemands et des Norvégiens.

– Il a aussi une petite tâche au coin de l'œil gauche.

– Une tâche ou un tatouage ? Le dessin d'une larme ?

– Non, pas un tatouage. Une tache de naissance, il l'a toujours eue.

– Bon. Heureusement. Parce que la larme au coin de l'œil, c'est la marque des bagnards, et là, que la Madone vous protège. Vous savez dessiner ?

– Un peu.

– Revenez me voir avec son portrait, j'interrogerai les pêcheurs, ils viennent de toute la région m'apporter leurs prises. Avec un peu de chance...

Le lendemain, Ana achète chez un marchand de couleurs quatre feuilles de papier à dessin et deux crayons. Sur la table de la salle à manger, pendant que Giulia aide Françoise à essuyer et ranger la vaisselle, elle esquisse à petits traits un portrait de l'homme qu'elle aime. Elle jette le premier, trop grossier, déchire le deuxième, il louche, s'applique pour le troisième mais n'est pas satisfaite. Dix jours plus tard, après avoir racheté des feuilles, elle parvient à un résultat convaincant. Merci, ma tante, pour les leçons de dessin de M. Signorelli. Elle écrit sous le portrait, en lettres capitales, VITTORIO BEVILACQUA – MARETTIMO – SICILIA et l'apporte, triomphante, à Simone Testa, le poissonnier chauve du marché.

– Je le garde dans mon tiroir et le montre aux Italiens qui passent. Plus la peine de venir tous les matins, ma belle. Tu as interrogé tout le monde deux fois. Reviens dans une semaine.

Sept jours plus tard, il lui fait non de la tête en la voyant entrer dans le marché.

— Rien, désolé. Je te fais grâce des plaisanteries de ces messieurs. Je l'ai montré à ma femme, elle te félicite pour ton bon goût, joli garçon, a-t-elle dit. Reviens dans quelques jours. Ne perds pas espoir, s'il est dans la région, quelqu'un finira par le reconnaître.

Ana commence un nouveau portrait, affine son trait, dessine des séries d'yeux, des bouches, des sourcils, des mentons. À côté d'elle, sur la grande table de chêne, Giulia trace à la lueur de la lampe à pétrole des *A*, des *B* et des *C* entre les lignes d'un cahier d'exercices que Françoise lui a offert.

— Maman, tu crois que ça va marcher ? Que quelqu'un va le trouver, mon papa ? Je voudrais tant le rencontrer…

— Je ne sais pas, ma chérie. Tu es assez grande pour que je te dise maintenant la vérité. Tu as sept ans. Je l'espère de toutes mes forces, mais je ne peux pas te le promettre. L'Amérique est un grand pays.

— Pourquoi ne vient-il pas nous chercher ?

— Je te l'ai dit. Il a dû fuir la Sicile avant ta naissance, sans savoir que tu allais naître, parce que des hommes méchants voulaient lui faire du mal. S'il était resté, il serait mort. Et il ne pouvait pas me dire où il allait, parce que ces hommes qui le cherchent l'auraient appris.

— Et qui sont-ils, ces méchants ?

— Je t'expliquerai quand tu seras plus grande.

— Mais tu viens de dire que je suis grande.

— Oui, mais pas encore assez pour certaines choses. Sois patiente. Un jour, tu comprendras. Applique-toi. Tiens, regarde, je te montre comment faire le *G*, tu vas apprendre à écrire ton prénom.

Les jours, les semaines passent. Ana aime son travail à la chocolaterie, remarque que le plus jeune des fils Bernardelli lui fait les yeux doux, multiplie les occasions de lui donner des conseils, lui poser des questions. Il lui fait visiter l'usine, lui montre les sacs de fèves de cacao débarquées de navires en provenance d'Amérique centrale, de pays dont elle n'avait jamais entendu le nom. Il la complimente sur sa tenue, la qualité de son anglais, son sens de l'accueil dans la boutique. Le jour où, dans la réserve, il tente de lui prendre la main, elle la retire, le regarde droit dans les yeux et lui dit qu'elle est venue en Californie retrouver l'homme de sa vie, le père de sa fille, et que s'il continue à lui faire la cour, elle devra quitter cet emploi qu'elle apprécie et dont elle a besoin.

– Excusez-moi, *signorina* Ana, je ne pouvais pas savoir. Votre mari est un heureux homme.

– Nous ne sommes pas mariés. Pas encore. Il est venu avant moi en Amérique et j'ai perdu sa trace. Mais je finirai par le retrouver et nous nous marierons.

– Je l'espère pour vous, mais si vous saviez combien de fois j'ai entendu cette histoire. Votre mari a peut-être trouvé de l'or dans les montagnes, ou s'est enfui au Pérou. Je m'appelle Bernardelli. Savez-vous ce que cela signifie dans cette ville ?

– Je comprends, et je suis flattée. Mais si vous voulez bien, je vais retrouver mon mari.

– Reparlons-en dans quelque temps…

Quelques jours plus tard, le sourire de Simone Testa accueille Ana à son entrée dans la halle aux poissons. Il lui fait signe d'approcher, sort le portrait de son tiroir, le brandit devant lui comme un étendard.

– Je sais où il est. Un gars l'a reconnu. Enfin, il a reconnu la marque sous l'œil. Il s'appelle Victor, maintenant, mais ses amis l'appellent toujours Vitto. Victor Water, c'est son nom d'Américain, il a dû faire ça à New York, en arrivant. Il habite Monterey, le port de pêche à la sardine, pas loin d'ici. On peut dire que tu as de la chance.

Ana l'écoute, bouche ouverte, larmes aux yeux. Elle joint ses mains pour calmer leur tremblement, les pose sur sa poitrine.

– Il en est certain ?

– Tu en connais beaucoup, toi, des Vitto avec une tache au coin de l'œil gauche, comme une larme, pêcheur qui parle anglais avec l'accent de Palerme ? Bien sûr, c'est lui. Un autre gars, un charpentier de marine de Benicia, dans la baie, m'a dit qu'il lui avait construit un bateau de pêche, il y a trois ou quatre ans. Il vivait à

Pittsburg, sur le fleuve Sacramento, à l'époque. Mais le pêcheur est formel, il s'est installé à Monterey, comme tant d'autres, pour les moissons d'argent, la pêche à la sardine. Et le plus beau, c'est qu'il y a une ligne de chemin de fer directe, pour Monterey, qui a été financée par les propriétaires d'un hôtel pour richards. J'y suis allé l'an dernier, avec ma femme et les enfants. C'est à moins de deux heures d'ici.

– Merci mille fois.

– Ne me remercie pas trop vite, ma belle. Tu ne sais pas ce que tu vas trouver à Monterey.

Le dimanche suivant, Ana confie pour la journée sa fille à Françoise, qui se fait une joie de l'emmener voir un cirque débarqué de Liverpool, dont le chapiteau est monté sur une esplanade voisine. Elle prend le train de dix heures pour Monterey, traverse le wagon de première classe où ont pris place les familles bien mises qui ont réservé une table dans la salle à manger ou le parc de l'hôtel Del Monte. Elle les reconnaît : la clientèle de la chocolaterie, commerçants, importateurs, avocats, banquiers, classe dirigeante de la capitale de l'Ouest. Les femmes portent des robes d'été à crinoline, les hommes des chapeaux melon, les enfants des culottes courtes taillées sur mesure. Elle capte des bribes de conversations : lots à bâtir, arrivée d'une nouvelle cargaison, piano venu de France, je double la production de la scierie, nous ouvrons une succursale à Sacramento, ma sœur rentre de Londres, cette Mme Doubletree est vraiment formidable, cela fait trois mois que j'attends la nouvelle Ford, c'est insupportable.

Ana trouve une place en troisième. Deux bûcherons canadiens en bottes de cuir, copeaux de bois dans les plis de leurs chemises, se serrent pour lui laisser une place sur le banc. Le wagon, en queue de train, transporte des hommes venus vendre leurs caisses de crustacés à San Francisco, des ouvrières des conserveries de sardines de la baie, des charpentiers de marine, des employées de maison, une famille d'émigrants tout juste débarquée d'un paquebot en provenance du Chili, qui jette sur le Nouveau Monde des regards émerveillés. Ana profite du paysage boisé et vallonné, écoute les conversations. L'île de Vancouver, je te dis. Pour le bois, il n'y a pas mieux. Des forêts à perte de vue, des séquoias et des cyprès à ne plus savoir qu'en faire. C'est au Canada, mais juste après la frontière. Parmi les conserveries, à Monterey, c'est Booth qui paie le mieux, ça, c'est sûr. Ils ont encore ajouté une chaîne, ils ne savent plus quoi faire pour attirer la main-d'œuvre. Deux cousines arrivent de Lisbonne le mois prochain. Mon mari a changé d'équipage, du coup, il reste dans la baie pour la sardine. Je suis contente, avant il partait pour une semaine, maintenant, il ne bosse que la nuit.

Ana hésite à sortir de son sac le portrait de Vittorio plié en quatre pour le montrer à ces femmes de pêcheurs. Puis y renonce, se dit qu'il vaut mieux attendre d'être sur les quais ou le marché aux poissons. La locomotive ralentit, peine dans une longue côte, au milieu des pins et des cyprès et parvient au sommet d'une montagne qui surplombe l'océan. L'un des bûcherons se lève, descend à moitié la vitre sale et dévoile un paysage de carte postale : les eaux bleu sombre de la baie, ourlées de l'écume de longs rouleaux, la forêt qui cède la place aux cultures irriguées, des fermes et leurs granges peintes en rouge et blanc, des pontons où sont amarrées barques et chaloupes. Au large, un nuage de brume de mer bouche l'horizon, devant lequel croise un cargo à vapeur. Après un arrêt à Santa Cruz, le train pénètre au ralenti dans une gare marquée Del Monte.

– Monterey, c'est la prochaine gare ? demande Ana à deux jeunes femmes qui s'apprêtent à descendre.

– Non, c'est ici. La gare s'appelle Del Monte parce qu'elle a été construite par les patrons de l'hôtel. Vous ne pouvez pas le voir, il est un peu plus haut, dans un grand parc.

– Et le port ?

– Juste en face. Suivez l'odeur des conserveries.

Les passagers descendent du wagon, seul un couple reste jusqu'au prochain arrêt, le terminus de Pacific Grove. Ana longe un terrain de baseball, regarde un groupe d'adolescents taper dans la balle de cuir, attend sur le bord d'une large route que le trafic des charrettes et des automobiles lui permette de traverser. Le soleil de la mi-journée, filtré par des milliards de gouttelettes d'eau microscopiques en suspension dans l'air, projette sur le village une lumière irréelle. Les vagues roulent sur la plage et meurent sur des dunes de sable blanc entrecoupées de cyprès aux formes torturées par les tempêtes. L'un d'eux, plus haut que les autres, porte une manche à air rapiécée gonflée par la brise marine.

Ana aperçoit sur sa gauche des hangars de bois clair surmontés d'une cheminée fumante et décorés de silhouettes de sardines et face à elle un large ponton où sont amarrés des bateaux de pêche. Deux cafés-restaurants se font face sur la berge. Elle pénètre dans celui de droite. La carapace d'un crabe géant d'Alaska a été clouée au-dessus de la porte. L'intérieur est orné de trophées de pêche, saumons naturalisés, ancres, filets et bouées de liège peintes. Quatre pêcheurs en tenue de travail boivent des bières au comptoir, une famille se partage un plat de tagliatelles aux fruits de mer autour d'une table ronde. Un serveur en tablier sourit à Ana.

— Bien sûr, vous pouvez déjeuner, madame. Nous avons les meilleurs poissons frais de la région, devinez pourquoi… Installez-vous là. Une assiette de pâtes aux palourdes ? Tout de suite.

Quand il revient la servir, Ana a déplié sur la table le portrait du père de sa fille.

— Il s'appelle Vittorio, ou Victor. Vous le connaissez ? Il est possible qu'il habite ici. Il est pêcheur, il vient de Sicile.

— Cette marque sur la joue, ça me dit quelque chose.

Le serveur prend la feuille, la pose sur le bar devant les quatre hommes.

— Mais dis donc, c'est Vic Water ! s'exclame l'un d'eux. Sacrément ressemblant. Qui le cherche ?

— La petite dame, là-bas.

L'homme s'approche de la table d'Ana, le portrait à la main.

— C'est vous qui avez dessiné ça ? Vous connaissez Vitto ?

— Oui. Vittorio Bevilacqua, de Marettimo. Vous savez où je peux le trouver ?

— Bevilacqua, ça ne me dit rien. Mais ce dessin, c'est Vitto, pour sûr. Et ce ne serait pas le premier à avoir changé de nom en arrivant en America.

— Il habite Monterey ?

– Pas depuis longtemps, mais oui, il vient de s'installer, avec ceux de Pittsburg embauchés pour la sardine.

– Vous savez où je peux le trouver ?

– En temps normal, ici, sur le ponton. Mais là, il va vous falloir attendre un moment.

– Pourquoi ?

– Il est parti pour l'Alaska il y a environ trois semaines, pour la saison de pêche au saumon. L'or rose, comme on l'appelle. Ils sont une trentaine à avoir mis le cap au nord, cet été. Ils ne seront pas de retour avant les derniers jours d'août, peut-être même début septembre.

63

San Francisco (Californie)

Juillet 1910

Il est presque vingt heures, le soleil descend sur le port de San Francisco. Une brise de terre sentant le pin et la terre chaude chasse la brume de mer épaisse et froide, couverture mouillée qui enveloppait la ville depuis le matin. Ana se prépare à fermer la caisse de la boutique Bernardelli. La veille, elle a regagné la pension Gomard au pas de course, grelottant dans le nuage qui chaque jour, en été, monte de l'océan et rampe sur la baie et dans les rues comme un serpent glacé. Ce soir, elle flânera le long du quai dans la lueur chaude qui embrase le ciel à l'ouest, au-dessus du Presidio. Giulia aura certainement dîné avec Françoise, sur la table de la cuisine. Rien ne presse. Fin août. C'est à la fin du mois d'août ou début septembre que les pêcheurs siciliens de Monterey sont attendus, de retour d'Alaska. J'irai un dimanche. Avec Giulia ? Peut-être pas. Si ça se passe mal, s'il ne me reconnaît pas, ou pire, il vaut mieux qu'elle ne soit pas là. Sainte mère, faites qu'il ne lui soit rien arrivé ! Ces mers du Nord connaissent des tempêtes terribles, les hommes sur le port parlent de naufrages et de noyés. Les colères du Pacifique n'ont rien à voir avec celles de notre Méditerranée. Protégez-le, mon Dieu.

Les dernières clientes quittent le magasin, raccompagnées par Ettore Bernardelli. Il s'est tenu à distance, depuis leur explication dans la réserve, lui souriant à peine. Ana suppose qu'il a compris, ne se méfie pas quand il lui demande de passer dans son bureau, au premier étage, avant d'éteindre les lumières. Il l'attend calé dans son fauteuil de cuir, un verre d'alcool doré à la main.

– Alors, ma chère Ana. J'ai parlé de vous avec Mme Smith, elle est très satisfaite. Elle me dit que votre caisse tombe toujours juste et que les clients vous apprécient. Mes félicitations. Que diriez-vous d'une prime ou, mieux, d'une augmentation ? Nous savons récompenser le travail dans cette entreprise, et je peux me montrer très généreux pour celles qui le méritent. Vous comprenez ce que je dis ?

– Je fais mon travail du mieux possible.

Il se lève. Ana fait un demi-pas en arrière. Il passe à côté d'elle, tend la main vers la serrure de la porte, donne un tour de clef, la glisse dans la poche de son gilet. Il approche. Ana recule, ses cuisses buttent sur le bois du bureau.

– Monsieur Ettore, qu'est-ce que vous faites ?

– J'en ai marre de tes simagrées, ma belle. Tu n'as toujours pas pigé ? Les autres ne t'ont pas mise au courant ? Aucune fille ne me résiste, c'est la loi. Alors, sois gentille, et tout se passera bien. Je t'augmente de deux dollars par semaine.

– Je ne veux pas de votre augmentation. Laissez-moi sortir, vous n'avez pas le droit !

– Ici, j'ai tous les droits.

Elle tente de le repousser. Il lui prend les deux poignets, les tord vers le bas, lui coince les mains dans le dos, l'embrasse dans le cou. Elle sent sa bouche, sa langue sur sa nuque, l'odeur de son eau de Cologne, les poils de sa barbe naissante. Dans un sursaut, elle dégage sa main droite, recule son buste, le gifle de toutes ses forces. Il lève le poing pour la frapper, se ravise, passe sa main sur sa joue rougie, sourit.

– Je ne suis pas un homme violent, je n'aime pas m'imposer aux femmes. Mais ce n'est pas la peine de revenir. Tu es virée. Tu n'as pas compris la chance que c'était de travailler chez nous, d'être appréciée par le fils du patron. Tu y repenseras dans quelques mois, quand tu seras serveuse dans un bouge du port et que le premier venu pourra te peloter pour vingt-cinq *cents*. Passe demain chercher ton solde.

Il sort la clef de sa poche, ouvre la porte.

Ana se précipite dans l'escalier, prend son sac à main taillé dans un morceau de voile de bateau et son gilet posé sur une chaise, et sort en courant de la boutique. Elle s'arrête de l'autre côté de l'avenue, se retourne, voit Ettore Bernardelli fermer la porte à double battant et ses volets de bois peint. Elle reprend son souffle. Ce n'est rien, calme-toi. Ce n'est pas la première fois, non ? Au moins, il n'a pas tenté de te violer, et tu t'es défendue. Des ouvrières de l'atelier chocolat en parlaient, l'autre jour. Droit de cuissage du patron. Je parie qu'il trouve ça naturel, ce porc. Bon, réfléchis. Nous sommes mi-juillet.

Une heure plus tard, après avoir marché le long des quais, elle pénètre dans la cuisine de la pension Gomard. Giulia est perchée sur un tabouret. De la farine jusqu'aux coudes, elle pétrit de ses petites mains une pâte à tarte. Elle tourne la tête, sourit en voyant sa mère.

— Regarde maman, je fais le gâteau aux pommes toute seule, Françoise m'a même laissé le couteau pour les peler. Et c'est moi qui le mettrai dans le four.

Ana embrasse sa fille, fait signe à son amie française de la suivre dans la pièce voisine.

— J'ai perdu mon travail. Le fils Bernardelli m'a fait venir dans son bureau, et comme j'ai refusé de coucher avec lui, il m'a chassée. Il fait ça à toutes les employées qui lui plaisent, semble-t-il.

— Je l'avais entendu dire par une Française l'an dernier. Je ne voulais pas t'en parler pour ne pas t'effrayer. Qu'est-ce que tu vas faire ? Chercher autre chose ?

— Bien sûr, mais pas ici. Je vais en profiter pour partir à Monterey. Les conserveries ont besoin de main-d'œuvre, les salaires ne sont pas mauvais et je serai sur place pour attendre le retour de Vittorio. Dans cinq à six semaines, d'après les gars sur le port.

— Vous allez me manquer, la petite et toi.

— Ce n'est pas loin, deux heures en train, vous pourrez venir nous voir, un dimanche. L'océan est magnifique, les forêts de cyprès sont les plus belles que j'aie jamais vues.

– J'aimerais bien, mais tu sais, cette pension est une vraie prison. Nous ne fermons jamais, il faut être là soir et matin. La seule fois où nous avons payé un couple pour nous remplacer pendant trois jours, ils nous ont volés. Alors je ne crois pas qu'Hubert veuille recommencer l'expérience.

– Eh bien tu viendras sans lui. Je t'enverrai mon adresse dès que possible.

Le lendemain, au deuxième étage de la manufacture de chocolat, Ana frappe à la porte du service administratif. L'employée lui tend une enveloppe à son nom avec un sourire contrit qui semble dire « Je sais ce qui s'est passé, vous n'êtes pas la première ». Ana l'ouvre, compte douze dollars, cinq de plus que ce qu'on lui devait, signe la page d'un registre, quitte la pièce sans un mot. Elle explique à Giulia qu'elle a sans doute trouvé la ville dans laquelle vit son papa, près d'ici, qu'elles vont s'y installer et attendre son retour. Il est parti très loin, dans le Grand Nord, pêcher le saumon et doit revenir à la fin du mois prochain.

– Ça nous laisse le temps de trouver un logement, du travail pour moi, de t'inscrire à l'école pour la rentrée des classes. Et d'être là à son retour du pays des Esquimaux.

– C'est quoi, maman, les Esquimaux ?

– Ce sont les Indiens qui vivent en Alaska, tout au nord, dans les glaces. Je te montrerai des images quand nous irons dans une bibliothèque. Maintenant, commence à rassembler tes affaires dans ton sac, nous prenons le train demain.

Dans l'après-midi, à l'heure où la pension est vide, Ana pose sur la table de la salle à manger la chemise cartonnée dans laquelle elle range ses dessins. Elle l'ouvre. Elle contient une dizaine de portraits de Vittorio, plus ou moins achevés, le visage de Giulia sous plusieurs angles, un croquis de sa fille jouant sur un quai de San Francisco, et ce qu'elle cherchait, un portrait de Françoise rehaussé de touches de couleur.

– Tiens, celui-ci est pour toi, dit-elle à son amie française. Je voulais le finir à l'aquarelle, mais je n'ai pas eu le temps. Ni l'argent pour acheter le matériel.

– Il est splendide. Et flatteur. Je suis beaucoup moins jolie que ça. Je vais l'encadrer et le mettre dans ma chambre.

Elle désigne du doigt le dessin du visage, en gros plan, de l'homme à la cicatrice qui a sauvé Ana du viol lors de la traversée de l'Atlantique et passé le marin par-dessus bord.

– Et lui, qui c'est ? Il est effrayant, avec cette balafre et cet air méchant.

– Un passager qui était sur le bateau avec nous, entre Gênes et New York. C'était long, j'avais le temps de dessiner. Je vais aller à la gare acheter les billets pour Monterey, nous partons demain matin. Je ne saurai jamais comment te remercier, Françoise. C'est grâce à toi que je l'ai retrouvé... Enfin, que j'espère l'avoir retrouvé. Promets-moi de venir nous voir.

Le lendemain, les quais de la gare de Monterey sont noyés dans une brume dense.

– Maman, j'ai froid, il ne fait pas beau ici.

– Ne t'inquiète pas, c'est le nuage de la mer, comme celui que nous avons vu arriver sur San Francisco quand nous sommes allées voir la Porte d'Or, tu te souviens ? Ce n'est rien. Un coup de vent et il disparaîtra. Tu verras, c'est très beau, ici, sous le soleil. Allez, cherchons un hôtel.

Le chef de gare lui conseille de longer l'avenue Del Monte sur la gauche, jusqu'à l'intersection de Pacific Street, la grande rue qui descend vers le port. Il y a trois ou quatre pensions de famille tenues par des Italiennes, des femmes de pêcheurs, vous y serez bien accueillie, avec votre fille. La première affiche complet, la deuxième semble fermée. La troisième, qu'elles remarquent à peine dans une impasse noyée dans la brume, a une chambre libre, mais la gérante, une matrone à moustache, refuse de fournir un petit lit. Les enfants, ça court et ça piaille, pas de ça chez moi. Elle les dirige vers une maison de trois étages que des charpentiers sont en train de terminer. Ana interroge celui qui, à genoux dans l'entrée, fixe à coups de marteau les lames du plancher du porche.

– Mme Gianinni ! Une cliente pour vous !

– Désolé, mais nous n'ouvrons que dans une semaine, dit à Ana une grande femme qui sort sur le seuil, pot de peinture dans une main, pinceau dans l'autre.

– Je suis seule avec ma fille, nous descendons du train, lui répond Ana en sicilien, car elle a reconnu son accent.

– Palermo ?

– Trapani.

– Je ne peux pas laisser une *paesana* dormir dehors par un brouillard pareil. Vous restez longtemps en ville ?

– Oui. Nous venons nous installer, je vais chercher du travail.

– Remontez la rue sur trois blocks. Vous verrez une maison jaune, deux étages, sur le côté droit. C'est la famille Bonzi, ce sont des amis. Dites que vous venez de ma part, Mme Gianinni. Flora Gianinni. Ils ont une chambre libre en ce moment.

Une heure plus tard, Ana pose leurs sacs au pied d'un lit deux places, dans une grande chambre au deuxième étage de la maison jaune. Les Bonzi l'ont aménagée pour accueillir une sœur qui aurait dû arriver d'Isola delle Femmine depuis deux ou trois mois mais a été placée en quarantaine, pour une raison de santé que personne ne comprend, à sa descente du bateau à Ellis Island. Elle les préviendra par un télégramme dès qu'elle sera libérée, mais en attendant le couple accepte de louer sa chambre à cette charmante jeune femme et sa fillette, qui ne vont quand même pas passer leur première nuit à Monterey dans un hôtel louche. Giuseppe Bonzi est marin à bord d'un navire de pêche à la sardine qui a signé un accord exclusif avec la conserverie Del Mar. Le lendemain matin, il accompagne Ana jusqu'au bâtiment sur pilotis surmonté d'un grand panneau *Now hiring* (On recrute). Le contremaître, qui doit trouver quatre ouvrières avant la fin de la semaine faute de quoi il sera contraint de fermer l'une de ses chaînes d'empaquetage, la prend par le bras et l'escorte jusqu'au bureau du comptable.

– Cinq dollars de prime si vous vous engagez à rester au moins six mois chez nous, chère madame. Signez là. Votre accent, italien ? Sicile ! Parfait, la moitié de notre personnel vient de votre belle île. Passez au magasin chercher une paire de bottes, un tablier et une coiffe, trois dollars seront déduits de votre première paie, et si vous pouviez commencer tout de suite, ce serait formidable, ou demain matin à sept heures, à moins que la sirène ne résonne avant en cas d'arrivage massif de sardines. Notre code, c'est deux longs, un court. Mais ne vous inquiétez pas, tout le monde connaît le langage des conserveries, sur Cannery Row. Vous vous y ferez vite. À demain, donc.

64

Monterey (Californie)

Septembre 1910

Lundi 5 septembre. Rentrée des classes à Monterey. Giulia porte une robe neuve, un cartable vide et un ruban dans les cheveux. Elle a passé un mois à attendre, tous les matins, que sa maman revienne de son travail à la conserverie en dessinant ou en déchiffrant, avec le doigt, des histoires dans le livre illustré offert par Mme Bonzi. L'après-midi, quand la brume le permet, elles descendent s'asseoir sur la plage. L'océan est trop froid pour s'y baigner, et ses vagues trop dangereuses, mais la petite fille est devenue experte en châteaux de sable. Elle s'est fait une amie, fille d'un chasseur de baleines portugais qui, lui aussi, est parti pour des mois sur l'océan et reviendra on ne sait quand. La sœur de Mme Bonzi n'a jamais été libérée d'Ellis Island. On l'a renvoyée en Italie avec, sur sa fiche, la mention « Suspicion de tuberculose ». C'est du moins ce que précise une lettre postée de Gênes. Vous pouvez rester aussi longtemps que vous voulez, maintenant, a dit à Ana sa logeuse aux yeux rougis de larmes. Plusieurs fois, Ana a hésité à lui parler de Vittorio, à lui montrer son portrait, à interroger son mari. Mais, comme avec ses camarades de chaîne à la conserverie, elle a préféré s'abstenir. Même s'il est à l'autre bout de l'Amérique, à l'autre bout du monde, ce petit port entretient avec la Sicile des rapports que la distance ne semble pas affecter. Pas une semaine sans qu'une lettre donne des nouvelles, pas un mois sans qu'un nouveau venu à l'accent du pays débarque d'un train ou d'un bateau. Les réseaux de mon père ont de grandes oreilles et l'organisation qui les soutient, cette Mano Nera dont les hommes parlent parfois sur les quais en baissant la voix, a le bras long. L'autre jour, le contremaître de chez Del Mar, commentant la mort étrange d'un grossiste du marché aux poissons de San Francisco annoncée dans le journal, l'a comparée à une pieuvre, dont les tentacules atteignent la Californie. Mieux vaut ne pas prononcer le nom de Bevilacqua, ni celui de Water.

Les trois premiers bateaux de retour d'Alaska sont arrivés hier. Leur entrée dans la baie été saluée par les sirènes de toutes les conserveries. Les chaînes se sont arrêtées, les ouvrières, les pêcheurs, la quasi-totalité de la population de Monterey s'est précipitée sur le quai principal où les marins revenant du Grand Nord ont été reçus en héros. Ana a joué des coudes, s'est approchée des bateaux, a scruté les visages. Sans reconnaître l'homme qu'elle aime ni remarquer les deux hommes en longs manteaux, étranges en cette saison, qui la suivent de loin sans la quitter du regard. Grosse houle et vents contraires au large de l'île de Vancouver, ont dit les marins. Nous avons eu de la chance, nous étions devant, mais les autres ne sont pas loin, ils se sont certainement abrités dans une baie et devraient être là demain ou le jour d'après. Le lendemain, Ana sursaute au moindre coup de sirène, s'entaille la main avec le bord d'une boîte, passe sa demi-heure de pause à scruter l'océan, vers le nord. N'y tenant plus, elle raconte son histoire à sa voisine de chaîne, sans mentionner le nom de ce marin mystérieux dont elle attend le retour.

– Mon Dieu, comme c'est romantique ! Huit ans que tu ne l'as pas vu, le père de ton enfant ! Que sainte Rosalie vous protège et vous réunisse.

Le jour d'après, sur le coup de midi, quatre voiles apparaissent sur l'horizon. Assise sur une caisse sur le quai de la conserverie Del Mar, Ana laisse en plan son déjeuner, part en courant vers le ponton des pêcheurs. Elle y arrive au moment où résonnent les sirènes. Il faut plus d'une heure au premier bateau de pêche pour accoster sous les vivats. Quatre membres d'une fanfare montent sur une estrade improvisée et massacrent des airs du pays. Comme la veille, des dizaines de personnes se massent sur le quai, s'interpellent en italien ou en sicilien, crient le nom du navire, les prénoms des marins. Ils lancent l'amarre, sautent sur le ponton, embrassent la famille, les amis.

La deuxième *felucca* accoste. Ana approche, dévisage l'équipage, ne reconnaît personne. L'un des pêcheurs étreint sa femme, prend dans ses bras un bébé de quelques mois, le fait sauter en l'air, le rattrape, le couvre de baisers. Même liesse pour le troisième bateau, d'où descendent des hommes aux visages burinés qu'Ana n'a jamais vus.

Le quatrième est victime d'un changement inattendu de direction du vent, doit tirer un long bord avant de pouvoir remonter au vent vers le ponton. Ana s'avance. L'amarre est lancée. Un grand costaud saute le premier. Le deuxième porte une courte barbe, lève la tête. Ces yeux. Leurs regards se croisent. Ana est figée sur place, les bras ballants, les yeux pleins de larmes. Pétrifiée, elle s'apprête à crier son nom quand une voix derrière elle la devance : Vitto ! Elle tourne la tête et aperçoit une grande brune se précipiter vers le bateau, un bébé dans les bras. Le regard de Vittorio Water, né Bevilacqua, va de Claudia, sa femme qui court vers lui, à Ana, qu'il a reconnue immédiatement. Ana ? Ici ? Ana Fontarossa ? Il pose son sac à terre. Il va faire un pas quand il remarque deux silhouettes étranges, casquette sur les yeux et longs manteaux couleur sable. Elles fendent la foule, écartent les badauds du bras, sans ménagement. Un homme proteste, il prend un coup de poing en plein visage. Sa femme hurle. Ana tourne la tête et le voit. Lui, le balafré du paquebot. Il la fixe avec un sourire mauvais, passe à côté d'elle, la pousse d'un coup d'épaule, écarte un pan de son manteau, lève le canon d'une *lupara* qu'il saisit de la main gauche. Il est à trois mètres du jeune homme. La première décharge de chevrotine lui déchire le ventre. La seconde le projette trois mètres en arrière, dans le port. Son corps s'enfonce dans l'eau. Le balafré casse son arme, éjecte les deux cartouches vides, recharge. L'autre homme sort des poches de son cache-poussière deux revolvers qu'il pointe vers le ciel et fait feu à quatre reprises. Cris, hurlements. La foule reflue en courant, des hommes sautent à l'eau, d'autres dans des bateaux où ils essaient de se cacher. En quelques secondes, il ne reste plus sur le ponton que deux femmes et deux tueurs. L'homme aux revolvers s'approche de Claudia qui serre son enfant dans ses bras. Agenouillée sur un filet, elle hoquette de terreur, tente de protéger sa fille.

– Madame, ne restez pas là. Ce n'est pas bon pour le bébé.

Il lui tend une main qu'elle refuse de prendre. Elle se lève lentement, se détourne. Il braque ses deux armes de poing vers l'entrée du ponton.

– Le premier qui fait un geste est un homme mort. Nous avons fait notre travail, ne voulons de mal à personne d'autre. Calmez-vous, nous partons, tout va bien, dit-il avec un fort accent italien.

Il fait signe au conducteur d'une Ford T qui approche et ouvre la portière passager.

Ana n'a pas bougé. Elle ne peut détacher son regard du corps de Vittorio qui est remonté à la surface. Il flotte sur le ventre, bras en croix, ballotté par les vagues dans une eau rougie de sang. Le balafré vient vers elle, lui tend de la main gauche une enveloppe bourrée de dollars, qu'elle ne saisit pas. Il la pose à ses pieds.

– Don Salvatore vous remercie de l'avoir conduit à l'assassin de son fils. Il vous demande de prendre soin de sa petite-fille et vous conseille de rester en America.

Remerciements

Merci d'abord à mon amie Lise Blanchet, qui m'a fait découvrir Marettimo où est née cette histoire.

Vito Vaccaro, directeur du Museo del Mare de Marettimo, raconte son île comme personne.

Merci à Régine Cavallaro pour ses cours de sicilien et pour son site, siciliabellisima.com.

À La Nouvelle-Orléans, les archivistes de la New Orleans Historical Society ont été d'une aide précieuse.

Merci au personnel de la Bancroft Library de l'université de Berkeley, à San Francisco, ainsi qu'à Patricia Keats, de la California Pioneers Society.

Merci à Vince Ferrante, du Pittsburg Museum, pour avoir partagé ses souvenirs et les documents retraçant la vie de Pietro Ferrante, son glorieux ancêtre, le père de la pêche à la sardine en baie de Monterey.

À Monterey, merci à Mike Ventimiglia et Tom DiMaggio d'avoir partagé l'histoire de leurs familles, à Gary Spradlin, de la Monterey History and Art Association et surtout à Tom Finnegan pour son aide précieuse et son amitié.

Merci enfin à la Monterey County Historical Society, à Salinas.

RÉALISATION : NORD COMPO À VILLENEUVE-D'ASCQ
ACHEVÉ D'IMPRIMER SUR ROTO-PAGE
PAR L'IMPRIMERIE FLOCH, À MAYENNE
DÉPÔT LÉGAL : MARS 2020. N° 142018 (95830)
Imprimé en France